Leahcim –
„Ich spüre, also bin ich" (sentio ergo sum)

Über dieses Buch

„Ich spüre, also bin ich."

Dies ist der Leitsatz von Leahcim, der auf sein Leben zurückblickt und uns mitnimmt in seine innere Welt der Gefühle und spirituellen Erkenntnisse. In prekäre Verhältnisse hineingeboren, ist sein Leben von Anfang an vor allem eins: Kampf! Mit Hilfe des Spürens in die Welt hinter der Welt, findet er seinen Weg, begleitet von einem Helfer, seinem imaginären „Stein", mit dem er von Zeit zu Zeit in einen Dialog geht.

Anhand von mehreren Gleichnissen und Gedichten verdeutlicht der Erzähler das, was das Leben ihn an Weisheit gelehrt hat. Sein Kompass war immer das Spüren, das Lernen und das Lieben dessen, was ist.

Über den Autor

Michael Braun, Jahrgang 1962, lebt mit seiner Familie in Bayern. 2020 hat er seine Kunstwerke (Holzskulpturen) durch einen Bildband und Gedichte der Öffentlichkeit zugänglich gemacht. Michael erkannte, dass tief in ihm Weisheiten schlummern, die aus dem Verborgenen hervordrängten. In diesem Prozess hörte er seiner Seele aufmerksam zu. Immer wieder ging er der Frage nach: „Wer bin ich?". Daraus entstand schließlich das vorliegende Buch.

Weitere Informationen:

www.holz.jimdosite.com | mb.baumwurzeln@gmx.de
Instagram: mb.baumwurzeln

Weitere Bücher des Autors:

Holz und Gedichte – Buch 1 (2020)

MICHAEL BRAUN

Leahcim

ICH SPÜRE,
ALSO BIN ICH

Roman

Bibliografische Information der Deutschen Nationalbibliothek:
Die Deutsche Nationalbibliothek verzeichnet diese Publikation in der
Deutschen Nationalbibliografie; detaillierte bibliografische Daten sind im
Internet über dnb.dnb.de abrufbar.

Lektorat/Korrektorat: Marlies Lüer
Coverdesign: Covermanufaktur Sarah Buhr, www.covermanufaktur.de
Buch-Innenlayout: buchseitendesign by Ira Wundram, www.buchseiten-
design.de
Illustration Diamant: © Gil C/Shutterstock.com
Herstellung und Verlag: BoD – Books on Demand, Norderstedt

ISBN: 978-3-7534-0367-0

Danksagung

Ich danke Dir, lieber Leser, dass Du mit mir die Reise beginnst und das Leben von Leahcim betrachtest. Ich wünsche Dir ein spannendes Abenteuer und die Fähigkeit, offen für alles zu sein, damit Du seine Erfahrungen als Deine erkennen kannst, denn wir spiegeln uns in unseren Begegnungen und wir leben alle in einer Welt des Spürens. Wir spüren viele Emotionen wie Liebe und Hass, Freude und Dankbarkeit. Lass uns zusammen den wunderbaren Weg des Spürens gehen, auch wenn er manchmal schmerzlich ist. Öffne Dein Herz und erkenne die Liebe, die uns alle verbindet.

Der Junge und der Engel des Vertrauens

Es war einmal ein sehr schmächtiger Junge, der in einem kleinen Dorf bei seiner Mutter wohnte. Den Vater kannte er nicht, die wenige Male, die er ihn sah, reichten nicht aus, um ihn als Vater zu integrieren. Dieser Junge träumte von einer Familie, in der beide Elternteile in Harmonie zusammenlebten. Gemeinsam mit seinem Vater zu spielen oder gar zu kämpfen, war ihm unmöglich.

Eines Tages erschien ihm eine riesengroße Gestalt. Er erschrak und wusste nicht, was das zu bedeuten hatte. Angst durchströmte seinen Körper, er wollte Schutz bei seinem Vater suchen, doch dieser war nicht da. „Hab keine Angst, mein Junge, ich bin bei dir." Der Junge schaute mit zitterndem Körper nach oben und sah einen Engel in einer überdimensionalen Ritterrüstung. „Wer bist du?", fragte der Junge. „Ich bin der Engel des Vertrauens – und wohne in dir. Wenn du mich rufst, brauchst du keinen Schutz mehr, denn du wirst erkennen, dass Schutz nur eine Begrenzung in dir selbst ist. Hast du Vertrauen zu dir, verschwinden auch die Grenzen und die Welt wird sich dir öffnen."

Der Junge konnte kaum glauben, was er sah, doch als er aufblickte, um den Engel nochmals genauer zu betrachten, löste sich die Rüstung urplötzlich auf und aus der Gestalt formte sich ein durchsichtiger Edelstein, der im Glanze des Lichtes sämtliche Farben des Regenbogens in sich vereinte.

„Ach, wenn ich doch so wie dieser Edelstein glänzen würde",
dachte der Junge bei sich.

Voller Energie ging der Junge nach Hause und umarmte
seine Mutter, die gerade dabei war, die Wäsche in der
wärmenden Sonne aufzuhängen. „Was ist denn mit dir
passiert? Du bist so losgelöst und glücklich." Der Junge war
nicht sicher, ob er das Erlebte seiner Mutter erzählen sollte.
Er entschloss sich, sie einfach nur zu umarmen und zu
schweigen. In der Zweisamkeit spürte er, wie sein Herz von
selbst aufging. Es fühlte sich an wie ein mächtiger Vorhang,
der weit aufgezogen wird. Wind und Licht von außen
strömten ins Innere und durchfluteten jeden Winkel, der
vorher dunkel gewesen war, mit reinstem goldenem Licht.
Angst und Leid verschwanden, Vertrauen in die eigene Kraft
wuchs. Er fühlte sich geliebt, wert, auf dieser Welt zu sein.
Und er erkannte: Nur über das Spüren bin ich.

Wie alles begann:

Wie der kleine Junge in dieser Geschichte eine innere Welt des Spürens entdeckte, so möchte auch Leahcim seine Reise beginnen und seine Entdeckungen offenbaren.

Anfang und Ende liegen nicht weit voneinander entfernt, letztendlich sind sie ein und dasselbe, nur die Bezeichnung ist anders, denn wo ein Anfang ist, wird auch ein Ende sein.

Wie wäre es, wenn wir symbolisch den Anfang „Eizelle" und das Ende den „Samen" nennen? Denn ist es nicht so, dass die Samenzelle des Mannes in der Eizelle der Frau ihren Weg findet? Durch die Verschmelzung beider entsteht eine Einheit, die sich Mensch nennt. Der Samen hat sich vom Mann verabschiedet, als er den Weg zur Einheit begann. Er löste sich in der Eizelle auf, das war sein Ende. Die Frau stellt ihre Eizelle bereit, um ein neues Leben zu kreieren, und dies bildet den Anfang einer großartigen Entwicklung.

Wir lösen uns bereits in der Befruchtung auf, um gemeinsam einen neuen Erfahrungsweg zu gehen, und trotzdem bleiben wir eine Einheit. Auch symbolisiert das Leben einen Kreis. Die Konzeption ist der Beginn, das Ende ist der Tod. Da das Ganze jedoch einen Lebens-Kreis darstellt und dieser in sich geschlossen ist, gibt es keinen Anfang und kein Ende.

Es ist wie auf einer Zirkusaufführung. Dort sind Kinder, die einem Zauberkünstler zusehen, der zwei große Ringe ineinander verwoben hat. Die Ringe haben anscheinend keine Öffnung, um sie auseinanderzubringen. Die Erwachsenen wissen um den Trick, doch die Kinder staunen und sind sehr gespannt, wie der Zauberer die Ringe voneinander lösen wird. Und tatsächlich, nach einigen Minuten und einem überzeugenden Zauberspruch waren die Ringe getrennt, doch eine sichtbare Öffnung gab es nicht. Es ist schön, zu wissen, dass Anfang und Ende nicht existieren, denn dadurch werden unsere inneren Grenzen aufgehoben und wir können uns dem Sein besser zuwenden.

Leahcim erblickte am 21. Dezember, einem Freitag, kurz vor Mitternacht das Licht der Welt. Draußen war es bitterkalt, laut Wetteraufzeichnungen war in Deutschland dieser Dezember ein extrem kalter Monat und diese Emotion der Kälte spürte auch Leahcim bei seiner Geburt, und noch viele Jahre danach.

Doch ist sein Leben nicht nur kalt gewesen, warme Ströme der Liebe erhitzten sein Herz, was er jedoch erst einige Zeit später erfahren durfte. An seinem Geburtstag haben viele Ereignisse stattgefunden, die mit Sicherheit erwähnt werden wollen, doch diese Art von Auflistung entspricht nicht seinen Naturell und letztendlich ist es auch egal, denn es ist vergangen und hat seine Zeit gehabt.

Ich denke, es ist nur noch eines interessant, nämlich die Tatsache, dass Leahcim an jenem Tag Geburtstag hatte, an dem der alte Maya-Kalender Zyklus endete und ein neues Zeitalter begann. Das Datum 21.12.2012 (Leachim feierte sein 50'zigsten Geburtstag) ist somit ein wichtiges Datum für Veränderung und genau in diesem Prozess befand er sich.

Leahcim wird sich nicht nur deswegen verändern, weil sein Geburtsdatum eine kalendarische Veränderung erfuhr, sondern auch, weil er spürte, dass für ihn die Zeit gekommen war, sein Leben intensiv zu betrachten. Er wird eine Reise unternehmen, die schmerzlich und ohne Filterung durch sein Leben zieht. Er möchte seine ganze Wahrheit erfahren, um somit sein Dasein auf Erden zu verstehen.

Wir alle haben die Sehnsucht zu erfahren, wer wir sind,

doch wenn wir der Sehnsucht keine Reflexion unserer Vergangenheit geben, werden wir die Wahrheit nicht finden. Ich werde seine Träume und Geschichten in sein Lebensbuch mit einfließen lassen, weil sie zu seinem Leben gehören und ihn auf der Suche nach seinem Stein immer näherbrachten.

Ich habe mich auch dazu entschlossen, seine Gedichte an den passenden Stellen zu verankern, weil ich glaube, dass diese Gedichte seine Gefühle in verdichteter Form wiedergeben. Oft erkannte Leahcim erst viel später die Zusammenhänge seines Lebens, da der Schmerz „Zeit zur Heilung" brauchte. Und ich glaube auch, dass die Samen der Vergangenheit die Früchte der Zukunft sind.

Er hatte das Glück, mit 23 Jahren mehrere Sitzungen, die sich Rebirthing nannten, zu erfahren, denn hier konnte er seine eigene Geburt wiedererleben. Deshalb stelle ich dieses Erlebnis der Geburt an den Anfang, um das von ihm Erlebte plastisch zu schildern. Die anderen Sitzungen werde ich später ausführlich beschreiben.

Durch die Technik des zirkulären Atmens, also des Ein- und Ausatmens ohne Pausen, entsteht ein anderer Bewusstseinszustand. Es ist für mich immer wieder spannend, welche herrlichen Alternativen es außerhalb der normalen wissenschaftlichen Techniken noch gibt. Begründer dieser Atemtechnik ist Leonard Orr, der sie durch Selbstversuche entwickelte und als Methode zur Atem- und Bewusstseinsschulung verstand. Häufig wird Rebirthing auch dem Namen entsprechend praktiziert, um durch diese Form des Atmens das eigene Geburtserlebnis ins Bewusstsein zu holen.[1]

Und genau in diesem Zustand befand Leahcim sich, sogleich spürte er die Nabelschnur um seinen Hals. Eine Enge, die er bisher nicht kannte, das Leben draußen rief ihn, doch es hielt

---

1 Quelle: https://de.wikipedia.org/wiki/Rebirthing

ihn irgendetwas fest. Mit aller Gewalt wollte er nach draußen und presste sich Richtung Ausgang. Doch die Schlinge schnürte bei jedem weiteren Stemmen mehr zu. Irgendwann kam er nach vielem Ziehen und Drücken in die Außenwelt. Er wollte mit offenen Armen und freudigen Klängen willkommen geheißen werden, er war bereit für das Unbekannte.

Nach dem Durchtrennen seiner Verbindung zum Mutterkörper öffnete Leahcim seinen Mund reflexartig, um das Lebenselixier Luft in seine Lungen einströmen zu lassen. Doch es ging nichts. Leahcim war dunkelblau angelaufen, wilde Schläge auf seinen zerbrechlichen Körper, die er durch Ärzte empfing, sowie das Eintauchen seines Körpers in kurze Kaltbäder nützten nichts. Sein Körper, der gerade erst geboren worden war, wollte sich auch gleich wieder verabschieden. Er wurde aus dem Paradies ins eiskalte Wasser geschleudert, das schmerzliche Leid begann bei der ersten Berührung mit der Außenwelt. Er wollte schreien, aber sein Hals war erdrosselt und Leahcim hing leblos an den Beinen über Kopf gehalten umher.

„Du hast die Reise gewählt. Geh, und führ sie zu Ende", ermahnte ihn eine innere Stimme. Da auf einmal strömte wie ein Wasserfall Luft in seine zarten Lungen. Es durchzuckte seinen ganzen Körper, es war herrlich, Luft in jede Zelle zu atmen, Luft, um zu leben.

Ich spüre, also bin ich!

Er wollte zu seiner Mutter, die Wärme und die paradiesische Geborgenheit nochmals spüren. Doch er wurde erst in irgendeinem Becken „gereinigt" und nach vielen medizinischen Untersuchungen sogleich in einen Raum verfrachtet, in dem viele andere kleine Babys waren. Er schrie: „Mama, ich möchte zu dir!", doch niemand verstand ihn. Er schrie lauter und lauter und noch lauter …

Irgendwann schlief er vor Erschöpfung ein, nach wenigen Stunden wachte er wieder auf und schrie abermals, aber niemand hörte ihn. Schwestern kamen nach gefühlt langen Stunden zu Leahcim und gaben ihn teilnahmslos Babyfutter. Sein Körper wurde durch Nahrung gesättigt, doch seine Seele verhungerte. Schließlich wurde er zu seiner Mutter gebracht, er durfte sie erspüren. Auf ihrem warmen Körper verweilen, ihre Streicheleinheiten genießen, ihren zarten Worten lauschen. Leahcim fühlte für wenige Sekunden das Paradies.

Er wollte den Zustand verlängern, doch die Schwester nahm seinen kleinen Körper und transportierte ihn zurück in den Babyausstellungsraum. Sein Schmerz begann wie zuvor. „Mama, ich will zu dir!" … irgendwann wachte er auf, eine Schwester kam und gab ihn Körpernahrung.

Seine Mutter erzählte ihm als Erwachsener, dass die Schwestern ihn immer den „Admiral" nannten, da er jedes Mal, wenn er Hunger hatte, so laut schrie, dass alle anderen Kinder auch anfingen zu schreien. In einem hatten die Schwestern recht, Leahcim hatte Hunger, aber er benötigte in den meisten Fällen keine Körpernahrung, sondern Seelennahrung.

Leahcim erinnerte sich an eine Art von vorgeburtlicher Existenz, als er einige Tage in der Säuglingsstation verbracht hatte. Es war eine emotional bewegende Geschichte, die ihm die ersten Zeichen für die Wahrheit im Leben offenbarte. Doch um die Erinnerung zu verstehen, benötigte Leahcim Hilfe in Form von Gegenständen, da die vorgeburtliche Existenz materiefrei ist.

Der Rahmen
Leahcim war in einem dunklen Raum und bewegte sich wie ein kleines rundes Molekül. Dieser Raum war wie ein Bilderrahmen umrandet und außerhalb davon war nur Schwärze. Es war, als ob ein kleiner Rahmen auf eine nicht endende schwarze Wand projiziert wäre.

Er bewegte sich wie eine leichte Feder hin und her. Immer wieder stieß er an diesen Rahmen. Er war alleine und zufrieden, nichts konnte ihn aus der Fassung oder dem Rahmen bringen. Er war im Nichts und der Rahmen schützte ihn vor der unfassbaren Unendlichkeit. Er war in seiner eigenen kleinen, geschützten Welt und lernte nichts mehr dazu.

Irgendwann wurde diese kleine Welt, die ihm so viel Zufriedenheit gab, langweilig und er spürte den Drang, etwas Neues zu erleben. Diesen Gleichklang, der auf einer Seite zwar beruhigend war, ihn auf der anderen Seite jedoch nicht wachsen ließ, wollte er nicht mehr.

Er sprach mit sich selbst und verlangte eine Antwort auf die vielen Fragen, die sich in der Zeit des Alleinseins angesammelt hatten. Leahcim wurde immer unglücklicher und er spürte in sich eine nie dagewesene Wut. Sein Rhythmus beschleunigte sich, immer stärker knallte er als eine Art „Molekülkugel" an den Innenrahmen. Seine Sehnsucht nach der Außenseite des Rahmens wuchs in astronomischer Geschwindigkeit und durch die Wucht des Aufpralls schmerzte nun auch sein Körper.

„Was ist das für ein eigenartiges Gefühl?", dachte er sich, denn so etwas hatte Leahcim noch nie erlebt. „Ja, ich bin unachtsam mit mir gewesen, weil ich die Sehnsucht nach „mehr" hatte", hörte man ihn denken.

Plötzlich erhellte sich der Raum und er sah andere Körper, die sich innerhalb seines Rahmens und Raums aufhielten. Doch sie bewegten sich nicht, sie schliefen. „Ich war gar nicht alleine", schoss es ihm durch den Kopf, „ich war einer Illusion erlegen. Ich bin nicht alleine und dachte aber immerzu, ich sei alleine und nur weil ich keine Wahrnehmung davon hatte, glaubte ich das auch. Wie viele Illusionen gibt es noch, die mein begrenzter Verstand nicht erkennen kann?

Mit seinen Augen folgte Leahcim dem Lichtstrahl, der

durch den Rahmen hindurch schien. Er spürte Mut und verlangte nach Abenteuern, je wilder, desto besser, denn er war hungrig und wollte erspüren, damit er leben kann.

Eine Stimme sagte ihm: „Der Rahmen ist durchlässig für diejenigen, die gehen wollen, wogegen er für die Menschen, die noch nicht so weit sind, Schutz bietet". Leahcim erkannte seine Chance und rannte mit aller Kraft gegen den Rahmen, und ... hindurch.

Diese Unendlichkeit, die ihm zuteilwurde, als er aus dem Rahmen flog, konnte er nicht verarbeiten, es war einfach unmöglich für ihn.

Leahcim hatte das Gefühl, eine Million Kilometer pro Stunde zu fliegen und dennoch auf dem Fleck zu stehen, soweit kam ihn das Universum vor. Nun verspürte er Angst, in der Unendlichkeit verloren zu gehen. Da hörte er abermals dieselbe wohlwollende Stimme, die sagte:

„Suche dir ein Abenteuer aus, je mehr Leid, desto mehr hast du die Gelegenheit zu spüren, denn Leben bedeutet spüren."

Er wollte jedoch kein Leid, sondern nur Freude erleben und sagte dies unverdrossen. „Dann geh in deinen Rahmen zurück und verweile dort." „Warum sollte ich in meinen langweiligen Rahmen zurückgehen?" Und die Stimme sprach: „Du sagtest doch, dass du kein Leid möchtest, doch wenn du aus dem Rahmen gehst, gehört das Leid dazu, um zu verstehen. Denn Leid reflektiert die andere Seite der Medaille.

Das Leben ist eine große Schule des Lernens und hält alles für dich bereit. Wähle dir die Dinge, die du lernen möchtest aus, und begebe dich auf die Reise".

Als er mit dem Aussuchen seiner Lernziele fertig war, wurde Leahcim von einer unsichtbaren Hand gestoppt, die ihm einen Stein mit auf den Weg gab.

„Hör gut auf das, was ich dir jetzt zu sagen habe, denn dies ist die wichtigste Aufgabe in deinem Leben. Es ist deine einzig wahre Aufgabe:

Suche in dir diesen Stein, denn er ist der Schlüssel zu deiner Seele."

Plötzlich entstand im Nichts ein Sog und zog Leahcim wie Badewasser, das durch den Abfluss fließt, in sein selbstkreiertes Leben über den Weg der Geburt.

So erlebte Leahcim seine Geburt und daraufhin den Traum. Als Erwachsener fragte er seine Mutter nach den Details seiner Geburt und stellte fest, dass all die Dinge, die er beim Rebirthing erlebt hatte, wahr waren.

Nach dem Aufenthalt im Krankenhaus über Weihnachten wurde Leahcim lieblos in sein zukünftiges Zuhause verfrachtet. Es war eine ärmliche Gegend, in der er als jüngstes Kind einer großen Familie aufwuchs.

Ich denke, es ist aufschlussreich nachzuforschen, wo die Wurzeln der Familie liegen. Es sind die Wurzeln in der Vergangenheit, die einem die Möglichkeit geben zu erkennen, wo Stärken und Schwächen, die wir in uns tragen, entstanden sind. Denn wir nehmen oft die Strukturen unserer Ahnen an, ohne zu erkennen, dass diese nicht mit unserer wahren Identität übereinstimmen. Wir meinen, dass wir so oder anders sind, doch ist es oft eine Maske oder ein Verhalten, das wir von unseren Vorfahren unbewusst übernommen haben.

Durch intensive Betrachtung des Stammbaumes von Leahcim ist es mir gelungen, Parallelen in den Lebenslinien von ihm, seinen Eltern und seinen Großeltern zu entdecken.

Sein Opa wollte sein Leben lang Musiker werden, doch der Krieg hatte einen anderen Weg für ihn bestimmt. Da sein Vater während des Krieges starb, musste sein Opa, für seine Mutter und seinen jüngeren Bruder sorgen. Dadurch konnte er sein begonnenes Studium nicht beenden. Nach dem Krieg machte er eine handwerkliche Ausbildung, um Geld zu verdienen, aber nicht um glücklich zu leben.

Als er Leahcims Oma während des Krieges kennenlernte und danach gleich heiratete, war er bereits 36 Jahre und Leahcims Oma 32 Jahre.

Sie kam aus einer sehr behüteten Familie, ihr Vater war Lehrer in zweiter Generation und hatte eine Dorfschule in Pommern geleitet, musste aber wegen des Krieges flüchten und orientierte sich in einem westlich gelegenen Bundesland.

Leahcims Urgroßmutter stammte aus einer feinen wohlhabenden Familie in Pommern und war sehr graziös. Diese Eigenschaft hatte sich die alte Dame bis zum Tode bewahrt, denn sie trug ständig weiße Handschuhe und einen sehr eleganten Hut.

Dadurch brauchte Leahcims Oma, von ihren Eltern unterrichtet, keine Ausbildung oder Studium anstreben, damals war es nicht erforderlich, dass Frauen aus wohlhabendem Hause einen Beruf erlernten.

Zwei Jahre später gebar Leahcims Oma das erste von vier Kindern. Das zweite Kind war ein Junge, dieser wurde leider nicht einmal ein Jahr alt. Der Schmerz und die Trauer für Leahcims Opa war so tief, dass er seine älteste Tochter, die Leahcims Mutter war, anstelle seines geliebten Sohnes hergegeben hätte.

Oft äußerte er gegenüber seiner Tochter seine Ansicht, und bestrafte sie somit, dass ihr Bruder verstorben sei. Seine Tochter war selbst erst vier Jahre alt. Durch diese vermeintliche Schuld, die das kleine Kind auf sich geladen hatte, war eine normale Entwicklung ohne therapeutische Hilfe unmöglich. Zwei weitere Töchter folgten noch – ein weiterer Sohn blieb aus.

Leahcims Mutter erzählte, dass sie nächtelang für ihren Vater Musiknoten schreiben musste, denn seine Passion für die Blasmusik und seine Kompositionen für sie konnte er nicht lassen. Leahcims Oma kümmerte sich kaum um ihre Kinder, sie hielt sich immer bei ihrer Mutter (Urgroßmutter von Leahcim) auf. Oft gab es eine Woche lang nur Eintopf zu essen. Schläge für ordentliche Erziehung waren an der Tagesordnung.

Leahcims Opa starb an den Folgen von Magenkrebs im Alter von 65 Jahren. Eine Aussöhnung mit seinen Kindern hat es nicht gegeben. Leahcims Oma hatte die vielen hunderte Kompositionen, die ihr Mann geschrieben hatte, später dem Altpapierhändler überlassen.

Es war eine künstlerische Schöpfung, die durch Unwissenheit und Gleichgültigkeit aus dem kreativen Topf der Menschheit vernichtet wurde.

Kein Wunder, dass Leahcims Mutter so schnell wie möglich aus ihrem sogenannten Elternhaus fliehen wollte. Mit 16 Jahren lernte sie einen sehr charmanten 20jährigen Mann kennen. Dieser versprach ihr eine heile Welt, behütet, aufgehoben und abgeschnitten von den Wirbelstürmen der Welt da draußen.

Leahcims Mutter war verliebt und suchte ein Fluchtweg, denn es konnte für sie nichts Schlimmeres geben, als das sie schon erlebt hatte. Wenige Monate später heiratete sie Leahcims Vater, doch diese Partnerschaft wurde durch Frustration und Verbitterung schwarz eingefärbt.

Leahcims Vater kam aus einer sehr großen Familie mit zehn Geschwistern. Er war das fünfte Kind und hatte dieselben Eigenschaften wie sein Vater: Er erzählte Dinge, die nicht wahr waren mit einer Überzeugung, die ihm kurzweilig Glauben verschaffte. Er betrog sich und andere, aber viel schlimmer war die Tatsache, dass er die Menschen, mit denen er zusammen war und die ihm vertrauten, verletzte. Einmal schrieb er ein Brief an Leahcims Mutter, dass er seinen Doktor nachgemacht hätte und in einem großen Unternehmen jetzt Vorstand sei. Leahcims Vater hatte einen

Hauptschulabschluss, mehr nicht, wie konnte er so dumm sein und solche unrealistischen Dinge behaupten und dann auch noch überzeugt sein, dass andere ihm glauben würden?

Ich weiß nicht, wie viel Leid Leahcims Vater in seiner Kindheit erleben musste und warum er das Muster von seinem Vater übernommen hatte.

Leahcims Mutter ging nachts oft auf die nahegelegenen Kartoffelfelder, um Kartoffeln zu klauen, damit die Familie etwas zu essen hatte, denn Leahcims Vater war auf Reise.

Beide Elternteile waren noch zu unreif, beide kamen sie aus einer zerrütteten Familie, beide hatten sie keine Ziele, beide wollten sie flüchten. Beiden ist es gelungen. Sie hatten auf Traumschlössern ihr Leben gestalten wollen und sind in einer Blechhütte gelandet. Sie wollten beidseitig Selbstwert aufbauen und haben kein Werkzeug gefunden. Sie waren noch unreife Früchte und brauchten Zeit, die sie sich nicht gaben. Sie wollten gemeinsam Liebe spüren und vergaßen, die Seele mit einzubeziehen.

Jeder Mensch hat seine Last zu tragen, wie Leahcims Eltern auch.

Leahcim war noch sehr klein, ein Säugling ohne eine ausgebildete Stimme, der noch nicht sprechen konnte, dennoch hatte er einen Zugang zu seinem Stein. Er konnte zu dieser Zeit mit ihm reden ohne jemals eine Sprache gelernt zu haben.

Er sprach ohne ein Wort und dennoch verstand er alles, was der Stein sagte.

„Leahcim, möchtest du etwas über das Tragen der Lasten unserer Menschheit erfahren?", vernahm er in sich den Stein.

Oh ja, denn Leahcim wusste, dass er durch solche Gelegenheiten seinem Stein ein Stückchen näherkam. Seine Aufgabe bestand ja darin, seinen Stein und dessen Eigenschaften zu erkennen, von Geburt an.

„Also, du möchtest erfahren, wie das mit unserer Last ist, die wir tagtäglich mit uns herumtragen?" Neugierig sprach Leahcim: „Klar möchte ich das."

„Na gut, dann erzähle ich dir mal die Geschichte von der Last."

- Die Last

Es waren einmal viele Menschen wütend über ihre Last, die sie im Leben tragen mussten. Da erschien ein Engel und sagte: Ihr habt alle große schwere Lasten zu tragen und ihr beneidet die anderen, die nicht so viel tragen müssen. Heute Nacht dürft ihr eure „Rucksäcke der Last" ablegen und im Morgengrauen dürft ihr euch einen Rucksack der anderen aussuchen.

Alle freuten sich und malten sich das schönste, unbeschwerte Leben aus. Doch der Engel staunte, als er im Morgengrauen die Menschen besuchte. Keiner der Anwesenden hatte seinen Rucksack getauscht. Voller Überraschung flog er, so schnell er konnte, zu Gott, fragte ihn:

„Wie ist das möglich, dass die Menschen kein Interesse hatten die eigene Last mit der Last eines anderen zu tauschen?" Und Gott sagte: „Der Rucksack gehört zum Leben und wurde von dieser Person gewählt. Wenn sie den Rucksack getauscht hätten, wüssten sie nicht, was ihr Leben ist, da der Mensch im Unterbewussten genau weiß, was seine Last ist. Eine andere unbekannte Last würde ihm nur Angst machen."

Leahcim vernahm die Worte und prägte sie in seinen Nervenbahnen fest ein, dann verabschiedete sich der Stein wieder tonlos.

Ich vermute, dass Leahcim seinen Rucksack auch behalten hätte, denn die Last und das Leid, die unmittelbar miteinander verknüpft sind, gehören zur großen Erfahrungswelt des Menschen. Außerdem hatte er einen Stein bekommen, den er leider noch nicht sah, aber der wenigstens mit ihm tonlos kommunizierte.

Nach diesem Ereignis entstand bei ihm das Gefühl, dem Stein näher zu sein. Er erkannte, dass sein Leben nun mal aus „Erfahrungen sammeln" und „daraus lernen", bestand.

Seine Großeltern väterlicherseits waren faktisch nicht anwesend, Leahcim kannte überhaupt niemanden aus dieser Ahnenreihe, denn sein Vater hatte die Verbindung nicht aufrecht gehalten. Zudem waren all die Onkel, Tanten und seine Oma väterlicherseits, für einige Jahre nach Amerika ausgewandert.

Leahcim besaß zwar eine große Familie väterlicherseits, aber keine der Tanten und Onkel kannte er. Von seiner Mutter hörte er nur immer, dass seine Oma ein herzensguter Mensch gewesen war und die Belastung mit 10 Kindern und einem Mann, ähnlich wie sein Vater, relativ gut bewerkstelligt hatte.

Wieder erschien Leahcim eine Vision, seinen Stein mit Hilfe der Ahnen zu suchen. Er wusste nicht, wie er den Weg über die Ahnen gehen sollte, doch spürte er innerlich, dass irgendwann in seinem Leben diese Auseinandersetzung mit ihnen kommen würde. Seine für mich bedeutendste Ahnin war seine Mutter. Sie war 21 Jahre alt, als sie Leahcim, das vierte Kind, gebar.

Eine Unterstützung durch seinen Vater konnte sie nicht erwarten, denn er reiste in ganz Deutschland herum und kam zur Geburt nur kurz vorbei. Sie war alleine und ohne jede Hilfe und musste in diesem frühen Alter lernen, sich voll und ganz zurückzunehmen, um für die Kinder da zu sein. Als sie das fünfte und letzte Kind gebar, war Leahcim nicht einmal zwei Jahre alt. Fünf Kinder ohne Vater und kein Geld: ein Zustand, aus dem Leahcim auch für sein späteres Leben viel lernen konnte.

In der neuen Wohnung, die mehr eine Behausung als Wohnung war, hing an der Treppenwand folgender Text:

Kinder verlangen nach Nahrung, die den Körper
wachsen lässt.
Kinder verlangen nach Wissen, damit sich der Verstand
entwickelt.
Kinder verlangen nach Liebe, damit die Seele ihr
Zuhause erkennt.

Ich glaube, Leahcim hätte gerne das „Verlangen" leben wollen, doch hatte das Schicksal es anders mit ihm gemeint.

Wie sollte eine Mutter, gerade einmal 21 Jahre alt, diese Aufgabe und das Verlangen der Kinder alleine tragen können?

Zwei Jahre später bekam Leahcim eine kleine Schwester, die Gabriele hieß. Das süße kleine Wesen hatte ihn nach nur vier Monaten, durch einen irreparablen Herzfehler, wieder verlassen.

Er war noch zu klein, um zu verstehen, doch fühlte er den ganzen Schmerz, den seine geliebte Mutter in sich trug. Stundenlang streichelte Leahcim ihren Arm und wich keinen Schritt von ihrer Seite. Er fragte sie, durch seine Augen: „Mutter, wo ist Gabriele?" Und sie erzählte ihm, mit ihrem traurigen Blick, und belegter Stimme:

„Gabriele wurde von den Engeln im Himmel abgeholt, schau", und sie zeigte mit ihrer zittrigen Hand in Richtung des weit geöffneten Wohnzimmerfensters. „Aus diesem Fenster ist sie mit den Engeln hinausgeflogen und kommt nicht mehr zurück."

Leahcim war betrübt, denn er wollte seine kleine Schwester zurückhaben, nicht nur, weil er sie vermisste, sondern auch, weil seine Mutter so traurig war.

„Mama, ich spring aus dem Fenster und flieg auch zu den

Engeln, damit Gabriele wieder bei uns ist", sprach Leahcim ohne Worte. Da wurde seine Mutter noch bedrückter und weinte so heftig, wie er es nie mehr im Leben bei ihr erlebte. Er fühlte sich schuldig, weil seine Mutter wegen dem, was er wortlos gesagt hatte, noch mehr weinen musste. Nach einer gefühlten Unendlichkeit richtete sich seine Mutter auf und schloss das Fenster. Sie sagte: „Spring bitte nie aus dem Fenster!" Er sah ihr in die tränennassen Augen, und wusste, dass er das niemals tun würde.

Hier kündigte sich das erste Mal der Tod und die Traurigkeit und zum zweiten Mal das „Verlassen sein" an. Leahcims innigster Wunsch, im Kleinkindesalter heraufbeschworen, war, niemals alleine zu sterben. Durch die Betrachtung seiner Mutter und ihres Lebens mit ihren Kindern formte sich eine weitere Annäherung zu seinem Stein, den er leider noch immer nicht sah, aber er spürte ihn, doch konnte er nicht sagen, wo er sich befand.

Früh in seiner Kindheit, weitere Jahre nach dem Tod von Gabriele, erlebte er in einer tiefen Trance, die er oft als Kind hatte, Antwort auf folgende Frage:

„Sterben wir allein?" Es war zwar nicht genau die Frage, sondern „Wo gehen wir hin?", aber diese Frage ist unmittelbar mit der Frage gekoppelt: „Gibt es nach dem Tod noch etwas anderes?", denn, wenn er diese Frage stellt, bekommt er auch die Antwort auf die Frage: „Sterben wir allein?".

Es ist unglaublich, dass ein Kind unter 4 Jahren solche Fragen sich stellt, aber die Seele kennt kein Alter und möchte Antworten auf die Fragen, die im Innersten brennen, egal in welchem Alter.

Leahcim saß gedankenverloren in seinem Kinderzimmer und befand sich in einem Zustand von – halb schlafen und doch wach sein –. In diesem Moment lief er frei von Gedanken auf einem wunderschönen Waldweg. Der Tag war erst frisch angebrochen und draußen war es trotz der frühen

Stunde mollig warm. Ein herrlicher Tag, um Bäume auszureißen. Er war so freudig und energiegeladen, dass er jeden Baum, der einen bestimmten Umfang hatte, umarmen wollte.

Immer wieder stellte er sich die folgende Frage:

„Kennst du solche Tage, die nur in Glück und Freude eingetaucht sind? Tage, die das Leben so sehen, wie es wirklich ist?"

Als Leahcim den wahrscheinlich zwanzigsten Baum umarmte, durchzuckte ihn etwas, das er bisher so noch nie gespürt hatte. Komischerweise dachte er ans Sterben, obwohl er ein glückliches Gefühl in sich spürte. Keine Schwermut oder Traurigkeit, und auf einmal kam ihm der Gedanke vom Tod in Sinn. Es wurde schwarz um Leahcim und er hatte das Gefühl, er sei in einer anderen Welt.

„Du willst wissen, wo du hingehst?", fragte ihn eine Stimme, die irgendwie von überall herkam. Leahcim erschrak und presste seine Augen ganz fest zusammen, um aus dieser Situation nicht herausgeschleudert zu werden. Er wollte diese Chance, dass seine Frage beantwortet wird, auf jeden Fall wahrnehmen.

Mit geöffneten Augen wäre ihm dies nicht möglich gewesen. Mit mutiger Stimme sagte Leahcim: „Ja – Ja, ich will", denn er wusste, ich bin bereit, egal was kommt, der Zeitpunkt für diese Wahrheit ist jetzt.

So wie die Stimme überall zu hören war, so floss auch aus dem Nichts eine Farbenansammlung in allen erdenklichen Nuancen im Raum. Soweit das innere Auge reicht, kamen bunte Farbtücher, die wie Schlangen aussahen, zu ihm geflogen. Auf einmal wickelten sich diese Tücher rechts und links um seine Arme und Beine, und trugen ihn schwebend nach oben.

In ferner Weite sah er ein helles, weißes Licht. Dort angekommen, wurde er von Gabriele mit einem zutiefst berührenden Blick in ihren ausgebreiteten Armen empfangen. Doch es war nicht nur Gabriele dort, es waren auch unglaublich viele für ihn fremde Menschen, die Leahcim herzlich begrüßten.

Das Gefühl, nicht alleine zu sein, wenn man geht, und zu wissen, dass es einen Ort des „Treffens" gibt, machte Leahcim sehr glücklich. Gabriele sagte zum Abschied zu ihm: „Achte auf deinen Stein, er wird dir bald begegnen."

Leahcim öffnete die Augen und wusste nach diesem Erlebnis, wohin seine Reise am Ende des Lebens gehen würde. Die Angst, im Sterben alleine zu sein, bekam Flügel und flog den Himmel hinauf, bis nur noch ein kleiner Punkt zu sehen war. Da hatte er die Gewissheit, dass er niemals alleine ist, oder jemals alleine war, und er hatte wieder einen Hinweis bekommen, seinen Stein zu suchen, indem er aufmerksam mit dem Blick auf das Wesentliche durchs Leben gehen solle.

Durch den Tod seiner Schwester wuchs in den Jahren danach eine große Eigenschaft in ihm heran, die er erst viele Jahre später erkannte:

Er lernte, durch das Äußere zu spüren. Er lernte zu spüren, wie sein Gegenüber sich momentan fühlt. Er entwickelte Empathie (griechischen Wort „Empathie" = Leidenschaft „en" = ein und „Pathos" = Gefühl).

Leider hat Leahcim dabei nicht gemerkt, dass er die Fähigkeit Emotionen, Gedanken, Absichten und Persönlichkeitsmerkmale eines anderen Menschen oder eines Tieres unglaublich gut einzuschätzen hatte, aber seine eigenen Gefühle unter Verschluss hielt. Dieser Zustand sollte ihm, im weiteren Verlauf seines Lebens, Nachteile bringen.

Durch die Suche seines Steins im Außen, vergaß er eine andere Blickrichtung einzunehmen, denn er konzentrierte sich zu sehr nach außen und übersah das Innere.

Doch eine äußerst wertvolle Hilfe, seinem Stein ein weiteres Stück näher im Innern zu kommen, stellte die Tragödie mit seinem sechs Jahre alten Bruder dar. Beide, Leahcim war gerade viereinhalb Jahre alt, waren auf einem Schotterweg Richtung Müllhalde gelaufen, die Sonne meinte es gut mit ihnen und wärmte beider Haut. Sie waren bereit, Abenteuer und Neugierde auszuleben.

Am Müllplatz angekommen, suchten sie nach Schätzen, die sie in eine materiell bessere Welt bringen sollte. Beide durchstöberten mit dem Stock unterschiedliche Hügel, um etwas Brauchbares zu finden. Leider hatten sie überhaupt kein Glück und waren enttäuscht, nichts gefunden zu haben, sie sahen sich an und wollten gerade gehen, als sie einen sehr interessanten Hügel entdeckten, der qualmte. Ohne ein Wort rannten beide zur dampfenden Stelle. Leahcims großer Bruder, der schneller lief, machte einen riesengroßen Sprung direkt auf den Hügel.

Doch was dann geschah, ließ Leahcim auf der Stelle erstarren. Er sah seinen Bruder „brennen", seine Schuhe fingen Feuer und brannten lichterloh. Kein Wort, kein Weinen, kein Schreien nur Stille durchzog den Ort. Doch dann bewegte er sich, wie in Zeitlupe kam er zu Leahcim gelaufen. Leahcim schrie „zieh die Schuhe aus", aber er hörte nichts. Sein Bruder musste handeln und riss ihm einfach die Schuhe vom Fuß. Wie durch ein Wunder konnte sein Bruder, trotz der extremen Verbrennungen, den Weg zurücklaufen. An einer Stelle des Weges befand sich eine Wasserpfütze, dort drängte Leahcim ihn dazu, seine glühenden Füße einzutauchen.

Zu Hause angekommen wurde sein Bruder ins Krankenhaus gefahren. Die Ärzte wollten ihm seine beiden Füße amputieren, seine Mutter ließ es nicht zu. Die Ärzte sagten: „Er wird sterben, wenn wir nicht amputieren". Seine Mutter aber sagte: „Lieber sterben als ohne Beine auf dieser Welt zu leben."

Es war schwer für die Mutter, sich zu entscheiden, ob das Kind leben oder sterben sollte.

Ich glaube, dass wir keine Berechtigung haben zu entscheiden, ob jemand gehen darf oder nicht. Aber wie ist es mit einem kleinen Jungen, der durch verlorene Füße keine Integration in unserer Gesellschaft erfahren kann? Wie fühlt sich die Mutter bei dieser schwerwiegenden Entscheidung? „Füße ab oder das Kind stirbt?" Wer sagt, dass die Ärzte immer recht haben? Mit ihrer Annahme, dass das Kind sterben würde, wenn die Füße dranbleiben, haben sie da recht? Können wir überhaupt diese Entscheidung über unseren Verstand lösen? Ist es nicht besser, die Entscheidung über unser Herz zu fällen? Doch, wie finden wir den Zugang über unser Herz, wenn der Stress, eine richtige Entscheidung zu finden, so enorm groß ist?

Drei Tage lag sein Bruder auf der Intensivstation, drei Tage, die jeder von ihnen als Hölle empfand. Am vierten Tag erholte er sich und die Ärzte nahmen aufwendige Hauttransplantationen vor. Es wurden Hautpartien von den Oberschenkeln zu den Füßen übertragen. Beide Beine und Füße waren mit hässlichen, großen, vertikalen Narben, die teilweise 8 cm breit und 25 cm lang sind, überzogen. Sie sind so sichtbar hässlich, dass sich sein Bruder bis zum erwachsenen Alter nur bedeckt zeigen wollte, keine kurzen Hosen trug und auch kein Schwimmen im Freibad oder See unternehmen wollte.

Wie ist es möglich, in diesem Alter, unschuldig und rein, vom Schicksal solche Narben zu bekommen? Durch ein solches Ereignis verschiebt sich der Lebensweg in eine andere Richtung. Wie stark muss ein Mensch sein, um mit dieser Wunde zu überleben?

Wenn Wunden sichtbar werden, verstößt uns die Gesellschaft.

Es sind nicht die körperlichen Schmerzen, die uns langfristig schwächen, es sind die emotionalen Schmerzen, die uns beugen oder gar zerbrechen lassen.

Trotz der Dramatik mussten beide viele Jahre später lachen, denn die Transplantation von Oberschenkelhaut zum Fuß hatte die Eigenschaft, dass unter seinen Füßen Haare wuchsen und das sah wirklich lustig aus. Sein Bruder hat dieses Ereignis als seines angenommen und stellt sich nicht mehr die Frage: Warum? Sondern WOZU?

Sein Bruder nahm die Lebenskrise auch als Chance an, in ihr zu wachsen. Mit der Frage „Warum?" begab er sich in Selbstmitleid, bei der Frage „Wozu?" war sein Bruder bereit, die Essenz aus der Tragik zu erfragen und womöglich zu erkennen, um sich dann zu heilen.

„Leahcim", hörte er seinen Stein flüstern: „Glaube mir, ich weiß, dass dies sich manchmal anhört, wie theoretisches Geschwätz, aber wenn du bereit bist, mit ehrlicher Absicht dein Herz zu öffnen, wirst du erkennen, dass im reinen Herzen die Wahrheit liegt."

Durch diese Tragödie und ihrer tiefen Erkenntnis, Entscheidungen im richtigen Moment zu treffen, hörte und spürte Leahcim das erste Mal seinen Stein im Körper. Nun hatte er die Gewissheit, dass es tatsächlich einen Stein gab. Er wusste zwar noch nicht, wie er aussah oder wo genau er sich im Körper befand, aber Leahcim spürte ihn und das machte ihn ein wenig zufriedener. Leahcim gab seinem Körper durch diese Tragödie eine Möglichkeit, seinen angesammelten Schmerz teilweise loszulassen. Denn wenige Monate später bekam Leahcim eine schwere Krankheit, er hatte eine Hirnhautentzündung und musste viele Wochen stationär im Krankenhaus untergebracht werden. Diese Krankheit ist eine Entzündung der bindegewebigen Hüllen, die das Gehirn umgeben. Gerade Kinder und Menschen mit einer geschwächten Abwehrreaktion, die Leahcim ohne Zweifel durch den Vorfall besaß, sind besonders gefährdet.

Die Problematik war, dass er an einer Hirnhautentzündung sterben konnte. Er war sehr geschwächt und hatte extreme

Kopfschmerzen, so dass Leahcim kein Licht oder irgendein Geräusch ertragen konnte. Des Öfteren bekam er am Morgen eine riesige lange Spritze an seine Wirbel gesetzt, dort wurde ihm Rückenmarksflüssigkeit abgenommen, als Nachweis der Infektion und des Erregers in der Gehirnflüssigkeit.

Leahcim lag wieder über Weihnachten im Krankenhaus, für ein Kind in diesem Alter, das noch an den Weihnachtmann glaubt, war diese Situation unerträglich. Eine Krankheit kann dazu dienen, die seelische Belastung zu minimieren oder gar aufzulösen.

Sein Kopf schien zu explodieren und er begann, im Delirium von einer Explosion und brennenden Häusern zu träumen.

Ich denke, dass Leahcim die Aufbereitung seiner zuvor erlebten Schicksale durch Träume therapierte, soweit es ihm möglich war. Denn Träume waren und sind in seinem Leben immer eine Möglichkeit gewesen, Erlebtes zu verarbeiten, um danach gestärkt aus dem Drama hervorzugehen, außerdem gaben sie ihm die dringenden Informationen, die er brauchte, um seinen Stein zu finden. Und tatsächlich, im Laufe seines Lebens sah er immer klarer, und Leahcim erkannte, dass der Stein einen viel größeren Schatz verbarg, einen Schatz, den man mit Worten nicht beschreiben kann.

Traumgeschichte -
Vulkanausbruch

Ein Berg sprengte seine Spitze davon und ein Asche- und Lavaregen prallte auf die Erde nieder. Die dort lebenden Einwohner blickten mit Tränen in den Augen in eine nicht mehr zukunftssichere Welt. Viele Stunden danach hörte man noch die Menschen fragen:

„Oh – Gott, was hast du getan?" Sie sahen Haus und Hof brennen. Andere wiederum blieben apathisch auf einem Fleck stehen und spürten nicht einmal, wie Gesteinsbrocken aus Lava dicht über ihre Häupter hinwegflogen. Oder, es war ihnen egal, weil das Leid keinen Raum für Leben zuließ.

„Die Welt ist grausam!", betete ein sehr alter Herr mit einem langen weißen Bart und zittrigen Händen. „Warum hast Du all das Leid und Verderben über uns gebracht? Waren wir Dir nicht immer gute und hilfsbereite Diener? Gingen wir nicht immer sonntags in die Kirche? Hatten wir unsere Kinder nicht anständig zum religiösen Glauben erzogen? Oh, Du da oben, der Du immer Friede und Gerechtigkeit predigst, von Treue, Freundschaft mit Tier und Natur und auch von Liebe, haben wir Dir nicht alles gegeben, was Du wolltest? Wir sind keine Götter, wir sind nur zerbrechliche Menschen und haben den einen oder anderen Fehler gemacht. Aber deswegen gleich einen ganzen Berg explodieren zu lassen, an dem sich hunderte Menschen angesiedelt haben?

Du sprichst von Treue, wir waren Dir treu und haben Dich geliebt und nun dieses! Mein Gott, warum?" Und aus des

Mannes Augen flossen abermals Tränen von Bitterkeit und Enttäuschung.

„Meine Frau, die ich heute an diesem grausamen Tag zu unserer goldenen Hochzeit überraschen wollte – ist tot. Sie lag schon mehrere Monate gefesselt im Bett und musste gepflegt werden, aber sie verbrennen zu sehen, vor meinen Augen, das war zu viel für mich. Was übrig bleibt, ist nur noch Asche und meine Erinnerung an gemeinsame Zeiten."

Und aus seinen Augen flossen abermals Tränen, Tränen voller Schmerz, Tränen voller Hilflosigkeit.

Der alte Mann erhob sich von der eingestürzten Mauer, die er als Sitzplatz vorgefunden hatte und einst sein Haus gewesen war. Seine Beine waren weich, zu weich, um Halt zu geben. Er brauchte eine Weile, um in ihnen Leben und Kraft zu spüren, damit sie seinen Körper trugen. Langsam schritt er durch die stark beschädigte Straße, rechts und links Verwüstung. Die Einwohner, die von den Lavamassen verschont geblieben waren, konnten selbstständig, ohne dass sie von weiteren gefährlichen Trümmern zu Tode geschlagen wurden, fliehen.

Gerade als der Mann in einem bunkerähnlichen Gebäude Schutz suchen wollte, sah er ein Kind, nein, es war kleiner, es war ein Säugling, vielleicht erst drei Monate alt. Langsam und mit tiefem Atem beugte er sich zum Säugling und streckte seine Arme aus, damit er das kleine Bündel aus den Trümmern ziehen konnte.

Ganz zart und mit offenen Augen blickte der Säugling dem alten Mann ins Gesicht. Durch diesen tiefen Blick, den nur ein Säugling in dieser unbefleckten Reinheit aufweist, strahlten die blauen alten Augen, nach kurzer Zeit, eine seltsame funkelnde Wärme aus. Der alte Mann dachte in diesem Augenblick der vollkommenen Liebe nicht mehr an sein tragisches Unglück, es schien so, als würde von dem Säugling etwas schon immer Dagewesenes ausgehen.

Die Bitterkeit, die den alten Mann zuvor mit aller Gewalt in die Fesseln genommen hatte, war wie von Zauberhand weggefegt. Was war das für ein liebliches, warmes Geschöpf, das er in den Händen trug? Ihm war auch nicht bekannt, dass er dieses Kind jemals gesehen hatte, obwohl er in diesem kleinen Seelendorf jede Geburt oder jeden Zuzug mitbekam. Wer war dieses Geschöpf? Diese Frage beschäftigte ihn immer mehr. Lange blieb der Mann, in seiner Körperhaltung stehen, ohne sich zu rühren. Er bemerkte nicht einmal, wie das schreckliche Getöse langsam zur Ruhe kam. Es wurde schon dunkel, aber die Winternacht hatte eine unerträgliche Hitze durch die ausströmende Lava. Der Mann bekam enorme Schwierigkeiten, die durch feine Staubpartikel kontaminierte Luft ohne Hustenreiz einzuatmen. Irgendwie fühlte er sich weit weg, doch durch ein sanftes Schreien kam er aus seiner Apathie zurück. „Was hast du denn?", sprach er zum Baby. Wie ein Blitz schoss es dem Mann durch den Kopf – natürlich, du hast Hunger und Durst, aber woher soll ich dir etwas holen, es ist doch alles vernichtet?

Er ging die Straßen entlang mit dem Baby im Arm, dicht an seine Brust gepresst, damit es nicht von irgendwelchen äußeren Einflüssen zu Schaden kam. Nach ein paar Metern entdeckte der Mann ein dunkles, flackerndes Licht in einem fast unbeschädigten Haus. Wie bei so vielen anderen Häusern stand auch dieses mit einem aufwendig gestalteten Vorgarten inmitten der Ortschaft. Die Blumen und Sträucher in diesem Vorgarten hatten keinerlei Schaden davongetragen, es schien so, als hätte eine große Käseglocke dieses Haus verschont. Er ging geradewegs auf das Haus zu, ohne sich zu überzeugen, ob die Türklinke heiß war oder nicht, griff nach dieser und öffnete sie mit der noch freien Hand. Auch im Haus sah man keinerlei Zerstörung, sogar der CD-Player gab wunderbare Klänge von sich. Es war sehr warm im Wohnzimmer, der alte Mann ließ sich geschwächt mit dem Baby im Arm in einen riesengroßen Ohrensessel fallen. Mittlerweile hatte auch das Baby aufgehört zu weinen. Der alte Mann nutzte die Zeit, um eine Weile einfach nur zu sein. Nach wenigen Minuten stand er auf und ging in die nahegelegene Küche. „Was für ein Glück", dachte er sich, als er noch etwas zu essen im Kühlschrank fand. Neben der Spüle, in der dreckiges Geschirr gestapelt war, strich er für sich mit unruhigen Händen ein mit Käse belegtes Brot. Er spürte jedoch keinen Hunger, er wusste auch nicht, warum er sich das Brot gestrichen hatte. Vielleicht war es auch nur eine momentane Geistesabwesenheit, die ihn dazu trieb.

Kaum dachte er an seinen Schmerz, spürte er die Versteinerung in seinem Körper wieder und sie überfiel ihn so intensiv, dass er nicht atmen konnte. Da auf einmal sprach das Baby zu ihm:

„Ich bin dein Schutz, sieh mich an. Deine Schmerzen über diesen großen Verlust wirst du nicht auf einmal verlieren, du benötigst Zeit. Ich bin der Schutz, der dir hilft, das Leid von einer anderen Richtung aus zu betrachten. Deine Frau, mit der du ein ganzes Leben lang zusammen warst, wurde dir heute genommen. Sie ist an deiner Stelle gegangen. Wäre es dir lieber, dass du gegangen wärest?

„Nein", antwortete der Mann. „Meine Frau war gebunden ans Bett, sie musste gepflegt werden und sie hätte den Schmerz des Verlustes nicht ertragen, das wäre furchtbar für sie gewesen."

Das Baby schaute liebevoll in die Augen des Mannes. Auf einmal verstand der Mann, er wusste, dass er dieses Leid leichter tragen konnte als seine geliebte Frau. Der Schmerz war zwar noch da, aber er wusste nun, wozu er das Leid auf sich nahm. Und er war froh, dass seine Frau vor ihm gestorben war, ihm wurde auch klar, dass in diesem hohen Alter eh einer von ihnen beiden irgendwann demnächst gegangen wäre. Und nun erkannte er auch das Baby, es war *sein inneres Kind, das ihn aus seinem zerstörten Haus wegzog, um den Schmerz erträglicher zu machen.*

Es führte ihn in ein anderes sicheres Haus und gab ihm etwas zu essen.

Leahcim wachte auf, schaute sich in seinem Krankenzimmer um und entdeckte an der Wand hängend einen Engel aus Holz. Er fühlte sich in diesem Moment geborgen und hatte die Gewissheit, dass er irgendetwas in sich trägt, das ihn schützt, ja, vielleicht war es sein eigenes inneres Kind.

Leahcim brauchte nur einen Zugang, damit er sich von innen her betrachten konnte. Aber wo findet man den Zugang zu sich selbst? Es gibt ja keine Straße mit Namen, die den Zugang zeigt. Diese Art von Zugang war für Leahcim noch ein unbekannter Weg.

Es war ein Weg, der erst einmal Ruhe benötigte und zwar Ruhe in sich selbst. Damit die Feinheiten, die Körper und Geist senden, wahrgenommen werden können.

Sobald Leahcim etwas Feines, ja schon fast Filigranes wahrgenommen hatte, war es für ihn entscheidend, dieses Wahrgenommene innen zu verfolgen, um eine Erkenntnis zu bekommen.

Leahcim hatte begriffen, dass der Stein nur durch Inneneinsicht gefunden werden kann. Er wusste nun, es gibt jemanden oder etwas, mit dem man reden kann. Dies probierte er gleich aus.

Leahcim fragte sein Innerstes, wo sein Stein sei, er erwartete eine Antwort und war enttäuscht, nichts zu hören. Irgendwie hatte er noch nicht den Schlüssel zur Kommunikation gefunden. Er war so nahe dran und es schmerzte ihn, keinen Erfolg zu haben, doch er tröstete sich mit der Gewissheit, dass das Leben mehrere Chancen bot und er glaubte fest daran, eine dieser weiteren Chancen wahrzunehmen. Durch sein bewegtes Leben machte sich tatsächlich eine zweite Tür der Erkenntnis auf.

Nach dem Krankenhausaufenthalt und einige Zeit später, Leahcim war bereits fünf Jahre alt, wurde er mit seinen Geschwistern in ein Kinderheim gebracht. Aufgrund der Tatsache, dass seine kinderreiche Familie kein Geld hatte und das Jugendamt der Mutter drohte: „in kriminellen Sozialbauten wohnen zu müssen", hatte seine Mutter beschlossen, alle ihre Kinder in einem Kinderheim unterzubringen.

Ihre berechtigte Angst, die Kinder in Sozialbauten mit diesem Umfeld von Kriminalität „nicht straffrei aufwachsen zu sehen", konnte Leahcim verstehen, aber emotional grausam war es doch. Er fragte sich damals und heute noch: Wie hätte er gehandelt? Sollte er seine Mutter verurteilen für die Entscheidung, die eigenen Kinder ins Heim zu bringen? Blieb ihr denn etwas anderes übrig? Seine Mutter hatte keine Ausbildung und somit keine Chance auf dem Arbeitsmarkt. Zudem war es verpönt, alleinerziehend und mit vier Kindern in Deutschland zu leben.

Sie hatte niemanden, denn auch ihre Eltern und die Schwiegereltern waren nicht da, um eine unterstützende Hilfe zu sein. Andere Menschen in dieser Situation verzweifeln manchmal so sehr, dass sie sich für den Freitod entscheiden. Seine Mutter entschied sich für die Kinder und wollte nur das Beste, jedenfalls was für sie möglich war. Sie entschied sich aus vollem Herzen und Leahcim wusste, dass sie durch diese Entscheidung viel Schuld auf ihre Schultern geladen hat. Leahcim verzieh später als Erwachsener seiner Mutter voll und ganz und wünschte ihr, dass auch sie sich selbst verzeiht, denn wer gibt uns das Recht, einen anderen Menschen zu verurteilen? Doch noch viel schlimmer ist es, einen Menschen zu verurteilen, ohne die Situation zu kennen.

Leahcim machte sich auf die Reise, ohne es zu wollen. Ein

Heim für Kinder, eingesperrt und ausgeliefert, er ging ins Ungewisse.

Bis zu dieser Zeit war er ein sehr neugieriger Junge, ständig fragte Leahcim seiner Mutter Löcher in den Bauch, er wollte alles wissen. Nach seiner Krankheit und der Reise ins Heim stellte er keine Fragen mehr. Es war so, als ob die Gehirnhautentzündung seine „Region der Neugierde" im Gehirn vernichtet hätte und seine Abschiebung ins Heim ihn stumm werden ließ.

Das erste Kinderheim, in dem die Kinder wohnten, hatte keine Trennung von den Geschwistern verlangt, sie durften beieinanderbleiben. Leahcim stellte fest, dass das Haus relativ klein war und die Räume schmutzig und verwohnt waren. Sie wohnten in einem heruntergekommenen alten Gebäude, abgelegen vom Dorf.

Nur wenige Tage nach dem Einzug ins Heim, haben Leahcim und die Mitbewohner mit den Pflegern Blaubeeren gesammelt. Denn der Wald mit den herrlichen Früchten war ganz nah. Der Wald und die Bäume gaben Leahcim damals schon Kraft, um in dieser abenteuerlichen Welt bestehen zu können.

(Die Blaubeeren in diesem Wald gibt es zwischenzeitlich nicht mehr, denn der Mensch hatte Größeres vor und machte Platz für Betonbauten. Wenn der Mensch die Gabe hätte, sich in jedes Lebewesen und in die Pflanzen zu versetzen, würde er die Natur anders behandeln.)

Es waren einige Kinder im Heim untergebracht, doch fühlte sich Leahcim einsam. Er war einsam, denn sein Vater war nicht da. Oft hat sich Leahcim gewünscht, mit seinem Vater in die Natur zu gehen oder einfach mit ihm zusammen etwas zu basteln. Er hatte großes Interesse am Leben und wollte dies seinem Vater anvertrauen, doch Leahcim konnte sich niemanden anvertrauen.

Leahcim hatte bemerkt, wenn er solche Zwiegespräche

führte, war es sein Zugang zum Stein, oder bescheidener gesagt, sein Gespür zum Stein war greifbarer. Er hatte die Ahnung, etwas Großes sei in ihm, konnte es aber nicht bestimmen, woher er die Gewissheit nahm.

Es kam ihn in den Sinn: Wahrscheinlich kennen viele das Gefühl in sich, etwas zu spüren, was sehr mächtig ist, aber wir erkennen nicht, was es ist. Es ist was Unerklärbares, Unsagbares und Unglaubliches, aber sehr vertrauensvolles.

Dieses Gefühl der inneren vertrauensvollen Stärke, baute sich von Geschichte zu Geschichte, die er in seinen Träumen und in der Kommunikation mit seinem Stein vernahm, immer stärker auf. Und Leahcim bekam auch eine Ahnung, warum dies so war. Jede Geschichte, die er erfahren hatte, war mindestens mit einer Erkenntnis bestückt und diese Lehre führte Leahcim näher zum Stein.

Jetzt gerade eben, wurde Leahcim wieder von seinem Stein angehalten, eine Geschichte von ihm zu hören.

Leahcim freute sich und hörte gespannt zu, wie der Stein seine Geschichte über das Vatergespräch erzählte. „Es ist eigentlich eine Traumgeschichte, die du im Dialog mit deinem Vater führst, höre gut zu und genieße", sagte sein Stein und fing an:

Vatergespräch

„Leahcim, bring mir mal das lange helle Brett, es liegt oberhalb der Treppe." „Ja, Papi, ich hole es dir gleich, nachdem ich meinen Freund angerufen habe." „Leahcim, ich brauche es aber sofort, denn lange kann ich den Schrank nicht mehr so halten." „Okay, aber anschließend gehe ich zu meinem Freund Claude. Wo sagtest Du, liegt nochmals das Brett?" „Oberhalb der Treppe, aber beeil dich." „Jetzt habe ich es gesehen, da hast du es!

Sag mal Papi, wie findest du eigentlich Susi?" „Susi ist ein wirklich nettes Mädchen mit sehr viel Herz." „Papi, was heißt eigentlich „sehr viel Herz?" „Sehr viel Herz hat ein Mensch, wenn er etwas Gutes denkt und tut." „Aber Papi, wie erkenne ich, was gut oder schlecht ist?" „Was Gutes tun, heißt immer etwas tun, was einem anderen Menschen nicht weh tut." „Aber Papi, woran merke ich, dass ich einem Menschen nicht weh tue?" „Das, mein Kind, liegt in deinem Denken, Fühlen und Handeln. Ganz tief in deinem Herz spürst du ein Gefühl, das dir sagt, was du tun sollst."

„Oh, das kenne ich, ich fühle mich dann so fröhlich und könnte die Welt umarmen." „Genau das ist es!", sprach sein Vater und schaute Leahcim sanft an.

„Warum gibt es denn eigentlich böse Menschen?", wollte Leahcim wissen." „Die, mein Kind, sind von klein auf durch die Umgebung, Eltern und Freunde gelenkt und negativ geformt worden, denn in Wahrheit wird kein Mensch böse geboren. Vielleicht haben diese Menschen den leichteren und bequemeren Weg für sich selbst ausgesucht, denn es ist leichter, jemanden anzubrüllen oder mit den Fäusten zu drohen, als etwas Liebes zu sagen.

Wenn du etwas Liebes sagst, öffnest du dein Herz und bist verwundbar. Oder sie hatten keinen Zugang mehr zu sich selbst und versteinerten ihr Herz."

„Papi, heißt das, dass die Eltern schuld an dem Guten und Schlechten vom Kind haben?" „Nein, jeder ist auf die Welt gekommen, um seinen eigenen ausgewählten Weg zu gehen. Und jeder Mensch hat schwere und leichte Etappen in seinem Leben zu meistern, doch oft sind die Menschen zu bequem und nehmen den leichteren Weg zuerst. Doch wissen die Menschen nicht, dass das Leichte letztendlich zum Schweren werden kann.

Wenn du, Leahcim, dir zum Beispiel vornimmst, deine Hausaufgaben sofort zu machen und auf dem Weg in dein Zimmer siehst du draußen durch das Fenster deinen Freund Claude, der dir zuwinkt und dich bittet, mit ihm Fußball zu spielen. Dann bist du im Zwiespalt zwischen Fußball oder Hausaufgaben, du nimmst das Leichtere und gehst hinaus zu Claude. Nach 15 Minuten quälen dich Gewissensbisse, denn du weißt, die Hausaufgaben müssen heute erledigt werden. Du spürst einen inneren Druck und das Fußballspielen macht nicht so viel Spaß wie sonst. Nach zwei Stunden läufst du hinauf aufs Zimmer und machst die Hausaufgaben, doch es ist jetzt schon spät geworden und es fällt dir schwerer, dich auf deine Hausaufgaben zu konzentrieren. Womöglich redest Du dir noch alle möglichen schlechten Gedanken ein. Und das meine ich, mein Sohn, mit vielem wird es schwerer, wenn du das Leichte nimmst. Darum, mein Kind, nehme immer das zuerst in die Hand, was Du dir vorgenommen hast, aber nur, wenn es gut ist, das heißt, wenn du es in deinem Herzen spürst."

„Papi, ich habe Angst zu leben!" „Nicht doch, mein Kind, warum fürchtest du dich? Was für ein Gefühl umgibt dein

Herz, dass es nicht mehr schlagen will?" „Aber, Papi, wenn du sagst, dass man immer Gutes tun soll, damit man auf dem richtigen Weg bleibt, dann habe ich Angst, etwas Falsches zu machen." „Ich verstehe, mein Sohn, denk daran, du tust solange nichts Falsches, wie du das Gute in dir hast. Und irgendwann wird das Schwere zum Leichten.

„Papi, gibt es eigentlich eine Anleitung, wie man gut handelt?" „Nein, denn Gefühle und Situationen sind so verschieden, dass man keine allgemeingültige Anleitung aufstellen kann. Überlege einmal, wenn Susi weinen würde und du lässt sie einfach stehen, wäre dies im Augenblick für einen Außenstehenden hartherzig. Doch, wenn der Außenstehende den Grund wüsste, wäre seine Meinung über Susi anders. Nehmen wir einmal an, Susi würde nur aus Vorteilsdenken weinen, zum Beispiel, um irgendetwas von dir zu bekommen, so wäre dies doch richtig und gut, dass du sie nicht beachtest. Zum einen wäre dies gut für Susi, damit sie merkt, dass echte Zuneigung nicht auf vorgetäuschten Gefühlen und schlechten Gedanken basiert. Zum anderen ist es gut für dich, obwohl dieser Weg der schwerere ist zu wissen, dass du Susi durch deine Ehrlichkeit auf den richtigen Weg verholfen hast. Helfen kannst du, aber etwas daraus machen (lernen) muss dein Gegenüber selber.

Oder nehmen wir einmal an, du schaust gerne Fernsehen und weil ich dich lieb hab, erlaube ich dir dein Hobby und schenke dir sogar einen wunderschönen Flachbildfernseher, damit du immer schauen kannst. Somit habe ich etwas vermeintlich Gutes für dich getan. Doch letztendlich war es schlecht, denn deine ganze Gesundheit wird dadurch geschädigt. Auch ist dies der leichtere Weg dir etwas Gutes zu tun, denn hätte ich nein gesagt, müsste ich mit dir eine Konfliktlösung finden."

Solche Tagträume mit Leahcims Vater waren immer wieder schön und erleichterten seinen Lebensweg. Leahcim hatte für sich einen Zugang gefunden, der ihm die Antworten des Lebens gab. Immer wieder hoffte er, einen direkten Zugang zu seinem Stein zu finden, doch er hatte nur ein Gespür. Leider besaß er keine konkreten Angaben, wo sich der Stein befindet, dies machte ihm das Leben erst einmal sehr schwer.

Nach wenigen Monaten im Kinderheim hatte Leahcim seinen ersten Schultag. Es war etwas ganz Besonderes, denn er bekam eine Schultüte mit tollem Inhalt, aber das Schönste darin war ein Flummiball. Stundenlang spielte Leahcim mit diesem Ball, der nur ihm alleine gehörte. Es war für ihn das einzige Spielzeug, denn mehr hatte er nicht.

Doch nach wenigen Tagen zog eine dicke, schwarze Wolke über seinen Lebensweg. Seine Schwester und er mussten sich zusammen in eine im Keller gelegene große Nasszelle, in der sich mehrere Duschen befanden, stellen. Die Heimleiterin, mit ihrem Helfer, zog einen Teppichklopfer aus einem im Raum befindlichen Badeschrank und verprügelte beide grün und blau, immer wieder auf ihren zerbrechlichen Rücken, sie weinten vor Schmerz und zitterten vor Angst.

Damit es besonders schnell ging, zog die Heimleiterin ihren Gürtel aus und peitschte beide wie ein Pferd aus. Leahcim wusste nicht, wieso er und seine Schwester Schläge bekamen. Diese Prozedur wiederholte sich mehrmals in ihrem Heimleben, sodass die Rückenwirbel regelrecht verschoben wurden. Es war für beide der Raum der Hölle, nur in die Nähe der Duschen zu kommen, bedeutete für beide eine Qual. Die körperlichen Wunden verheilten teilweise, aber die seelischen Wunden blieben ein Leben lang.

Nach dieser bestialischen Prozedur des abartigen Verprügelns wurde für seine Schwester und Leahcim einen Monat später ein Gips angefertigt, der den geschundenen Körper wieder in Form bringen sollte. Das Perverse daran war, dass sie offiziell nicht wegen des Verprügelns die Gipse bekamen, sondern wegen der deformierten Rückenwirbel, die anscheinend ein körperlicher Mangel waren. Seine Schwester trug dieses Korsett fast ein ganzes Jahr, Leahcim hatte Glück und kam mit wenigen Wochen aus. Dieses ausgeliefert sein, dieses sich nicht anvertrauen können, und diese Hoffnungslosigkeit durchfluteten die Kinderseele mit dem Gefühl der Wertlosigkeit.

Wenige Wochen später, im gemeinsamen Schlafraum, in dem zehn Kinder untergebracht wurden, hatte Leahcim folgendes Erlebnis. Es war stockdunkel und schon sehr spät. Leahcim lag im Bett und war gerade dabei einzuschlafen. Auf einmal spürte er eine eiskalte Hand auf seinem Rücken, die sich hin und her bewegte. Eine eiskalte Starre durchzog seinen Körper und er ließ geschehen. Leahcim war noch zu klein, um alles zu verstehen, aber geöffnet genug, um sich tief verletzt zu fühlen. Er war Freiwild und für jeden Perversen zu haben, ausgeliefert in den schutzlosen Schlafräumen, ein Kind von 6 Jahren, das einem Erwachsenen nicht entkommen konnte. Leahcim wurde ohnmächtig, um den Missbrauch nicht zu spüren. Er wachte wieder auf und warf mit seinen Hausschuhen nach einer erwachsenen Person, die sich im Schlafraum aufhielt. Doch diese Person beachtete ihn nicht, sondern ging aus dem Raum, als nichts geschehen wäre.

Irgendwann schlief Leahcim vor Erschöpfung ein. Als er wieder aufwachte, erinnerte er sich, dass er in dieser Nacht von einem großen Mann geträumt hatte, der aussah wie der Nikolaus. Dieser Mann nahm ihn auf seiner Kutsche mit in sein Himmelreich und er fühlte sich geborgen. Es war ein kurzer Traum mit wenig Inhalt, aber dieser Traum gab ihn das Gefühl, beschützt zu sein. Beschützt zu sein, um weiterleben zu können.

Leahcim hatte trotz seiner jungen Jahre, er war gerademal 6 Jahre alt, oft in seinem Leben solche Träume. Träume, in denen er Schutzräume oder Schutzschilder hatte. Leahcim wird viel Zeit benötigen, um dort hinzuschauen zu können, doch wenn er sich erlaubt, diese schwarze Tür in seiner inneren Erlebniswelt, zu öffnen, und dabei die Gewissheit hat, im Schutz zu stehen, kann sich der eingefangene Schmerz zeigen und wegfliegen, wie eine Wolke hoch hinaus ins Himmelreich.

Leahcim wagte es, sich im Schlafraum umzuschauen und stellte zu seinem Erstaunen fest, dass nur er sich im Schlafraum befand.

Normalerweise hatte Leahcim keinen so tiefen Schlaf, bisher wachte er immer mit den anderen „Häftlingen", denn so sah er sich im Heim, auf. Komisch, dachte er sich. Er wollte so schnell es ging, den Tatort an diesem schmerzhaften Morgen verlassen. Er wollte das bisschen Freiheit und die kleine Weite, die er trotz des Vorfalls in sich trug, auf der Stelle erleben.

Die Zimmertür war verschlossen, aber nicht durch eine Schließung des Zylinders, sondern durch das Fehlen der Türklinke. Leahcim war eingesperrt, sechs Jahre alt und hoffnungslos verloren.

Er hatte so einen tiefen Schmerz erfahren, dass es ihm nicht möglich war, diesen zu benennen oder gar aufzuarbeiten.

Seinen Stein, so glaubte er, hatte er verloren, und somit auch seine Lebensaufgabe. Denn, wie sollte Leahcim den Stein in sich finden, wenn er glaubte, dass dieser sich an einem anderen unbekannten Ort befand?

Und eines wurde ihm auch durch den Vorfall bewusst, wie unglaublich lange ein Schmerz in einem Körper wohnen kann, manchmal bis zum Tode.

Doch was war der Grund, weswegen Leahcim den Schmerz nicht los wurde? Was hinderte ihn daran, zu sagen: „Schmerz, ich habe dich gesehen und (er-) ge- hört!" Es kam ihm so vor, als ob er den Stein verloren hätte und im Austausch dafür den

Schmerz bekam. Die Heilung musste warten, denn erst viele Jahrzehnte später konnte Leahcim diesen jämmerlichen Schmerz auflösen.

Durch diesen massiven Vorfall der Gewalt schaukelte Leahcim in den darauffolgenden Nächten in seinem einsamen Bett, mit seinem Kopf und Oberkörper immer hin und her. Das monotone Schaukeln beruhigte und stimulierte Leahcim. Durch das ständige Hin und Her stumpfte sein Geist ab und versetzte ihn in eine Art von Trance, er spürte seinen Körper und schlief ein. Leahcim therapierte sich auf diese Art, damit der Druck des Leides ein Ventil fand. Sein Leid war Ablehnung, Vernachlässigung und Einsamkeit, dies spürte er so tief in sich und war kurioserweise froh, dass er sich überhaupt noch spüren konnte.

Eines Tages durfte ein „Häftlingsinsasse", denn so nannte Leahcim seine Mitstreiter, nach Hause. Einen anderen Namen gab es für Leahcim nicht, er hatte in seinem zarten Alter von 6 Jahren diesen Namen in einem Komikfilm gesehen. Dort waren die Häftlingsinsassen der Spielball für alle anderen. Sie wurden gehauen und mussten alles machen, was die „guten Wärter" wollten. Sie hatten keine Chance zu fliehen, sie waren eingesperrt und ausgeliefert, genau wie Leahcim.

Das abgeholte Kind sollte bei ihrer Mutter baden, aber es weigerte sich, sich auszuziehen. Die Mutter schimpfte und zwang es, endlich das zu tun, was sie verlangte. Das Kind tat, was ihre Mutter befahl, denn Einschüchterung und Angst hatten sein Leben bestimmt und es gehorchte, um Schlägen auszuweichen. Das Kind zog sich aus und die Mutter bekam einen Schock, denn was sie sah, ging über den menschlichen Verstand hinaus. Ihr ganzer Körper war mit Blutergüssen und Striemen überzogen. Sofort alarmierte die Mutter den Arzt, die Polizei und das Jugendamt. Gleich darauf besuchten die Polizei und das Jugendamt das Kinderheim. Unglücklicherweise erhielt die Heimleiterin Informationen darüber, bevor die Polizei kam. Die Heimleiterin konnte für ihre Schuld nicht mehr belangt werden, denn sie entschied sich für den Freitod und hängte sich auf. Die Frau, die auf hilflose kleine Körper mit einer perversen und sadistischen Art eingeschlagen hatte, die Kinder damit vergewaltigt hatte, diese Frau war zu schwach und feige, denn sie stellte sich nicht ihrer Verantwortung.

Einige Bürger in diesem kleinen Dorf waren geschockt und traurig zugleich. Doch viele waren der Sprache kaum mächtig, um zu schildern, wie viel Leid die Kinder unter diesem angeblich „behüteten Dach" erdulden mussten. Sie versammelten sich vor diesem Heim und spendenden Kerzen vor der Eingangstür, damit das Dunkel Licht bekam. Ein etwas korpulenter Herr sprach das aus, was viele dachten: „Wie arm an Gefühlen musste die Heimleiterin sein, um an kleinen hilflosen Wesen ihre Macht auszuüben? Wie konnte sie Freude empfinden, wenn sie auf Kinder einschlug?"[2]

Das Heim wurde wenige Tage später wegen „Übergriffen" geschlossen.

Das Thema wurde auf der Gemeinde diskutiert und kurze Zeit später fand man im Gemeindeblättchen folgendes Gedicht stehen:

---

2 Erst seit Ende der 90er-Jahre wurde in Deutschland gesetzlich festgeschrieben, dass Kinder ein Recht auf gewaltfreie Erziehung haben.

Ein Mensch wie Du und ich,
erblickte eins das Licht.
Er war so niedlich klein,
und fing sofort an zu schrei'n.
Die Mutter ja sehr fein,
sagte: mein Kind, du bist nicht allein.
Der Mensch ist groß und stark auf Erden,
und genauso kannst auch du werden.
Doch mein Kindchen höre gut zu,
und denk daran – ja immerzu.
Stark in dem Muskel muss es nicht sein,
Liebe und Mut, diese Stärke ist dein.
Groß von Gestalt, das ist nichtig,
groß von Herzen, das ist wichtig.
Drum spür in dein Leben,
um es zu nehmen.

Leahcim hatte sein Leben angenommen und er erfuhr ringsherum Gewalt, aber er spürte auch, dass es eine andere Seite der Gewalt geben musste, eine gewaltlose Seite, eine friedvolle Seite, eine Seite, in der die Tautropfen im Kelch der Blüte verweilen dürfen.

Durch seine Innenschau hatte Leahcim seinen Stein wieder etwas gespürt. „Drum spür in dein Leben, um es anzunehmen" sagte er zu sich immer wieder.

Leahcim wollte nicht in die Gewalt hineinspüren, sondern in das, was er glaubte noch zu haben. Er spürte seine Verbindung mit dem Stein und es machte ihn friedvoll, da er wusste, dass sein Stein sich nicht von ihm verabschiedet hatte. Der Stein hielt sich bei ihm auf. Leahcim hatte wieder die Chance, seine Lebensaufgabe zu erfüllen. Seine weitere Reise führte in ein katholisch geführtes Nonnenheim. Untergebracht in einem Mehrbettraum, getrennt von seinen Schwestern, zusammen mit seinem Bruder. Der erste Tag war ein hässlicher Tag für Leahcim, denn die anderen dort lebenden Kinder empfingen ihn, den kleinen sechs Jahre alten Leahcim, mit äußerster verbaler Brutalität. Die Kinder sagten ihm unverblümt er wäre wohl mongoloid und meinten dies als Schimpfwort, denn sein erster Spitzname war mongoloid, da er ein rundliches Gesicht mit Schlitzaugen hatte. Es schmerzte ihn, wenn die Kinder so etwas zu ihm sagten, er wusste zwar nicht, was ein Mongoloider ist, aber durch die Blicke der Mitbewohner spürte Leahcim, dass dies nichts Schönes war.

Erst viele Wochen später sagte ihm seine große Schwester, dass dies der Ausdruck für ein behindertes Kind sei.

Leahcim hatte auch das Gefühl, dass er der Jüngste der Heimkinder war und somit den neuen Prellbock darstellte.

Sein Stein sprach zu ihm: „Vielleicht ist es so, dass Heimkinder immer einen Sündenbock benötigen, um die eigenen Schmerzen abzufedern."

Er war alleine unter so vielen Menschen und konnte zu niemandem gehen, um seine Sorgen zu erzählen. Sein Bruder, neun Jahre alt, war so wie Leahcim geschwächt von den Ereignissen, deswegen war von ihm keine Hilfe zu erwarten.

Wieder sprach sein Stein: „Ein Kinderheim ist immer eine zweite Wahl, die Wurzeln der familiären Verbundenheit wurden aus dem Erdreich der Menschlichkeit herausgerissen."

Leahcim fühlte und sah sich wie in einem Gefängnis ohne Gitterstäbe, der Boden war voll mit Glasscherben und er war nackt. Jeder Schritt, den er tat, schmerzte, das Blut lief in Strömen aus seinen Füßen. Er hatte nicht nur einen äußeren Schmerz durch die Glasscherben, sondern auch einen inneren Schmerz durch den hohen Blutverlust. Die Glasscherben waren die Gegebenheiten und das Blut seine Emotionen. Leahcim trocknete innerlich aus.

Er wollte zu seinen zwei Schwestern, die im Mädchengebäude untergebracht waren, doch ihnen einen Besuch abzustatten, war kaum möglich. Trotz mehrmaliger Bitten hatte keine der Nonnenschwestern ihm den Zugang ermöglicht. Sie waren immer zusammen gewesen und jetzt trennte man sie, sie hatten doch nur sich. Sie waren alle vom Leidensweg des Getrenntseins und der dazugehörigen Einsamkeit ummantelt.

Die emotionale Kühle, die sich in diesem Kinderheim ausbreitete, rief dieselben schmerzlichen Empfindungen hervor wie im Kinderheim davor.

Abermals sprach der Stein:

„Schmerz unterscheidet nicht zwischen Körper, Geist und Seele, er ist einfach da. "

Einmal hatte Leahcim sich den Kopf so mächtig an einem Tisch angehauen, dass er kurze Augenblicke ohnmächtig war, daraufhin hatte eine Klosterschwester in Nonnentracht ein kaltes Messer auf seine riesengroße Beule mitten auf die Stirn gedrückt. Leahcim fühlte sich wohl und wollte nicht mehr weg, denn er spürte Nähe und Geborgenheit. Der körperliche Schmerz war nebensächlich, es war für ihn kurzweilig das Paradies.

Im Japanischen gibt es sogenannte Koans. Eines von vielen Koans lautet: „Wenn du nichts mehr spürst, was spürst du dann? "

Leahcim spürte eine Abwesenheit der ersehnten Gefühle, wie Geborgenheit, Schutz und Liebe – eben nichts davon. Und jetzt gab ihm eine Nonne auf einmal diese wunderbaren Gefühle.

Die Tage vergingen und Leahcim musste nach den Osterferien in eine neue Schule gehen, in beiden Schulen wurde er als Außenseiter von den Klassenkameraden empfangen. Nur wenige Monate Schulaufenthalt genügten, um eine bedrohliche Kehlkopfentzündung zu bekommen. Leahcim musste für mehrere Wochen ins Krankenhaus, denn nur dort war eine Behandlung, durch den Grad der Schwere, möglich.

Kaum entlassen aus dem Krankenhaus, kamen weitere schwere Krankheiten hinzu, so dass er einen regelmäßigen Schulbesuch nicht aufrechterhalten konnte. Seine Noten in der ersten Klasse waren katastrophal. Durch eine Routineuntersuchung wurde festgestellt, dass er schlecht sehen könne und aufgrund dessen bekam Leahcim eine Brille. Er musste das erste Schuljahr nochmals wiederholen und verlor immer mehr an Selbstwertgefühl. Leahcim fühlte sich dumm, hässlich und nicht geliebt. Er legte sich die ersten schlechten Grundsteine für seine eigene rationale Einstellung. Sein eingegrenzter Verstand sagte ihm, wie unfähig er sei und Leahcim hat es viele Jahrzehnte geglaubt, bis er erkannte, was die Wahrheit ist, denn die erfuhr er durch seinen Stein, der sich ihm in späterer Zeit offenbarte.

Leahcim ging wie jeden Tag mit seiner Schultasche nach Hause, auf den Weg dahin fand er einen Zettel, der mitten auf der Straße lag. Er hob ihn auf und las sich laut vor, was dort draufstand.

Aufmerksamkeit

Ich stehe hier und zeig mich dir!
Wie viel Aufmerksamkeit wohnt in dir?
Siehst du mein wahres Sein ohne Etwas?
Siehst du den Kern, der ich wirklich bin?
Und wenn du tief ergründest, was kommt nach der
Tiefe?
Bist du dir sicher, dass das, was du siehst – auch wirklich
ist?
Wie viel interpretierst du hinein?
Wie frei kann dein Denken sein?
Aufmerksamkeit braucht Zeit!

Er las den Text, doch verstehen konnte er nichts. Irgendetwas hatte ihn aber dazu bewogen, diesen Zettel aufzuheben. Er hatte zu jener Zeit ein leises Gefühl zu seinem Stein wahrgenommen, allerdings war dies nicht nur ein Gefühl des „Daseins", sondern auch ein Gefühl des Ortes, denn er spürte seinen verloren geglaubten Stein in der Nähe seiner Augen. Warum der Stein in der Nähe der Augen war, wurde Leahcim erst viele Jahre später bewusst. Eines kann ich vorwegsagen, es hatte etwas mit dem Inhalt des Gedichts zu tun.

Im Kinderheim fühlte Leahcim sich einfach nicht wohl und wünschte sich sehnlichst, dass jemand kommen würde, um ihn mitzunehmen. Dies geschah tatsächlich nach circa einem Jahr Kinderheimaufenthalt. Leahcim wurde mit „neuen Eltern" bekannt gemacht und durfte sie auch besuchen. Es war ein herrliches Gefühl, von jemandem ausgesucht zu werden. Er kam sich vor, wie ein kleiner, süßer Hund, der aus dem Tierheim ausgewählt wurde, um ein neues, beschütztes Zuhause zu bekommen. Leahcim träumte und malte sich aus, wie es sei, ein eigenes Zimmer zu haben mit vielen Spielsachen und „Ersatzeltern", die bei ihm waren, wenn er Kummer haben sollte. Seine eigene Mutter und seine Geschwister vergaß er in diesem Tagtraum.

Endlich war es soweit und Leahcim wurde auserwählt, dieser Gedanke machte ihn stolz, denn es zeigte ihm, dass es noch Menschen gab, die ihn mögen. Es schien so, als ob die Sonne anfing aufzuwachen, um Leahcim mit ihren ersten Sonnenstrahlen zu erwärmen. Leahcim wartete jeden Tag auf die Abreise ins Glück, doch es wurde nichts daraus. Seine Mutter und sein Vater hatten die Adoption für ihn und seine Geschwister nicht freigegeben.

Leahcim blieb im Flug der Einsamkeit.

Bei Nonnen, die ihn nicht auffingen, weil sie ihre Hände nicht frei hatten, da sie gebetet haben. Bei Nonnen, die ihre gesamte Liebe Gott gewidmet hatten und dadurch für ihn nichts mehr übrigblieb. Bei Nonnen, die ihr Leben Gott weihen und dem Menschen dienen. Manchmal kam es Leahcim so vor, als ob Gott mehr Aufmerksamkeit bekommen hatte als die Heimkinder.

Leahcim wurde immer trauriger und er sprach zu Gott: „Warum lässt du mich hier mit solch einem Schmerz zurück?" Gott antwortete ihm nicht, und er wurde noch trauriger, da er annahm, auch von ihm alleine gelassen zu werden. Leahcim wollte sich gerade abwenden, als aus dem Nichts eine Stimme erklang: „Ich bin immer bei dir und lege schützend meine Hand über dein Haupt." Leahcim verstand die Worte nicht, obwohl sie ihn beruhigten. Und Gott sprach abermals zu ihm: „Ich nehme deine Hand und lass sie nicht mehr los." Diese Worte verstand Leahcim, er hatte das Gefühl, geführt zu werden, geführt von einer inneren Kraft, die ihm Halt gab durch das Spüren, durch Gottes Hand in seiner.

Sein Stein merkte, dass es an der Zeit war, ihm etwas mitzuteilen.

Und er begann:

*Zuhause **bei Dir***

Wenn es dunkel ist
und du bereit bist,
Licht zu empfangen.

Wenn dir das Wasser bis zum Halse steht,
und du beginnst
zu trinken.

Wenn du die Seele streichelst,
die tief in dir wohnt.

Wenn du den Mut hast hinzuschauen,
egal was kommt.

Wenn du die Kraft hast zu vergeben,
egal wem oder was.

Dann bist du angekommen.

Zuhause bei Dir.

Von da ab spürte Leahcim in seinen Händen eine fließende Energie, und es schien ihm, diese Energie, wurde von Tag zu Tag stärker. Als Neunjähriger konnte Leahcim sich nicht erklären, was das bedeuten soll, Energie in den Händen zu haben. Er spürte sie einfach, aber erzählte niemandem von seiner Fähigkeit, er hatte Angst, wieder zurückgestoßen zu werden. Doch innerlich hatte Leahcim eine Vorstellung von Übermenschlichem erfahren dürfen.

Dies sprengte seine Grenzen der äußerlichen Wahrnehmung, Leahcim wusste, es gibt mehr als nur das, was er mit seinen begrenzten Sinnen wahrnahm. Leahcim erkannte die Essenz, konnte sie aber nicht benennen, er wusste nur, dass dies etwas tiefsitzendes Wahres ist. Und ihm war so, als ob der Stein das erste Mal sichtbar wurde, ganz schwach sah er die Umrisse und tat es erst als Unfug ab, doch dann drängte sich das Bild vom Stein immer mehr in sein Bewusstsein und er fühlte, dass dies die Wahrheit ist.

Leahcim hatte lange Zeit vergebens nach dieser Wahrheit gesucht und nun hatte er sie schemenhaft erblicken dürfen. Eine Wahrheit, die er nicht benennen konnte, eine Wahrheit, die sich ohne Inhalt zeigte und dennoch war es eine Wahrheit, die so kraftvoll und unverrückbar war.

Es wurde spannend in seinem Leben, denn er erkannte die Wichtigkeit der Verantwortung für sein eigenes Leben. Nun hatte er die Möglichkeit, durch sein Einwirken seinen Stein näher kennen zu lernen.

Insgesamt vier Jahre befand er sich im Kinderheim und wurde dann freigegeben. Seine Mutter lernte einen Partner kennen, der bereit war, alle Kinder in seinem Zuhause aufzunehmen. Leahcim tauschte erlebte Gewalt und Einsamkeit in Gewalt und Alkoholsucht um. Der Stiefvater war ein guter Mensch in den Zeiten ohne Alkohol, doch mit Alkohol wurde er zur Bestie.

Oft dachte Leahcim, wenn Alkohol die Gedanken von Hass und Abscheu hervorkommen lässt, ist sein Stiefvater nicht mehr menschlich und wird zu dem, der er niemals sein wollte.

Leahcims körperliche und seelische Entwicklung war konträr zu seinen Geschwistern, offensichtlich hatte er einen stärkeren Zugang zum Körper und zu seiner Seele gehabt. Er glich ihnen überhaupt nicht, Leahcim war körperlich größer und geistig agiler. Wenn er seiner Mutter nicht so ähnlichgesehen hätte, würde man glauben, er käme aus einer anderen Familie.

Gleich nach der „Befreiung" aus dem Heim heiratete seine Mutter diesen Mann. Sie wohnten in einem schönen Dorf, das Haus hatte einen kleinen Garten und Leahcim besaß ein eigenes Zimmer. Er fing an, dass Leben von seiner Zuckerseite zu kosten. Er hatte zwar immer noch keinen Selbstwert, aber er öffnete sich seinen neuen Freunden. Durch diese Bereitschaft, auf Menschen zuzugehen, lernte Leahcim Freundschaft und Verbundenheit kennen. Das Glück dauerte nicht sehr lange, die Familie zog in eine andere Umgebung. Seine gerade erst frischgewonnenen Freunde mussten sich verabschieden. Leahcim kam sich vor, als ob er einen Schnee-mann als Freund im Hochsommer mitten auf einer blühenden Wiese den Sonnenstrahlen überlasse.

Mittlerweile war Leahcim elf Jahre alt und stand ohne Freunde da, aber in einer neuen Ortschaft. Es dauerte lange, bis er in der neuen Umgebung Gefährten fand, durch seine körperliche Überlegenheit hatte er die Klassenkameraden regelrecht unterdrückt und ihnen Angst eingejagt. Einmal hatte Leahcim einen Mitschüler leicht verprügelt. Er wollte der „Anführer" sein, ein wichtiger Posten in der Gesellschaft. Dieses Ziel hatte er erreicht, durch Gewalt.

Die Lehrerin war entsetzt und nahm sofort telefonisch Kontakt mit Leahcims Mutter auf. Nachdem die Schule aus war, ging Leahcim nach Hause. Das erste, was sein Stiefvater stolz zu Leahcim sagte, war: „Klasse, Leahcim, jetzt hast du dir Respekt verschafft." Der Stiefvater hatte dies aus voller Überzeugung so gemeint, Leahcim war verwirrt, denn er spürte, dass das falsch war, durch Gewalt sein Recht zu erlangen.

Oft genug wurde seinem Körper Gewalt angetan und er fühlte sich danach wie ein Stück Dreck, sollte er diese Gewalt in sich leben lassen? Gewalt an Menschen auszuüben, die nicht in der Lage waren, sich zu wehren, an Unschuldige, die nur aufgrund der Körpergröße einen Nachteil hatten?

Nein! Gewalt würde er nicht leben, nach diesem Ereignis hatte er sich vorgenommen, keine Schlägereien mehr zu provozieren.

Am nächsten Tag gab er den Posten als Anführer ab und fing einen besseren Weg an, um neue Freundschaften aufzubauen. Leahcim war ab jetzt freundlich zum Gegenüber. Er gründete eine kleine Kinderbande ohne Hierarchien, mit dabei war ein süßes Mädchen, das ihm gefiel. Es war schön, in einer Gemeinschaft, die friedvoll war, zu wirken. Leahcims Herz blühte auf.

Einmal sollten die Schulkinder in der Klasse ein Gedicht für einen Schulkameraden schreiben, den sie selbst auswählen durften. Leahcim wählte das süße Mädchen aus und das Gedicht lautete:

„Hallo, mein nicht süßer Stern,
ich hab dich nicht gern.
Ich sehe deine Schönheit nicht im Glanz,
und frag Dich nicht um einen Tanz.

Leahcim wollte dem Mädchen eigentlich sagen, wie sehr er sie gerne hatte, aber es war ihm nicht gelungen, seine Zuneigung dem Mädchen mitzuteilen. Er war eingeschlossen, im Meer von schönen Wörtern, aber er gab sie nicht preis. Die Lehrerin sagte darauf: „Leahcim, du meinst bestimmt, du hast sie gerne." Aber er verneinte, denn er konnte sich auf einmal selbst nicht mehr leiden, und versuchte, jegliche positive Gefühle zu verdrängen. Obwohl er zuvor die friedliche Gemeinschaft der anderen Kinder genoss, irgendetwas warf ihn in seine Traurigkeit zurück. Es war für Leahcim ein Drama, seine eigenen tiefen Emotionen zu verleugnen, nach diesem Vorfall schlief er viele Nächte sehr unruhig. Leahcim konnte von nun dem Mädchen, das er liebte, nicht mehr in die Augen schauen und versuchte immer wieder, ihr auszuweichen. Der Kinderbande blieb er ebenfalls fern.

Sein Stein ermahnte ihn und sprach:

„Wenn du nicht stimmig mit deinen Gefühlen bist, frisst dich dein Innerstes auf."

Und er war nicht stimmig und merkte, wie er sich selbst zerstückelte, er war von seiner erhofften Ganzheit meilenweit entfernt. Sein Stein wurde zunehmend blasser und Leahcim verlor die Sicht zum Stein, aber das Gespür war noch da. Dies machte ihn traurig, da er glaubte, von vorne beginnen zu müssen, oder gab es womöglich einen anderen Weg, einen schnelleren Weg, um zum Stein zu gelangen? Es formten sich in ihm kreative Gedanken, die nichts ausschließen mochten. Leahcim war bereit, jeden erdenklichen Weg zu gehen, nur um den Stein klar vor ihm zu sehen. Er war sogar bereit, kriminelle Wege zu gehen. Der tiefe Drang nach Erfüllung verblendete sein Verstand.

Sein Stein, den er hin und wieder spürte, machte sich auch in dieser Phase bemerkbar, da er merkte, wie sehr Leahcim sich wünschte, seine Fragen beantwortet zu bekommen. Leahcim hatte das Gefühl, eine innere Stimme zu hören:

„Ich bin ein Teil von uns, tief verwoben in unserer
großen Welt.

Ich zeige meine Verletzlichkeit – ohne jemals
verletzt zu werden.

Ich zeige meine Schönheit – ohne eitel zu werden.

Ich zeige meine Kraft – ohne Kraft haben zu müssen.

Ich zeige meine Nacktheit – ohne mich zu schämen.

Ich zeige meinen Stolz – ohne überheblich zu sein.

Ich zeige mein wahres Wesen – ohne Maske.

Ich bin der, der ich bin – im Sein – ohne etwas!"

Die Worte, die ihn am meisten berührten, waren: Ich bin der, der ich bin – im Sein – ohne etwas!" Er wollte so sein wie er auch innerlich spürte, wie er sei, doch er traute sich nicht. Leahcim musste weinen, da er glaubte, sein Ziel sei noch so weit entfernt.

Er hatte das Bedürfnis, innerlich erfüllt zu sein ohne Leere. Er wollte so leben, wie er wirklich war, doch es gelang ihm nicht.

Die Monate vergingen und Leahcim musste weiterziehen, wie die Nomaden wechselten seine Eltern den Wohnsitz in einer fremden Umgebung. Die Familie zog in ein neues Bundesland, umschlossen von hunderten von Weinbergen. Gerade war Leahcim dabei, relativ gute Schulnoten zu erreichen, und nun musste er sich wieder neu orientieren, und das kostete erst einmal Zeit und Energie, um neue Freunde zu gewinnen, für die Schule war da kein Platz mehr. Leahcim träumte von

Beständigkeit wie ein Baum, der seine Wurzeln ganz tief im Mutterboden verankert hat, damit er dort leben kann. Die Situation machte ihn traurig, da er seine alten Freunde verlor und abermals neue Freunde suchen musste. Für ihn als Kind waren Freunde wichtiger als alles andere auf der Welt. Er ging nun in die fünfte Schulklasse, und fuhr dafür täglich 15 Kilometer mit dem Bus. Die Fahrt mit dem unattraktiven Bus kam ihn wie eine Ewigkeit vor, da er jegliche Art von Zeitverlust hasste. Er wollte seine Zeit in nutzbringenden Bereichen wie Abenteuer und Spielen verwenden und nicht in Wartezeit, denn gewartet hatte er schon viel zu viel.

In diesem neuen kleinen Dorf, direkt an der französischen Grenze, war es eine besondere Herausforderung, Freunde zu finden, denn dadurch, dass die Schule nicht im Ort war, waren die Schulkameraden auf einer Busstrecke von 15 Kilometern verteilt. Der Sammelbus hielt bei Leahcim als erster an, und holte in den weiteren kleinen Dörfern die restlichen Kinder ab. Leahcim hatte seine antrainierte Begabung „Freunde zu gewinnen" gut ausbauen können und merkte ziemlich bald, dass er darin schon sehr erfolgreich war.

Er liebte das in der Nähe gelegene Elsass sehr, oft ist er über die Weinberge ins Dorf der Franzosen gegangen. Besonders liebte er die melodische Sprache, insbesondere wenn die Franzosen deutsch sprachen. Für Leahcim stand fest, er wird eine dunkelhaarige Frau mit sehr langen Haaren und braunen Augen kennenlernen, die einen französischen Dialekt hat. Denn genau so eine Frau hatte er dort als kleiner Junge kennengelernt und er war fasziniert von der Aura, die die Frau hatte. Sie war die Frau von seinem Vermieter und hatte stets ein Lächeln im Gesicht und war so unglaublich präsent beim Zuhören. Leahcim verliebte sich in eine Frau, die viermal so alt war, aber hinter dieser Liebe stand eine seelische Verbundenheit, es war ein Zeichen für die Wahl seiner künftigen Frau.

Leahcim bemerkte, dass sein Leben aus vielen Zeichen, Symbolen oder Signalen bestand. Oft überhörte er sie und musste dadurch eine weitere Lernstrecke in Kauf nehmen.

Doch diesmal überhörte er die Zeichen nicht, denn hätte er nicht so ein Frauenbild für sich verinnerlicht, dann wäre er seiner späteren Frau wahrscheinlich nicht begegnet.

In diesem Ort erlebte Leahcim eine glücklichere Zeit, sogar eine richtige Freundin hatte er schon kennengelernt. Die Bäume fingen an, Knospen zu tragen, und es tat so gut, dem Wind zu folgen. Er fühlte sich das erste Mal so richtig frei, denn seine Eltern waren beide in einer größeren Stadt arbeiten und nur seine Oma, die bei ihnen wohnte, bewachte die Kinder. Seine Oma war mit sich selbst beschäftigt, die Kinder konnten frei und ohne Kontrolle den Tag erleben, allerdings war eine Fürsorge wie Essen machen, Hausaufgaben betreuen, nicht gegeben. Leahcim war frei wie ein Vogel.

Das Glück hielt nicht lange, ein Jahr später begann eine neue Reise. Wieder wurde er seiner Freunde beraubt und in eine neue Umgebung transportiert. Er kam sich vor wie ein Wanderschaf, das immer wieder neu in seiner Umgebung positioniert werden musste und dabei hastig sein Gras fraß. In dem bescheidenen Alter von 12 Jahren hatte Leahcim nie das Gefühl von Beständigkeit und des Angenommenseins erleben dürfen, er war unruhig und auf der Suche nach Stabilität. Doch wie sollte er Stabilität finden, wenn er bisher keinerlei Stabilität erlebt hatte? Eines Nachts hörte er eine Stimme, die zu ihm sagte: „Betrachte dein Leben rückwärts, aber lebe es vorwärts". Leahcim kannte die Stimme, sie war ihm so vertraut.

Er erinnerte sich, schon oft so ein Gefühl von Vertrauen gehabt zu haben, aber nicht zu wissen, woher dieses Vertrauen kam. Er machte die Augen zu, um näher bei sich zu sein. Auf einmal bildete sich vor seinem geistigen Auge eine ovale Form, die immer näherkam. Er erkannte in dieser Form einen Stein, sollte dies sein Stein sein, den er schon so lange suchte? „Ja, ich bin dein Stein", ertönte es zerbrechlich aus Leahcims Innerstem. Leahcim kamen die Tränen, denn die Stimme hatte etwas Liebendes in sich und er sehnte sich nach Liebe in diesem Leben. Leahcim betrachtete den Stein genauer und stellte fest, dass er nur die Form aber sonst nichts sah. Er hatte angenommen, dass wenigstens die Farbe des Steins erkennbar wäre, doch all diese Merkmale existierten nicht. Leahcim fragte den Stein, warum er nur die Form sehe. Der Stein antwortete, ohne zu zögern: „Du bist noch nicht so weit, um mehr zu sehen, gehe beständig deiner Lebensaufgabe nach und du wirst Unglaubliches sehen. Dein Leben hat erst begonnen, halte den Schwierigkeiten im Leben stand, lerne daraus und du wirst die Wahrheit spüren." Instinktiv wusste Leahcim, sein Stein hatte recht. „Ja, ich werde nach vorne sehen und das Leben auf mich zukommen lassen, in der Hoffnung, mehr von meinem Stein zu erfahren." Dies sagte er sich in diesem tiefen Moment der Erkenntnis.

Leahcim war durch diese Leitlinie „trotz Schwierigkeiten im Leben die Wahrheit zu finden" in der neuen Heimat angekommen. Er baute sich wieder einen Freundeskreis auf, denn diese erste Maßnahme stärkte seine Seele. Er brauchte die Beziehung zu Menschen, sie gaben ihm Wärme in seinem kalten, inneren Raum der Einsamkeit.

Um noch mehr „Wärme" zu bekommen, krabbelte Leahcim auf dem Fußboden herum, während des Schulunterrichts. Es war schön, die Aufmerksamkeit der Schulkameraden auf sich zu ziehen. Der Spaß und das Chaos, das er dadurch verursachte, wärmten ihn. Ein ordentliches Verhalten in der Schule war nicht mehr möglich. Leahcim war der Clown in der Klasse und hatte dadurch Sympathie bei seinen Mitschülern eingefahren. Es gab keine Stunde, in der er nicht irgendetwas Absurdes oder Dummes tat, die Lehrer hassten ihn. Seine Schulnoten waren dementsprechend grottenschlecht. Seine größte Schwäche war das Unterrichtsfach Deutsch. Jedes Diktat, das er schrieb, hatte eine Sechs bekommen, im Aufsatz war er im direkten Vergleich sehr gut. Da sich seine Eltern um diese Dinge wie Schule nicht kümmerten, verkümmerte er. Irgendwann sah ein Lehrer, dass Leahcim eine starke Auffälligkeit in der Rechtschreibung hatte, denn er vertauschte immerzu die Buchstaben „ai" das heißt, er schrieb Miakäfer anstelle von Maikäfer. Leahcim wurde zu einem psychologischen Rechtschreibtest eingeladen. In diesem Test wurde festgestellt, dass er eine hochgradige Rechtschreib-Lesestörung aufwies, er hatte eine Legasthenie. Man befreite ihn von der Diktatnote, dadurch war er nicht mehr der Gefahr ausgesetzt, durch das Deutschfach durchzufallen.

Leahcim bekam nach dem Test eine Informationsbroschüre über Legasthenie mit, dort stand Folgendes drin: „Den meisten Menschen ist nicht bewusst, dass der größte Teil des Seh- und Hörprozesses nicht im Auge bzw. Ohr stattfindet, sondern im Gehirn. Alles was wir hören oder sehen muss erst einmal über unsere Gehirnareale laufen. Legasthenie bedeutet keine gute Koordination zwischen Hören und Sehen. Störungen in diesen Sinnesorganen verursachen erschwerte oder verfälschte Wahrnehmung."

Leahcim glaubte, dass die Legasthenie deswegen bei ihm aufgetreten ist, weil er innerlich nichts mehr sehen und hören wollte.

Leahcim wunderte es allerdings, dass ein Fach wie Englisch voll benotet wurde, denn gerade in diesem Fach wurde auch geschrieben und sogar noch in einer anderen Sprache. Freude an der Schule hatte er bis zum Hauptschulabschluss nicht. Seine Hausaufgaben hatte er oft morgens, bevor die Schule anfing, durch Abschreiben von seinen Schulkollegen erledigt. Er hatte keinen „Begleiter oder Mentor", der ihn in den Schulangelegenheiten unterstützt hätte. Er war allein mit den

Themen der Schule. Es gab keine Kontrolle („wie schön"), aber leider auch keinen Halt. Leahcim hätte sich eine stärkere Anteilnahme von seinen Eltern gewünscht, um wenigstens dort keine Baustelle zu haben. Nach zwei Jahren zogen sie schon wieder um, diesmal in ein eigenes Haus in derselben Ortschaft. Leahcim war stolz und glücklich, stolz, ein Haus zu haben und glücklich, in der Ortschaft bleiben zu dürfen. Und das Schöne war: sein Freundeskreis wuchs rasant an.

Leahcims Stiefvater und seine Mutter kauften ein altes Bauernhaus für einen attraktiven Preis. Leider hatten sie kein Geld und keine Bonität bei der Bank. Leahcims Bruder und seine ältere Schwester, beide waren inzwischen über achtzehn Jahre alt, mussten mit ihrem guten Namen eine Hypothek aufnehmen. Die finanzielle Freiheit für die Zukunft war ruiniert, insbesondere die seines Bruders, der einen wesentlich höheren Kreditbetrag unterzeichnete. Er zahlte fast zwei Jahrzehnte die Schulden eines anderen ab, nicht umsonst wurde sein Körper zur Zielscheibe einer grausamen Krankheit. Leahcims Familie lebte in zwei Welten, einmal hatte sie alles Neue und Moderne, dann wiederum mussten sie im Winter das Eis innen von den Fensterscheiben abkratzen, da sie sich kein Heizöl leisten konnten.

Sein Stiefvater war selbstständig und sehr fleißig, in dem, was er tat, doch seine Alkoholausbrüche waren bei den Kindern gefürchtet. Einmal ist Leahcim dazwischen geschritten, als der Stiefvater seine Mutter die Kellertreppe hinunterwerfen wollte. Stockbetrunken schrie der Stiefvater seine Mutter mit respektlosen Schimpfwörtern an, seine Mutter konterte. Da wurde der alkoholisierte, widerliche Mensch wütend, weil er Widerspruch nicht gewohnt war. Er drückte die Mutter die Treppe hinunter, Leahcim sah dies und stellte sich zwischen die beiden.

Er schlug Leahcim nicht und ging wortlos, und Leahcims innerliche Stimme sprach zu ihm:

„Wer bist Du?

Ein Licht im Raum erhellt das Dunkle.
Doch bleibt das Dunkle immer bestehen.
Lösche die Lampe und du wirst sehen.

Wähle ein Licht so schwarz wie die Nacht.
Und du wirst erkennen.
Es liegt nicht in deiner Macht.

Niemand kann wählen ein schwarzes Licht.
Dies gibt es nicht.

Richte deinen Blick auf das Wesentliche.
Und erhelle deine Seele.“

Leahcim wusste, dass sein Stein diese Worte zu ihm sagte, um ihm etwas mitzuteilen, aber er fand keinen Zusammenhang zum Geschehenen.

Nach diesem Vorfall hatte sein Stiefvater einen noch größeren Hass auf Leahcim, da er absolut anders war als seine Geschwister. Er gehorchte nicht sofort und konterte intelligent zurück. Außerdem half er seiner Mutter, er stand zu ihr und lies sich nicht von den Handgreiflichkeiten und Argumentationen des Stiefvaters überzeugen. Leahcim war ein Rebell und nicht pflegeleicht, auch war er mit fünfzehn Jahren körperlich sehr muskulös und somit nicht schwach und dadurch ein ernstzunehmender Gegner. Trotzdem hatte Leahcim Angst vor seinem unberechenbaren Stiefvater.

Oft dachte er sich, dass ein Mensch, dessen Handlungen man nicht voraussehen kann, immer eine Bedrohung darstellt, insbesondere wenn er alkoholisiert ist.

Einmal weckte der Stiefvater um Mitternacht Leahcim, er sagte zu ihm: „Leer den Abfalleimer aus.“ Leahcim gehorchte und fühlte nur noch Abneigung und Mitleid. Auf der anderen Seite hatte der Stiefvater alle vier Geschwister aus dem Heim geholt und für sie nach seinen Möglichkeiten gesorgt. Es war allemal besser als im Kinderheim zu sein.

Leahcim verbrachte auch schöne und freudige Tage, an denen er sich gerne zurückerinnerte. Relativ früh machte er Bekanntschaft mit einen kleinen Klassenkameraden, dieser Freund war wie er auch ein „Fremder", denn er kam aus Bayern und hatte auch diesen Dialekt, der seine Herkunft gleich verriet. Robert war sein Name, er hing ihm die ganze Zeit am Rockzipfel und bewunderte seine coole Art. Leahcim war eineinhalb Jahre älter als er und dementsprechend auch schon körperlich weiter. Durch sein großes Netzwerk an Menschen war Leahcim beliebt geworden und das gefiel Robert ebenfalls. Leahcim wirkte in einem ansässigen Jugendheim aktiv mit und hatte das Amt eines Witzeerzählers, dies konnte er anscheinend so gut, dass immer mehr Gäste ihm zuhörten.

Doch den größten Bekanntheitsgrad hatte er sich durch seinen Partykeller erwerben können. In dem alten Bauernhaus befand sich eine Scheune und unter dieser Scheune gab es einen Kartoffelkeller. Es war ein kleiner Raum, maximal für zwanzig Personen, die Decke war ein rundes Gewölbe. Diesen Raum verwandelte Leahcim in einem wunderschönen Partyraum mit HiFi-Anlagen und Bodenlichtern, die im Takt der Musik flackerten. Viele sind gekommen, um mit ihm zu feiern, aber der Hauptgrund war das andere Geschlecht. Alle waren zwischen 14 und 17 Jahre standen voll in der Pubertät und wollten den fremden Körper erkunden. In seinem Partykeller mit Scheune war dies möglich. Es sollten die ersten Gehversuche in Petting sein. Es sprach sich schnell in der Jugendszene herum, das Leahcim einen Partykeller besaß. Die Leute kamen in Scharen und wollten bei Leahcim feiern. Aus dieser Situation heraus entwickelte er seine ersten betriebswirtschaftlichen Aktionen. Leahcim verkaufte Getränke und Snacks und verlangte einen minimalen Eintritt. Das Geschäft boomte und was noch schöner war, er wurde „geliebt" – dachte er! Es dauerte nicht lange und Leahcim fing das Rauchen an. Der erste Zug war grauenhaft und er musste sich fast übergeben. Leahcim zwang sich immer wieder, auf Lunge zu rauchen – was für ein Schwachsinn, hörte er oft andere sagen, und im Innersten wusste er, sie hatten recht!

Irgendwann hatte sich sein Körper daran gewöhnt. In der Schule mussten die Kinder, um zur Turnhalle zu gelangen, einen Kilometer zu Fuß laufen, auf den Weg dorthin rauchten einige. Leahcim nahm ein Kaugummi zu sich, weil er wusste, dass der Lehrer eine Atemprobe von ihnen nahm. Sein Freund wusste dies anscheinend nicht, denn er war ganz aufgeregt und wollte seinen durchgekauten Kaugummi haben, damit man auch bei ihm nichts riechen konnte. Leahcim willigte ein und verlangte eine komplette neue Packung nach Schulschluss. Der Mitschüler nahm tatsächlich Leahcims ekligen, durchgekauten Kaugummi in den Mund und holte die restlichen Minzaromen heraus. Eine Kontrolle seitens des Lehrers vollzog sich tatsächlich und die Kinder waren vom heimlichen Rauchen freigesprochen.

Oft fragte Leahcim sich: „Warum hast du das Rauchen angefangen, obwohl es so unangenehm schmeckte?" Wahrscheinlich wollte Leahcim einfach nur dazugehören und wollte nicht schon wieder ausgestoßen und ungeliebt sein.

Leahcim wusste: Die perverse Handlung, etwas zu tun, das unangenehm und gesundheitsschädlich war, nur um anerkannt zu werden, sprengt jegliche Vernunft. Ihm war auch bewusst, dass wir alle nur Menschen sind und dass wir so nicht urteilen dürfen, wir sollten uns eher in die emotionale Ebene der Ursache bewegen, um zu verstehen. Eine tiefe Sehnsucht der Zugehörigkeit ist stärker als der rationale Verstand.

Leahcims Drang zur menschlichen Nähe brachte ihn zur

Musik. Er hörte sich den Jugendchor in seiner Gemeinde an und war verzaubert, denn Leahcim hörte wunderbare, melodische Klänge durch einen hervorragenden Gesang, durch den Jugendchor. Es dauerte nur einige Tage nach dem Konzert, und schon sang er mit. Leahcim hatte eine sehr schöne hohe Stimme, da sein Stimmbruch noch nicht Einzug gehalten hatte. Der Chorleiter war so fasziniert von seiner Stimme, dass er ihn ganz vorne in der ersten Reihe positionierte. Leahcim war berührt, dass ein Fremder ihn für gut befand und dazu auch noch für so wichtig hielt, dass er ihn ganz vorne hinstellte.

Leahcim fühlte sich wie ein Regentropfen, der in der Wüste einer Palme Wasser spendet, um dadurch die Palme am Leben zu erhalten. Er wusste, es war nur ein Regentropfen, doch glaubte er fest daran, dass irgendwann im Leben, er nicht nur ein Regentropfen ist, sondern eine ganze Wolke voll erfrischendem Regen. Besonders gerne mochte er das hebräische Lied „Hava Nagila" singen, erst später erfuhr er die Übersetzung von diesem Lied. Der Titel bedeutet übersetzt „Lasst uns glücklich sein" und wird insbesondere für große gemeinsame Feiern verwendet. „Lasst uns glücklich sein" – ja, dieser Zustand passte zu Leahcim, er war aktuell glücklich mit den Dingen, die er hatte und das waren seine Mitmenschen. Sein Netzwerk an Freunden wurde immer größer und er erahnte die Einheit des Universums, die Leahcim erst viel später erleben durfte.

Angetrieben von dem himmlischen Gesang wollte er mehr und lernte, ein S-Horn im Musikverein spielen. Es machte Leahcim Freude, einfache Töne in melodischer Weise zu kreieren, es dauerte nicht lange und er versuchte sich auch im Trompete spielen lernen. Leider entwickelte sich die Freude am Musizieren erst in diesem Alter, denn als die Pubertät stärker einbrach, verlor er das Interesse an allen Dingen und begann, die weibliche Spezies zu erforschen. Hätte er nur zwei

Jahre früher mit der Musik angefangen, wäre seine Grundbasis so stark gewesen, dass er auch nach oder in der Pubertät noch spielen könnte.

Ein oder zwei Jahre ein Musikinstrument zu spielen sind zu wenig, um die spielerische Basis auf Dauer zu erhalten.

Die Pubertät hatte Leahcim total verändert, er war nicht mehr vorne, sondern ganz hinten bei den Musikproben im Jugendchor aufgestellt. Teilweise durfte er nicht mehr singen und zu guter Letzt war er nicht mehr im Chor.

Wieder einmal hatte Leahcim das Gefühl, verstoßen zu werden und als Zugabe bekam er extreme Pickel. Leahcim sah so fürchterlich aus, dass sein Hausarzt ihn zum Dermatologen schickte, weil er glaubte, er hätte eine neue Art von Pocken. Kein Mädchen schaute Leahcim an, er fühlte sich so hässlich, dass er meinte, der Anblick seines Gesichts riefe einen Würgereiz hervor. Gerade jetzt, wo er so gerne mit Mädchen zusammen sein wollte, formte sich sein Gesicht zu einem Geschwür. Täglich probierte er, durch Selbstbehandlung, seine Pickel loszuwerden. Doch die primitiven Ausdrückversuche brachten seinem Gesicht zusätzliche Narben. Er hatte einen schönen Körper mit einem Monstergesicht. Oft trauerte Leahcim heimlich und wünschte sich manchmal auch eine Erlösung, um frei von Leid zu werden. Alle Freunde hatten tolle Freundinnen, nur Leahcim nicht. Er wollte so gerne Liebe empfangen, denn zu geben war er bereit. Er konnte gut verstehen, dass manche in diesem pubertären Alter keine Lebensfreude mehr haben, es verändert sich so viel im Körper und wenn man zusätzlich auch noch „Altlasten" aus dem bisherigen Leben mitschleppt, will man nicht mehr leben. Leahcim befand sich im Nebel der Gefühle und wusste nicht, welche kostbare Liebe in seiner zarten Seele innewohnt. Zu ihm sprach der Stein jetzt in einer noch nie dagewesenen aufmerksamen, lieblichen Sprache.

Ich bin da.
Um dein Herz zu streicheln.

Ich bin da.
Um deinen Atem zu tragen.

Ich bin da.
Um deine Blicke zu erwidern.

Ich bin da.
Um deine Seele in meinen Händen zu tragen.

Ich bin da.
Um deine Stimme zu beruhigen.

Ich bin da.
Mit der Aufmerksamkeit meiner Liebe zu dir.

Leahcim befand sich zu diesem Zeitpunkt in seinem Schlaf-zimmer, ihn überfiel sogleich eine große Dankbarkeit. Ohne nochmals aufzustehen, schlief er ruhig und entspannt mit Zuversicht in seinem Bett ein. Er war bereit und gestärkt für das, was noch kommen mochte.

Am nächsten Tag ging Leahcim vergnügt und heiter in die Schule, es machte ihn glücklich, dass er Liebe durch sein Inneres empfangen hatte. Zur Mittagszeit ging er wieder nach Hause, um eine Mahlzeit einzunehmen, doch leider war keine für ihn bereitgestellt. Enttäuscht ging er zum nahegelegenen Spielplatz, dieser grenzte an den Friedhof und war nicht weit von Leahcims Schule entfernt. Er schwänzte mit seinen drei Freunden den Nachmittagsunterricht. Sie saßen lieber gemütlich auf einer nahegelegenen Friedhofsmauer. Irgend-einer der Freunde sagte: „Ich hab noch eine Flasche Schnaps, die hol ich jetzt." Die Freunde stimmten alle zu und freuten sich auf das „Abenteuer Alkohol". Kurze Zeit später kam der Freund wieder zurück mit einer sehr großen, vollen Flasche Himbeergeist. Es war Sommer und die Temperaturen entsprechend heiß. Sie tranken die Flasche in vollen Zügen aus und merkten nichts, die Köpfe schienen noch klar zu sein. Irgendwann wurde es Leahcim sehr heiß und er wollte zum nahegelegten Brunnen im Friedhofbereich gehen, um seinen Kopf zu kühlen. Er stand auf und wackelte zum Brunnen hin, steckte seinen Kopf unter Wasser, und machte es sich liegend auf der Friedhofbank bequem. Durch dumpfe Töne konnte Leahcim noch ausmachen, dass eine Menschenansammlung sich um die Friedhofbank, auf der er verweilte, gebildet hatte. Er hörte, wie die Leute sich entrüsteten, ihn so betrunken zu sehen. Auch hörte er, wie einige Mütter sich gegen eine weitere Verbindung mit ihren Kindern und Leahcim entschieden. Wie schlecht doch sein Elternhaus sei und es ist ja typisch, dass er dort so verwahrlost herumliege.

Leahcim schämte sich so sehr und konnte in dieser Situation nicht einmal weglaufen. Er war nicht mehr fähig, seinen Körper zu koordinieren, doch war sein Verstand hellwach und konnte, obwohl sich die Töne im Hintergrund abspielten, alles verstehen. Er war gefangen in seinem Körper und er wurde öffentlich hingerichtet. Leahcim wurde nicht geliebt, sondern verstoßen und ausgegrenzt. Seine sogenannten Freunde waren nicht da, um ihn nach Hause zu bringen. Sie haben ihn einfach liegengelassen, obwohl es ihn schlecht erging.

Seine Mutter wurde angerufen, und sie holte Leahcim mit dem Auto ab. Daheim angekommen wurde er gleich ins Bett befördert und das Karussell begann sich zu drehen. Er schwor sich: In seinem ganzen Leben werde er nicht mehr so einen starken Rausch haben, er wollte nicht mehr diesen Zustand des unwürdigen Kontrollverlustes erfahren.

Im Nachhinein fand Leahcim es gut, dass dieses harte Ereignis ihn traf, denn wäre es milder gewesen, hätte er eventuell nicht erkannt, wie gefährlich Alkohol auf seinen Körper und Verstand einwirken kann. Er hätte vielleicht, da in seinem Umfeld viel Alkohol präsent war, die Neigung entwickelt, langsam immer mehr Alkohol zu trinken. Und durch diesen schleichenden Prozess hätte er eine Abhängigkeit entwickelt, und diese Abhängigkeit hätte sein Leben zur Hölle gemacht oder irgendwann beendet.

Wieder sprach die Stimme in ihm: „Eine leidvolle Erfahrung zu machen, bedeutet in der Nachbetrachtung, ein wunderbares Geschenk erhalten zu haben".

Leahcim begriff die Tragweite einer leidvollen Erfahrung und beschloss, auch solche Erfahrungen als Herausforderung zu nehmen um daraus zu lernen.

Die Wochen vergingen, ohne dass es in Leahcims Leben Besonderheiten gab, er konnte sich dem ruhigen Fluss der gleichförmigen Tage hingeben. Es gab keine bedrohliche Welle, die ihn in die Tiefe zog, es gab aber auch keine Luft, die ihn nach oben trug. Er machte sich Gedanken über Glück in der Liebe und Pech im Spiel. Leahcim wünschte sich von Herzen eine Frau, die in liebte, doch er hatte genau die gegensätzliche Richtung eingeschlagen. Bei vielen Preisausschreiben hatte er Glück und gewann auch unterschiedliche Preise. Oft war es so, dass die Preisgewinne nicht zu ihm passten. Er gewann einmal eine Frauenuhr von relativ hohem Wert. Leahcim war glücklich und zugleich traurig, was sollte er mit einer Frauenuhr? Seine Mutter hatte eine „gute Idee" und er erfüllte ihr den Wunsch. Leahcim hat seinen Gewinn seiner Mutter geschenkt.

Oft begegnete er auf dem Weg zur Schule unterschiedlichen Geldbeträgen. Er fand einfach Münzen oder Geldscheine auf der Straße. In den Augen anderer war er in diesem Bereich ein Glückskind, doch litt Leahcim in dem Bereich Liebe enormen Mangel. Durch seine gefühlte äußerlich hässliche Erscheinung hatte er keinen Mut, ein Mädchen anzuschauen. Er traute sich einfach nicht, weil er sich selbst für „wertlos" hielt. Diese innere gedankliche negative Einstellung hatte sein Verhalten nach außen reflektiert. Er trat nicht selbstbewusst bei den Mädchen auf, daher hatten sie kein Interesse an ihm. Er war es sich nicht wert, geliebt zu werden und gab sich keine Möglichkeit, dieses Bild von ihm zu revidieren. Er war gefangen in seinem Selbstbild und das Schlimmste war, er glaubte wirklich daran.

Oft hatte er sich die Frage gestellt: Was ist schön? Aber nie stellte er sich die Frage: Bin ich schön? Leahcim stufte sich immer gleich in den Bereich Hässlichkeit ein, denn anders sah er sich nicht. Damals, als kleiner Junge, waren Mädchen nicht so im Vordergrund für ihn gestanden, aber jetzt, da für ihn die Pubertät begonnen hatte, waren Mädchen und die Begegnung mit ihnen, sehr wichtig geworden. Er wollte so gerne mit einem Mädchen schmusen oder einfach nur ihre Hand halten, er wollte sie beschützen oder für sie da sein. Er hatte so große Sehnsucht nach einem Mädchen, aber Leahcim fand keinen Weg zu ihnen.

Seine Freunde um ihn herum hatten schon eine feste Freundin und erzählten ihm, welche wunderbaren Dinge sie mit der Partnerin erlebt hatten. Leahcim wusste überhaupt nichts vom weiblichen Geschlecht.

In seinen Partykeller kamen laufend Menschen. Unter anderem auch ein junges Fräulein, das offensichtlich auf ihn stand. Dieses Mädchen bot ihm eine Lehrstunde in puncto „Sex" an. Leahcim wusste nicht, wie er darauf reagieren sollte, einerseits war er schockiert, aber andererseits bot sie ihm eine Chance, das weibliche Geschlecht zu erkunden. Leahcim sagte zu ihr: „Heute nicht, aber wenn du möchtest, würde ich gerne morgen mit dir darüber sprechen." Sie stimmte seinem Vorschlag zu. Er war sehr aufgeregt und konnte gar nicht glauben, was er gesagt hatte. Der kommende Tag ging schnell vorbei und er zitterte dem Abend entgegen. Sie kam pünktlich zur ersten Stunde, um das weibliche Unbekannte zu erforschen.

Sie hielten sich nicht länger als fünf Minuten alleine in seinem Partykeller auf, da kam überraschend ein guter Freund Leahcim besuchen. „So ein Mist", dachte er, gerade jetzt in der spannenden Minute, wo er zuschauen durfte, als das Mädchen begann, ihre Hose auszuziehen. Ganz erschrocken zog sich das Mädchen schnell die Hose wieder an und verabschiedete sich innerhalb von wenigen Sekunden.

Leahcim war verbittert, sollte dies seine letzte Chance sein, das weibliche Geschlecht kennenzulernen. Er war so kurz davor und dann muss dieser Idiot von Freund ihn besuchen kommen. Leahcim konnte sich nicht mehr zusammenreißen und beschimpfte seinen Freund aufs Allerschlimmste. Nach wenigen Minuten ging auch er und Leahcim war mit seinem Frust alleine. Er war dem Ziel so nah gewesen, sein Körper sackte zusammen und seine Trauer darüber verlor sich in Tränen.

Leahcim war der Meinung, dass Männer die Situation schmerzvoller nachempfinden können als manche Frauen, denn hier ging es um den Trieb, der erfüllt werden wollte. Männer sind in der Regel dem triebhaften Verlangen stärker ausgesetzt. Den ganzen Abend hatte er Unterleibsschmerzen, doch er konnte zu der damaligen Zeit diesen Schmerz nirgendwo zuordnen. Es war letztendlich ein unterdrückter Orgasmus, angefüllt vom Trieb ohne Liebe.

Es sollte noch Monate dauern, bis Leahcim seine erste große Liebe fand. Es war an einem Winternachmittag auf einem zugefrorenen See. Leahcim beschloss, seine Schlittschuhe auszupacken und an diesem See seinen Künsten freien Lauf zu geben. Er konnte relativ gut mit dieser Sportart umgehen und schwang sich voll Freude und mit einer künstlerischen Darbietung aufs Eis. Gerade als er seine zehnte Pirouette drehte, kam er aus dem Gleichgewicht und stieß mit einem Körper zusammen. „Kannst du nicht aufpassen!" schrie die am Boden liegende Person. Leahcim war dies sehr peinlich und er entschuldigte sich sofort und reichte ihr seine Hand. Sie streckte ihm ihre Hand entgegen und sie schauten sich das erste Mal in die Augen. Da war es um Leahcim geschehen er verliebte sich in „seine" Eisprinzessin. Er spürte eine unsagbare Liebe, wie es nur bei Verliebten sein kann. Ab diesen Zeitpunkt wusste er, dass es ein Mädchen gibt, das seine Liebe erwidern konnte. Leahcim spürte Glück und ein Loslassen von alten Denkmustern zugleich. Obwohl er sich nicht einmal bei ihr vorgestellt hatte und überhaupt nichts von ihr wusste, war er davon überzeugt, dass dies seine Liebe sei. Sein Gefühl sollte recht behalten, denn wenige Tage später waren sie ein Paar. Leahcim konnte sein Glück kaum fassen, als sie seine Frage „Willst du meine Freundin sein?" erwiderte. Astrid sagte einfach „Ja" und sie waren zusammen.

Leahcim kam sich vor wie ein einsamer Tropfen Wasser, der den Weg zum Meer gefunden hatte, um sich mit der Ganzheit zu vereinen. Er war nicht mehr alleine und dieser Zustand sollte ihn sein ganzes Leben begleiten. „Stellt euch vor!", hörte er sich sagen, „Ich, der hässliche Junge, habe eine Freundin, die sich freut, wenn ich sie berühre." Und er berührte sie oft und viel, es kam ihm so vor, als ob er alle Jahre seines bisherigen Lebens an Streicheleinheiten nachholen wollte. Es gab für ihn nur noch dieses Mädchen, all seine Gedanken kreisten um sie.

Sie war eine schöne und gebildete Frau, sie kam als Einzelkind aus einem behüteten Haus. Ihr Vater war promovierter Akademiker und ihre Mutter voll und ganz für ihr Kind da. Astrid ging in ein Mädchengymnasium und Leahcim machte eine Handwerkslehre. Sie kam aus reichem Hause und er aus ärmlichen Verhältnissen. Ihre Eltern waren gut situiert und seine Eltern lebten von Schuldschein zu Schuldschein. Es waren nur Gegensätze zu erkennen, doch genau diese Gegensätze waren für Leahcims seelische Reifung vonnöten. In diesem Umfeld lernte er einen anderen familiären menschlichen Umgang miteinander kennen. Er fühlte sich bei dieser Familie aufgehoben und aufgenommen. Er fühlte sich geliebt und respektiert. Astrid war durch die manchmal zu sehr behütete Erziehung egozentrisch veranlagt. Doch all diese „negativen" Eigenschaften störten Leahcim nicht. Er war bereit, alle eigenen Bedürfnisse hinten an zu stellen, denn es gab für ihn nichts Größeres, als die erwiderte Liebe. Er war der Sklave seines Selbst. Leahcim beachtete seine Bedürfnisse nicht mehr, sondern wollte nur geben. Es war so wie die Geschichte, die er vor einiger Zeit von seiner Nachbarin Frau Disse gehört hatte. Diese hatte Leahcim oft zum Unterhalten bei sich eingeladen, denn sie hatte den Schmerz der verwahrlosten Kinder erkannt. Leahcim vertraute dieser alten Dame vieles an. Auch die Neuigkeit, dass er eine Freundin hatte, und für sie alles tun wollte.

In dieser Geschichte ging es um Damos, der nicht fähig war, etwas anzunehmen oder eine Bitte abzuschlagen. Mit ruhiger Stimme erzählte Frau Disse:

Damos

Jeder Einwohner in dem kleinen Dorf ging zu Damos, wenn er Hilfe benötigte. Oft sagten die Einwohner: „Danke, Damos, für deine Hilfe, was bekommst du dafür?" Aber Damos schüttelte nur den Kopf und sagte: „Nichts." Manchen der Einwohner gefiel dies, da sie umsonst eine Arbeitskraft hatten. Andere Einwohner wollten ihm nicht nur danken, sondern auch etwas zustecken, doch jedes Mal hielt er seine zwei Hände ausgestreckt entgegen, um somit auszudrücken, ich will nichts haben.

Es gab aber auch noch Einwohner, die ihn überhaupt nicht mehr fragten, ob er ihnen einen Gefallen tun würde. Damos ärgerte sich über diese Einwohner, die anscheinend kein Herz hatten, ihn um etwas zu bitten; er ärgerte sich auch über die, die nur Danke sagten, denn hier spürte er ein wenig das Gefühl, ausgenutzt zu werden.

Die Monate vergingen und Damos wurde immer schwächer, da er sich einfach übernahm. Eines Tages erfuhr der pensionierte Lehrer von Damos Zustand, sogleich machte er sich auf den Weg. Er klopfte an seiner Tür und es dauerte lange, bis Damos die Tür öffnete. Beide erschraken, als sie sich sahen. Der Lehrer wegen des fürchterlich abgemagerten, kranken, blassen Körpers, den er in so einer Gestalt nicht erwartet hatte, und Damos erschrak, weil genau der Einwohner kam, der nichts mehr von ihm verlangt hatte.

„Warum kommst du mich besuchen?", stammelte Damos mit heiserer Stimme. „Ich bin gekommen, um nach dem Rechten zu schauen", sagte mit fester, freundlicher Stimme der Lehrer. „Warum solltest gerade du zu mir kommen, um nach dem Rechten zu schauen?" „Ich habe von dir überhaupt nichts mehr gehört, du wolltest nichts mehr mit mir zu tun haben. Ich hätte gehofft, dass du mich um irgendetwas bittest, aber nein, du dachtest wohl, ich bin nicht gut genug."

Auf einmal fing Damos laut zu husten an, er krallte sich an dem Türrahmen fest, denn ihm wurde schwindelig. Der Lehrer wollte ihn stützen, doch Damos wehrte ab und fiel zu Boden. Mit viel Mühe gelang es dem Lehrer, Damos ins Bett zu bringen. Der Lehrer entschied sich, für eine kurze Zeit im Haus von Damos zu bleiben. Wenigstens solange, bis der Arzt kam, den der Lehrer telefonisch gerufen hatte.

Damos sieht wirklich schrecklich aus, dachte der Lehrer sich, als er gerade dabei war, eine heiße Tasse Tee vorzubereiten. Mit der gemachten Tasse Tee ging er ins gegenüberliegende Schlafzimmer, in dem Damos verweilte. „Ich mag keinen Tee und mir geht es auch schon viel besser", sagte Damos. Der Lehrer setzte sich neben ihn und sagte: „Ich weiß, dass du verärgert bist, ich weiß auch warum. Du denkst, ich wollte deine Dienste nicht haben, doch das stimmt nicht. Ich habe gesehen, dass du nur gegeben hast und ich wollte nicht deine Gesundheit auspressen wie eine Zitrone. Ich wollte dich schonen und übrigens auch die anderen Einwohner, die deine Dienste nicht mehr in Anspruch genommen haben.

Wir wollten dich retten durch unser Verhalten, doch können wir dich nicht verändern. Wenn du ständig gibst, dann wirst du leer. Auffüllen geht nur durch Annahme und auch das hast du abgelehnt."

Damos begriff und fing an, darüber nachzudenken und er verstand auf einmal, warum er nur geben konnte. Damos sprach mit nachdenklicher Stimme zum Lehrer:

„Ich gebe, weil mich die Freude darüber, die ich in den Augen der Menschen sehe, stärkt. Ich gebe auch, um geliebt zu werden, da ich mich selbst nicht lieben kann. Und ich gebe, weil ich mich manchmal wertloser fühle als mein Gegenüber und mir dadurch erhoffe, Anerkennung zu bekomme."

Es wurde still im Raum und die gesagten Worte hatten die Möglichkeit, den Platz zu bekommen, den sie gerade benötigten. Den Platz der Einsicht. Der Lehrer unterbrach behutsam die Stille und sagte: „Erkennst du dieses Muster in dir? Du gibst und erwartest etwas dafür, was dir niemand geben kann, nur du dir selbst.

Dienen ist eine große Tugend, doch dienen sollte niemals aus einer Erwartungshaltung heraus geschehen. Dienen stärkt, wie du ja auch erkannt hast, aber nur dann, wenn keine Erwartungen gehegt werden. Um zu dienen, musst du lernen, dir selbst zu dienen, du musst deinem Körper dienen durch Achtsamkeit. Und aus dieser Achtsamkeit heraus kannst du anderen dienen. All die Gefühle in dir wie Wertlosigkeit, Lieblosigkeit und Hunger nach Anerkennung sind in dir manifestiert und nur du kannst dir die fehlenden Gefühle geben. Du musst dich lieben, nein – du darfst dich lieben und dann bist du nicht mehr abhängig von den Anderen."

Wieder wurde es still im Raum und man hörte die Kirchenuhr, die den Gottesdienst einläutete.

Als ob Gott mir eine Bestätigung durch das Glockengeläut gegeben hätte, dachte Damos, als er über die Worte des Lehrers nachsann. Er erkannte auch, dass er die Berechtigung hatte, Dinge an-zu-nehmen, denn wenn er etwas annimmt, so bereitet er auch dem Gegenüber eine Freude und in dem Fall ist der Andere der Geber. Denn es ist nichts schmerzhafter, als wenn ein Gebender zurückgewiesen wird. Es brauchte viele Monate, um Damos wieder gesund bei seiner Arbeit zu sehen, doch in einem hatte er sich verändert, er konnte nein sagen zu Arbeiten, die seine Kraft schmälerten und er konnte ja sagen zu Dingen, die er angeboten bekam.

Leahcim sann über Frau Disse nach und hatte das Gefühl, als sei sie ein Engel in menschlicher Gestalt, der auf ihn schaute.

Urplötzlich sah Leahcim vor seinem inneren Auge, auf eine Leinwand projiziert, folgende vorbeilaufende Wörter:

Ausbrennen – Aufmerksamkeit – Gelassenheit.

Wie lange möchtest du den Weg der Erschöpfung gehen?
Wie lange unterdrückst du deine emotionalen und körperlichen Schmerzen?
Irgendwann brennst du – aus!
Achte auf deine Signale!
Achte auf deine innere Stimme!
Achte auf dich!
Nimm den Weg zur Gelassenheit und l e b e .

Leahcim war berührt von dieser Geschichte, denn er sah sich selbst darin und hatte gelernt, auch anzunehmen.

Er nahm sich Zeit, verweilte in der Stille und führte anschließend mit seinem Stein ein internes Gespräch. Der Stein sagte zu Leahcim: „Schaue mich jetzt genau an, was hat sich bei mir verändert?"

Leahcim wandte seine erlernte Technik an, er schloss seine Augen und spürte seinem Gefühl nach. Oft wusste er nicht, welches Gefühl ihn erwartete, aber das war egal, er musste nur dem aktuellen Gefühl seine Aufmerksamkeit geben. Nach wenigen Minuten kam ein Gefühl von Freude auf. Leahcim begrüßte das Gefühl und folgte dem Gefühl in seinem Körper. An irgendeiner Stelle hielt das Gefühl an und genau dort fand er seinen Stein. Diesmal war der Stein im Hinterkopf gelegen. Merkwürdig, dachte Leahcim. Wie sieht der Stein denn aus? Er war mit Erde verschmiert, der Schlamm lief in langen Fäden vom Stein herab. Er fragte den Stein, ob er ihn anfassen dürfe. „Aber natürlich", flüsterte der Stein in Leahcims Ohr.

Er erschuf sich geistig den Stein behutsam in seine rechte Hand. Der Stein fühlte sich warm und geborgen an, zugleich hatte Leahcim den Impuls, diesen Stein zu reinigen. Er schaute den Stein an und ihm kam es so vor, als ob er mit seiner ganzen Gestalt nicken würde. Leahcim war glücklich, seinen Stein endlich in den Händen halten zu dürfen, denn jetzt war er auch be-greifbar. Vorsichtig hielt er den Stein unter den fließenden Wasserhahn, den er gerade eben aufgedreht hatte. Der Schlamm löste sich und Leahcim entdeckte unter dem Schlamm eine harte schwarzbraune Schicht, die sich durch das Wasser nicht lösen wollte. Nun dachte Leahcim – meine Reise ist zu Ende, denn er hatte ja sein Stein gefunden. Der Stein fing in seiner Hand an zu vibrieren, es kitzelte und er musste lautstark lachen, genauso wie auch der Stein.

„Höre gut zu", ermahnte ihn der Stein. „Deine Reise hat begonnen zu dem Zeitpunkt, als du dich entschieden hast, auf dieser Erde zu leben und deine Reise ist zu Ende, wenn du mich gefunden hast. Du denkst, du hast mich schon gefunden, weil ich mich in deinen Händen gezeigt habe. Aber mit suchen meine ich auch, das zu finden, was mich ausmacht. Du schaust mich von außen an und denkst, ich bin gefunden, viel wichtiger ist das, was in mir ist und das hast du noch nicht gefunden. Du wirst viele Jahrzehnte dafür benötigen, um die Wahrheit zu sehen. Jetzt mach dich auf den Weg, denn die Reise ist lang."

Leahcim war auf einer Seite unzufrieden, mit dem was er hörte, aber auf der anderen Seite spürte er eine Freude, am Leben weiter teilhaben zu dürfen.

Sogleich machte er sich auf den Weg zu seiner Freundin Astrid und merkte, wie die Zeit im Liebesrausch verging. Astrid und Leahcim kamen sich immer näher, irgendwann war der große Moment für ihn gekommen, denn sie beschlossen, miteinander zu schlafen. Es war ein aufregendes

Ereignis und sie machten ihre ersten Pläne. Astrid kaufte die Pille und Leahcim beteiligte sich an der Hälfte der Kosten fürs Glück.

Sie waren bereit für das Abenteuer.

Sie waren bereit, sich zu vereinigen.

Sie waren nervös und alles ging schief.

Sie wollten sich, konnten aber nicht, da das Neue zu sehr unbekannt war. Nach mehrmaligen Versuchen und einer extremen Übervorsichtigkeit, da Leahcim ja seiner ersten großen Liebe nichts Verletzendes zufügen wollte, klappte es schließlich doch. Er war nun ein Mann, er konnte es kaum fassen. Er hatte es getan und fühlte sich unschlagbar. Astrid ging es anscheinend nicht so, denn sie zog sich rasch ihre Kleider an, ohne den großen Jubelton, den er in sich verspürte. Sie hatte für das erste Mal, eine ziemlich nüchterne Haltung gehabt, doch er traute sich nicht, Astrid über ihr Befinden zu fragen. Für Leahcim war es ein wunderbares Gefühl, denn er vereinte sich körperlich mit einem liebevollen fremden Körper und war dadurch nicht mehr nur außen, sondern auch innen körperlich verbunden. Er liebte das Gefühl der Vereinigung, da es für ihn eine Widerspiegelung der empfundenen Liebe bedeutet. Zwei Jahre waren sie glücklich zusammen und für Leahcim stand fest, mit Astrid werde er alt. Doch es sollte anders kommen. Im Sommer fuhr Astrid mit der Schule nach London, um die englische Sprache in praktischer Anwendung zu vertiefen. Es war für Leahcim die erste Trennung von seiner geliebten Astrid, er musste zwei Wochen alleine sein, ohne ihre Zärtlichkeit erwidern zu können, zwei Wochen ohne Halt, denn sie war eine Stütze für ihn. Als sie und ihre Klassenkameraden zurückkamen, erfuhr er von einer gemeinsamen Freundin, dass Astrid fremdgegangen war.

Leahcim verlor den Boden unter seinen Füßen und konnte den Schmerz erst Tage später bearbeiten, doch verarbeiten war nicht möglich. Er konnte nicht verzeihen, da er in diesem Alter so sehr die Stabilität durch eine Partnerschaft brauchte. Leahcim löste sich von seiner ersten Liebe wie die Haut einer Zwiebel. Erst viel später begriff er, was Fremdgehen bedeutet, es ist eine Leere (oder Stille) durch Schweigen, die einen dazu ermuntert, einen anderen Weg zu gehen. Denn wenn die Herz-Verbindung durch das Schweigen zum Partner, nicht mehr mit Liebe gefüllt ist, sucht das Herz einen anderen Weg wie in der Erzählung von Profunda, die Leahcim auch von seiner damaligen Nachbarin Frau Disse, erzählt bekommen hatte. Er konnte sich diese Geschichten gut merken, da sie ihn jedes Mal berührten, und es kam ihn so vor, als ob er selbst in diesen Geschichten mitwirkte. Bevor Frau Disse erzählte, erklärte sie noch Leahcim, dass Profunda auf Esperanto „tief" und Korpo „Körper" bedeutet.

Profunda

Sie war eine Schönheit und lebte mit einem überaus attraktiven Mann schon mehrere Jahre zusammen, in einer bescheidenen Zweizimmerwohnung direkt neben der Bushaltestelle. Täglich fuhren beide mit dem Bus zur Arbeit.

Profunda stieg als erste nach vier Stationen aus. Sie gab ihrem Freund Korpo einen Kuss auf die Stirn, einen auf die linke Backe und zum Abschluss einen auf den Mund. Dieses Ritual hatte Profunda eingeführt. Sie begründete die unterschiedlichen Kussstationen, die für sie eine unanfechtbare Wahrheit bedeuteten, mit folgender Aussage:

„Der Kuss auf die Stirn sagt aus: „Ich bin in deinen Gedanken", der Kuss auf die linke Backe bedeutet: „Ich bin in deinem Herzen" und der Kuss auf dem Mund soll verdeutlichen „Ich vertraue dir und dem, was du sagst."

Sie war eine offenherzige Frau und stand felsenfest hinter Korpo, sie liebte ihn über alles und dachte auch an eine blühende Zukunft mit ihrem Mann. Doch wie erschrak sie, als sie eines Tages ihr heiliges Ritual bei ihm nicht durchführen durfte, denn er wich bei dem Kuss auf die linke Backe aus und wollte auch keinen Kuss auf den Mund haben. Profunda war eine sehr sensible Frau und spürte eine Unzufriedenheit bei Korpo, doch sie hatte keine Idee, dieses Problem zu lösen.

Traurig ging sie nach der Arbeit zu ihrem und Korpo's Lieblingssee. Dieser Platz direkt am See erfüllte Profundas Herz mit Liebe. Die Erinnerungen aus der Vergangenheit und deren wunderbare Gefühle machten aus einem unerklärlichen

Grund ihr Herz und ihren Bauch klar. Denn Profunda dachte nicht nur mit dem Verstand, sondern auch mit dem Bauch. Korpo lachte sie deswegen oft aus, doch das kümmerte sie nicht, denn sie wusste, dass die wirklichen tiefen Wahrheiten aus dem Herzen und dem Bauch kommen. Irgendwann wich der Nebel aus ihrem Kopf, und durch ihre momentane Klarheit wusste sie sogleich um die Unzufriedenheit und dessen Lösung für Korpo.

Freudigen Herzens ging sie nach Hause und erwartete ihren Liebsten, der an diesem Tag erst gegen 22 Uhr von seiner Dienstreise heimkommen würde. Sie bereite sich darauf vor. Als Erstes kochte sie einen schmackhaften Eintopf, denn dies war Korpo Lieblingsessen. Sie ging ins Bad und machte sich schön und frisch für eine romantische Nacht. Ihr Parfüm durchdrang die ganze Wohnung und sie wusste, dass Korpo diesen Duft unwiderstehlich fand.

Sie bereitete alles für eine erotische Nacht vor, doch es stand hinter dem noch ein viel tieferes Ereignis an. Sie wollte in sein Herz, das so unzufrieden war, hineinschauen und es verstehen.

Er stand müde und ausgelaugt pünktlich um zehn Uhr an der Hauseingangstür. Überrascht und verwirrt erschnupperte er dieses unwiderstehliche Parfüm, in diesem Augenblick kam Profunda mit zwei vollen Gläsern Sekt aus der Küche. Korpos Herz schlug wild, denn er sah seine Frau in einem wunderschönen, sexy roten Kleid mit ebensolchen roten geschmackvollen Ohrringen. Ihre Haare und ihr Gesicht waren voller Schönheit und Anmut. Ihre Augen glänzten und spiegelten den Schein der Kerzen auf dem Tisch. Er hatte Hunger, aber nicht nach dem leckeren Eintopf. Voll Liebe gab sie einen Schöpfer voll in seinen Teller und lächelte. Sie sah die Gier in seinen Augen und wusste, was er wollte und sie freute sich, dass bisher alles nach „Plan" geklappt hatte. Ruckzuck war der Teller leer und Korpo wurde immer unruhiger.

Er fasste sie an die Hand und führte sie ins Schlafzimmer. Behutsam knüpfte er den ersten Knopf des Kleides auf. Profunda schritt ein und nahm seine Hand, die gerade dabei war, einen weiteren Knopf zu lösen, in ihre Hände und umklammerte sie. Sie wusste, dass Korpo alles tun würde, nur um mit ihr schlafen zu können. Sie hatte die Macht, die sie als Frau immer mehr ausgebaut hatte. Nur in dieser Situation, so war sie sich sicher, konnte sie in sein Herz hinein.

Denn durch die Aussicht auf Sex schaltete er alles um sich herum ab es herrschte nur noch der männliche Trieb, der gelebt werden wollte. Er ist dann zu allem bereit, auch um zuzuhören, und genau diesen Zustand benötigte sie. Sie fragte Korpo: „Warum hast du meinen Kuss heute abgewehrt?" Jetzt schaute er unzufrieden und Profunda glaubte fast, dass ihr Plan doch keine so gute Idee war, womöglich vergrößerte sie dadurch noch mehr den Abstand zwischen ihnen. Doch zu ihrem Erstaunen sagte Korpo in einer für sie bisher unbekannten Offenheit:

„Ich glaube, wir passen nicht mehr zusammen." Profunda durchzuckte eine schmerzliche Welle voll Traurigkeit und Angst. Sie hätte mit allem gerechnet, aber nicht mit so etwas. „Liebt er mich nicht mehr? Habe ich die Zeichen der Entfernung nicht realisiert?", fragte sie sich lautlos. Ihr Plan begann, sich zu verabschieden, denn sie war sich nicht mehr sicher, ob sie noch die Kraft hatte, diese Wahrheit auszuhalten. Eine innere Stimme sagte zu ihr: „Geh jetzt weiter, sonst ist es zu spät." Sie fragte ihn mit bebender Stimme: „Warum denkst du, wir passen nicht zusammen?"

Korpo wollte nicht darauf antworten, denn auch er hatte Angst, Profunda zu verlieren, aber wenn er jetzt nichts sagen würde, und er wusste, dass dies der beste Augenblick dafür war, wird sein Herz für immer zumachen. Er schöpfte Mut und sagte: „Als du mir heute Morgen einen Kuss auf die Backe geben wolltest, habe ich innerlich keine Verbindung zu deinem Herzen gespürt und ich wusste nicht, was dies zu bedeuten hatte. Den ganzen Tag über machte ich mir Gedanken und habe festgestellt, dass wir nicht zusammenpassen, weil du …"

Korpo stockte und sprach nicht mehr weiter, wendete sein Blick von Profunda ab und vergrub sich ins Kopfkissen. Zärtlich strich Profunda ihm über seinen Kopf, nach einer Weile nahm sie seine regungslose Hand und streichelte über seinen Handrücken. Er gab einen tiefen Seufzer von sich ab, als erlöste sie ihn von einer schweren Last, die er bei sich getragen hatte. Dann sprach er undeutlich weiter, mit dem Kopf im Kissen verankert: „Ich sehnte mich so sehr nach dir, ich wollte mit dir schlafen, aber du gabst mir öfters einen Korb. Wir passen nicht zusammen, da mein Verlangen nach Sex anders ist als deines. Als du mir den Kuss auf die Backe geben wolltest, wurde mir bewusst, dass dies der Kuss des Herzens ist. Aber ich spüre kein Herz von dir, wie kann ich dies auch spüren, wenn du mich ablehnst. Sexualität ist für mich ein Teil der ganzheitlichen Liebe und ich möchte mit dir ganzheitlich durch unsere Partnerschaft gehen."

Profunda musste weinen, denn die Offenheit und die Worte berührten sie, nie hätte sie gedacht, dass dies ein Thema für ihre Partnerschaft darstellte. Sie erinnerte sich an die Tage, wo sie miteinander geschlafen hatten. „Es war doch immer erfüllend und schön für uns beide – oder?", fragte sie Korpo, der gleich darauf, ohne zu überlegen, sagte: „Natürlich war es schön, aber zu wenig, zu wenig für mich. Ich benötige die körperliche Vereinigung als Beweis deiner Liebe. Ich bin angezogen von deinem Körper; ich liebe nicht nur deinen Geist oder Humor, ich liebe auch deine Leidenschaft und Sinnlichkeit, die du so wunderbar über deinen Körper ausdrücken kannst, wenn du mit mir vereint bist. Ich möchte dich nicht nur seelisch oder geistig erleben, ich möchte dich körperlich spüren und dies kann ich nur über den Körper. Und wenn *du mir einen Kuss auf meiner Backe, Stirn oder sonst wohin gibst, spüre ich das Gefühl des Körpers und möchte mehr von dir. Ich kann nicht neben dir leben, ohne dass alle Bereiche erfüllt sind. Ich kann nicht so tun, als ob ich Herr über diese Sache sei, wenn ich es in Wirklichkeit nicht bin. Wenn ich nicht ehrlich zu mir selbst bin, kann ich auch nicht ehrlich zu meinen Mitmenschen sein, das heißt, auch nicht ehrlich zu dir. Ich kann dich auch nicht zwingen, mit mir mehr Sex zu haben, denn dann wärst du ja nicht ehrlich zu dir."*

Stille durchflutete das Schlafzimmer, es war so, als gingen die Türen zu und man befand sich in einem schallgeschützten Raum. Profunda durchschnitt die Stille mit einem herzzerreißenden Weinen und nun war es Korpo, der zärtlich über die Hand von Profunda strich. Viele endlose Minuten vergingen, bis Profunda aufhörte zu weinen. Korpo wusste, dass er ihr diesen Raum der Traurigkeit geben musste, damit sie Zeit hatte, um das Gesagte zu reflektieren.

Sie sprach mit leiser Stimme: „Es tut mir leid, denn ich wusste nicht, dass dies für dich ein Problem ist. Ich spüre tiefe Liebe für dich, ich wollte dich heute verführen, aber erst dann, wenn wir miteinander gesprochen haben. Ich wollte wissen, warum du meinen Kuss heute abgelehnt hast, und ich wusste, ich kann dies am besten, wenn ich dir das Gefühl gebe, dass wir gleich Sex haben werden. Ich wusste dies und sage dir das ganz offen, denn du sollst nicht glauben, dass ich mit dir nur spielen wollte. Nein, ich wollte auch mit dir schlafen, aber ich kann es nur dann, wenn ich das Gefühl habe, wir sind in der Balance. Auch kann ich nicht so oft mit dir schlafen, wie du es dir wünschst, denn ich würde tatsächlich meine Identität und meine wahren Bedürfnisse verleugnen. Ich liebe dich über alles und habe deinen Schmerz gesehen und es berührt mich so sehr, denn ich will für immer bei dir sein." Beide schauten sich durch die Augen an, die Blicke direkt ins Herz sendend. Sie umarmten sich und schwiegen. Beide wussten sie, dass sie sich liebten, beide hatten voneinander gelernt, beide gingen einen Schritt nach vorne. Beide schlossen sie Kompromisse. Dies alles konnten sie nur durch ein offenes ehrliches Gespräch bewirken und das Schöne war, beide waren sie glücklich und vereinigten sich in der Balance.

Die Nachbarin, Frau Disse, hatte eine so wunderbare Gabe, die Geschichten zu erzählen, dass nach dieser Erzählung Leahcim unbedingt erspüren wollte, wo sein Stein gerade jetzt in diesem Augenblick, zu finden war. Er verabschiedete sich von Frau Disse, ging nach Hause in sein Zimmer, legte sich aufs Bett und begann zu erkunden:

Er benutzte seine Technik des Spürens und zugleich kam auch schon ein Gefühl der Einsamkeit. Leahcim folgte dem Gefühl und fand seinen Stein am Herzen. Der Stein sah genauso aus wie beim letzten Treffen. Leahcim nahm ihn vorsichtig in seine linke Hand und spürte die Festigkeit, die ihm umgab. Er fragte, ohne auf den richtigen Moment zu warten. „Wieso hat Astrid nicht mit mir gesprochen wie in der Erzählung?"

„Zuallererst möchte ich, dass du dich beruhigst", sprach der Stein. „Atme tief ein und wieder aus." Leahcim gehorchte. Lange zehn Minuten musste er atmen, bis er endlich eine Antwort auf seine Frage bekam.

„Astrid wollte mit dir sprechen, doch du warst nicht bereit, denn dein Herz hatte schon längst einen anderen Weg eingeschlagen, dieser Weg führt zu einem anderen Menschen." Leahcim dachte, dass er Astrid doch liebte, aber das, was er jetzt hörte, war unglaublich. „Sieh mich an", befahl der Stein in einen dominanten Ton. „Was hat sich bei mir verändert?" Immer wieder die gleiche Frage, dachte Leahcim sich und wollte gar nicht mehr hinsehen. „Sieh mich an", schrie der

Stein in der stillen Umgebung nahe dem Herzen. Eingeschüchtert und ängstlich schaute Leahcim den Stein an und konnte keine Veränderung sehen. Er dachte bei sich: „Was soll sich da verändert haben?" „Sieh genau hin und verbiete deinem Verstand zu werten, schaue nur mit deinem Herzgefühl." Leahcim versuchte, dem Befehl zu gehorchen, doch sein Verstand schaltete sich immer wieder ein. Nach mehrmaligen Versuchen, doch noch etwas sehen zu können, kapitulierte er und wollte nichts mehr davon wissen. „Schade, du warst dem Ziel so nah, etwas Neues zu sehen." Die Stimme des Steins verstummte und Leahcim hatte das Gefühl, wieder am Anfang seiner Suche zu stehen. Er wartete auf die Zeit der Heilung und die Zeit seiner Selbstfindung.

Wie durch eine innere Fügung entdeckte Leahcim bei seiner Oma ein für ihn äußerst interessantes Buch, es handelte von Menschen und deren inneren Seelenzuständen. Leahcim sprach dieses Buch auf Anhieb an, da er sich in manchen Passagen wiedererkannte. Für ihn war dies sehr überraschend, denn bis dato wusste er nicht, dass solche Themen in Büchern zu finden waren, bisher war er sehr naiv gewesen und hatte noch kein Buch gelesen, außer in der Schule die vorgeschriebenen Lesebücher.

Unglaublich, Leahcim war siebzehn Jahre alt und hatte noch nie ein Buch aus freier Entscheidung gelesen.

Er hatte niemals aus Büchern eine Geschichte vorgelesen bekommen oder sonstige Assoziationen durch Bücher gewonnen. Zudem war die „Behinderung" durch die Legasthenie erheblich. Leahcim glaubte, er sei zu dumm für das Schreiben und Lesen. Dieses Buch war ein tiefer Einschnitt in seinem Leben, denn dort hat er zwei wunderbare Erkenntnisse gewinnen können. Zum einen hatte er Zugang zu seiner späteren großen Passion gefunden, Bücher zu lesen, zum anderen hatte er einen weiteren Weg gefunden, sich alleine zu therapieren, um seine seelischen Verletzungen zu heilen.

Ab diesem Zeitpunkt verschlang er eine große Menge von Büchern, all diese Bücher handelten vom Menschen und dessen tiefer Sehnsucht nach der Wahrheit. Leahcim lernte über die Bücher, sich selbst anzunehmen und erkannte, dass er nicht alleine im Schmerz war, sondern viele Millionen andere Menschen auch.

Er lernte, das Leben anzunehmen und aus der Vergangenheit Nutzen zu ziehen. Er lernte loszulassen und nicht mehr zu suchen, denn er war schon angekommen. Leahcim lernte, sich anzunehmen und wirklich zu lieben. Einer seiner Lieblingsautoren war Hermann Hesse. Durch seine Bücher bekam Leahcim den Mut und die Zuversicht, im Leben bestehen zu können. Der Klassiker von Hermann Hesse war „Siddhartha", dieses Buch war für Leahcim mit tiefer Weisheit bestückt. Er hatte insbesondere aus diesem Buch gelernt, nicht mehr eingeengt zu suchen. Siddhartha, die Hauptperson in diesem gleichnamigen Buch, war immer auf der Suche nach „dem Atman", dem All-Einen, das in jedem Menschen ist. Vasudeva, der Fährmann, lehrte Siddhartha, auf den Fluss zu hören und ihn zu beobachten, der sich ständig wandelt und doch immer derselbe Fluss bleibt. Siddhartha erkannte in dem Konflikt sein eigenes Leben wieder, sich selbst als Kind, junger Mann und Greis. Nachdem Siddhartha und Vasudeva Erleuchtung gefunden hatten, ging Vasudeva in die nahegelegenen Wälder. Siddhartha führte dessen Arbeit als Fährmann fort. Siddhartha hatte zu sich gesagt: „Ich werde nicht mehr suchen", danach hatte er das gefunden, nachdem er sich immer gesehnt hatte und was auch schon immer bei ihm war.

Leahcim erkannte, dass Siddhartha durch das Suchen immer einen Fokus auf etwas Bestimmtes hatte, er war eingeengt in seinem Blickfeld. Ihm fiel auf, dass es wie ein sich fokussieren auf blaue Autos ist, sobald die blauen Autos im Kopf sind, werden ständig blaue Autos gesehen, das heißt, er befand sich in einem vorgefertigten Rahmen und sah dadurch nicht die andersfarbigen Autos.

Leahcims Fokus war immer der eingeschliffene Glaube „nicht lesen zu können", diesen Fokus hat er durchbrochen, indem er das Wort „nicht" in diesem Satz auflöste und dies zu 100 Prozent annahm. Ab jetzt konnte er lesen und sein Heilungsprozess fing an zu wirken. Von nun an begann er von einer Schriftstellerkarriere zu träumen. Immer wieder dachte er sich ein Leben als Schriftsteller aus, wie schön es wäre, einfach nur das Innere nach außen über das Schreiben zu bringen. Leahcim wollte eine Spur von seiner inneren Betrachtung seinen Mitmenschen schenken. Er wollte andere teilhaben lassen an seinen Gedanken und an seinem Leben. Oft schrieb er irgendwelche Gedichte und spürte, dass durch das Schreiben seine Seele nicht nur berührt wurde, sondern auch frei fliegen konnte. Die Fantasie konnte er, ohne Wertung, einfach im Paradies der Fabelgestalten ausdrücken. Auch emotionale Zustände konnte er über das Schreiben verarbeiten und als Erkenntnis allen Interessierten schenken. Doch musste Leahcim auch Vorsicht walten lassen, denn ausgesprochene Gedanken wirken auf unterschiedliche Weise. Einmal ausgesprochen, sind sie nicht mehr zurückzuholen und können im schlimmsten Fall einen Menschen sehr verletzen. Durch das Schreiben hatte er ein weiteres Reich gefunden, er war nun in der Lage, sein Leben zu verarbeiten. Leahcim lernte über seine Verletzlichkeit und akzeptierte seine Unvollkommenheit.

Nachdem Leahcim kurz abgedriftet war, nahm er, über den Weg des Gefühls, Kontakt mit seinem Stein auf. Er freute sich, diese Prozedur schon so perfekt zu beherrschen, die Auseinandersetzung mit seinem Stein war die Hauptpforte seiner Heilungstherapie. Allerdings fiel es ihm nicht leicht, mit dem Stein zu reden, denn in ihm steckte noch das letzte Gespräch und das enttäuschende Ergebnis.

„Ich bin immer für dich da, egal wie das letzte Gespräch verlief", beruhigte ihn seine Stimme, der einfach drauflos sprach. „Wie du selbst bemerkt hast, beginnt deine Heilung durch unterschiedliche Werkzeuge, die du auf deinem Weg gefunden hast. Ich muss dir gratulieren, denn du hast die Zeichen, die ich dir gab, erkannt. Und jetzt möchte ich, dass du mich anschaust, aber nicht mit dem Verstand." Leahcim erinnerte sich an die letzte Begegnung und stellte fest, dass der Stein, wie damals, auch nahe beim Herzen lag.

Durch tiefes Einatmen und durch Gedankenstille stellte er eine Verbindung zum Stein her. Er hatte immer noch die gleiche Farbe und Konsistenz, auch war er noch so geschmeidig anzufühlen. Aber sonst war nichts Neues zu sehen, Leahcim wollte gerade entmutigt den Blick abwenden, als er aus dem Augenwinkel etwas Unbekanntes sah. Es war sehr klein und überhaupt nicht auffällig. Sollte das das Neue sein, was er damals nicht hatte sehen können? Leahcim wollte schon überheblich den Blick abwenden, da er meinte, es sei zu gering, um darüber nachzudenken, als der Stein Leahcim abermals aufforderte, konzentriert die Veränderung anzuschauen. Also blickte er wieder auf die veränderte Stelle und konnte ganz schwach eine Glasfläche unter der Schicht erkennen. Er war wirklich überrascht, denn er glaubte, der Stein sei durchgehend braunschwarz.

„Oft sind die kleinen Dinge im Leben die großen Über-raschungen", sagte der Stein und musste schmunzeln. „Du hast so viel Lebenserfahrung sammeln dürfen, und nun ist es an der Zeit, deinen wahren Schatz zu finden." Die Worte berührten Leahcims Herz, und erlaubten ihm, groß zu denken. Es kam ihm vor, er stünde unter einer Dusche und anstelle von Wasser regnete es Goldstaub. „Wenn du meinst, dies ist alles und du hast schon gefunden, was du suchtest, muss ich dich leider wieder enttäuschen, denn ich als Stein habe dir nur eine kleine Offenbarung gezeigt. Die wirkliche

Größe wird dir Schritt für Schritt gezeigt, drum bleibe am Ball und suche den Schatz. "

Dieses Gespräch hatte Leahcim nicht nur beflügelt, sondern es gab ihn auch die Kraft, positiv seine anstehende Maurerausbildung mit relativ guten Noten beenden zu können.

Leahcim erlebte oft, dass der Beruf „Maurer" sowie auch andere handwerkliche Berufe, als minderwertig in unserer Gesellschaft angesehen wurden. Doch Leahcims Erfahrung sagte, dass der Beruf Maurer ein großes handwerkliches Geschick sowie ein hohes Potenzial an praktischer Intelligenz erforderte.

Leahcim hat manche Maurerkollegen in seiner Ausbildungszeit bewundert, mit welchem Wissen sie Probleme lösten. In einer Fachzeitschrift für Bauwesen las er einmal folgenden Satz:

„Handwerker sind einfach gestrickt, doch haben sie ihr Herz am richtigen Fleck. "

Oft dachte Leahcim sich: Wenn wir als Gesellschaft über „minderwertige" Berufe mit einer arroganten Art und Weise lästern, sollten wir uns bewusst machen, wer das Haus mit all seinen Gewerken gebaut hat.

Trotz der heimlichen Liebe zu diesem Beruf, da er ein hohes Potenzial an Kreativität und „Erschaffen" aufwies, wollte Leahcim nicht mehr in diesem Beruf bleiben. Er wusste instinktiv, in ihm steckten noch andere Talente, die gelebt werden wollten. Außerdem war es an der Zeit, einen Eigenversuch zu machen.

Leahcim wollte einen Beruf, in dem viel geschrieben wird, um seine „Schwäche" in punkto Schreiben aufzulösen. Lesen machte ihm ja keinen Stress mehr, aber das fehlerfreie Schreiben war noch nicht ausgereift. Insbesondere der absolut positive Glaube daran, dass er es schaffen werde, musste noch in seinem Glaubensmuster eingestellt werden, sein Gespräch mit dem Stein hatte Leahcim in ein positives Fahrwasser gebracht. Er stand am Anfang einer sehr langen Reise, das Vertrauen war ein klitzekleiner Punkt am Ende des Weges. Leahcim formte zart eine Verbindung zum Vertrauen, um endlich diesen beschwerlichen Weg gehen zu können.

Erschöpft von all diesen Begegnungen schlief Leahcim ein und träumte von Vertrauen, Mut und Stille.

Frau Mod

Eine junge Frau wohnte in einer großen, lauten Stadt. Sie wünschte sich nichts Sehnlicheres als Stille. Durch die jahrelange Qual, immer den Straßenlärm und die lauten Menschen um sich zu haben, beschloss sie, in ein anderes Gebiet oder sogar in ein fremdes Land zu ziehen.

Sie hatte zwar kein konkretes Ziel, aber das machte nichts, denn sie glaubte an ihren inneren Führer. Dieser Führer sagte zu ihr: „Du wirst noch dieses Jahr deinen Wohnort verlassen und eine stille Reise unternehmen." Mod fragte nicht, wohin oder warum. Sie vertraute einfach. Eines Nachts kam ein Engel in ihre Träume und sagte:

"Geh und packe deine Koffer, die Reise beginnt." Sie stieg aus ihrem Bett, packte ihre Koffer und wartete auf weitere Zeichen. Aber es kamen keine weiteren Zeichen, nicht einmal dann, als der Tag sein Ende verkündete. Mod vertraute weiterhin auf ihre innere Stimme und ließ sich nicht von der Idee abbringen, auf ein weiteres Zeichen zu warten. Inzwischen war auch die Nacht zur Hälfte vorbei und es geschah nichts. Die restliche Hälfte der Nacht wich der aufgehenden Morgensonne, aber auch der Tag hatte ihr keine Zeichen offenbart. Trotz der zeichenlosen Stunden war Mod voller Vertrauen und glaubte an die Liebe und Weisheit. Endlich am dritten Tage hörte sie die langersehnte Stimme sagen: „Du hast die Prüfung des Vertrauens bestanden, denn nur durch Vertrauen entwickelt sich dein Mut und Mut brauchst du, wenn du mit mir auf die Reise gehst. Jetzt nimm deine Koffer und folge einer schwarzen Katze, die draußen auf der Straße wartet. Ohne mit der Wimper zu zucken, ging Mod die Wohnungstreppe hinunter und sperrte die Hauseingangstür auf, sie blickte um sich, um die schwarze Katze zu erhaschen, doch weit und breit sah sie keine. Nun fing Mod an, Zentimeter für Zentimeter die Umgebung mit ihren Augen abzutasten. Keine Katze weit und breit, Trauer durchfuhr ihr Gemüt, sie dachte schon, dies sei das Ende ihrer gerade begonnenen Reise. Ein letztes Mal überquerte sie die Straßenseite und stand direkt vor einer Metzgerei. Dort sah sie zwei gelbe Augen, die ihr vertrauensvoll entgegenblickten und sie wusste, dass die Reise hier starten würde.

Die Katze lief sehr schnell und Mod hatte Schwierigkeiten, dieses Tempo mitzuhalten, denn immer wieder bereitete ihr der Koffer Probleme, er war einfach zu schwer. Ihr rechter Arm schmerzte und sie verlagerte die Last des Koffers auf die linke Seite. Doch auch der linke Arm konnte dieser Belastung nicht standhalten und fing ebenso an zu schmerzen wie der rechte Arm. Die Katze gewann einen immer größeren Abstand zu ihr. Mod musste sich entscheiden: Entweder der Koffer oder die Reise des Vertrauens.

Ohne Koffer schwebte sie der Katze förmlich entgegen. Sie war froh, dass sie sich gegen den Koffer entschieden hatte, denn jetzt konnte sie leicht der schwarzen Katze folgen. Nach weniger als einem Kilometer überquerten sie eine sumpfige Wiese, in der sich nicht nur Frösche aufhielten. Eigentlich hatte sie keine Angst vor Tieren, wenn sie sie sehen konnte, aber in dieser Wiese sah man nichts und das gab ihr ein mulmiges Gefühl. „Schon wieder eine Blockade durch meine eigenen angstvollen Gedanken. Besteht mein Leben nur aus Angst?" Mod ließ es zu, in ihre eigene Angst zu gehen, komme was mag. Ihr Körper zitterte, doch durch ihren Mut, dort hineinzuschauen, verkleinerte sich die Angst. Ihre Gedanken wurden klarer und flossen wie ein beruhigender Strom durch ihren Körper. Sie nahm sich wahr, mit all ihren

Emotionen und bewertete nichts. Minuten der Ruhe, Minuten der Wahrnehmung, Minuten des Glücks. „Was für eine wunderbare Zeit, die ich mir sonst nie gegönnt habe", dachte Mod bei sich.

„Habe Vertrauen in mich, denn ich bin bei dir, ich bin du und du bist ich, zusammen entdecken wir unser Licht."

Sie hörte die Stimme in einer für sie noch nie empfundenen tieferen Schicht ihres Körpers. Anscheinend gab es Stellen im Körper, die ihr bisher verborgen geblieben waren und sich nur zeigten, wenn sie bereit war, sich selbst zu hundert Prozent wahrzunehmen. Jetzt wusste Mod, dass sie bedingungslos Vertrauen in ihren Führer oder in ihr Selbst haben sollte, um die Angst in eine andere Richtung zu lenken. Selbstvertrauen funktioniert nur, wenn man sich selbst vertraut. Das mulmige Gefühl, was vorhin noch vorherrschend war, verschwand aus ihren Gedanken und löste sich in ihrem Körper auf, es war einfach wie weggeblasen.

Mit mutigen Schritten überquerte Mod die letzten hundert Meter Wiese. Stolz angekommen erblickte Mod eine weitere große Herausforderung. Sie musste einen Weg überschreiten, der nicht mit dem normalen Verstand zu bewältigen war. Es war eine tiefe Schlucht, die mehrere Meter breit vor ihr lag. Der Katze bereitete diese Schlucht keine Sorgen, denn sie sprang elegant über das Hindernis. Mod überlegte, wie sie dieses unüberwindbare Hindernis, ohne in den Tod zu stürzen, bewältigen könnte. Sie fühlte sich überfordert, hier endete ihre Reise. Ihre Stimme klang schwach, als sie sich sagen hörte:

„Es wäre so schön gewesen, dort anzukommen und ich hatte auch ein unglaubliches Vertrauen in mein Tun, doch jetzt geht es nicht mehr weiter. Ich bin ein Versager und gehöre nicht zu den Menschen, die Glück haben sollten."

„Wach auf und glaube an deinen inneren Führer und habe Vertrauen", hörte sie sich sagen. Sie war im Zwiespalt und musste wählen, doch was war richtig oder falsch? Wodurch würde Mod den für sie optimalen Weg erkennen?

„Tu das, wohin dein Herz dich trägt", hörte sie sich abermals sagen. Sie überlegte nicht lange, denn sie wusste, dass ihr Gefühl recht hatte, denn ihr Herzenswunsch war, der Katze zu folgen, aber wo war die Katze? Sie schaute nach rechts und nach links, doch das Tier war nirgends zu finden.

Einem inneren Impuls folgend, wandte sie sich nach rechts und ging entlang der Schlucht. Nach 500 Metern sah sie erstaunlicherweise eine hölzerne Brücke, die über die Schlucht gebaut worden war. Freudig und mit jubelndem Herzen ergriff sie die Möglichkeit und überquerte gefahrlos die Schlucht. „Jetzt muss ich nur noch die Katze finden und dann wird meine Reise weitergehen können", kam es ihr in den Sinn. „Nein, das ist nicht mehr nötig", sprach eine freudige Stimme neben ihr. „Wer bist Du? Und wo bist Du?", entgegnete Mod der Stimme. „Sind die Fragen wichtig für dich? Denn ich glaube, die Antwort auf die Fragen kennst du schon. Ich bin der, der immer schon bei dir war, ich bin ein Teil von dir und du sprichst seit langem mit mir. Du nennst mich innere Stimme, doch in Wirklichkeit bin ich deine Seele.

Und ich werde dir jetzt etwas Wichtiges sagen: Vor deiner Reise wolltest du die Stille finden, denn du merktest, dass nur durch die Stille eine Kommunikation mit mir möglich ist. Als du eine Antwort bekamst, warst du glücklich und hast drei Tage gewartet und somit auch Vertrauen aufgebaut. Vertrauen zu dir selbst und Vertrauen in deine Fähigkeiten, alles erreichen zu können. Du solltest einen Koffer mitnehmen, doch er war schwer und du stelltest ihn einfach ab. Dies war eine wunderbare Handlung, denn der Koffer symbolisiert deine Vergangenheit, und wenn du dich auf eine neue Reise begibst, kann die Vergangenheit eine Belastung sein. Viele

Menschen ernähren sich von der Vergangenheit und erkennen die Schönheit im Hier und Jetzt nicht mehr. Du überquertest die Wiese und hattest keine Angst vor dem Unbekannten, weil du von deinem göttlichen Vertrauen durchdrungen warst, denn du spürtest, dass dir nichts geschehen kann, wenn du bei dir bist und dich selbst wahrnimmst. Die Schlucht bereitete dir ein Gefühl der Angst, du wolltest aufgeben doch deine Herzstimme, die auch direkt mit deiner Seele in Verbindung steht, war stärker. Du brauchtest nicht mehr die Katze, denn du folgtest deiner inneren Bestimmung und hast einen anderen sicheren Weg für dich gefunden.

Du hast den Mut aufgebracht, an dich zu glauben ohne äußeren Einfluss, du bist ganz in dir gewesen und diesen Zustand nennen wir „Sein-Zustand". Mit dieser Erfahrung benötigst du nur dich, deswegen ist die Katze nicht mehr dein Begleiter. Geh deine Reise weiter und entdecke die Welt."
Berührt von den Worten ging Mod ihren Lebensweg und wusste, dass Vertrauen in sich zu haben, auch der Schlüssel zum Mut ist.

Leahcim schlief 16 Stunden und wachte erst wieder am nächsten Morgen auf. Er konnte sich den Traum merken, was in letzter Zeit sehr selten vorkam, er war sich auch bewusst, dass in jeder Geschichte ein Teil von seiner eigenen gemachten Erfahrung war.

Leahcim wollte seine Mutter in München besuchen. Er stieg ins Auto, ohne zu frühstücken, und befand sich wie in Trance auf der Autobahn. Sein Stein wollte mit Leahcim Kontakt aufnehmen, doch er hatte keine Lust, mit dem Stein zu reden. „Jetzt bitte nicht", sagte er forsch zum Stein. Doch den Stein interessierte es überhaupt nicht, was er sagte. „Weißt du eigentlich, was der Name Mod bedeutet?" „Nein, aber ich denke, dass es irgendetwas mit Tapferkeit oder Furchtlosigkeit auf sich hat." „Gar nicht mal so schlecht, es kommt aus dem Schwedischen und heißt übersetzt Mut", trällerte der Stein. „Und genau das brauchst du auf deiner Reise und du hast mittlerweile erkannt, dass ich auch die Stimme in deinem Herzen bin und dir Vertrauen schenke. Ich möchte jetzt nicht, dass du mich anschaust. Es gab schon genug Unfälle aus Unachtsamkeit während der Fahrt. Ich möchte, dass du nach deiner Autofahrt Kontakt mit mir aufnimmst."

Leahcim war perplex, denn so etwas hatte sein Stein von ihm noch nicht gefordert. „Versprich es mir!" „Was bleibt mir anderes übrig, du würdest mich ja sonst nicht in Ruhe lassen." Leahcim hörte ein kurzes helles Lachen und Ruhe kehrte in sein Innerstes ein. Warum wollte sein Stein mit ihm sprechen, ging es ihm die ganze Zeit durch den Kopf. Doch nach einiger Zeit hatte er diesen Gedanken verloren und überlegte, warum er eigentlich nach München fuhr.

Seine Mutter, die mit seinem Stiefvater eine neue Existenz in München aufbauen wollte, hatte großen Verdruss. Die gewünschte Existenz verlor sich im Nebel, sein Stiefvater lernte eine andere Frau in München kennen und verließ seine Mutter. Sie war alleine in München voll Kummer und Sorge und Leahcim dachte sich, ein Besuch und tröstende Worte helfen ihr. Angekommen in München am Freitagabend, ohne dass er sich Ruhe gönnte, ging er gleich zu seiner Mutter und tauschte sich kurz aus.

Alsbald verschwand er ins Gästezimmer, um den versprochenen Kontakt mit seinem Stein aufzunehmen. Er richtete seine volle Aufmerksamkeit auf die Verbindung zum Stein, spürte seinem Gefühl nach und atmete tief ein und aus, wenige Sekunden danach sah er auch schon seinen Stein imaginär im Bauchbereich liegen. Behutsam nahm er ihn gedanklich in seine beiden Hände und umschloss ihn. „Wenn du mich so umschließt, siehst du mich nicht. Mach deine

Hände auf, damit du eine weitere Veränderung erkennen kannst." Leahcim schaute sofort auf die Stelle, die einen kleinen Kratzer aufwies, aber er sah dort keine Veränderung. „Schau genauer hin und konzentriere dich auf den Punkt", wies ihn der Stein an. Doch so sehr Leahcim sich auch bemühte, er sah überhaupt nichts Neues. Leahcim war missgestimmt und wendete sein Blick von der Stelle ab. „Hast wohl keine Leidenschaft mehr, neue Dinge bei mir zu entdecken." „Natürlich will ich mehr sehen, aber es gelingt mir nicht, obwohl ich meine Atemübung gemacht habe", sprach Leahcim erzürnt. „Na na, wer wird denn gleich in die Luft gehen, versuche es lieber mit einer anderen Blickrichtung." Leahcim verstand wieder einmal nicht, was das mit dem Suchen zu tun hatte und sah fragend den Stein an. Gemütlich und ohne ein Anzeichen von Schnelligkeit sprach der Stein: „Drehe mich in die richtige Richtung, bis eine Veränderung sichtbar wird." Das ließ Leahcim sich nicht zweimal sagen, sofort drehte er den Stein nach rechts und dann nach links und wieder nach rechts. „Stopp, so geht das nicht, du musst konzentriert auf die Stelle schauen, wo das Glas sichtbar ist, also nur, wo der Kratzer sich befindet. Weiche nicht ab und drehe langsam." Leahcim tätigte einen neuen Versuch und hoffte, dass es ihm diesmal gelingen würde.

Ganz langsam, den Blick stets auf dem Glas, drehte er den Stein und dann geschah es, die offene Stelle bekam eine rötliche Färbung, sobald ein Lichtstrahl auf das Glas fiel. „Oh wie schön", murmelte er und fragte den Stein, warum er die rote Farbe sehe. Der Stein antwortete: „Das Rote in dir ist der Teil, der für Liebe steht. Ich wollte dir unbedingt mitteilen, dass die Zeit nun gekommen ist." „Welche Zeit?", fragte Leahcim erregt. „Das wirst du noch heute Abend erfahren." Wie durch Zauberhand verschwand der Stein aus seinem Blickfeld, aufgrund dieses Ereignisses plante Leahcim, heute

Abend auszugehen – „Man weiß ja nie", schoss es ihm durch den Kopf.

Leahcim nahm seinen Schwager mit, der auch in München zu Besuch war. Sie gingen in eine nahegelegene Diskothek. Leahcim hatte keine Lust zum Tanzen, wollte einfach nur rumsitzen und Ausschau halten. Die Disco war leer, da es noch sehr früh am Abend war, sie suchten sich nach Belieben ein schönes Plätzchen aus und entspannten bei gemütlicher Musik. Auf einmal fragte sie jemand: „Ist da noch frei?" Leahcim blickte sich um und sah das wunderschönste Lächeln in seinem Leben. Obwohl überall noch Platz war, fragte diese kecke Person ihn, ob hier noch frei sei. „Selbstverständlich", erwiderte er und machte Platz für zwei Frauen, denn sein „Lächeln" war nicht alleine, sie hatte ihre Freundin mitgebracht. Leahcim konnte sich kaum beruhigen. Es war Liebe auf den ersten Blick und es war das Abbild seines Schwarms aus der Kindheit, „die französische Frau", die er damals so sehr angehimmelt hatte. Sie war so schön, dass er kaum glauben konnte, sie neben sich sitzen zu haben. Sie hatte sich für ihn entschieden und Leahcim hatte sie mit offenen Armen willkommen geheißen. Sie war genau das Bild an Frau, die er sich erträumte, nein, sie war mehr, da ihre Art zu erscheinen eine noch größere Ebene an Schönheit darstellte. Mit dem ersten Tanz an ihrer Seite taumelte Leahcim dem Himmel entgegen. Das herzblumige Lächeln, die wunderschönen langen Haare und die graziöse Figur machten ihn nicht nur glücklich, sondern öffneten sein Herz zur tiefsten Liebe.

Falls es ein oder mehrere Leben vor seinem Leben gegeben hatte, dann war er sich sicher, dass diese Frau schon immer bei ihm gewesen war. Denn diese Tiefe an Liebe konnte er nicht in einem einzigen Leben aufbauen.

Leahcim war bereit, alles aufzugeben, um dieser Frau nahe

zu sein. Er spürte auch von ihrer Seite Zuneigung und Interesse, mehr von ihm zu erfahren. Sie tanzten die ganze Nacht und liebten sich, ohne miteinander zu schlafen. Sie berührten sich mit ihren Energiefeldern und verschmolzen zur Einheit. Raum und Zeit gab es in dieser Nacht für beide nicht mehr, sie waren verliebt und wussten davon. Sie erwiderte sein Lächeln mit zärtlichen Blicken, er erwiderte ihr Lächeln mit tiefer Demut.

„Ich habe den Deckel zum Topf gerade eben gefunden", schoss es Leahcim durch den Kopf. Sie ließen sich nicht mehr los, auch nachdem der Discjockey den letzten Tanz aufgelegt hatte. Leahcim wollte sie nicht mehr loslassen, so sehr hatte sie sein Herz berührt.

Er fragte Elena, ob sie sich morgen wiedersehen können. Sie antwortete mit einem Lächeln, freudestrahlend gab er ihr einen Treffpunkt, damit sie ihn am nächsten Tag um 14 Uhr dort abholen konnte. Leahcim wollte mit ihr zum Schwimmen gehen. Am nächsten Morgen war er sehr nervös, denn er konnte sein Glück kaum fassen und zweifelte, ob sie überhaupt kommen würde. Leahcim war schon eine Stunde früher am verabredeten Treffpunkt, um sie ja nicht zu verpassen. Immer wieder hatte er den negativen Gedanken „Wird sie überhaupt kommen?" Denn Leahcim glaubte, dass er für so eine hübsche Frau zu hässlich sei.

Mittlerweile war es schon kurz nach 14 Uhr und er dachte bei sich „Sie kommt eh nicht." und genau in diesem Augenblick kam ein kleiner blauer Fiat 500 in seine Richtung und er sah seine Traumfrau. Leahcims Augen waren verschwommen vor Glück und sein Herz schwebte zu seiner Seele und beide vereinigten sich in erfüllender Liebe. Elena erwiderte seine Anwesenheit durch ein Lächeln und er sah ihn ihren Augen eine Zufriedenheit, ihn hier vorzufinden. Das Auto war für seine Größe viel zu klein, er fragte sie, ob er das Schiebedach öffnen dürfte. Sie nickte freundlich und Leahcim öffnete das Dach. Er kam sich vor wie eine Giraffe, die ihren Kopf durch eine Öffnung streckt. Es war ein befreiendes Gefühl. Beide kannten sich nur wenige Stunden und waren sich dennoch so nah. Sie waren zwei für einander bestimmte Seelen.

Während der Fahrt zum Schwimmbad sprach Leahcims Stein zu ihm:

„Wenn Herzen exakt im gleichen Takt schlagen, wird die Harmonie geboren und aus diesem Gleichklang beginnt die Liebe miteinander zu wachsen. Liebe ist nicht nur ein Gefühl von Geborgenheit und Zufriedenheit, sondern auch eine gelebte Göttlichkeit. In der Liebe erkennst du die Nähe der Göttlichkeit. Dieses Gefühl der Liebe bringt dich zurück, zurück zu deiner eigenen Bestimmung. Denn wenn du Mensch bist, dann wirst du mit göttlicher Liebe durchströmt. Merke dir das!"

Und schon war der Stein wieder weg.

An der Schwimmhalle angekommen, gingen sie beide zu den nüchtern ausgestatteten Umkleidekabinen. Schön getrennt nach Geschlecht zogen sie sich um und trafen sich am Schwimmbeckenrand. Er war auf die Idee gekommen, mit Elena schwimmen zu gehen, weil er – wie er glaubte – nur einen Triumph einsetzen könne: Seinen guten muskulösen Körperbau. Er bemerkte, seine Taktik ging auf. Elena bestaunte ihn, aber dies war ja auch kein Wunder, denn durch seine Arbeit als Maurer und aktiver Bewegungsmensch konnte er seine Muskeln nur so spielen lassen.

„Klasse", dachte er bei sich, „jetzt habe ich einen Punkt mehr auf der Überzeugungstafel gemacht." Nachdem auch Leahcim Elenas Körper betrachten durfte, gab es von seiner Seite kein Zurück mehr. Leahcim wollte sie für sich gewinnen um jeden Preis, sei er auch noch so hoch. Beide gingen nach dem Schwimmen eine große Runde spazieren und tauschten ihre Gedanken aus. Es war so schön, mit einem Menschen über alles reden zu können, sie waren sehr vertraut. Leahcim war erleichtert und wusste, dass für ihn ein neuer Weg zu zweit begonnen hatte. Ein neuer Weg, der mit warmen Sommernächten des Lebens durchzogen wäre. Ein Weg, der immer breiter würde, damit die Schönheit ihren Platz bekäme. Als Leahcim nach Hause kam und den Zauber in sich immer noch spürte, setzte er sich an den Schreibtisch und schrieb ein Gedicht über das wunderbare Gefühl, das in ihm wohnte.

„Wiesen und Felder durchschreiten wir,
die Sonne geht unter, ich bleibe bei dir.

Der Nebel steigt wie der Vogel in der Ferne,
ich halt deine Hände und spür ihre Wärme.

Dein liebes Lächeln, dein freudiger Blick,
machen mich innerlich ganz verrückt.

Die Dämmerung ist vorbei, die Nacht ist da,
ich umarme dich zärtlich und rieche dein Haar.

Tief umschlungen lassen wir uns nicht mehr los,
du bist mein Stern, klar, leuchtend und groß.

Wenn die Nacht vorbei ist und es kommt das
Sonnenlicht,
weiß ich

ICH LIEBE DICH“

„Wow, das hast du aber schön geschrieben mit so viel Liebe und Herz“, drang es wie aus dem Nichts in Leahcims Ohren.

Mittlerweile kannte er seinen Gesprächspartner und freute sich, den Stein zu hören.

„Ich glaube, ich habe mich soeben frisch verliebt und das schöne dabei ist – es tut so gut", durchströmte es ihn. Er kam sich vor wie eine Biene, die bei Sonnenschein von Blütenkelch zu Blütenkelch fliegt und den Tag aus vollen Zügen genießt. Und das Schöne war, er hatte die ganze Zeit ein fröhliches Grinsen im Gesicht. Nie hätte Leahcim gedacht, so ein Gefühl jemals zu erleben, und er fing an, sein Leben mehr zu lieben, da er eine zweite Chance der wahren Liebe bekam. Liebe, die aus den zarten Fasern des Herzens entspringt und die Seele beglückt.

„Wenn du so fröhlich bist, möchte ich dich auch bitten, deinen Stein zu betrachten, denn du wirst dabei eine weitere Kostbarkeit entdecken." „Warum nicht?", dachte Leahcim und begann mit seiner Technik der Kontaktaufnahme. Er schaute den Stein oder vielmehr die Glasstelle an und sah, ohne großartig den Stein zu verdrehen, einen wunderbaren roten Strahl aus dem Stein scheinen. „Wie fabelhaft und unfassbar", dachte er sich. Tränen des Glücks liefen über seine Wangen und vereinten sich mit dem Blatt Papier, das sich auf dem Schreibtisch befand. Tränen des Glückes lösten die Buchstaben seines Gedichtes, das er für Elena geschrieben hatte, auf. Nachdem Leahcim seine Glücksströme durchlebt hatte, wollte er nur eines vom Stein wissen. „Wieso ist im Stein so ein herrliches Licht zu sehen?" „Das hat jetzt aber lange gedauert, bis du mich das gefragt hast, ich dachte schon, ich muss bis morgen auf meine Antwort warten", entgegnete der Stein und es schien, als würde er innerlich grinsen und fing an, Leahcim zu erklären, was sich dort abgespielt hatte. „Als du gestern die rötliche Farbe gesehen hast, war das ein Zeichen für eine neue Liebe. Du warst bereit, dein Herz einem anderen Menschen zu schenken. Du hattest sicherlich bemerkt, dass das Licht von außen kam und der

Stein von außen angeleuchtet wurde, dies ist auch immer ein Zeichen, die Dinge im Außen zu suchen. Deswegen wollte ich, dass du ausgehst, denn wenn du nicht aktiv bist, kann nichts stattfinden. Du hattest Elena getroffen und ihr Herzschlüssel hat in deine Tür zum Herzen gepasst. Das Licht begann im Stein von innen zu leuchten, und durch dein Gedicht verstärktest du die Gefühle, die sich in dir ausbreiteten. Du hast in dem Gedicht deine Ansicht zur momentanen Situation dargestellt und bist für einen kurzen Moment im „Sein" gewesen. Durch den Sein-Zustand verstärkst du abermals das Licht und aus diesem Licht heraus strahlst du in deiner ganzen Gestalt. Deswegen das Grinsen auf deinem Gesicht."

Leahcim war entzückt und musste die vielen neuen Erkenntnisse erst einmal verdauen. Er stand von seinem Schreibtisch auf, machte sich fürs Bettgehen fertig und schlief tief und fest, ohne sich an einen Traum zu erinnern. Am nächsten Tag trafen Elena und Leahcim sich zum gemeinsamen Essen in einer italienischen Pizzeria. Elena erzählte von ihrer Beziehung und deren Untergang, der sich langsam vollzog.

Leahcim freute sich innerlich, da er erkannte, dass sie frei für eine neue Beziehung war. Sie fragte ihn auch, ob er eine Beziehung hätte, er verneinte, da er sonst seine „Felle" wegschwimmen sah. Dies war auch sein Glück, denn Elena sagte ihm später, dass wenn er eine Beziehung gehabt hätte, dann wäre eine weitere Zusammenkunft nicht mehr zustande gekommen. Leahcim realisierte, dass dies die einzige Lüge in seinem Leben war, die ihm zum Glück verhalf.

Am nächsten Tag musste Leahcim wieder arbeiten, und fuhr 300 Kilometer seiner neuerworbenen Liebe davon. Zuhause angekommen machte er mit seiner damaligen Freundin Astrid Schluss, denn er wollte Klarheit in seinem Leben. Astrid hätte niemals gedacht, dass er diesen Schritt wagen würde. Mit aller Gewalt umklammerte sie seine Füße und wollte ihn nicht gehen lassen. Sie weinte bitterlich und hätte zu diesem Zeitpunkt alles für Leahcim getan. Es schmerzte ihn, denn er hatte auch Astrid sehr geliebt, doch die Liebe zu Elena war stärker als ein Diamant. Leahcim kannte diese Art von „Hartherzigkeit" an ihm nicht, aber in diesem Augenblick war es ihm egal.

Seine Liebe zu Astrid verschwand wie die Sonne hinterm Horizont, ohne wieder am Morgen aufzugehen. Eine gemeinschaftliche Wohnung mit Astrid, die er erst zwei Wochen zuvor über einen abgeschlossenen Mietvertrag realisiert hatte, kündigte er sofort. Seinen Arbeitsplatz gab er ebenso schnell auf. Innerhalb von drei Wochen hatte er keine Arbeit, keine Freundin und keine Wohnung mehr.

Leahcim war frei, frei für Elena, frei für eine neue Zukunft. Er fuhr wieder nach München ohne eine Rückfahrkarte in der Tasche zu haben, denn er war sich sehr sicher, dass er keine mehr benötigte. Er wusste, dass er für eine gewisse Zeit bei seiner Mutter wohnen konnte. Und in seinem Alter eine neue Arbeit zu finden, war überhaupt kein Problem.

„Ganz schön mutig, alles aufzugeben", sprach sein Stein wieder, während Leahcim auf der Autobahn Richtung München fuhr. „Bitte versuche nicht, mich abzuhalten", konterte Leahcim zurück. „Hätte ich eine Chance?", sprach unverdrossen der Stein. Er überlegte und war auf einmal unsicher, schon wieder glaubte er „ihn mag keiner". Zweifel machte sich auf einmal breit und fiel wie Schneeflocken vom Himmel.

Leahcim stoppte am nächsten Parkplatz, er hatte ein schlechtes Gefühl in der Bauchgegend, ihm war übel. Noch angeschnallt im Auto, versuchte er seinen Stein innerlich zu sehen, was ihm auch relativ schnell gelang. Der Stein lag im Bauch, schwarzbraun ohne eine sichtbare Farbe. „Wo ist die strahlende Farbe hin?", fragte er zaghaft. Und der Stein antwortete: „Nichts geht verloren, alles ist in Überfluss vorhanden." „Das sehe ich und wo ist die in Überfluss stehende rote Farbe?" „Denke kurz an Elena, werde dir deiner Gefühle bewusst." Leahcim tat, was ihm aufgetragen wurde, und holte Elena in seine Gedanken und in sein Herz. „Jetzt sieh mich an", sprach der Stein. Er blickte zum Stein und sah den wunderschönen Strahl, der aus dem Herzen kam. „Du willst wissen, wie dies möglich ist, das ist ganz einfach zu erklären.

Jedes passende Gefühl für dein jetziges Leben bringt dich in den Sein-Zustand. Durch die Erinnerung an Elena standest du im Sein und wenn du im Sein stehst, ist dies die richtige Antwort auf dein Leben. Vertraue deinem Zustand und du erlebst Glückseligkeit, vertraust du aber nicht in deinen Zustand, wie soeben mit deinem Zweifel, gehen keine Strahlen vom Stein ab, denn die Zweifel sind nicht deine wahre Natur. Du wirst staunen, welche Dinge du noch in deinem Suchprozess finden wirst, denk daran, du bist erst am Anfang deines Achtsamkeitsweges. Ich werde dir noch viele Erklärungen geben, um deinen Weg zu erkennen, denn dafür bin ich ja da."

Erleichtert, seine Liebe zu Elena gefestigt zu haben, fuhr Leahcim weiter Richtung München. Dort angekommen klingelte er am nächsten Tag an Elenas Tür und sagte: „Ich bin für immer da." Um Elena nicht zu sehr zu beladen, fügte er hinzu: „Bei meiner Mutter ist noch genügend Platz, dort werde ich wohnen, falls es nicht mit uns klappen würde." Denn Leahcim wollte auf keinen Fall, dass sie ihn aus Rücksichtnahme aufnimmt.

Elena suchte sich eine Wohnung, fand innerhalb von 4 Wochen eine gemütliche Einzimmerwohnung, danach wohnten beide zusammen. Bei Elena fühlte Leahcim sich richtig aufgehoben, sie war Balsam für seine seelischen Schnittwunden. Es tat so gut, einen Menschen neben sich zu haben, der ihn so annahm, wie er war. Die Liebe zu Elena wuchs nicht, sie war schon da in ihrer Größe ohne Begrenzung und entfaltete sich ins Unendliche.

Des Öfteren sprach Leahcim mit seinem Stein und erzählte ihm, wie viel Glück er doch hatte. Bis zu dem Zeitpunkt als der Stein brüllte: „Hör endlich auf mit dem Blödsinn!" Leahcim war sich keiner Schuld bewusst und verstand nicht, wieso der Stein das jetzt in einen unangenehm lauten Ton sagte: „Du sprichst von Glück und sagst dies in einem Ton, als könntest Du nichts dafür, sondern der Heilige Geist oder wer auch immer wäre für deinen Zustand verantwortlich. Merkst du nicht, dass du mit deiner Art und Weise Elena auch glücklich machst, dein Strahlen im Stein verursacht das gemeinsame Glück. Du bist auch das Glück. Höre jetzt endlich auf, bei anderen die Ursache für deinen Zustand zu suchen. Suche mich und du wirst geheilt. Glaube nicht, dass du durch deinen Glückszustand jetzt nicht mehr suchen musst. Viele Dinge werden auf dich niederprasseln, denen du jetzt noch nicht gewachsen bist. Und sei doch ehrlich, du weißt immer noch nicht, was in mir zu finden ist. Bisher hatten wir nur eine rote Farbe gesehen, mehr nicht. Und jetzt werde ich gehen und dich für eine kurze Zeit alleine lassen, damit Du deine Aufgabe im Leben nicht vergisst."

Es machte Leahcim traurig, von seinem Stein so etwas zu hören, es war wie ein Stich ins Herz. Aber er wusste, dass sein Stein recht hatte, und fing an, wieder mehr aktiv zu werden. Gott sei Dank waren sein Wille und sein Vertrauen durch die Beziehung mit Elena stark genug, um neue Wege zu beschreiten. Es fiel ihm gar nicht so schwer, eine neue Herausforderung anzunehmen. Er machte sich zum ersten Mal auf den Weg, bewusst eine Hürde zu erklimmen, die viel Kraft kosten könnte.

Leahcim ging einen Weg, der für ihn bisher unerreichbar erschien. Er wollte Akzeptanz erfahren durch seine Mitmenschen, und auch von sich selbst. Er wollte das sein, was er wirklich ist und nicht das, was er gegenwärtig verkörperte. Er ahnte, dass es noch eine Menge an Potenzial gab, das er in sich trug, um überall hingehen zu können. Ein zartes helles Licht leuchtete in seinem Herzen auf, denn er begann, vorsichtig an sich zu glauben.

Leahcim wollte den Hut der Minderwertigkeit an den Haken der Vergangenheit hängen und nie wieder aufsetzen. Seine Vergangenheit sollte in der Schublade der Vergessenheit landen, er wusste zu diesem Zeitpunkt noch nicht, dass dies unmöglich war. Erst später erkannte er, dass nur eine Aufarbeitung der Vergangenheit seinen Zugang zur Seele befreien kann und ein Vergessen niemals möglich war.

Eines Tages hatte er einen merkwürdigen Traum: Er las ein Buch und sobald er eines der Wörter las, verschwanden die Buchstaben. Die gelesene Seite war leer und hatte ihm anscheinend nichts mehr zu sagen. Leahcim sprach mit dem Buch und fragte: „Warum verschwinden die Buchstaben?" Das Buch antwortete:

„Du hast mich gelesen – wenn ich dich berührt habe, werde ich in deinem Herzen bleiben. Wenn nicht, so ist die Zeit, mich zu lesen, noch nicht gekommen."

Dieser Satz ergriff Leahcim sehr, da die Ereignisse im Leben nur dann kamen, wenn er verstand, also er bereit war.

Seine Zeit für eine Aufarbeitung der Vergangenheit war wirklich noch nicht da, er musste vorher noch sehr viel lernen und Kraft aufbauen, um diese Ereignisse überhaupt anschauen zu können.

Er dachte bei sich: „Manchmal drehen wir uns weg (wenn die Zeit gekommen ist) und meinen, durch nicht anschauen und nicht wahrhaben wollen, lösen wir unsere Schmerzen." Leahcim glaubte, dass dies ein Irrtum sei und dieses daraus resultierende falsche Verhalten würde ihn im Laufe des Lebens einholen. Er glaubte auch, dass bei manchen Menschen diese Schmerzen durch Alkohol oder andere

Drogen betäubt werden und diese Menschen dächten, sie hätten den Schmerz besiegt, doch wenn dann die „Ernüchterung" kommt, ist der Schmerz wieder da und manchmal stärker als zuvor.

Als die Zeit für Leahcim gekommen war, hörte er auf die Signale und nutzte die Chance, um von vorne zu beginnen. Er machte eine weitere Ausbildung zum Kaufmann. Eine Ausbildung, für die Leahcim eine gute Rechtschreibung benötigte, sowie ein Verständnis in Vertragsgestaltung und schriftliche Ausdrucksweise, eine für Außenstehende fast unlösbare Odyssee begann.

Leahcim forderte alle heraus, aber am meisten sich selbst. Er wollte daran glauben, dass es möglich war, aus diesem Fahrwasser zu kommen. Er wollte Wertschätzung und nicht mehr der sein, der er in Wirklichkeit eh nie gewesen war. Leahcim spürte die Wahrheit und entschloss sich trotz der Reaktionen der andersdenkenden Menschen, den Weg zu gehen. Durch die erste abgeschlossene Ausbildung als Maurer brauchte er nur zwei anstelle von drei Jahren Ausbildungszeit. Er war glücklich, diese mutige Entscheidung für sich getroffen zu haben und begann zu lernen. Am Anfang war die neue Herausforderung schwer, doch mit der Zeit fiel es ihm immer leichter zu verstehen. Durch seine guten Noten hatte er die Chance, ein halbes Jahr früher die Ausbildung zu beenden, dies nahm er auch gleich in Anspruch. Leahcim schloss im Hauptfach „Betriebslehre" mit „sehr gut" ab. Insgesamt hatte er einen Durchschnitt von unter 1,8. Leahcim war weitaus besser als der Durchschnitt und das machte ihn stolz. Er musste unbedingt mit seinem Stein sprechen, da er in ihm etwas spürte, dass er nicht zuordnen konnte.

Wie schon mehrere Male zuvor wendete Leahcim seine Technik an, er spürte und folgte dem Gefühl, das ihn zum Stein brachte. Diesmal fand er den Stein in seinem Kopf, er lag da, als ob er schlief. Leise sprach er ihn an. „Hallo Stein, hast du mal eine Minute?" Leahcim wollte nicht albern klingen, doch in diesem Augenblick fiel ihm kein anderer Spruch ein und er sprach nochmals zum Stein: „Hast du etwas Zeit für mich, singe ich ein Lied für dich", denn er spürte eine Leichtigkeit in seinem Herzen.

"Natürlich habe ich eine Minute für dich und wenn es notwendig ist, auch den ganzen Tag. Was gibt es denn so Wichtiges?", fragte der Stein in fröhlicher Stimmung. Leahcim spürte etwas Neues in sich und er überlegte die ganze Zeit woher es kommt, deswegen brauchte er die Hilfe vom Stein, um zu verstehen. Er fragte den Stein: „Kannst du mir sagen, was in mir neu ist und mir gleichsam bekannt vorkommt?"

„Okay", sagte der Stein. „Zum einen, das Gefühl, was du als neu empfindest, gibt es schon lange in dir. Und finden kannst du es nur im Sein. Aber jetzt mal der Reihe nach, damit du mir nicht vor lauter Aufregung umkippst. Nimm deinen Stein fiktiv in die Hand und betrachte ihn genau, was siehst Du jetzt?"

„Ich sehe einen hellen Fleck, ungefähr so groß wie ein Cent, auf der Steinoberfläche." „Aha! Und was siehst du noch?", fragte ihn der Stein." „Es ist anders als der Kratzer, beim Kratzer sehe ich Glas, aber hier sehe ich eine Beschichtung wie bei einem Milchglas." „Gibt es noch mehr zu erkennen oder ist das alles?", tönte es in seinem Ohr. „Ich sehe ein grünes Licht, das von innen aus dem Stein strahlt, das grüne Licht ist aber nicht so klar wie das Licht aus dem Kratzer."

„Das hast du gut erkannt und ich sage dir nun, warum dies so ist. Durch deinen Mut und deine Aktivität, etwas Neues zu wagen, bist du mit deinem Innersten tiefer in Verbindung getreten. In deinem Innersten wohnen viele Werkzeuge, die du benutzen kannst. Du hattest dich für das Werkzeug „Glaube" entschieden. Dieses Werkzeug war dir fremd gewesen, deswegen hattest du Schwierigkeiten, deinen neuerworbenen Glauben in dir zu zuordnen.

Du hattest den Glauben, dass du deine Prüfung als Kaufmann schaffst und dein Glaube hat dir geholfen, indem er anfing zu leuchten. Durch die Leuchtkraft sprengte er einige Schichten von deinem Stein ab, deswegen sieht jetzt die Schicht an einer Stelle wie Milchglas aus."

„Und warum habe ich nicht gleich gewusst, wo ich den Zustand finden kann?" „Wenn ein Zustand sich für dich neu offenbart, braucht dein Verstand erst einmal eine Art „GPS-Koordinaten" und die kann er nur aus deinem Herzen bekommen. Das bedeutet, der Weg über den Verstand war nicht möglich. Du hättest es leichter gehabt, wenn du dich gleich mit dem Herzen in Verbindung gesetzt hättest, denn dann wärst du direkt zu mir gekommen."

„Allmählich habe ich einen Heidenrespekt vor dir", piepste Leahcim dem Stein zu. Oft dachte er bei sich „So, das war's, mehr kann nicht kommen." und jedes Mal wurde er eines Besseren belehrt.

Leahcim lernte seinen Stein immer genauer kennen und bekam allmählich eine Vorstellung von den Vorzügen, die er hatte. Er sprach direkt zum Stein: „Ist es jetzt nicht allmählich Zeit, mir zu sagen, was noch in dem Stein steckt?"

„Du möchtest es dir einfach machen und nicht mehr suchen – oder?" Leahcim lief rot an, denn der Stein hatte ihn durchschaut. Mit einem Augenzwinkern sprach er weiter: „Ich kann dir die Suche nicht abnehmen, aber ich kann dir versprechen, dass es bis zum Schluss spannend bleibt. Der Zustand, den du jetzt gesehen hast, wird sich im Laufe der Zeit dramatisch verändern. Du hast den ersten Schritt gemacht und ein Stehenbleiben würde dein Herz zerreißen. Genieße diesen Zustand, denn dieser ist einmalig, vergesse nicht, deinem Herzen zu folgen."

Es war still um Leahcim herum und er spürte ein stärkendes Gefühl in sich. Er fühlte sich wie ein Löwe, der zufrieden über die Steppe schaut. Glücklich und des Lebens froh war Leahcim bereit, einen weiteren aktiven Schritt zu gehen und sein Leben und dessen Vergangenheit genauer anschauen.

Er wollte wissen, warum er hier auf Erden ist. Es beschäftigte ihn immer der Gedanke, ob es ein Leben nach dem Tod gab oder ein Leben vor der Entstehung zum Menschsein. Freunde gaben ihm eine Adresse, dieser neue Kontakt sollte sein Leben radikal verändern. Leahcim war bei einer Frau, die sich auf Rückführungen spezialisiert hatte. Eine Rückführung in die Vergangenheit mit unbegreiflichem Ausgang, der Leahcim mehrere Jahre lähmte. Nichts auf der Welt kann so schmerzlich sein, als die eigene dunkle Wahrheit zu erfahren. Leahcim schwieg über das Erlebte und vertraute die ersten paar Jahre die unfassbaren Geschehnisse nur Elena an. Hätte er dieses Erlebnis irgendeinem anderen Mitmenschen anvertraut, würde dieser Mensch ihn für verrückt erklären.

Oft urteilte Leahcim herablassend über Dinge, die er nicht begriff, er dachte, er könnte alles rational erklären, doch das stimmte nicht, denn er war gefangen in seiner eigenen Begrenztheit.

Frau Muutos

Behutsam erklärte seine Begleiterin, die sich Muutos nannte, die Atem-Technik, die sie bei Leahcim anwenden würde, um in ein anderes Leben zu gelangen. Er lag auf einer sehr breiten Massageliege. Die Wände ringsherum waren in unterschiedlichen hellen Pastellfarben gestrichen, der ganze Raum strahlte dadurch eine angenehme Atmosphäre aus.

Leahcim fühlte sich wohl und entspannt und machte seine Augen zu. „Atme ganz tief und ruhig und lass geschehen", sprach Muutos in einer anderen, tieferen Tonlage als zuvor. Es war still und Friede kehrte in sein Herz ein, er wäre bestimmt eingeschlafen, wenn Muutos nicht eine schnellere Atemtechnik verlangt hätte. Leahcim atmete jetzt viel schneller, er hatte das Gefühl, als hyperventilierte er und in diesem Augenblick kamen Bilder in ihm hoch. Leahcim sah sich als Jugendlicher, als Kind und dann als Säugling. Danach sah er eine „Leere"; es war ein tiefer schwarzer Raum, doch dieser Zustand hielt nicht lange an, denn er sah abwechselnd Bilder von Personen unterschiedlichen Geschlechts und Alters.

Leahcim erkannte sich in den Bildern, es waren seine vorherigen Leben in unterschiedlichen Rollen. Zum Schluss kamen vier Zahlen in dieser Reihenfolge 1-6-4-8. Leahcim befand sich auf einer großen Bühne in einem Priestergewand. Neben ihm stand eine Frau, festgebunden stehend auf einem Scheiterhaufen.

Es war das Jahr 1648 das Ende des Dreißigjährigen Krieg, der an Grausamkeit sich selbst übertraf. In dieser Zeit trieb das Elend die Menschen in eine selbst kreierte Traumzeit, wo die Grenzen zwischen Realität und Einbildung zerflossen. Träume gaben den Menschen Schutz in einer Welt mit wenig Respekt, Behutsamkeit und Liebe füreinander. Angst hieß das Schiff, das die tosenden Wellen der Ozeane beherrschte.

Getreide wurde in diesem Jahr mit Gold aufgewogen, so das Zusatzstoffe, die den Gewinn steigern sollten, wie Sand oder ganz einfach Dreck, im Brot zunehmend gefährlich wurden. Um Übersinnliches zu erleben, genügte es in dieser Zeit bereits zu essen. Das Brot der armen Leute wurde mit Schlafmohn, schwarzem Bilsenkraut und Mutterkorn gestreckt, es enthielt Stoffe, die dem LSD ähnlich sind. Zusätzlich nahmen die Menschen Rauschgifte bewusst ein, um der barbarischen Gegenwart zu entrinnen. Giftige Kräuter verstärkten die betäubende Wirkung des verfälschten Weins.

So glaubte tatsächlich manche Frau, als Hexe durch die Lüfte fliegen zu können. Es war die Endzeit der Hexenverbrennung. Überall wurden auf grausame Art die andersdenkenden Mitmenschen verfolgt und gefoltert.

Leahcim sah sich in dieser Zeit als Priester und musste sein Amt erfüllen. Schon längst glaubte er nicht mehr an den Wahn, von bösen Hexen umgeben und manipuliert zu sein.

Der Priester wusste, dass es Übersinnliches gab, denn auch Jesus hatte seine Wunder vollbracht, und gab uns Fähigkeiten, dies auch zu tun. Wir sind nicht Gott. Gott ist Gott, aber wir, die Christus kennen, wissen, dass wir Seine Kinder sind. Und wenn wir die Kinder Gottes sind, dann sind wir göttliche Kinder. Der Priester las in seiner Bibel, die er stets bei sich trug, folgende Passage:

Joh 10,34 – Jesus antwortete ihnen: Steht nicht geschrieben in eurem Gesetz (Psalm 82,6): »Ich habe gesagt: Ihr seid Götter«?

Beschämt erkannte er die Tragik, die sein Herz mit Stacheldraht schnürte. Gottes Kind zu sein, mit der Eigenschaft der von Gott gegebenen Kraft, und dann so zu leben wie eine Bestie in einer Schlammgrube.

Fünf Jahre vor diesem schrecklichen Ereignis lernte der Priester eine Frau kennen, die seinen Verstand reformierte. Sie war eine zierliche, hübsche, unscheinbare Person und lebte bescheiden in einem abgelegenen Waldhaus. Ihre Gabe war, Menschen durch Kräuter zu heilen, sie kannte jegliche Pflanzen in ihrer Umgebung und deren heilsame Wirkung. Sie war die Kräuterfee vom Wald und die Menschen ringsherum achteten und liebten sie.

Er hörte das erste Mal von ihrer Existenz im Frühsommer 1643, alle Gespräche handelten nur um diese Person und dem kleinen Kind Hannes, dem ein Wunder zuteilwurde.

Hannes litt unter einer geglaubten „unheilbaren" Krankheit. Die Ärzte hatten ihn aufgegeben und die Eltern waren verzweifelt. Was sollten sie tun? In ihrer Verzweiflung gingen sie zur Kräuterfee, obwohl dies eine ernstzunehmende Gefahr bedeutete, denn zu dieser Zeit konnte ein Besuch den Tod der ganzen Familie bedeuten. „Hexen", die mit Kräutern oder übersinnlichen Fähigkeiten gearbeitet hatten, wurden nicht in dieser Gesellschaft geduldet.

Gerade die Frauen konnten gut mit Kräutern umgehen, denn sie hatten jahrtausendelang Wissen gesammelt, um den Krankheiten entgegenzuwirken. Ein Wissen, welches in dieser Zeit nicht offen kommuniziert wurde, aus der Angst heraus, selber zu sterben. Jeder wusste, dass diese Frauen eine Hilfe waren und jeder wusste, dass es solche Fähigkeiten gab, aber niemand wollte sich öffentlich bekennen.

Die Eltern gingen, verschleiert ummantelt, in der darauffolgenden Nacht zum Waldhaus mit ihrem todkranken Kind Hannes. Sie klopften vorsichtig an die Tür und die Kräuterfee machte die Tür zu ihrem Haus auf. „Das ist knapp", sagte die „Hexe". Die ganze Nacht beschäftigte sich die mutige Frau mit dem Kind, sie machte ihm Zwiebelwickel und gab ihm ein grünes Pulver, aufgelöst in warmes Wasser. Am Morgen sah man eine kleine Besserung, das Gesicht von Hannes strahlte Lebendigkeit aus, die vorher graue Haut war rosa und durchblutet. Die Eltern bekamen genaue Instruktionen für die medizinische Versorgung ihres Kindes mit nach Hause. Doch es brauchte noch Wochen, um einen stabilen Gesundheitszustand zu erreichen. Dieser Vorfall sprach sich schnell herum. Leider drang die Kunde auch bis zu Leuten vor, die nicht darüber schweigen wollten, weil sie sich nach Anerkennung oder Geld sehnten.

Auch der Priester hatte die Information über einen Bäcker erhalten, von dem er sein Mehl bekam. Er war neugierig, diese Frau kennenzulernen, denn er erahnte ihre Fähigkeiten und glaubte daran.

Der Priester ging zu den Eltern, fragte, von wem das Kind geheilt wurde und wo diese Person lebte. Bewusst sprach der Priester nicht das Wort Hexe aus, denn dann hätte er keine Chance bekommen, sie zu finden. Das Wort Hexe löste in dieser Zeit eine Blockade des Vertrauens aus. Die Eltern vertrauten dem Priester und schilderten ihm den Weg zur Waldhütte. Da der Priester schon länger in dieser Gegend lebte, konnte er mit dieser Beschreibung was anfangen.

Er machte sich zu Fuß auf den Weg zur Kräuterfrau. Angekommen klopfte er hungrig an die Tür. Sie machte auf, der Priester sah sie und sein Herz verlor sich im Glanz ihrer Augen. Ihre Erscheinung glich einem Engel und ihre Stimme vermochte wohl verlorene Seelen auffangen, um sie dann ins Licht zu tragen. Er war auf der Stelle verliebt, aber er hatte sein Zölibat, es gab keinen Weg der Rückkehr. Sollte seine frische Liebe an den Klippen der Religion zerschmettern?

Der Priester war interessiert an ihrer Heilkunst und

offenbarte ihr, dass auch er übersinnliche Kräfte habe, diese Kräfte kamen aus seinen Handinnenflächen. Er konnte die Energie, die sich in seinen Händen befand, regelrecht ausströmen lassen. Er wusste von der Heilkraft, die ihn ihm schlummerte, doch erlaubte er sich nicht, diese anzuwenden. Der Priester hatte Angst vor den Konsequenzen und bewunderte den Mut der Frau.

Sie half Menschen mit ihrer Gabe, er jedoch verleugnete seine Gabe, ohne anderen damit zu helfen. Beide, die Heilerin und der Priester, lebten nach der ersten Begegnung viele Monate glücklich zusammen, ohne sich körperlich zu vereinigen. Sie war für ihn seine platonische Liebe und er glaubte, auch sie empfand es so.

Die Unruhen der rastlosen Welt wurden immer präsenter und bedrohlicher für beide.

Der Priester hatte Angst und Sorge, seine Liebe zu verlieren und beschloss, seiner geliebten „Kräuterfrau" einen sicheren Unterschlupf zu suchen, denn er hatte als Priester einen hohen Einfluss, um seine Geliebte zu retten. Freudestrahlend erzählte er ihr seinen Plan und erwartete eine tiefe Dankbarkeit, doch sie reagierte, wie nur sie reagieren konnte. Sie sagte: „Wenn ich weglaufen muss, und ich dadurch womöglich eine Heilung verhindere, schmerzt es mein Herz. Ich bin nicht auf diese Welt gekommen um wegzulaufen, meine Aufgabe ist es, Menschen zu heilen. Ich weiß um deine Besorgnis, aber wie kann ich mir selber in die Augen schauen, wenn ich wie ein Feigling meine eigene Identität verleugne? Wenn ich in der Zeit bis zu meiner Gefangenschaft nur ein Lebewesen heilen kann, hat sich das Leben gelohnt." Der Priester schaute sie ungläubig an und wusste, er kann sie nicht überzeugen. Traurig verließ er das Haus und seine Feigheit breitete sich ins Unermessliche in seinem Körper aus, es befand sich dort kein Platz mehr für auch nur ein einziges Gramm Mut. Trotz seiner intensiven Manipulationsversuche gelang es ihm nicht, *seine Hand schützend über diese Frau zu legen. Seine größte Angst wurde wahr.*

An einem düsteren Morgen wurde die „Kräuterhexe" vom Waldhaus von einer kleinen Gruppe von Kirchendienern gefangen genommen. Sie wurde in einem dunklen Verlies, das mit unerträglichen Gerüchen durchtränkt war, mit den dort lebenden Ratten eingesperrt.

Die Folterungsmethoden waren an Abscheulichkeit nicht mehr zu übertreffen. „Wie können christliche Menschen, die über Liebe reden, so eine Grausamkeit vollbringen?", fragte die Kräuterfrau den Priester, als er sie besuchte. Er fand keine Antwort darauf, sein Zweifel an der Kirche wuchs. Er hätte die Möglichkeit gehabt, auch hier wiederum Einfluss zu nehmen. Doch die Kräuterfrau verneinte, denn das Leid der anderen „Hexen", die sich ebenso im Kerker befanden, zerriss ihr das Herz.

Trotz vieler Versuche war es dem Priester nicht gelungen, seine Kräuterfrau zu befreien, der einzige Trost war, dass er sie vor der Folterung bewahren konnte, so dachte er zumindest. Er war sich nicht mehr sicher, was denn schlimmer war, die eigene Folterung zu erleben oder die Folterungen der anderen mit zu bekommen. Beides ist Folter und beides ist grausam und beides tut weh.

Alle auf bestialische Weise gefolterten Frauen, auch seine Kräuterfrau, wurden stumm zum Scheiterhaufen geführt und stumm wurde das Feuer entfacht. Die anwesenden Menschen jubelten nicht und waren ebenso stumm.

Der Priester sah sie in den Feuerflammen brennen, fühlte sich schuldig und feige. Er wollte zu ihr, doch sein Körper bewegte sich nicht, seine Feigheit nagelte seinen Körper regelrecht ans Kreuz wie einst Jesus, jedoch mit dem Unterschied, das Jesus Mut hatte.

Der Priester war bewegungslos und gefangen in seinen Gefühlen, die wie ein Rudel wilder Wölfe in ihm umhersprangen. Noch ein letztes Mal blickte er in ihr Gesicht und erkannte in diesem Bild seine jetzige Frau. Schmerzen überströmten seinen Körper, er wurde auch vom Feuer erfasst, doch er brannte von innen aus.

Im Zustand des unerträglichen Schmerzes schwor Leahcim schreiend: „Ich werde niemals meine übersinnliche Fähigkeit öffentlich ausleben, meine Fähigkeit, Energie aus der Handfläche fließen zu lassen." Denn das war es, was Leahcim immer gespürt hatte und doch verleugnete. Ob das gut war? Zumindest hatte er dadurch überlebt.

Nach einer Stunde erwachte Leahcim durch behutsames Rückführen aus der Zeitreise. Muutos brachte Leahcim in die Gegenwart. Sein Körper war angekommen, aber sein Herz blieb bei dem Erlebten.

Leahcim brauchte viele Minuten der Besinnung. Als er emotional wieder im Hier und Jetzt war, spürte Leahcim einen unglaublich starken Energielevel in seiner Hand. Es dauerte Stunden, bis das Gefühl der Energieladung sich wieder auflöste.

Elena und Leahcim sind sich zwar in einer anderen Zeit begegnet, aber dieses Erlebnis machte ihn klar, dass er eine tiefe Verbundenheit mit Elena in sich spürte, die auch Seelenverwandtschaft genannt wird. Leahcim wusste nun, dass er seine jetzige Frau damals dem Scheiterhaufen überlassen hatte.

Das Erste, was Leahcim machte, war Kontakt mit seinem Stein aufzunehmen; der Stein war schneller als sonst bei Leahcim und fing auch schon an zu erzählen. „Du bist bei Muutos und hattest eine Rückführung, leider hattest du vorher kein Gespräch mit mir gesucht, denn ich hätte dir in deinem Zustand nicht empfohlen, so einen emotionalen Weg zu gehen.

Muutos ist eine großartige Frau, die dich behutsam auffangen konnte. Allerdings brachte sie dich zu einer Veränderung deines Glaubens, dies steht auch für ihren Namen, der aus dem Finnischen kommt und frei übersetzt „Veränderung" heißt. Du hast miterleben können, dass es in deiner Existenz, und ich spreche hier nicht vom Körper, mehrere Leben gibt und gab.

Die verstörenden Bilder in der Zeit der Hexenverbrennung haben deine jetzige zarte Existenz ordentlich durchgeschüttelt. Du warst bereit für Neues und hast dies auch erhalten. Die Begegnung mit dieser Kräuterfrau und deinen übersinnlichen Fähigkeiten war zu heftig und hat die Kommunikation mit deinem Stein geschlossen."

„Wie, habe ich jetzt keine Strahlen mehr?", fragte Leahcim besorgt. „Erkenne dich selbst", sagte der Stein und forderte Leahcim auf, gedanklich den Stein anzuschauen. Und tatsächlich, dieser hatte seine ursprüngliche grüne Leuchtkraft verloren, doch die rote Farbe strahlte noch.

„Mach dir deswegen keine Sorgen, die Flamme hat sich nur zurückgezogen und wird bald wieder strahlen. Und nun gehe nach Hause und ruhe dich aus." Was Leahcim auch gleich tat, er schlief erschöpft im Bett ein. Nach diesem emotionalen Erlebnis konnte Leahcim keine weiteren Sitzungen mehr nehmen, obwohl er eine noch ihm zustehende schon im Voraus bezahlt hatte, er gehorchte seinem Stein, der ihm sagte, dass dies noch zu viel für ihn wäre.

Das Erlebnis mit den energiegeladenen Händen hatte sich im Laufe der Zeit immer wieder an anderen Stellen gezeigt, die Leahcim auch später bei gegebenem Anlass mit seinem Stein besprach.

Er erinnerte sich daran, dass seine damalige Nachbarin Frau Disse, Folgendes sagte:

„Das Leben ist mit so viel Unerklärbaren bestückt. Hattest du nicht auch schon einmal eine übersinnliche Erfahrung oder ein Gespür für irgendetwas nicht Greifbares? Oft machen wir uns zum eigenen Lügner in einem illusionsreichen Leben."

Es war schon erstaunlich, dass Leahcim sich an diese Aussage erinnern konnte, doch tiefe Erkenntnisse haben kein Vergessen.

Durch diese Erfahrung war Leahcim fest davon überzeugt, dass es ein Leben vorher gab. Die Erlebnisse in der Zeit der Hexenverbrennung gaben Leahcim den Impuls, über den Tellerrand hinaus zu schauen und zu forschen. Da sein Verstand bereit war, auch Dinge zu akzeptieren, die nicht allein auf seiner analytischen Ebene betrachtet wurden, gab es ihm die Chance, mehr über seine Herkunft zu erfahren.

Durch die Reise ins Land des Vergessenen fand er Antworten in der Gegenwart. Leahcims Leben hatte viele Facetten, es ging immer Berg auf und Berg ab, aber die entscheidenden Punkte waren die Erlebnisse, auf die sein Verstand keine Antwort fand.

Wirkliche Erkenntnis erlangte er durch Erleben, und so eine Gelegenheit hatte Leahcim durch die Einberufung als Soldat bekommen.

Ursprünglich wollte er nicht zur Bundeswehr, aber die deutsche Gründlichkeit und die behördliche Erfassung eines jeden jungen Mannes ging leider auch an ihm nicht spurlos vorbei. Mit fünfundzwanzig Jahren wurde er gegen seine Überzeugung einberufen. Leahcim gehorchte, und zwar bedingungslos. Er lernte, auf andere Menschen zu schießen, auch wenn es nur Pappmenschen waren. Er lernte, ein Feindbild zu kreieren sowie Hass und Gewalt auf andere Menschen zu erproben, und er lernte, sein Vaterland zu schützen, doch was war mit Mutter Erde?

Leahcim fühlte sich immer zur Mutter Erde hingezogen, für ihn gab es keine kulturellen oder rassistischen Unterscheidungen. Für ihn gab es nur einen Platz, auf dem er wohnte und dies war der Planet Erde. Warum sollte er seine Brüder und Schwestern umbringen, um dann „Sicherheit" zu haben? Er überlegte, ob es sinnvoll war, dass ein Staat durch ein Mehr an Gewalt eine vermeintliche Sicherheit aufbaute, aber dies den Bürger gar nicht sichert, sondern nur noch mehr Gewalt hervorruft.

Nein, für Leahcim stand fest, er wird kein Soldat, denn er glaubte an das Gute im Menschen und wusste, durch Gewalt wird es nicht besser. Sein Leben hatte bis dahin eine Menge an Gewalt erfahren und seine daraus resultierende innere Einstellung wollte diesen Weg meiden.

Leahcim war davon überzeugt, dass er bei der Bundeswehr das Thema „Gewalt" zum Lernen bekommt. Doch wie staunte Leahcim, dass nicht „Gewalt" sein vorderster Lehrer war, sondern die Situation „Sucht".

Leahcim fing bei der Bundeswehr an, regelmäßig zu rauchen. Er schaffte es an einem Tag, eineinhalb Schachteln zu rauchen. Leahcim war der Sucht verfallen und konnte sich schwer lösen. Sucht war für ihn immer eine Abhängigkeit, die sein Leben einschränkte. Er wollte nicht von irgendetwas abhängig sein und fing an, sich dafür zu hassen. Leahcim hatte eine Verantwortung gegenüber seinem Körper und missbrauchte ihn.

Leahcim hatte vor seinem geistigen Auge einen Topf und sah sich daraus essen, dieser Topf symbolisierte seinen Körper.

Während seines Wachdienstes zündete er sich verbotenerweise eine Zigarette an und nahm einen kräftigen Zug, da kam auf einmal sein Vorgesetzter direkt auf ihn zu. In seiner Hektik, ließ Leahcim die Zigarette einfach zu Boden fallen, dummerweise genau in seinen offenstehenden rechten Schuh.

Leahcim überspielte das Malheur in dem Augenblick, als der Vorgesetzte ihn nur ganz kurz besuchte.

Der Vorgesetzte wollte nur nachschauen, ob alles in Ordnung sei. Leahcim unterdrückte währenddessen den Schmerz am Fußgelenk durch die glühende Zigarette im Stiefel.

Leahcims Haut am Fußgelenk verbrannte und er musste seinen Schmerz im vollen Bewusstsein unterdrücken. Gott sei Dank merkte der Vorgesetzte nichts von Leahcims Zigarette. Nach einer gefühlten Ewigkeit war Leahcim wieder alleine und kümmerte sich um seine Brandwunde.

Weitere drei Stunden später hatte er Dienstschluss. Er ging sofort ins Bett, da seine Wunde unerträglich schmerzte. Er wusste, nicht ob er sich in einem Delirium befand oder ob es nur ein Traum war, aber das spielte keine Rolle, denn die Quintessenz, die Leahcim daraus zog, veränderte sein Leben.

Der Elefant im Traum

Leahcim befand sich auf dem Rücken eines Elefanten, dieser ging einen verwachsenen Weg im Dschungel entlang. Leahcim saß auf dem Elefanten, mit dicken Seilen über seine Hüfte angebunden, er fühlte sich eingeengt und bewegte sich hin und her, um aus der Fesselung zu kommen. Trotz vehementer Kraftaufwendung löste sich das Seil keinen Millimeter.

Leahcim war gefangen und musste ausharren bis zum Ziel. ‚Doch wo ist mein Ziel?‘, sprach er mit sich selbst. Leahcim sah nur große, dicke Bäume und hohe Gräser. Kein Mensch weit und breit, nur er mit einem ungewissen Ziel, angekettet an einen Elefanten, der ohne Halt im gleichen Rhythmus seinen Weg ging.

Panische Angst durchflutete seinen Körper, denn nun musste er auch noch auf die Toilette. Doch wie sollte er das erledigen? Als ob der Elefant seine Gedanken lesen konnte, hielt er auf einmal an und legte sich auf allen Vieren wie ein Hund auf den Grasboden.

Leahcim durchwühlte die Satteltasche und fand zu seinem Erstaunen ein kleines Taschenmesser. ‚Gott sei Dank‘, dachte er sich, ‚jetzt kannst du dich befreien‘ und er fing an, die Seile zu kappen. Mit einem großen Sprung hüpfte er vom Elefanten auf den trockenen Grasboden.

Innerhalb von wenigen Minuten konnte er seine Blase entleeren. ‚Komisch‘, dachte er sich, ‚irgendwie kann ich jetzt auch klarer denken.‘ Er fühlte, er war frei. Frei von seinen Bedürfnissen und frei von den Seilen, die ihn begrenzten.

Er ging zu Fuß weiter, um den Boden unter seinen Füßen zu spüren, denn er brauchte den Kontakt zur Erde. Er sah in der Ferne eine Hütte aus Stroh und entschloss sich, dort hinzugehen.

Es roch nach Essen und Leahcim freute sich über einen menschlichen Kontakt, da er sich sehr einsam fühlte. Wie durch Geisterhand ging die Eingangstür von alleine auf, ihm war mulmig und er dachte ans Zurückkehren, als ihn eine junge Person mit winkender Hand einlud, ins Haus zu kommen.

Er gehorchte und trat ein, doch wie erstaunte er abermals, als die Hütte sich in einen menschlichen liegenden Körper verwandelte. Leahcim war fasziniert und ängstlich zugleich, so etwas hatte er nicht erwartet. Im Körper befanden sich ringsherum kleine Miniaturmenschen, die immerzu putzten. Es war eine rege Beschäftigung wie auf einem Ameisenhügel. Jeder ging augenscheinlich planlos durch die Räume und putzte, doch wenn man genauer hinsah, konnte man die Struktur und den dahinterstehenden Plan erkennen.

„Du überlegst, warum du hier bist", ertönte eine beruhigende Stimme. „Du bist hier, um deinen Körper zu sehen, denn du befindest dich in deinem Körper. Du betrachtest deinen Körper immer von außen. Durch diese einseitige Blickrichtung vergisst du dein Innerstes." Die Stimme wurde lauter und eindringlicher und sagte: „Du übersiehst die Wichtigkeit deines Körpers, denn der Körper ist innen und außen. Wendest du dich von innen ab, kann es sein, dass dein Wohnort zerfällt und du weniger Jahre als geplant auf dieser Erde bleiben wirst. Das bedeutet wiederum, dass du deine geplante Reise im Leben nicht vollendest, denke daran, dass das Leben an sich schon kurz genug ist."

Auf einmal kam Leahcim eine Rauchwolke entgegen, er musste die Luft anhalten, um sich nicht an dieser Wolke zu vergiften. „Du weißt, was das gerade eben war?" Leahcim nickte und blickte sich um, dort sah er viele kleine Putz-menschen regungslos auf dem Boden liegen. „Das sind die Resultate der Unvernunft. Deine Putzmenschen sterben und der Körper wird immer unreiner, bis die Organe nicht mehr funktionieren und dann stirbst du früher."

Leahcim ging durch die inneren Räume und sah die liebevollen Blicke jeder einzelnen Zelle, eine Liebe, die bedingungslos war. Er fühlte sich schlecht und konnte nicht glauben, dass er seinen Körper so mit Füßen trat. Es war doch sein Körper und sein Körper soll das Beste bekommen, denn er ist der einzige Wohnort, indem er, „Leahcim", leben kann.

Ruckartig wurde er aus seinem Traum geweckt. Zeit, die nächste Wache zu schieben. Durch seine Brandwunde am Fuß erinnerte er sich an den Traum und hörte sofort mit dem Rauchen auf. Er hatte einen so festen Glauben an seinen Traum, dass Leahcim keine Mühe hatte, diesen Entzug durch-zuhalten. Er war geheilt durch seine innere Kommunikation und durch die Beachtung seines Körpers, ihm wurde bewusst, dass Selbstheilung mit ‚sich selbst heilen' zu tun hatte.

Ihm kam der Gedanke:

„Wenn Du eine Brücke von innen nach außen bauen kannst, so ist der Weg zu deinem wahren Leben nicht mehr weit."

Leahcim hielt es für angebracht, seinen Stein zu betrachten, da er glaubte, durch die Aufgabe seiner Nikotinsucht hätte sich auch sein Stein verändert. Er fand den Stein an seinen Beinen, er lag da, als ob er schlief. Leahcim griff mit seiner linken Hand nach ihm und betrachtete den Stein ganz genau.

Als Leahcim einige Zeit in dieser schon fast meditativen Betrachtung verharrt hatte, sprach der Stein zu ihm: „Du wirst nichts an Neuem finden." Obwohl Leahcim wusste, dass der Stein seine Gedanken lesen konnte, überraschte es ihn jedes Mal, wenn der Stein auf seine gedanklichen Fragen antwortete. Fast siegessicher antwortete Leahcim: „Aber warum nicht? Ich habe mit dem Rauchen aufgehört und das ist doch eine Veränderung."

Leahcim kam sich vor wie ein König, der seine Schlacht gewonnen hatte, denn dieses Mal musste der Stein ihm recht geben. Leahcim malte sich die Entschuldigungen seines Steines, in Bezug auf seine falsche Annahme, so richtig genüsslich aus. Gerade als er sich eine Szene vorstellen wollte, wie der Stein auf den Knien um Verzeihung bat, sprach er zu ihm:

„Dein Stein zeigt keine Veränderung, weil er nicht vom Körper abhängt." Leahcim sah seine gewonnene Schlacht wegfließen, in die Tiefen des Ozeans. Er war sich seiner so sicher gewesen, und nun das! Der Körper ist nicht vom Stein abhängig … „Es war trotzdem gut, das Rauchen zu lassen", ertönte es in der Stille. „Hättest du weiter geraucht, wäre dein Körper womöglich krank geworden und im schlimmsten Fall hätte er sich früher verabschiedet.

Du hättest dann nicht die Zeit zu Verfügung gehabt, die du eventuell für deine Suche benötigst. Du kannst daraus schließen, dass auch körperliche Veränderungen unmittelbar mit der Suche des Steins in Verbindung stehen. Eine Veränderung des Steins allerdings, verursachen sie nicht.

Aber warum nicht, schoss es Leahcim durch den Kopf. Er spürte, wie der Stein überlegte, um ihm die richtigen Worte sagen zu können: „Weil der Stein nichts mit der Materie zu tun hat, er besteht nur aus Geist. Gut erkennen kannst du das bei den Menschen, die alles Gesunde für ihren Körper tun, aber trotzdem unglücklich sind.

Die Zeit ist für dich noch nicht gekommen, um zu verstehen. Du wirst aber in diesem Leben irgendwann die Antwort erhalten." Sauber, dachte Leahcim, jetzt muss ich bis zum Lebensende warten, um eine Antwort zu bekommen. Glücklich machte Leahcim das nicht, aber was sollte er tun.

Ohne eine weitere Diskussion zu wollen, verabschiedete Leahcim sich vom Stein und ging seiner Arbeit als Soldat weiter nach.

Er wurde ohne besondere Auszeichnungen aus der Bundeswehr entlassen und stand nun dem Arbeitsmarkt zu Verfügung, doch es wollte ihn niemand, da er keine praktischen Erfahrungen in seinem neuerlernten Beruf aufweisen konnte.

Leahcim besuchte eine weitere schulische Maßnahme, die sich EDV-Führerschein nannte. Zu dieser Zeit hielt der PC Einzug in den Büros und alle Kaufmannsberufe benötigten diese Anwendungskenntnisse. Leahcim war zusammen mit unterschiedlichen Berufsfeldern, von Akademikern bis zum Bürokaufmann, alles war vertreten und jeder beschritt ein neues Terrain. Alle fingen mit dem gleichen Wissensstand an, denn in der Schule gab es zu dieser Zeit das Fach Informatik noch nicht.

Leahcim konnte sich mit Akademikern messen und er hatte gewonnen, denn seine erreichte Punktzahl war besser als alle anderen. Er war Sieger unter gleichen Bedingungen, endlich konnte er sein wahres Können im Vergleich erleben. Leahcim fühlte sich plötzlich nicht mehr dumm.

Durch dieses Erlebnis schöpfte er viel Selbstbewusstsein für seine weitere berufliche Karriere.

Auch dieses Mal wollte Leahcim mit seinem Stein sprechen, denn er war erfüllt mit Stolz. Seine schnelle Kontaktaufnahme mit dem Stein, der sich gerade im Kopf aufhielt, entzückte ihn immer mehr.

„Mensch klasse, ich freue mich so für dich", und ohne Pause sprach der Stein weiter. „Schau mich an, ich leuchte wieder grün und das hast du erreicht." Leahcim war gerührt und musste dabei schlucken, es tat gut, ein Lob zu bekommen. Er war neugierig und wollte seine neuerworbene Veränderung sehen. Als Leahcim den Stein aufgehoben hatte, drehte er ihn und war begeistert, denn durch das Milchglas strahlte ein grüner Strahl direkt in seine Augen.

Leahcim wollte überhaupt nicht mehr den Stein auf die Seite legen, so beglückt war er, doch irgendwann schmerzten seine Arme und er legte behutsam den Stein zurück.

„Mir ist aufgefallen, dass die grüne Farbe stärker leuchtet", sagte Leahcim gedankenverloren zum Stein. „Nein, das stimmt nicht." Gerade wollte Leahcim aufs Höchste protestieren, denn er konnte ja wohl unterscheiden, ob die Farbe stärker leuchtet oder nicht, als der Stein Leahcim unterbrach und seine weitere Argumentation kundtat.

„Der Strahl leuchtete auch vorher so stark, dir kommt es nur so vor als ob die grüne Farbe stärker ist, denn das Milchglas ist transparenter geworden und dadurch kann der Strahl besser hindurchleuchten. Warte nur ab, bis du den Strahl ohne Milchglas siehst."

Leahcim konnte sich nicht vorstellen, noch stärker das Licht wahrzunehmen, und freute sich schon auf den Tag, wann er dieses erleben durfte.

Leahcim merkte, dass seine Unterhaltungen mit dem Stein immer intensiver wurden und dadurch sich sein Leben positiver veränderte. Er hatte die positive Seite für sich entdecken können und baute sie mit seinem Stein immer weiter aus. Leahcim betrachtete die Dinge im Leben mit gelasseneren Augen.

Mit Elena hatte Leahcim auch einen positiven Anfang und auch hier merkte er, wie nah sie sich schon waren. Es kam ihm so vor, als wären sie beide eine gestrickte Mütze. Jeder hatte seine eigene Wolle und dennoch konnten sie sich vermischen und sich gegenseitig Wärme und Schutz geben.

Sie wollten heiraten aus Liebe und Respekt füreinander. Elena und Leahcim fingen die Vorstellung „Hochzeit" ein und waren berauscht von einem romantisch geplanten Fest.

Trotzdem stellten sie sich die Frage: „Sind wir überhaupt reif für die Ehe?" Sie waren schon sieben Jahre zusammen und erkannten recht schnell, dass man nie reif genug für irgendetwas ist. Reif fühlten sie sich erst, wenn sie in die Rolle eingetaucht waren.

Leahcim wollte Elena aus reinem Herzen zur Frau, hatte aber die Befürchtung, einen Korb zu bekommen. Seine in der Kindheit erlebten Erfahrungen hatten einfach zu viele Abweisungen erhalten, dass er noch nicht die Kraft hatte, dort genauer hinzuschauen.

Stundenlang überlegte Leahcim, wie er Elena überzeugen könnte, und hatte schließlich eine Idee. Elena liebte seine Gedichte, also überreichte er ihr eins beim Abendessen im Kerzenschein. Elena öffnete vorsichtig den Brief, ganz behutsam betrachtete sie die Zeilen auf dem Papier.

„Heiratsantrag
Ich bin so traurig und fühle einen Schmerz
Er tut so weh bis tief in mein Herz
Ich sehe, rieche und höre ihn nicht,
trotzdem ist er da, wie ein dunkles Licht.
Nichts arbeiten kann ich, ich fühl mich so schlapp
der Tag ist wie ein Albtraum, gar grausam und hart.
Die Vöglein, die draußen am Wegesrand pfeifen,
die hör ich nicht mehr, ich kann's nicht begreifen.
Kein Tag ohne Dich, mein liebliches Wesen,
kann ich mit Dir im Siegesrausch leben.
Die Gedanken sie schwirren – oh, wenn ich
mich nur trau,
ich sag's jetzt ganz einfach
ICH WILL DICH ZUR FRAU."

Elena war gerührt und weinte Tränen der Liebe. Ja, sie wollte Leahcim als Ehemann und war bei dem Gedanken sehr glücklich.

Hier wurde beiden das erste Mal bewusst, dass durch ein hingebungsvolles Verhalten etwas wuchs. Leahcim und Elena verströmten Liebe und bekamen ein Vielfaches von dem wieder zurück.

Die Zeit mit Elena verging wie im Flug, oft hatten beide lange Spaziergänge unternommen, um sich in der gegenseitigen Zweisamkeit zu spüren. Bei einem dieser Spaziergänge, der an einem Fluss vorbeiführte, passierte etwas Unglaubliches.

Es war sehr heiß und eine erfrischende Abkühlung war eine willkommene Einladung. Leahcim zog seine Kleider vom Leib, eine Badehose hatte er schon in weiser Vorausschau angezogen. Elena wollte nicht mitbaden, denn an dieser Stelle des Flusses war die Strömung um ein Vielfaches reißender als an den übrigen Stellen des Flusses.

Er liebte die Gefahr, die von der Natur ausging und sprang in den eiskalten Fluss. Herrlich, wie die Haut prickelte, wenn die Temperaturen so unterschiedlich waren.

Im Fluss bemerkte er ein Seil und seine Neugierde trieb ihn zum Seil hin. Mit beiden Händen fest umschlungen, griff Leahcim das Seil und ließ sich mit den Strömungen hin und her schaukeln. Nach einer Weile wollte er das Ende vom Seil erkunden, denn der Anfang war sichtbar an einem Baum festgebunden.

Leahcim ließ seine Hände locker um das Seil gleiten, nach einigen Metern unter Wasser spürte er ein Brett, das offensichtlich an das Seil gebunden war. Durch irgendeine ungeschickte Bewegung drückte auf einmal das Brett gegen seinen Brustkorb. Leahcim hatte bis zu diesem Zeitpunkt noch gar nicht realisiert, dass die Strömung die Ursache war, die ihn gegen das Brett drückte.

Er verschwand unter den Strömungen und kämpfte um sein Leben. Mit aller Kraft stemmte Leahcim sich gegen das Brett und wollte aus dieser Gefangenheit heraus, doch es gelang ihm nicht. Durch seine gute körperliche Verfassung konnte er einige Zeit unter Wasser bleiben, ohne Luft zu holen.

Er wagte einen weiteren Befreiungsversuch und holte alle Kraft, die sich noch in seinem Körper befand, um sich gegen das Brett zu stemmen. Ihm wurde schwarz vor den Augen und er ahnte, es bliebe ihm nicht mehr viel Zeit.

Ein Geistesblitz hatte ihm verholfen zu überleben, denn Leahcim erfasste einen überhängenden Ast und zog sich aus dem Wasser. Völlig erschöpft taumelte Leahcim zu Elena, die den Vorfall so nicht mitbekommen hatte, da sie in der Zeit seines Überlebenskampfes Steine am Flussufer gesucht hatte.

Erschrocken sah sie Leahcim an und bemerkte an seinem Brustkorb die blauen Streifen, die sich längs über seinen Körper zogen. In ihren Augen erkannte Leahcim die Angst um ihm, die Angst, Leahcim zu verlieren.

Noch nie war er dem Tod so bewusst nahe gewesen und wollte daher wieder ein Gespräch mit seinem Stein aufnehmen, um zu verstehen. Am Abend zuhause angekommen, zog sich Leahcim ins Schlafzimmer zurück und nahm Kontakt mit seinem Stein auf. Immer öfter fand er den Stein in der Nähe seines Bauchnabels. Leahcim betrachtete ihn und freute sich über die rote und grüne Farbenpracht, die der Stein ausstrahlte. „Sag mir, Stein", begann Leahcim seine Frage … war heute mein Tod geplant?" Leahcim hatte felsenfest den Glauben in sich, dass heute sein Tod gewesen wäre.

„Wenn du dem Tod begegnest, ist dein bisheriges Leben nicht mehr da. Was du erlebt hast, war eine weitere Erfahrung für dich. Du lerntest deine inneren Kräfte kennen, du lerntest, über deine Grenzen zu gehen und du lerntest, wie wichtig du für andere bist."

Sofort kam Leahcim das besorgte Gesicht von Elena in den Sinn, als sie ihn am Fluss sah. „Hast du mich heute schon betrachtet?", fragte der Stein, ohne auf das vorherige „Tiefe" einzugehen. Natürlich hatte Leahcim seinen Stein betrachtet, denn er sah die wunderschönen zwei Farben. Aber irgendwie hatte er das Gefühl, dass der Stein eine genauere Betrachtung von ihm forderte. „Du hast recht, ich möchte haben, dass du genau hinschaust." Wie üblich konnte er seine Gedanken lesen.

Leahcim hob den Stein mit seiner Hand nach oben, konnte aber keine Veränderung sehen. Mittlerweile kannte er die Stellen, die eine genaue Betrachtung erforderten und diese waren unverändert. „Es gibt keine Veränderung", flüsterte Leahcim zum Stein und wusste zugleich, da ist etwas, was er nicht sah. „Gut, wenn du keine Veränderung erkennst, ist die Zeit noch unreif!

Und da wir gerade im Gespräch sind, bitte ich dich, weiter zu suchen, ich habe nämlich den Verdacht, dass du nachlässiger in deiner Lebensaufgabe geworden bist. Denke daran!", durchflutete die Stimme ihn mit einem unangenehm scharfen Ton, oder war es sein Gewissen?

Leahcim verabschiedete sich ganz schnell vom Stein, weil seine Gedanken ihn zum Grübeln bewegten. Er wollte wissen, was noch alles im Stein ist und er wollte wissen, wer er überhaupt ist.

Viele Fragen, die eine Antwort wollten, aber die für ihn wichtigste Frage war: In welcher Beziehung steht Elena zu ihm?

Mittlerweile hatte Leahcim gelernt, immer einen Stift und einen Schreibblock auf seinen Nachtisch zu legen. Er griff danach und schrieb sogleich seine Gedanken und seine Gefühle über Elena auf.

„Ich bin dir begegnet und habe mich sofort in dich verliebt, eine innere Stimme sagte mir: „Sie ist die Richtige". Ich liebe dein Lachen und die Freundlichkeit, die daraus entspringt.

Ich liebe deine Augen und die wärmenden Blicke, die mein Herz berühren. Ich liebe deinen Körper und die Vereinigung mit dir. Ich liebe deine Weisheit, die du immer mit mir teilst. Ich liebe deine Liebe, die du mir gibst. Ich liebe die Geduld, die du hast und die ich durch dich erlernen konnte.

Du zeigst mir den Weg, wenn ich ihn nicht erkenne. Du hältst zu mir, obwohl andere mich fallen lassen. Du gibst mir die Stütze, damit ich mich ausruhen kann.

Wenn wir spazieren gehen oder nur auf der Couch sitzen oder zusammen einschlafen, halten wir uns an den Händen. Durch diese Geste spüre ich die tiefe Verbundenheit mit dir.

Ich danke dir für die schweren Zeiten, die du mit mir durchgestanden hast. Ich danke dir für das Essen, das du so selbstverständlich für mich zubereitet hast. Ich danke dir für die Pflege, wenn es mir mal nicht so gut ging. Ich danke dir für die Hausarbeit, die du so selbstverständlich gemeistert hast.

Ich danke dir für das Wasser, das ich von dir bekommen habe, um zu wachsen. Bei dir kann ich offen sein, ich kann dir alles erzählen, denn du bewertest nicht. Bei dir habe ich gelernt, ohne Maske auszukommen.

Du bist die Zeit, in der ich glücklich bin. Du bist die Zeit, die ich nicht missen will. Du bist die Zeit, in der ich richtig bin. Du bist die Zeit, in der ich leben will. Du bist die Zeit, in der ich Liebe spür. Du bist die Zeit, die ich mit dir teilen möchte.

Wenn das Schicksal uns zusammenbrachte, dann ist das Schicksal eine wunderbare Institution."

Ganz umnebelt von der starken Liebe zu Elena schlief Leahcim ein und wachte mit einem glücklichen Gefühl neben seiner Elena auf.

Er küsste sie auf den Mund, sie öffnete ihre Augen und lächelte. Dieses Lächeln entzückte Leahcim immer wieder. Sie frühstückten zusammen und gingen anschließend die vorher aufgestellte Hochzeitsgästeliste durch und stellten fest, dass ein wichtiger Teil von Leahcim fehlte.

Es machte Leahcim traurig, zu sehen, dass eine Hälfte nicht existierte. Er machte sich auf die Suche nach der Vergangenheit und rief eins seiner Geschwister an, denn Leahcim war zu Ohren gekommen, dass sowohl seine Schwester als auch sein Bruder mit dieser Person Kontakt aufgenommen hatten. Elena unterstützte sein Vorhaben, denn sie spürte, dass diese Begegnung entscheidend für sein weiteres Leben sei. Seine Schwester gab Leahcim die Telefonnummer, nun hatte er die Wahl zu handeln. Aktivität war für ihn kein Fremdwort mehr, aber das bewusst Vergessene zu aktivieren, war eine andere Dimension.

Leahcim war sich auf einmal so unsicher, sein Mut sprang in den Keller und versteckte sich dort.

Mittlerweile wusste Elena, dass Leahcim einen Rückzugsort benötigte, um mit seinem Stein Kontakt aufzunehmen. Er legte sich ins Bett und entspannte sich.

„Kontakt hergestellt", lachte sein Stein, der sich in der Herzgegend aufhielt. Leahcim wollte nach ihm greifen, aber er wich ihm aus. Leahcim war verwirrt und versuchte nochmals ihn zu greifen und abermals wich er aus. Was soll das wieder für ein Spiel werden, dachte er sich.

„Ich spiele nicht mit dir, sondern ich spiegle dein Verhalten." Wieder einmal gab der Stein Leahcim Rätsel auf und wieder einmal verstand er nicht.

"Was soll das ganze Theater, kannst du nicht normal mit mir umgehen?", platzte es aus ihm heraus. Leahcim fühlte sich wie in einem schlechten Film. Er kochte vor Wut und brach die Diskussion ab.

Wieder angekommen in der Realität, zog er seine Turnschuhe an, ging ohne etwas zu sagen nach draußen und joggte durch den Wald, bis seine Füße schmerzten.

Es tat gut, durch die Natur zu rasen, um Abstand zu gewinnen. Ausgelaugt und durchgeschwitzt, nahm er eine warme Dusche und legte sich zur Entspannung wieder ins

Bett. Die Gedanken kreisten immer noch um dasselbe Thema und seine Entscheidung, aktiv zu werden, war verschwunden.

Wie kann es so etwas geben? Leahcim hatte eine selbstgewollte Aufgabe und brachte sie nicht zu Ende. Es war doch nicht schwer, ein Telefonat zu führen, und dennoch ging es nicht. Er hatte einen Fehler gemacht und wollte diesen zeitnah wiedergutmachen.

Er nahm Kontakt mit seinem Stein auf. „Hat aber lange gedauert", bekam er als Antwort zu hören. Leahcim fragte ihn, ob er mit ihm spielen wolle oder ob er den Stein, der sich jetzt im Unterbauch befand, greifen könne. „Auf einen Versuch kommt es an", lachte immer noch der Stein. Mit einer schnellen Bewegung näherte Leahcim sich dem Stein, doch als er nach ihn greifen wollte, wich er Leahcim wieder aus.

Leahcim machte einen tiefen Atemzug und fragte so ruhig, wie es ihm möglich war: „Warum tust du das?" „Weil ich glaube, dass du gerne ausweichst." „Wie kommst du denn auf diesen Schwachsinn?", erwiderte er in seiner Ungeduld und wollte am liebsten diese Diskussion für beendet erklären.

Der Stein verstummte für einen kurzen Augenblick und fuhr mit seiner Schilderung weiter fort. „Also, dein Verhalten mit dem Anruf ist dasselbe Verhalten wie mit dem Stein. Du weichst dem Anruf aus und ich als Stein weiche dir aus. Um deine Entscheidung, einen Anruf zu tätigen, zu fällen, musste ich dich aus der Reserve locken, denn du warst blockiert.

Ich bin mir bewusst, dass dies kein leichter Gang für dich ist, aber wenn du was erreichen willst, musst du auch manchmal über deinen Schatten springen." Leahcim dachte sich: Was für ein kluger Spruch, der ist doch schon sowas von ausgeleiert und ich muss mir diesen Mist von meinem Stein auch noch anhören.

„Du urteilst ganz schön hart, dennoch hat dieser Spruch eine tiefe Wahrheit", sagte besänftigend der Stein zu Leahcim.

„Sei doch ehrlich zu dir selbst. Du hast Angst, dort

anzurufen und bist jetzt zornig auf dich und lässt es mich spüren." Wie wahr doch der Stein die Situation erkannte! Ja, Leahcim hatte Angst und nochmals ein Ja, denn er war unausstehlich mit sich selbst und anderen.

Jetzt erst konnte Leahcim sich wieder beruhigen, weil die Wahrheit ans Licht kam. Leahcim wollte den Stein greifen, aber wieder wich er ihm aus, doch dieses Mal irgendwie anders. „Folge mir", sprach der Stein und wechselte seinen Platz vom Unterbauch zum Hoden.

Leahcim war erstaunt, denn dort war er noch nie mit seinem Stein. Ohne seine Frage abzuwarten, erzählte der Stein Leahcim, warum er nun an diesem Platz mit ihm ist.

„Dieser Platz ist der Beginn einer Entwicklung und entwickelt sich weiter außerhalb deines Körpers. Für diesen Akt benötigen wir Mann und Frau. Deine Mutter kennst du, sie begleitete dich ihr Leben lang. Deinen Vater kennst du nicht, denn er hat dich nicht dein ganzes Leben begleitet. Er ist dir unbekannt, das macht dir Angst – oder?"

Der Stein schaute Leahcim liebevoll an und kannte seine Antwort. „Lass mich dich genauer ansehen", sagte Leahcim, ohne zu wissen, warum. Leahcim schaute genau alle ihm bekannten Veränderungen an, doch nichts hat sich weiter verändert. „Schau genauer hin, aber nicht mit deinen Augen, sondern mit deinem Herzen."

Leahcim befolgte die Anweisung und er nahm sich selbst im Herzen wahr und spürte Wärme und Liebe; es war so überwältigend, dass er kein Wort herausbrachte. Das war also die Veränderung, die Leahcim auch beim letzten Besuch nicht wahrgenommen hatte.

Er wollte darüber sprechen, da es so unverständlich für ihn war. Doch der Stein sagte zu Leahcim: „Jetzt nicht, aber ich verspreche, beim nächsten Besuch erkläre ich es dir. Zum Abschied möchte ich dir ein Gedicht aufsagen, damit du die Wichtigkeit der Nähe zu deinem Inneren verstehst.

Nahe am Herzen.

Tief in mir, nah am Herzen,
hör ich das Rauschen der Wellen.

Es ist so, als ob jede Welle zu mir spricht,
und mich näher bringt ans Licht.

Jedes Gefühl ist eine Welle pur,
rein und eins mit der Natur.

Ich spür in mir:
Das Leben ist ein Wunsch.

Jeder Gedanke spaltet sich auf,
und geht ins Endlose hinauf.

Leahcim stieg aus seinem Bett, ging ins Wohnzimmer, um das Telefonat zu führen. Am anderen Ende der Leitung meldete sich ein Mann mit einem kurzen „Hallo". Ganz aufgeregt fragte Leahcim nach seinen Namen, er bestätigte das, was er erhofft hatte. Es war nur noch ein leises Summen zu vernehmen und Leahcim sagte zu ihm:

„Ich bin dein Sohn." Die Luft fing an zu vibrieren und aus dem leisen Summen vernahm er einen tiefen Seufzer an dem anderen Ende der Leitung.

Beide schwiegen sich lange an, bis sein Vater sagte: „Wie heißt du?" Und es ging Leahcim durch den Kopf, dass er seinen Namen noch gar nicht gesagt hatte. „Ich heiße Leahcim und wohne in München und wollte dich kennenlernen."

Leahcim hatte nichts zu verlieren, denn das, was er verloren hatte, war an dem anderen Ende der Leitung.

Es fiel beiden schwer, die richtigen Worte zu finden, doch

allmählich lockerte sich die Situation auf und sie redeten über die Vergangenheit. Der Vater schlug Leahcim vor, ihn zu besuchen, doch Leahcim wusste noch nicht, ob er dazu schon bereit wäre. Leahcim dachte darüber nach, was wäre, wenn er ihn zum ersten Mal an seiner Hochzeit erblickte. Er hatte das deutliche Gefühl, es sei besser, sich vorher zu begegnen. Leahcim schlug einen Termin vor, der vor seiner Hochzeit lag, damit sie sich kennenlernen konnten.

Als Leahcim den Telefonhörer aufgelegt hatte, spürte er eine Leichtigkeit. Ihm war so, als ob er in einem Elefantenkörper über einen See spazierte, ohne ins Wasser einzutauchen.

Drei Wochen später sah Leahcim seinen Vater. Er hatte eine warmherzige Ausstrahlung und umarmte Leahcim, gleich als er zur Tür hereinkam. Sie tranken zusammen einen Kaffee und unterhielten sich über die Vergangenheit und die Ursache, warum sein Vater seine eigenen Kinder nicht besuchen kommen konnte.

Sein Vater schämte sich, dass er nicht für seine Kinder da gewesen war, als sie ihn brauchten. Er hatte auch Angst vor einer Zurückweisung, da er selbst nichts bieten konnte. Er war arm und lebte vom Sozialamt. Sein Leben war auf brüchigen Boden gebaut. Leahcim hatte keinen Hass auf ihn und näherte sich vorsichtig an. Geradeaus sprach er über seine Hochzeit und lud ihn ein. Er war nur wenige Stunden bei ihm und trotzdem spürte Leahcim eine starke Verbundenheit.

Die Tage flossen dahin und die Spannung bis zum Hochzeitstag hielt er kaum aus. Als es um die Entscheidung ging, welchen Nachnamen das Brautpaar führen will, sagte Leahcim sofort: „Ich möchte einen gemeinsamen Namen haben und auf keinen Fall einen Doppelnamen und auch nicht, dass jeder seinen Nachnamen behält. Ich will zusammengehören und dies kann ich durch den gemeinschaftlichen Namen zum Ausdruck bringen." Elena dachte genauso wie er und sie konnten sich recht schnell auf diese Variante einigen.

Der wichtigste Tag war nun gekommen und sie heirateten. Wie wunderschön Elena ist, dachte Leahcim sich immer wieder. Am Traualtar gaben sie sich das Ja-Wort und gelobten sich, für einander da zu sein in guten wie in schlechten Zeiten.

Nach dem Ende der Kirchentrauung fuhren sie zur Gastwirtschaft und feierten mit ihren Gästen die Vermählung. Während sie den ersten Walzer tanzten, flüsterte Elena ihm ins Ohr, dass sie ein Kind erwartete.

Ihm blieb die Luft weg, er konnte nicht glauben, was er soeben gehört hatte. Leahcim umarmte Elena und Tränen flossen innerlich durch seinen Körper. Er war der glücklichste Mann auf Erden, denn jetzt hatte Leahcim eine Familie. Was für ein wertvolles Geschenk er durch diese wunderbare Frau bekam! Es war mit keinem Gold auf der Welt vergleichbar.

Leahcim war froh, dass sein Vater und seine Mutter bei seiner Hochzeit dabei waren, denn er fühlte eine Einheit mit ihnen. Und er dachte auch, dass es seinem Vater ebenfalls so erging.

Beide hatten viel Spaß an diesem Abend und freuten sich aber dennoch auf das Bett, denn so eine Hochzeit ist sehr kräftezehrend.

Die Hochzeitsreise führte sie nach Griechenland. Dort angekommen, genossen sie die Entspannung pur und sie konnten gemeinsam die Seele baumeln lassen.

Er war alleine im Hotelzimmer und wollte auch gleich runter zum Strand. Seine Frau – ach, wie schön sich das anhörte – war schon vorgegangen, da sie einige Runden allein im Pool drehen wollte um sich anschließend mit ihm am Strand zu treffen.

Leahcim hatte keine Eile und dachte nach über die letzte Begegnung mit seinem Leuchtstein, die er noch gut in

Erinnerung hatte. Er brannte auf eine Erklärung für das schwer in Worte zu fassende Erlebnis, als er sich selbst im Herzen wahrnahm und Wärme und Liebe spürte, er begann zu suchen. Dieses Mal war sein Stein nahe beim Herzen und er begrüßte ihn zugleich mit einem „Kalimera", das auf Deutsch „Guten Tag" bedeutet.

„Soll ich gleich die Erklärung für das, was du gesehen hast, abgeben, oder willst du mich erst nochmal ansehen?" Leahcim wollte eine Erklärung haben für das, was er sah, und forderte diese gleich ein.

„Moment mal," sagte der Stein, „vorher musst du mir sagen, was du gesehen hast." „Ich denke, du weißt, was ich sah!", antwortete Leahcim in einem überraschten Ton. „Natürlich weiß ich das, doch um die Wahrheit zu erkennen, ist es wichtig, dass du mir dein Erlebtes nochmal mit deinen Worten schilderst, weil du dadurch die Wahrheit über deine Verstandesebene leiten kannst."

Wie sollte Leahcim anfangen, denn das Erlebte war mehr ein gespürtes Erlebnis. Er sinnierte kopfschüttelnd über den kleinen Wohnzimmertisch gebeugt.

„Also, der Stein war groß!", sagte Leahcim prägnant. „Ist das alles? Kannst du nur sagen – der Stein war groß – denn vorhin sagte ich zu dir: „Du musst dein Erlebtes schildern, damit dein Verstand es versteht. Glaubst du, dein Verstand hat dein Erlebtes jetzt begriffen?" Und der Stein wiederholte die Worte von Leahcim: Der Stein war groß! „Lächerlich! Du kannst auch sagen – der Himmel ist hoch oder das Meer ist tief oder irgendetwas anderes. Aber verstehen wird dich niemand. Drücke dich klarer aus, geh über dein Herz und sage mir, was du gespürt hast. Sonst hat dein Verstand keine Chance zu begreifen."

„Okay", sagte Leahcim und ging der Erfahrung nach: Er hatte den Stein in seiner ursprünglichen Größe gesehen, doch dann wurde der Stein gefühlt immer größer, ohne dass der

Stein an sich tatsächlich größer wurde. „Es ist verrückt, aber anders kann ich es nicht beschreiben, der Stein ist größer, ohne dass er größer geworden ist", sagte Leahcim nervös.

„Bewahre die Ruhe", sprach jetzt im liebevollen Ton der Stein. „Was du gesehen hast, war eine Vergrößerung der inneren Kraft, diese hat dir dieses Illusionsbild gegeben. Manchmal benutzt das „Universelle" einen Trick, damit du damit umgehen kannst. Dieser Trick war dafür da, damit du deine Größe in dir wahrnehmen kannst. Und wenn der Stein groß gesehen wird, dann weißt du auch, was groß ist. In Wirklichkeit verändert der Stein seine materielle Größe nicht, aber seine nicht-materielle Größe schon. Und genau das hast du gesehen: deine wahre Größe, und die war mächtig."

„Was für eine wahre Größe war das?", fragte Leahcim. „Kannst du dir denn nicht vorstellen, was es für eine Größe war?" Typisch, dachte Leahcim bei sich, jetzt wird eine Frage von mir mit einer Gegenfrage beantwortet. „Wenn ich das wüsste, würde ich dich nicht fragen", gab Leahcim patzig zurück. „Spielen wir jetzt die beleidigte Leberwurst?", erwiderte der Stein und fing an, ihm die Sachlage zu erläutern.

„Höre gut zu, wenn ich dir sagen würde, welche Größe das Erlebte von dir war, nehme ich dir die Chance, die ganze Tiefe zu spüren. Du musst selbst erkennen, ich kann dich nur begleiten und das tue ich gerne."

Leahcim verstand und ging in die Größe hinein, um zu spüren. Es war ein herrliches Gefühl, das Verlangen, den Stein zu betrachten, wuchs ins Unermessliche. Als erstes sah er den Umfang des Steins, doch dann war die Größe des Steins verschwunden und Leahcim spürte die mächtigen Wellen, die aus dem Stein ins Unendliche strömten. Das war es, was der Stein ihm sagen wollte, er erkannte oder spürte die „nicht-materielle" Größe, welche unendlich war.

Der rote Strahl ging links vom Stein horizontal durch und verband sich mit einem anderen Stein. Gleichzeitig ging ein roter Strahl vertikal nach oben zu einem dritten unendlich großen Felsen. Auch bei dem anderen Stein konnte Leahcim erkennen, dass dieser einen roten Strahl, vertikal zum großen Felsen, nach oben ausstrahlte.

Es lagen zwei Steine und ein großer Felsen im Raum, verbunden mit dem roten Strahl zu einem Dreieck. „Was hat das zu bedeuten?", fragte Leahcim aufgewühlt. „Du bist gerade dabei, deine Verbundenheit mit einem anderen Menschen, der sich als Stein zeigt und dem Allumfassenden, der sich als Felsen zeigt, zu erleben. Herzlichen Glückwunsch."

Leahcim begriff, er schrie vor Glück: „Das ist die Liebe!" Jetzt hatte er verstanden, was Liebe ist.

„Und was hast du noch erkannt?", blinzelte der Stein ihm zu. Leahcim überlegte nicht lange und sagte: „Die Verbundenheit mit einer Person und dem Universellen – das „Eins werden". „Gut verstanden", lobte ihn der Stein und sagte: „Du hattest nicht umsonst ein Dreieck gesehen, denn das Dreieck ist das Symbol für die Verbundenheit deiner Mitmenschen und gleichzeitig die Verbundenheit zu Allem." Leahcim war überwältigt und gleichzeitig war es ihm zu viel, er beschloss, seine Unterhaltung abzubrechen und zum Strand zu gehen.

„Nicht so hastig", unterbrach ihn der Stein und hielt ihn von seinem Vorhaben ab. „Eine Frage möchte ich dir noch auf den Weg geben. War die Verbundenheit nur auf deine Frau ausgerichtet? Nehme diese Frage mit zum Strand und genieße die Zweisamkeit mit Elena."

Was für ein eigenartiges Grinsen sein Stein hatte, wenn er über seine Frau sprach. Fröhlich und beschwingt lief Leahcim zum Strand, nahm seine Frau in die Arme und teilte mit ihr das gemeinsame Glück.

Als beide zurück aus ihrem Urlaub kamen, begann ein Leben sichtbar in Elenas Körper zu wachsen. Jeden Tag schaute Leahcim auf den runden Bauch seiner Frau. Er war so fasziniert, den Bauch in seiner Veränderung zu erleben, eine Veränderung, an der er beteiligt war. Leahcim war verliebt in einen neuen Erdenbürger, der bald das Licht der Welt erblicken würde.

Viele zärtliche Streicheleinheiten und melodische Sangeskünste gab er seinem bezaubernden Stern. Es gab keine Geburtsvorbereitungskurse für angehende Mütter, die Leahcim nicht selbst besucht hätte. Mittlerweile kannte er sich in Bezug auf richtiges Atmen und Pressen aus. Jegliche Möglichkeiten einer Komplikation während der Geburt waren ihm bekannt. Er war ein Meister in der Geburtsvorbereitung, bis auf den kleinen Unterschied, dass Leahcim ein Mann war.

Eines Tages wollten beide mit ihrem neuen Kombi, ein geniales Familienauto, indem ein Kinderwagen reichlich Platz hat, zur Elenas Tante nach Regensburg fahren. Früh am Morgen sind sie von München aus gestartet. Das Angurten fiel Elena immer schwerer, ihr Bauchumfang war riesig für einen Achtmonatsbauch. Gelassen fuhren sie los, schon nach zehn Kilometern wurden die Sichtverhältnisse zum Fahren immer schlechter. Irgendwann konnten sie durch die dicken Nebelbänke nichts mehr erkennen und sind entsprechend langsam gefahren.

Eine weitere Zunahme der Nebelbänke zwang Leahcim fast zum Stillstand, er bremste entsprechend ab. Und wie aus dem Nichts stand vor ihm ein PKW. Leahcim stieg auf die Bremse und blieb geradewegs noch vor dem PKW stehen. Gerade nochmal Glück gehabt, dachte er, als von hinten ein PKW mit großer Geschwindigkeit auf sein Auto fuhr. Durch den starken Schub vom Hintermann, knallte Leahcim auf das vordere Auto.

Durch den enormen Aufprall klatschte sein Kopf ans Lenkrad, er richtete sich auf und schaute Elena an. Es sah so aus, als ob alles in Ordnung wäre.

Leahcim wollte aussteigen, um aus der Gefahrenzone zu kommen. Er drehte sein Kopf nach hinten und genau in diesem Augenblick fuhr ein weiteres Auto auf den Hintermann und drückte dieses Auto auf ihres. Dies ging drei oder viermal so.

Dann erlebten beide Stille. Nichts passierte mehr, Leahcim fragte Elena, wie es ihr ging. Sie sagte: „Mir geht es gut, aber unser Kind bewegt sich nicht mehr."

Leahcim war geschockt und suchte nach Hilfe. In diesem Augenblick kam gerade ein Krankenwagen, der sich in ihrer Nähe befand, zu Hilfe.

Die Sanitäter überlegten nicht lange und fuhren beide zusammen ins Krankenhaus. Elena wurde mit Ultraschall untersucht und die Ärzte stellten fest, dass das Kind sich nur gedreht hatte. Eine Gefahr für das Baby bestand nicht. Eine Million Steine der Last fielen von Leahcims Schultern.

Trotzdem sollte Elena drei Tage im Krankenhaus verweilen, da sie starke Wehen bekam. Leahcim machte sich Sorgen, da er eine gewisse Schuld empfand, denn er hatte das Auto gefahren. Elena spürte das, daraufhin streichelte sie ihm über die Wange und sagte: „Es wird alles gut".

Erleichtert über den Zuspruch ging Leahcim in eine andere Abteilung des Krankenhauses und bekam dort eine Halskrause, da er sich ein Schleudertrauma zugezogen hatte. Leahcim rief seine Schwiegereltern an, die ihn abholten und nach Hause brachten.

Am Abend kam ein Bericht über die Massenkarambolage im Fernsehen, hier wurde berichtet, dass über hundert Autos darin verwickelt waren. Das nagelneue Auto hatte einen Totalschaden. Doch Leahcim war froh, dass er ein neues Auto kurz vorher gekauft hatte. Wäre der Unfall mit ihrem vorherigen kleinen Auto passiert, wäre die Chance, zu überleben, gegen Null tendiert.

Der Schock saß tief in seinen Gliedern und er hatte sehr

große Schwierigkeiten nach diesem Unfall, wieder Auto zu fahren. Besonders die Situationen, in denen keine Voraussicht möglich war, ließen ihn ängstlich agieren, das heißt, er stieg sofort auf die Bremse und fuhr ganz langsam. Leahcim zwang sich, mehr am Straßenverkehr teilzunehmen, um die Furcht, die sich bei ihm einnisten wollte, zu besiegen. Elena hatte keine Probleme mit Autofahren, zum einem fuhr sie sowieso kaum noch und zum anderen hatte sie eine größere Herausforderung zu meistern.

Es begann am 21. November, Elena rief Leahcim in der Arbeit an und sagte: „Ich glaube, es wird bald losgehen, aber lass dir Zeit." Leahcim ließ sich keine Zeit, sofort nahm er in der Arbeit frei und stand vor der Wohnungstür. „Wo ist der Koffer?", fragte er Elena. Freudestrahlend überreichte sie ihm den Koffer für die Klinik.

Leahcim nahm sich vor, keine Sekunde vergehen zu lassen. Er stupste Elena regelrecht ins Auto und fuhr einigermaßen langsam zum Gynäkologen. Als der Arzt Elena untersuchte, sagte er: „Das kann noch dauern, eine Fahrt ins Krankenhaus ist noch nicht notwendig." Nachdem sie sich von Arzt verabschiedet hatten, fuhr Leahcim trotzdem durch die Stadt zu ihrem ausgewählten Krankenhaus. Ein Parkplatz zu finden, war relativ einfach und ruck zuck waren beide an der Anmeldestation.

Eine nette Krankenschwester sagte freundlich: „Sie können gleich in den ersten Stock für den Infoabend der Geburtsstation. Leahcims Frau lachte die Krankenschwester an, daraufhin erwiderte sie: „Sie brauchen keine Sorge zu haben, der Infoabend hat gerade erst angefangen." „Nein, wir wollen nicht zum Infoabend, den kennen wir schon. Wir wollen zur Entbindung", brach es aus Leahcim heraus. Die Krankenschwester konnte nicht glauben, was Leahcim sagte und teilte Elena mit, dass so ein Lächeln kurz vor der Geburt ihr noch nicht begegnet sei.

In Windeseile befanden sie sich in den gemütlichen Räumen der Entbindungsstation, sie machten es sich bequem. Elena wollte noch ein warmes Bad nehmen und die Hebamme ließ Wasser ein. Zehn Minuten später untersuchte die Hebamme Leahcims Frau und stellte fest, dass die Geburt kurz bevorstand. Sie alarmierte den zuständigen Arzt.

Tapfer atmete Elena nach den Anweisungen von Leahcim, denn auf die Anweisungen der Hebamme hörte sie nicht. Wie gut, dass er den Geburtsvorbereitungskurs mitgemacht hatte und genau wusste, was die Hebamme meinte, denn er befolgte die Instruktionen der Hebamme und Elena die von Leahcim.

Bis der Arzt in den Entbindungsraum kam, war das Mädchen auch schon da. Das eingelassene Bad war umsonst gewesen, aber das ist ja auch nicht so wichtig.

Die Tochter wurde als erstes auf den Bauch ihrer Mutter gelegt, die Verbindung zur Nahrungsquelle wurde noch nicht getrennt. Erst einige Minuten später durfte Leahcim das erste Mal im Leben die Nabelschnur durchtrennen. Es war ein schönes Gefühl, durch diesen Schnitt seiner Tochter ein eigenständiges Leben zu geben.

Gleich danach machte er die wunderschönste Erfahrung auf der Welt. Seine Tochter wurde ihm auf den Bauch gelegt, sie schaute ihn mit ihren kleinen braunen Augen an und Leahcim verliebte sich in sein eigen Fleisch und Blut.

Dieses Gefühl, einen Menschen, so zart und so sehr zerbrechlich, am Körper zu spüren, entfachte in ihm eine neue Kraft, die es vorher noch nicht gegeben hatte.

Ab diesem Zeitpunkt wollte er für seine Tochter sorgen und ihr den Schutz, den sie in ihrem Alter brauchte, geben. Leahcim dachte: „Wenn ich vorher lerne, wie ein Vater sein muss, bin ich auch ein Vater, aber das stimmt nicht wirklich, erst in dem Augenblick, wenn man Vater geworden ist, beginnt die Kraft innerlich zu wirken." Es ist eine Herzenskraft, diese tiefe Verbundenheit mit seinem Kind konnte er nicht durch Bücher oder durch andere Dinge erlernen. Jetzt konnte er auch verstehen, warum manche Mütter sich opfern, damit das Kind überlebt.

Elena, die ihn immer mit Nahrung versorgte, hatte auch dieses Mal eine Brotzeit eingepackt. Freudestrahlend packte er die Brotzeit aus und aß im Entbindungszimmer, genüsslich wie ein Wanderer nach einem Bergaufstieg, den beiden was vor.

Leahcim fuhr nach Hause und schrieb dieses kleine Gedicht aus Freude und Dankbarkeit.

Der Wunsch vom Kind

Ich träume von Kindern gar lieb und sehr zart,
schön mollig, herzlich und warm.

Die süßen, zierlichen Hände, geschaffen von Gottes Natur,
berühren meine Haut, menschlich ganz pur.

Die strahlenden Augen, sie sehen zu mir empor,
ehrlich und treu wie ein Engelschor.

Der lachende Mund tief aus dem Herzen,
keine Falschheit, die auslöst viel Schmerzen.

Die rundlichen Backen so rot wie die Sonne,
sie geben dem Kind eine kuschlige Wonne.

Die Nase schön spitz und sehr fein,
verleitet zum Drücken – Hauptsache klein.

Der Bauch – oh, ein bisschen wund,
doch trotzdem wohlgeformt und rund.

Die Jahre zu dritt vergingen im Flug, Leahcim konnte sich eine Familie ohne Kind nicht mehr vorstellen. Irgendwann hat er dann einen Liebesbrief an seine Tochter geschrieben, dem Leahcim von Zeit zu Zeit eine weitere Passage anfügte:

„Du warst das erste große Geschenk in meinem noch kleinen Familienleben. Als du geboren wurdest, konnte ich mein Glück kaum fassen, alles an dir war dran, Arme, Beine, Hände und Füße, du warst für mich mein Wunderkind. Ich liebte dich vom ersten Tag an, denn du gabst mir das Gefühl, etwas Besonderes zu sein.

Du warst so schön und zierlich als Baby anzuschauen und hast immer noch nichts von dieser wunderbaren Erscheinung verloren. Ich durfte dich das erste Mal in den Armen halten und in mir begann ein neues Gefühl zu wachsen, ich erlebte das erste Mal die tiefe Liebe zu meinem Kind. Ich wollte dich in dieser Situation nicht mehr loslassen, denn du warst der erste Stein für ein wunderbares Haus, das ich Familie nannte.

Als ich am Abend nach deiner Geburt nach Hause fuhr, habe ich an einer Tankstelle die Tageszeitung gekauft, um sie dir, wenn du groß bist, zu schenken. Vor Freude musste ich auf der Heimfahrt immer wieder weinen, da ich mein Glück nicht fassen konnte.

Ich hatte jedem Menschen, dem ich begegnete, von dir erzählt, „was für ein wunderbares Kind du seist", ich war so stolz auf dich und bin es jetzt auch noch.

Nachdem du mit Mama aus dem Krankenhaus heimgekommen warst, wollte ich dich nur noch tragen, ich wollte deine Nähe spüren und ich wollte dir Nähe geben. Ich wollte immer für dich da sein und ich wollte, dass du weißt, dass du immer bei mir einen Platz hast oder eine Schulter, an der du dich anlehnen oder ausweinen kannst.

Besonders liebtest du deine rote Maus, die du zum ersten Geburtstag von einer unserer Freundinnen geschenkt bekommen hattest. Es war eine Eigenanfertigung von Kessy, und diese Maus war wirklich groß, so groß, dass du bequem darauf liegen konntest. Eines Tages hatte ich dich auf dieser Maus liegen lassen und hob euch beide auf und tanzte im Takt der Musik. Du bist glücklich eingeschlafen, nach diesem Vorfall hattest du die Angewohnheit, jedes Mal auf dieser riesengroßen, roten Stoffmaus, mit immer der gleichen Musik einzuschlafen. Ich war glücklich, dich in meinen Armen zu halten und dich in deinen Traum zu begleiten. Diese wunderbare Prozedur machten wir mindestens drei Jahre, bis du erfüllt warst und keine weiteren Einschlafzeremonien verlangtest.

Manche Dinge sind nicht immer gut gelaufen, dafür möchte ich mich bei dir entschuldigen. Einmal habe ich dich, als du nachts aus dem Bett kamst, du warst gerade mal 3 Jahre alt, einfach zurückgewiesen, weil ich einen spannenden Film anschauen wollte. Ich war froh, mich endlich mal entspannen zu können, und dann kamst du. Ich war wütend und sagte im lauten Ton: „Geh jetzt endlich schlafen", packte dich und legte dich ins Bett, machte die Tür zu und schaute weiter Fernsehen. Ich hörte dich weinen und ich wusste, du brauchtest mich, aber der Film war in dem Augenblick wichtiger für mich (wie dumm von mir).

Als der Film nach 10 Minuten zu Ende war, ging ich zu dir, aber du warst wütend und sagtest: „Geh und schau dein Fernsehen." Ich glaube, dies war eine sehr verletzende Situation für dich.

Ein weiteres Erlebnis war, als du zehn Jahre alt warst. Wir bekamen Besuch von Freunden, kurz zuvor hattest du ein Problem in Bezug auf „deine eigene Barbie", denn eine Freundin hatte dir deine Barbie weggenommen und sie dir nicht mehr wiedergegeben. Du hattest dich mit mir darüber unterhalten, und ich sagte: „Das ist deine Barbie und wenn du sie für dich behalten möchtest, dann ist dies dein gutes Recht, du musst sie nicht teilen."

Als der Besuch fragte, ob er deine Barbie kurz einmal für seine Tochter haben kann, sagtest du: „Nein". Ich aber sagte zu dir: „Jetzt gib doch mal kurz deine Barbie dem anderen Mädchen."

Ich habe in diesem Augenblick nicht hinter dir und deinen Gefühlen gestanden, ich hatte selbst Angst „NEIN" zu sagen und habe meine Schwäche nicht überwinden können.

Es tut mir auch hier leid, ich denke, dies waren nicht die einzigen Situationen, in denen ich mich irrtümlich verhalten habe. Ich möchte dir bewusst machen, dass ich auch nur ein menschliches Wesen bin und hier auf Erden genauso wie du lernen muss. Ich bin kein Übermensch, nur weil ich dein Vater bin, aber ich möchte mich dir offenbaren, damit du verstehst, wie wichtig du mir bist.

Ich liebe dich, weil du so bist, wie du bist und ich werde dich immer mit offenem Herzen und ausgebreiteten Armen annehmen – egal, was kommen mag. Du bist nicht nur meine allerliebste Tochter, sondern ein großer Lehrmeister, durch dich habe ich mein Leben verändern können, denn du hast mir meine Grenzen und meine Schwächen immer wieder gezeigt, dafür danke ich dir.

Ich möchte dich nicht nur als meine Tochter an meiner Seite, sondern dir auch ein guter Freund sein, dem du viele Dinge erzählen kannst, ohne eine Beurteilung zu befürchten.

Ich bewundere deinen Mut, Dinge auszusprechen. Ich bewundere deine Offenheit und deine Stärke, authentisch zu sein, auch auf die Gefahr hin, Freunde zu verlieren. Ich bewundere deinen Geschmack für die schönen Dinge im Leben und natürlich auch deine wunderschöne Handschrift. Ich bewundere deine Kochkünste und die Freude, die du darin verspürst.

Ich bin so froh, dass ich dich kennenlernen durfte, dein Dasein hat mein Leben bereichert.

Andauernd flogen Schmetterlinge auf deinen Körper und

fühlten sich bei dir wohl, weil sie spürten, welche Zärtlichkeit und welches Vertrauen du in dir trägst. Viele Male versuchte ich stundenlang, ein vierblättriges Kleeblatt zu finden, denn ich wollte die Begabung, die du hast, selbst erleben, aber ich hatte kein Glück und wenn ich dir erzählte, dass ich ein vierblättriges Kleeblatt gesucht aber leider keines gefunden hatte, bist du sofort zur Wiese und fandest eins.

Wenn die Höhe des Glücks durch das Auffinden von vierblättrigen Kleeblättern gemessen wird, kann ich dir jetzt schon sagen, dass du bis in alle Ewigkeit Glück haben wirst.

Etwas möchte ich dir im Leben noch mitgeben: Nimm die Situationen, die dir im Leben begegnen, als Herausforderung an und gib ihnen nicht so viel Gewicht.

Zwei Jahre nach der Geburt seiner Tochter wollte Leahcim seiner Veränderung, die er tief in seinem Innersten spürte, nachgehen. Er nahm Kontakt mit seinem Stein auf, wieder landete Leahcim nahe beim Herzen. „Hast schon lang nichts mehr wissen wollen", kam ein wenig enttäuscht die Stimme des Steines.

Leahcim dachte sich, ja, er hat recht. Durch die vielen neuen Erlebnisse mit seiner kleinen Familie vergaß er die Zeit der inneren Betrachtung. Ihm wurde klar, dass er nicht mehr suchte. Leahcim hatte ein schlechtes Gewissen und fragte den Stein, ob dies schlimm sei. Der Stein antwortete Leahcim mit nachdenklichem Gesicht.

„Du musst nicht suchen, du darfst finden. Es gibt keinen Zwang von innen, nur einen Zwang, den du von außen dir selbst erschaffst. Ich lasse dir die Wahl der Innenbetrachtung und du darfst finden nach deinem wahren Dasein auf Erden."

Ein bisschen erleichtert nach diesem Vortrag, schaute Leahcim seinen Stein an. Und wie er es gespürt hatte, so war es auch. Leahcim hatte tatsächlich eine Veränderung an seinem Stein erkannt. Ein schmaler Teil der Beschichtung war weggeplatzt und ein gelber Strahl leuchtete dem Himmel empor.

Es berührte Leahcim und er fing zärtlich an zu weinen. Der Stein sagte nichts, er war bei Leahcim und das reichte. Irgendwann fing Leahcim an zu sprechen und fragte den Stein: „Warum musste ich denn weinen?" Er antwortete nicht und Leahcim begriff, suchte und fand die Antwort.

Es war das Mitgefühl, das er erlebt hatte. Sein Mitgefühl wuchs seit dem Augenblick, als Leahcim seine Tochter erstmals in den Arm nahm.

Jetzt verstand er auch, warum es ihm so sehr an die Nieren ging, wenn er in den Medien von Kindesmissbrauch oder andere Gewaltthemen über Kinder hörte. Durch die Geburt seiner Tochter blickte Leahcim aus einer anderen Perspektive und konnte dem Mitgefühl mehr Raum in seinem Leben geben.

Eine weitere Erkenntnis reicher, wollte Leahcim sich von dem Stein abwenden. Doch der Stein sagte ihm nochmals: „Suche nach der Wahrheit im Inneren des Steines, du hast sie noch nicht gefunden, aber der Weg ist der richtige." Und er fuhr fort:

„Ich hatte dir beim letzten Treffen die Frage gestellt, ob du nur die Verbundenheit mit deiner Frau spürtest oder ob es noch eine andere Verbundenheit gäbe?"

Leahcim erinnerte sich und sagte ohne großes Überlegen: „Meine Verbundenheit zu meiner Tochter." Als er dies sagte, strahlte Leahcim mit einem übermäßigen Grinsen den Stein an.

Es kam ihm so vor, als ob irgendeine durchsichtige Hand seine beiden Mundwinkel bis zu den Ohren hinaufzog.

„Möchtest du den Stein betrachten?" Ja, das will ich, dachte Leahcim bei sich, und fing an, nochmals zu suchen, was der Stein an weiteren Erkenntnissen preisgab. Er hob den

Stein in seiner rechten Hand hoch und drehte den Stein dem einfallenden Licht entgegen.

Leahcim konnte seinen Augen kaum trauen, was er da sah. Der Stein stand tatsächlich mit einem weiteren Stein in Verbindung. In einer horizontalen Linie war Leahcim mit seiner Tochter und anschließend seiner Frau verbunden. Die Verbindung mit seiner Tochter war aber nur auf der horizontalen Ebene, die vertikale Ebene hatte keine Verbindung aufgebaut.

Er verstand nicht, warum die Verbindung nur in eine Richtung verlief, gerade bei dem eigenen Kind müsste es doch eine extreme Verbindung in allen Richtungen geben.

Leahcim spürte die tiefe Verbindung zu seiner Tochter und sah nur diesen Strich. Zutiefst enttäuscht sprach er zum Stein „Warum hat mein Kind mit mir nur so eine Verbindung?"

Der imaginäre Stein kümmerte sich nicht um seine Frage und schaute Leahcim nur dämlich an. „Dämlich schauen kann ich auch", sprach er zum Stein. „Das machst du schon die ganze Zeit, deswegen spiegele ich dich!"

„Ich hab jetzt keine Lust auf Späßchen machen, ich möchte wissen, warum die Verbindung zu meiner Tochter nur auf der horizontalen Ebene stattfindet." Jetzt hatte der Stein einen ernsten Blick und Leahcim war froh, mit ihm geschimpft zu haben, denn das geht ja wirklich nicht, bei so einem ersten Thema den Spaßvogel zu machen! „Bist du jetzt bereit?", sprach der Stein.

Leahcim schaute ihn an und aus dem Nichts verwandelte der Stein sich in einen Clown mit der typischen roten Nase und dem weißen Gesicht und lachte ihn an. Leahcim konnte dem nicht widerstehen und musste herzhaft mitlachen, so intensiv, dass er fast keine Luft bekam.

Es war ein Lachen der Erleichterung und sämtliche Tragik, die Leahcim umschloss, befreite sich durch das vibrierende Lachen. Nach einiger Zeit hörte er auf zu lachen, doch wenn er sich an das Bild vom Stein erinnerte, bekam er eine erneute Lachsalve, es dauerte lang, bis Leahcim sich beruhigte. Der Stein hatte jetzt seine normale Form wieder angenommen und sagte:

„Die Welt besteht nicht nur aus Tränen, sondern auch aus Lachen, deswegen befinden sich auch beide Auslöser, die den Zustand verursachen, nahe beieinander."

Anscheinend hatte Leahcim wieder wie ein Fragezeichen geschaut, denn der Stein sagte: „Augen und Mund befinden sich im Gesicht, sie gehören zu dir und du darfst sie benutzen zum Weinen und zum Lachen.

Manchmal ist es wichtig, den aufgestauten Lachtränen freien Lauf zu geben, damit wieder Platz für Neues entsteht."

Was für eine passende Bezeichnung der Stein für das Lachen hatte – „Lachtränen" – und Leahcim bemerkte, dass wir Menschen tatsächlich beim Lachen Tränen vergossen, dieselben Tränen wie beim Weinen. Leahcim verweilte eine Zeit lang in diesem Gedanken, bis der Stein ihn aus seiner Glückseligkeit holte.

„Bist Du jetzt bereit, die Wahrheit über die Verbindung zur Tochter zu finden? Aber denke daran, du musst selbst erkennen, ich kann dich nur begleiten und das tue ich gerne."

Losgelöst und fröhlich schaute Leahcim den Stein an. Er sah die Verbindung zu seiner Tochter und anschließend zu seiner Frau horizontal verlaufen.

Seine Frau und Leahcim hatten noch zusätzliche die vertikale Verbindung nach oben, die aussah wie ein Dreieck. Leahcim hielt den Stein ein wenig von sich weg, um einen größeren Radius an Ansicht zu bekommen. Doch er sah immer noch nichts.

„Du musst den Stein ein wenig nach hinten kippen", dröhnte es in seinen Ohren. Er gehorchte und war verzaubert.

Der Stein bemerkte seine Reaktion und sagte mit ruhiger

Stimme: „Das ist unser Lebensgeflecht. Und jetzt sage mir mit deinen Worten, was du siehst."

Ganz benommen von der Erkenntnis sagte Leahcim: „Ich sehe eine Verbindung vertikal nach unten laufen, die sich mit uns, meiner Frau und mir, zu einem Dreieck verbindet."

„Das was du jetzt siehst", antwortete der Stein, „ist die Verbindung aus der vorgeburtlichen Existenz als Seele.

Deine Tochter hat euch zwei als Eltern ausgesucht, denn jeder Mensch sucht sich sein Leben aus, um zu lernen. Deine Tochter hat sich euch ausgesucht, um Dinge zu erkennen, sie hat genau die Eltern ausgesucht, die ihr helfen, ihren Weg zu finden. Das bedeutet aber nicht, dass ihr die Sklaven eurer Kinder seid, und andauernd helfen müsst. Es bedeutet vielmehr, dass ihr das verkörpert, was das Kind zum Wachsen benötigt. Dies kann auch auf den ersten Blick etwas Grausames sein."

„Etwas Grausames sucht man sich doch nicht aus", erwiderte Leahcim voller Entsetzen. „Doch", antwortete der Stein, „wir sind da, um etwas zu lernen und manchmal haben wir uns etwas Grausames ausgesucht, um lernen zu können. Denk doch mal an deine Kindheit zurück", sprach der Stein und schaute Leahcim ganz behutsam an. „Deine Kindheit war kein Honigschlecken und trotzdem bist du glücklich, denn du hast erkannt, dass dies dein Weg zum Erkennen von Wahrheit ist. Nicht umsonst sagt Buddha „Erlöschen die Ursachen, erlischt automatisch das Leid."

Wie Leahcim dem Stein so zugehört hat, dachte er bei sich, das mit Buddha ist gar nicht so falsch, denn wenn ich mich dem Leid stelle, werde ich geheilt. „Drum erkunde weiter, um zu finden, was deine Aufgabe ist."

Der Stein hatte recht, denn Leahcim merkte, da war noch viel mehr Unsichtbares, das erkundet werden wollte. Nach diesem langen Gespräch nahm er ein warmes Bad und genoss es zutiefst.

Gestärkt von diesem Gespräch, wollte Leahcim mehr übers Leben und die dazugehörigen Verbindungen lernen. Ein großer Verbindungs-Lehrmeister waren die Freunde, denn sie spiegelten sein Innerstes und gaben ihm die Möglichkeit zu wachsen.

Einer davon war Ralf, er war gerade dabei, sein Studium zu beenden und wollte in die Welt hinaus. Durch ihn lernte er, auf die Umwelt und auf sich selbst mehr zu achten. Ralf war im Winter oft depressiv und konnte sich nicht vorstellen warum. Irgendwann hatte er eine Antwort auf seine Frage erhalten und erklärte Leahcim: „Ich habe eine Winterdepression und Wissenschaftler vermuten, dass diese durch zu wenig Licht entsteht. Weil die Tage im Herbst und Winter kürzer und dunkler sind. Die Folge ist, dass verschiedene biologische Prozesse im Körper durcheinandergeraten."

Ralf war ein sehr feinfühliger Mensch und hatte eine angenehme, ruhige Art zu kommunizieren. Ein Jahr nach seinem Studium wollte er die Welt entdecken und plante, für ein halbes Jahr nach Australien zu reisen. Elena und Leahcim freuten sich mit ihm und feierten seinen Reisetrip am letzten Tag seiner Abreise. Dass dies für Ralf ein Horrortrip werden würde, ahnte niemand.

Nach vier Wochen rief er Elena in Deutschland an und weinte bitterlich, sie fragte: „Was ist denn passiert?" und Ralf sagte: „Ich bin im Hospital und darf nicht nach Deutschland zurückfliegen." „Aber warum denn nicht?", fragte sie. Er sagte in einem Gemisch aus Tränen und Angst: „Es wurde bei mir ein Hirntumor festgestellt." Elena schwieg, denn sie konnte es nicht glauben, dass der gemeinsame Freund, der genauso alt war wie Leahcim, einen Tumor hatte. Und das Schlimmste war, sie konnten ihn nicht einmal besuchen, um Trost zu spenden.

Zwei Monate musste Ralf in Australien bleiben, zwei Monate alleine ohne seine Familie und ohne seine Freunde.

Er wurde als liegender Patient im Flugzeug zurücktransportiert. Danach kamen die schmerzhaften Eingriffe, doch er erholte sich relativ gut und war nach einem Jahr wieder einigermaßen gesund. Zwar hatte unser Freund eine einseitige Körperlähmung links, aber Ralf kämpfte gegen diese Lähmung an.

Ralf wendete die Technik von Moschè Feldenkrais an und hatte dadurch einen enormen Erfolg für sich verbuchen können, denn er konnte seine linke Seite wesentlich besser bewegen. Ralf spürte sein Lebenswillen und fing langsam an, Hoffnung zu bekommen.

Unser Freund hatte zu diesem Zeitpunkt eine Routineuntersuchung. Sein behandelnder Arzt sagte ihm unsensibel, dass er nicht mehr lange leben würde. Ralf brach zusammen. Er wurde in ein Hospiz gebracht und starb innerhalb von zwei Wochen.

Für Leahcim war dies unverständlich, denn einige Wochen vorher war er noch relativ gut drauf gewesen. Leahcim glaubte fest daran, wenn der Arzt gewählte und behutsame Wörter benützt hätte, wäre Ralf nicht innerhalb weniger Tage gestorben. Leahcim dachte, dass jeder Mensch eine begrenzte Selbstheilung oder Selbstzerstörung in sich trägt. Ralf wählte die zweite Variante, weil der Zugang zur Selbstheilung versperrt war.

Leahcim war bis dato noch nie auf einer Beerdigung eines Freundes. Er hatte Angst vorm Unbekannten, dem großen Unbekannten „Tod". Vor lauter weinenden Menschen, denn Leahcim spürte die Traurigkeit rings um sich, realisierte nicht den Ablauf der Beerdigung. Er hatte tatsächlich keine Erinnerung an den Ablauf der Beerdigung. Wie durch Zauberhand befand er sich Zuhause umschlungen und traurig mit Elena. Danach las Leahcim unzählige Bücher über den Tod, um eine Antwort zu bekommen, was nach unserem Leben passiert.

Gefühlssprossenleiter

Er war wie immer kurz vor Mitternacht ins Bett gegangen, als er einen merkwürdigen Traum erleben durfte: Leahcim befand sich in einer großen Pipeline, die vertikal Richtung Himmel verlief. In dieser Pipeline befand sich eine Strickleiter, die Leahcim emporkletterte. Es waren hunderte von Metern und kein Ende in Sicht.

Durch jede Sprosse, die er berührte, bekam er einen anderen Gefühlszustand. Es war so, als ob er Traurigkeit bei der einen Sprosse spürte und bei der anderen Glückseligkeit, die nächste wiederum gab ihm Hass und so weiter. Er erlebte das ganze Gefühlsspektrum.

Durch den Wechsel der Gefühle, die einmal positiv waren, wie Glück, und einmal negativ, wie Hass, hatte er die Möglichkeit, immer weiter hinauf zu kommen. Leahcim erholte sich bei den positiven Gefühlen und war dadurch gestärkt für den danach folgenden negativen Gefühlszustand. Wenn er in der negativen Sprosse war, wusste er, gleich kommt etwas Positives und dies machte ihn stark für den schweren negativen Sprossengang, weil er eine Hoffnung hatte. Gleichzeitig verstand er auch die Vorteile einer negativen Sprosse, denn Leahcim lernte durch sie das Genießen des positiven Gefühlszustandes.

Irgendwann hörte die Leiter auf und Leahcim befand sich in einem hellen, grenzenlosen Raum, der nur aus Stille gebaut wurde. Er bewegte sich schwebend in diesem Raum und wartete. Leahcim hatte keine Beziehung mehr zum irdischen Raum oder der Zeit; er war einfach nur da, zeit- und raumlos.

Wie aus dem Nichts war eine Engelsgestalt neben ihm und sagte: „Danke für den Besuch, was möchtest du wissen?" Leahcim verstand nicht und fragte den Engel: „Was meinst du mit ‚Was möchtest du wissen?'" Und der Engel sprach: „Alle, die den Weg der Gefühlssprossenleiter auf sich genommen haben, möchten von uns etwas wissen." Leahcim sagte ohne lange zu überlegen: „Ich möchte wissen, ob es immer zwei Seiten der Medaille gibt, denn ich habe Leben und Tod gesehen." Der Engel lachte und sagte: „Es gibt immer zwei Seiten der Medaille, das ist richtig, doch wenn du die Medaille genau betrachtest, so erkennst du eine dritte Seite."

Wie durch Zauberhand schmiss der Engel eine goldene Münze in die Luft, die Münze drehte sich mehrmals und fiel zu Boden, aber sie kam nicht auf einer der zwei Seiten, sondern auf dem Münzrand an. „Siehst du, wie die Münze dort zu liegen gekommen ist, sie liegt nicht, sondern steht. Dieses ist die dritte Seite einer Medaille und diese Seite nennt ihr Menschen Wunder.

Euer Leben besteht nicht nur aus Positiv und Negativ, sondern auch aus Wundern. Und wenn ihr die Absicht habt, durch euren Gefühlszustand zu gehen und dadurch zu lernen, also alle Zustände bereitwillig anzunehmen, kann es auch mal sein, dass euer Leben auf ein Wunder stößt. Und dieses Wunder ist nichts anderes als die Verschmelzung von beiden Seiten."

Leahcim war ergriffen von dieser Geschichte und wachte mit der wunderbaren Erkenntnis am frühen Morgen auf und wusste, dass dieser Engel sein Stein war. Nun hatte auch Leahcim direkt Kontakt über seine Träume mit dem Stein.

Durch Ralf lernte Leahcim Karin kennen, sie war eine

wunderbare Erzählerin und eine sensible Frau. Ihre Erzählungen berührten sein Herz, sie wollte, wie er auch, ein Buch schreiben, denn sie liebte die Sprache. Ihre sprachliche Intelligenz faszinierte Leahcim. Karin verkörperte das, was Leahcim noch brauchte, ein sicheres Umgehen mit der deutschen Rechtschreibung und Grammatik.

Sie hatten viele angenehme philosophische Gespräche, mit ihr schwebte Leahcim im Zustand der Fantasie. Karin verstand ihn und stärkte seinen Glauben, irgendwann im Leben ein Buch zu schreiben. Auch kannte Karin sich in spirituellen Themen aus, und auch hier war es wunderbar, sich mit ihr in einer Tiefe zu unterhalten, die Leahcim bisher nur bei ihr gefunden hatte. Als er sie kennenlernte, war sie schüchtern und ängstlich mit einem riesengroßen Herzen. Er dachte sich immer wieder: Es gibt Menschen, die können ewig reden und trotzdem zehren sie nicht von deiner Energie, denn sie spüren die Grenzen und saugen dich nicht aus.

Leahcim entdeckte immer mehr spannende Lebenssituationen und war bereit, diese zu erforschen. Auch das Thema Kinder war eine spirituelle Reise. Durch seine kleine Tochter interessierte Leahcim sich für Fragen, die mit dem Thema Erziehung zu tun hatten, denn nun war auch er mit diesem Thema konfrontiert. Leahcim fand in einer Buchhandlung ein für ihn sehr spannendes Buch, es handelte von einer Frau, die in Ecuador eine Schule gründete.

Es war eine anschauliche und lebendige Schilderung eines gelungenen Schulexperiments, es ließ auch erkennen, welche weitreichenden Konsequenzen es hat, Kinder ihren authentischen Bedürfnissen gemäß aufwachsen zu lassen. Und das Schönste an dem Buch war für Leahcim der Titel: „Erziehung zum Sein“, denn dieser Titel sagte für ihn alles. Kinder und natürlich auch Erwachsene im Sein leben zu lassen. Später gab es einen weiteren Titel, der „Sein zum

Erziehen" lautete. Auch hier war der Titel treffend, denn wie sonst sollte Erziehung gelebt werden, als im Sein.

Leahcim verschlang die Bücher regelrecht und fand wieder einmal viele Wahrheiten, die er auch gleich in sein Leben integrierte. Er hatte oft in Büchern die Wahrheit gefunden und er dachte, dass dies für ihn auch ein wichtiger Weg zur Wahrheitsfindung war. Angesprochen von dieser Art der Erziehung wollte Leahcim sein Kind in einen Montessori-Kindergarten bringen, da in diesem Buch die Montessori-Pädagogik angewendet wurde. Er informierte sich und fand wie durch „Zufall", dass in seiner Gemeinde verschiedene Menschen sich zusammen treffen wollten, um einen Montessori-Kindergarten zu gründen. Leahcim war begeistert und dachte bei sich: „In unserer Gemeinde genau zur richtigen Zeit am richtigen Ort".

Leahcim glaubte nicht an Zufälle, denn er meinte: Alles im Leben ist vorbestimmt, weil wir es uns so gewünscht haben. Hier glaubte er, einen weiteren Beweis seiner Theorie gefunden zu haben, und es sollten sich noch viele andere Situationen in seinem Leben ergeben, die diese Theorie untermauerten. Beschwingt und inspiriert dachte er sich, wie spannend und aufregend doch das Leben ist und mit welch einer wunderbaren Fülle uns das Leben zeigt, wie wir miteinander verbunden sind.

Er hatte die Vorstellung, dass unser Leben ein Netz ist, verbunden mit anderen Seilen, aus der Verbindung heraus, entwickelt sich Kraft und durch Kraft Vertrauen. Leahcim war gerade dabei, seine Sporthose anzuziehen, um im Wald Joggen zu gehen, als sich sein Stein anmeldete und ihm sagte: „Ich habe eine Geschichte für dich, höre einfach zu und verstehe." Das war eins der wenigen Male, dass ihm sein Stein eine Geschichte erzählen wollte. Leahcim war gespannt und lauschte seinen Worten.

Die Frau Afable mit Diam im Wald

Es lebte einmal eine Frau abgeschieden von der Welt mitten im Gebirge. In den vielen Jahren der Abgeschiedenheit spürte sie ein Verlangen nach Menschen. Sie wurde von Tag zu Tag einsamer. Sie liebte zwar die Stille, konnte aber mit der jetzt schon langen Einsamkeit keine Ruhe finden. Und sie dachte sich: „Es ist schon merkwürdig, durch meine Liebe zur Stille habe ich mich in die Einsamkeit verbannt und habe dadurch keine Ruhe, denn es quält mich immer der Gedanke, Menschen um mich haben zu wollen."

Eines Tages beschoss sie, ihre Einsamkeit aufzugeben und die Hütte im Gebirge zu verlassen. Sie packte ihr weniges Hab und Gut und machte sich auf die Reise ins Unbekannte. Als sie nach zehn Tagen nichts Brauchbares zu essen fand und ihr Körper rebellierte, kamen die ersten Zweifel an ihrem mutigen oder vielleicht auch dummen, so dachte sie kurz, Entschluss auf.

Jetzt bin ich 49 Jahre alt und möchte noch in meinem Alter etwas Außergewöhnliches erleben, ich möchte meiner Einsamkeit entfliehen. Wie töricht ich doch bin, ich habe doch schon alles erlebt und die Stille war für mich der schönste Zustand und nun drehe ich mich wieder um und wähle die Gesellschaft.

Ich werde jetzt sowieso sterben, denn den Weg zurück finde ich nicht und den Weg vor mir kenne ich nicht. Traurig und hungrig legte sie sich auf den Waldboden und war fest davon überzeugt, den nächsten Tag nicht mehr zu überleben. Doch wie staunte sie, als der Morgen anbrach, sie lebte immer noch, zwar hungrig, aber sie lebte. Was will Gott mir zeigen, dachte sie, als genau in diesem Augenblick eine alte Frau ihr entgegenkam. Sie schämte sich, dieser alten Frau zu begegnen, denn sie war unrein von den vielen Tagen im Wald und hatte bisher keine Gelegenheit gehabt, den Schmutz von ihrer Wäsche und ihrem Körper zu waschen.

Es ist wichtig zu erwähnen, dass diese Frau besonders reinlich und ordentlich ihren Haushalt und Körper gepflegt hatte und aus dieser Eigenschaft der Reinlichkeit war ein Treffen mit dreckigen Kleidern ihr besonders peinlich. Sie hatte auch keine Möglichkeit mehr, den Schritten der alten Frau zu entweichen, sie musste sich der Begegnung hingeben.

„Grüß Gott", erklang die Stimme der alten Frau. Schüchtern und das Reden nicht gewöhnt, nickte sie nur. Die alte Frau erkannte die Situation recht schnell und fragte sie im leisen Ton „Haben Sie Lust, mit mir zusammen ein Picknick einzunehmen, denn alleine zu essen macht mir keinen Spaß." Ohne auf eine Antwort zu warten, breitete die alte Frau das Tischgedeck auf dem Waldboden aus. Sie hatte für so einen kleinen Picknickkorb erstaunlich viele unterschiedliche Speisen dabei. „Wollen wir uns setzen?", fragte die alte Frau, nachdem sie mit dem Anrichten fertig war. „Ach, übrigens, ich heiße Afable und du?" Einige Minuten wurde kein Wort gesprochen, bis sie sagte: „Ich heiße Diam." „Setz dich doch, Diam, und esse mit mir zusammen, denn ich freue mich immer wieder, mein Essen mit jemand anderem teilen zu können." Diam setzte sich langsam und scheu neben Afable, denn sie musste die Gesellschaft erst wieder erlernen.

Trotz ihres mächtigen Hungers aß Diam nur ein bisschen von den dargebotenen Speisen, ihr Körper war es nicht gewohnt, mehr aufzunehmen. „Wenn du möchtest, können wir zusammen unseren Weg gehen." Diam antwortete nicht und konnte ihr Glück nicht fassen, dieses Angebot bekommen zu haben. Diam stimmte mit einem Kopfnicken zu und trank einen Schluck Wasser aus dem Picknickbecher.

Den Tag über wurde nicht viel geredet, denn Afable spürte, dass Diam dies zu viel wurde. Afable war eine gereifte ältere Frau, mit ihren 78 Jahren hatte sie noch ein durchaus attraktives Erscheinungsbild. Ihre Fröhlichkeit und Temperament ließen auf eine aktive und lebensbejahende Persönlichkeit schließen. Ihr Wissen um die Dinge im Leben machten sie zu einer weisen Frau.

Gegen Abend saßen beide am vorher entfachten Lagerfeuer. Es tut gut, mit einem anderen Menschen zusammen zu sitzen, dachte Diam geistesabwesend. Durch das wohlklingende Reden von Afable wich immer mehr der Zustand des schüchtern seins. „Wo willst du hin?", fragte vorsichtig Afable. Diam stotterte ein wenig, hatte aber den Mut, sich zu unterhalten und antwortete auf die Frage. „Ich möchte aus der Einsamkeit hinaus", und wie von Zauberhand geführt erzählte Diam jetzt ihre Geschichte. Aufmerksam hörte Afable zu und unterbrach ihren Wortschwall nicht, denn sie wusste, dass ein einziges falsches Wort diesen Strom der Erleichterung versiegen lassen würde.

„Hast du die Stille geliebt?" „Oh ja, sehr sogar, doch konnte ich zum Schluss keine Stille mehr finden, da die Einsamkeit anstelle der Stille den Platz einnahm." Afable warf ein weiteres Holzstück in die Flammen und sagte, den Blick auf Diam gerichtet:

„Stille zu finden, ist ein wunderbares Gefühl und sehr wichtig in unserem Leben, doch unser Leben bedeutet auch zu lernen und dazu benötigen wir Impulse. Stell dir ein Spinnennetz vor", und Afable malte mit einem Stock auf dem Waldboden ein Spinnennetz. „Angenommen, du bist einer der sich überschneidenden Punkte", sie zeigte mit dem Stock auf einen der Schnittpunkte im Netz, „die anderen Punkte sind wiederum andere Menschen. Jetzt stell dir vor, einer der Punkte bekommt einen Impuls, im Spinnennetz würde zum Beispiel eine Fliege sich verirren und das ganze Netz würde anfangen zu vibrieren, und genau das passiert mit uns Menschen. Wenn wir ein Netz aufgebaut haben, durch Freunde, Familie und vielleicht Bekannte, dann sind wir verbunden. Wenn jetzt ein Mensch irgendetwas an Information einfängt, so wird diese Information in diesem Verbund als Netz weitergegeben und dadurch lernen wir. Wir lernen durch unser gemeinsames Erleben, deswegen ist die Einsamkeit so schmerzhaft, da sie nicht unserem Göttlichen entspringt.

Stille und Einsamkeit sind völlig andere Dimensionen. In der Stille holen wir uns Kraft, da wir uns nach innen richten, doch in der Einsamkeit trennen wir uns auf Dauer von unserem Göttlichen." Diam unterbrach aufgeregt, mit dem Finger nach oben zeigend wie in der Schule, und fragte: „Für was ist dann die Einsamkeit gut?" Afable musste kurz schmunzeln und freute sich über die angeregte Unterhaltung, also sprach Afable: „Wir brauchen die Einsamkeit, um zur Stille zu gelangen, denn nur so finden wir zu uns. Aber wir brauchen keine Einsamkeit, um das Menschliche zu finden, denn das Menschliche findet man nur im Menschen.

Jeder Zustand hat seine Berechtigung im richtigen Maße, in einem Zustand zu lange zu verharren, könnte dich in deinen anderen Zuständen nicht mehr wachsen lassen. Du würdest dich selbst blockieren."

Diam war fasziniert von der Klugheit dieser Frau und verstand sofort, dass auch sie dabei war, ein Netz zu spinnen, denn ihre erste Verbindung war Afable und sie wusste auch, wie wichtig Freunde für ihr eigenes Netz sind. Als die Morgensonne die Nasenspitzen der beiden Frauen berührte, gingen sie gemeinsam ins nahegelegene Dorf und Diam hatte *das Glück, einen großen Freundeskreis mit Hilfe von Afable aufzubauen.*

„Eine wunderschöne Geschichte mit viel Weisheit", sprach Leahcim zum Stein.

Es war nicht zu überhören, dass der Stein Afable darstellte und Leahcim Diam. Denn diese Art von Unterhaltung kannte Leahcim gut genug. „Weißt du, was Afable bedeutet? Ohne auf eine Antwort zu warten, sprach er weiter. „Afable bedeutet „die Gutmütige" und Diam bedeutet aus dem Indonesischen übersetzt „die Stille". Wie du bemerkt hast, benutze ich gerne Namen aus einer anderen Sprache, die einen Sinn für die Geschichte darstellen." Leahcim dachte bei sich, auch ich habe einst wie Diam einen Freundeskreis aufgebaut und dieser wuchs ständig weiter.

Leahcim verabschiedete sich vom Stein, ohne ihn zu betrachten, und überlegte, welche Verbindung Erich und Clara für ihn hatten. Denn durch seine Teilnahme, aktiv einen Kindergarten zu gründen, lernte er Erich und Clara kennen, die einen weiteren Verbindungspunkt in seinem Netz verkörperten. Erich hatte eine besondere Ausstrahlung, die etwas Geheimnisvolles für Leahcim hatte. Er war einige Jahre älter als er und hatte einen großen Wissensstand, insbesondere für spirituelle Themen. Da Leahcim in seinem Leben so viele spirituelle Erlebnisse erfahren durfte, er sich aber diesbezüglich bedeckt hielt, war das eine Chance, von anderen Menschen spirituelle Erlebnisse zu hören. Erich hatte keine Probleme, offen über seine Spiritualität zu sprechen, und Leahcim war fasziniert von seinem Wissen, über Dinge, die er noch nie gehört hatte, aber von Herzen her schon immer wusste.

Clara war die Frau von Erich. Am Anfang war sie sehr

verschlossen, aber mit der Zeit öffnete sie sich und Leahcim sah ihr ganzes Potential an Liebenswürdigkeit und tiefer Weisheit. Sie wirkte nach außen immer sehr zerbrechlich, aber innen war sie stark wie ein Elefant.

Gemeinsam gründeten Leahcim und Erich mit den Partnern einen Montessori-Kindergarten und seit dieser Zeit sind sie befreundet und es ist schön, Stabilität durch solche Freunde zu spüren.

Der Kindergarten sollte eine Integration von behinderten Menschen aufweisen, da sie alle der Meinung waren, dass ein Mensch, egal welches Handicap er auch hat, als Mensch behandelt und geachtet werden sollte.

„Hilf mir, es selbst zu tun" war der Leitspruch der Montessori-Pädagogik und dieser Spruch verzauberte Leahcim. Denn genau das ist das gelebte Leben – „Es selbst zu tun", aber wenn eine Hilfe vonnöten ist, diese dann auch anzunehmen.

Im ersten Kindergartenjahr besuchte ein Kind mit Down-Syndrom die Kindergruppe. Leahcim war bis zu diesem Zeitpunkt nicht klar gewesen, was eigentlich Down-Syndrom bedeutet. Durch Nachfragen bei einer Mutter, die ein solches Kind hatte, bekam er die Antwort. Sie sagte: „Als Down-Syndrom bezeichnet man einen Verlauf (Syndrom), der durch eine spezielle Veränderung in der Zahl der Chromosomen beim Menschen hervorgerufen wird, bei der das gesamte 21. Chromosom oder Teile davon dreifach vorliegen."

Leahcim dachte sich, dass er es überhaupt nicht leiden kann, wenn manche Menschen „Mongoloide" zu so einem Kind sagten. Viele wissen nicht, dass die Bezeichnung die Menschen in der Mongolei beleidigt, denn aufgrund der rundlichen Gesichtsform und der mandelförmigen Augen wurde der Name vom Entdecker der Krankheit ausgewählt.

Leahcim merkte, wie sehr die Frau unter dem Nichtwissen in der Bevölkerung litt. Sie erzählte Leahcim auch, wie die

Menschen sie anstarren, wenn sie mit ihrem Sohn einkaufen ging, oder was noch schlimmer war, sie schauten weg.

Tränen füllten ihre Augen und sie sagte: „Mein Gott, mein Sohn ist doch auch ein Mensch, wieso wird er so unachtsam behandelt." Leahcim konnte der Frau keine Antwort geben, aber er verstand, was sie sagte.

Florian, so hieß das Down-Syndrom-Kind von der Frau, war ein herzensguter Mensch. Wenn Leahcim sich mit ihm unterhielt, lachte er aus vollem Herzen, so rein und wahrhaftig war er, dass Leahcim sich manchmal wünschte, auch er könnte so ehrlich lachen. Wenn man Florian nur eine Kleinigkeit schenkte, strahlte er über beide Backen und war wirklich dankbar über dieses Geschenk.

Durch die Integration von „Behinderten" lernte Leahcim mit dem Thema umzugehen, auch half ihn sein Stein, den er dann aufsuchte, wenn er Dinge in einem neuen Licht sehen wollte. Und Leahcim wollte das Thema in einem neuen Licht sehen, er machte sich auf die Suche nach dem Stein und fand ihn am Herzen. Er stellte ihm gleich die Frage: „Was bedeutet Behinderung für dich?" Der Stein wollte ihm keine Antwort geben und sagte: „Höre erst meine Geschichte an." Da die Geschichten immer eine Erkenntnis mit sich zogen, stimmte Leahcim zu und der Stein begann zu erzählen.

Tris

An einen sonnigen Mittwochmorgen besuchte ein junger Mann seinen Kumpel und dessen Tochter, ein 10-jähriges Mädchen das Tris (haitianisch = traurig) hieß. Tris freute sich immer auf den jungen Mann, da sie seine Abenteuergeschichten, die er jedes Mal erzählte, so sehr liebte. Sie fragte ihn, ohne zu zögern, ob er doch jetzt endlich loslege, eine Geschichte zu erzählen. Den Jungen freute es, dass seine Geschichten das Mädchen so glücklich machten, und er begann zu erzählen:

„Es war einmal ein kleines Mädchen namens Tris – genau wie du –, die einen erfrischenden Waldspaziergang fast beendet hatte, als sie eine grüne Feder in einem Baumwipfel entdeckte. Sie blieb stehen und war fasziniert von der Form und Farbe, die diese Feder hatte. Es war keine gewöhnliche Feder, das hatte sie bereits erkannt. Aber von wem diese Feder abstammte, konnte sie sich nicht erklären. Tris war beeindruckt und wollte diese Feder unbedingt ihr Eigen nennen. Sie überlegte sich eine Möglichkeit, wie sie die Feder erreichen könne, denn sie war fest verankert an der Baumkrone eines mächtig hohen Baumes.

Da auf einmal kam eine Windböe und löste die Verankerung der Feder, nun schwebte die Feder langsam hinunter genau auf ihren Kopf. „Toll", dachte sich Tris und griff etwas unvorsichtig nach der Feder. „Autsch" – schrie eine Stimme. Tris erschrak und ließ sogleich die Feder auf den Boden fallen. „Das muss doch nicht sein, erst fast zerquetschen und dann auch noch fallen lassen, wo ist deine

Kinderstube geblieben?" schimpfte die Feder. Ungläubig schaute Tris die am Boden liegende Feder an. „Du kannst ja sprechen!"

„Du wirst sehr wahrscheinlich von mir noch nie gehört haben, aber ich bin die Feder der Wünsche. Wer mich im Fluge entdeckt, dem kann ich eine einzige Frage beantworten und vielleicht die Zukunft voraussagen.

„Tris, stell dir vor, ich wäre die Feder und würde dir diese Frage stellen", sagte der Besucher.

Tris war sehr aufgeregt und überlegte ganz genau, was ihre sehnlichste Frage wäre und nach wenigen Minuten sagte sie:

„Meine Mama ist im Rollstuhl und ich frage mich: Wird sie jemals wieder laufen können?"

Der junge Mann wollte die Frage von Tris gekonnt in die Geschichte integrieren. Doch brauchte er erst einmal Zeit für sich, um mit dieser Frage, mit der er überhaupt nicht gerechnet hatte, richtig umzugehen. Er hatte eher damit gerechnet, dass Tris eher fragen würde: Wie wird meine Matheabeit ausfallen? Oder: Mag mich meine Freundin? An alles dachte der junge Mann, aber nicht an diese ebenfalls mögliche Frage.

Was für einen Schmerz trug Tris in sich, sie litt unter der Querschnittslähmung ihrer Mutter Lavi. Ein 10jähriges Kind wünschte sich nichts Sehnlicheres als eine gesunde Mutter, mit der sie in der Stadt einkaufen geht oder mit der sie in den Bergen wandern oder Skilaufen könnte. Sie übernahm viel zu früh eine fremde Last, die ihr vorgaukelt, Verantwortung tragen zu müssen, weil die Mutter nicht laufen konnte. Tris war so sensibel und bezog alles auf sich. Der junge Mann wendete sich Tris zu und sagte:

„Ich bin die grüne Feder und weiß einiges. Du willst wissen, ob deine Mutter jemals wieder laufen kann und ich sage dir, dies ist nicht notwendig. Deine Mutter braucht ihre Beine *nicht, um dich zu lieben, deine Mutter trägt den Namen Lavi und dies bedeutet „leben". Deine Mutter lebt mit ihrer Behinderung und ist trotzdem glücklich, denn sie lebt. Sie ist kein Außenseiter, sie kann nur nicht mit den Beinen laufen wie andere Menschen es tun. Sie wird die Beine wahrscheinlich nicht mehr in ihrem Leben so einsetzen können, wie du es dir wünschst, aber durch dieses Handicap hat sie die Möglichkeit, Dinge im Leben aus einer anderen Perspektive wahrzunehmen, aus der Perspektive der inneren Betrachtung, denn dort befindet sich die Seele.*

Denn oft finden Menschen mit großen körperlichen Einschränkungen eine Abkürzung zu ihrer Seele, weil sie spüren, dass es Wichtigeres in ihrem Leben gibt als einen wunderbaren Körper. Deine Mutter liebt dich über alles und dafür benötigt man keine Beine, sondern ein Herz, und dieses ist angefüllt mit dir und deinem Lächeln.

Deine Mutter ist ein Mensch wie du und ich, doch sind wir nicht gleich, jeder von uns hat unterschiedliche Eigenschaften und das ist gut so, denn so haben wir die Möglichkeit, voneinander zu lernen. Würde deine Mutter laufen können, so hättest du womöglich nicht gelernt, „Rücksicht" auf deine Mutter zu nehmen. Deine Mutter wiederum hätte nicht gelernt, Hilfe von ihrem Kind anzunehmen. Ich habe dir jetzt nur von der Eigenschaft einer Behinderung erzählt und wie man damit umgehen kann."

Der Stein schwieg, um das Gesagte wirken zu lassen, dann fragte er Leahcim: „Ist deine Frage, was Behinderung für mich bedeutet, beantwortet?" Leahcim überlegte und fand, er hatte durch diese Geschichte alle offenen Fragen beantwortet bekommen.

Leahcim hatte das starke Bedürfnis, genau jetzt den Stein

zu betrachten. Er fragte den Stein: „Kann ich dich kurz betrachten?" „Gute Idee, denn deine Suche ist noch nicht beendet." Leahcim nahm den Stein in beide Hände, umfasste ihn und spürte seine Energie. Leahcim saugte die wohlwollenden Ströme von Liebe und Mitgefühl sowie von Vertrauen und Achtsamkeit förmlich auf.

Er öffnete seine Hände und sah ein Farbenbündel von grün, gelb, blau und rot, er bemerkte, dass eine neue Farbe ihren Anfang in seinem Stein gefunden hatte. In dem fast meditativen Zustand vernahm Leahcim die Stimme vom Stein, die sagte: „Du hast es noch nicht verstanden, die blaue Farbe war schon immer bei dir, du hast sie nur wiedergefunden. Alles was du findest, hattest du bereits schon in dir."

Dass der Stein immer so ein Besserwisser sein muss, dachte er bei sich. Leahcim war geladen mit Energie und wollte seinem vernachlässigten Körper einen Waldlauf gönnen. Schnell verabschiedete er sich vom Stein und wusste, dass die Zukunft ihm noch viele Offenbarungen geben würde.

Wenige Tage später rief sein Bruder ihn in der Arbeit an. Ein Kollege hat das Telefonat an Leahcim weiter verbunden. Sein Bruder teilte ihm mit: „Unser Vater ist tot." Leahcim sagte „Okay." und beendete das Telefonat recht schnell. Er spürte keinerlei Emotionen, sein Vater war verstorben und ihm war es egal. Er konnte sich den Zustand nicht erklären, denn normalerweise war er sehr emotional, gerade im Hinblick auf den Tod. Erst Jahre später erfuhr er in einem Bewusstseinskurs, dass ein Schutzmechanismus sein „kaltes Verhalten" produziert hatte. Leahcim kümmerte sich um die Beerdigungsangelegenheiten und um einen Platz auf der Wiese. Denn sein Vater wurde anonym auf einem Friedhofsfeld beerdigt, ohne Namen, ohne Blumen, ohne Kreuz.

Sein Vater starb in einem Männerheim an den Folgen von Alkoholismus, er stürzte betrunken mit seinem Kopf gegen die Bettkante aus Stahl.

Nach der Beerdigung seines Vaters richtete Leahcim seine Aufmerksamkeit wieder auf die berufliche Aufstiegsfortbildung zum Fachwirt aus. Ein ärmliches Leben, wie sein Vater es geführt hatte, kam für ihn nicht in Frage.

Er wollte mehr als nur „Kaufmann" sein, denn er glaubte, eine qualifizierte höhere Ausbildung sicherte ihm eine gut dotierte Arbeitsstelle. Lieber hätte Leahcim ein Studium der Philosophie begonnen, doch dies konnte er aufgrund seiner schulischen Laufbahn nicht realisieren, da er kein Abitur hatte und somit keine Genehmigung für einen Hochschulzugang.

Leahcims einzige Möglichkeit war, dieses berufsbegleitende Abendstudium zu absolvieren, er konnte sich durch seine vorherigen Qualifikationen in diesem Studium einschreiben. Leahcim spürte in sich einen wachsenden Selbstwert, er hatte das Gefühl, sein Körper war nicht mehr gebückt, er schaute aufrecht mit den Augen den Horizont entlang. Endlich konnte er zeigen, was er war, aber in Wahrheit wollte er auch den anderen Menschen beweisen, dass er das einfach auch kann. Zwei Jahre, jede Woche mehrmals am Abend und dazu an manchen Wochenenden, war die zeitliche Investition. Er hielt diesem Stress stand, konnte sich aber nicht um Elena kümmern.

Mittlerweile kündigte sich das zweite Kind an und Elena benötigte seine Hilfe. Doch was sollte er tun? Er hatte eine anstrengende Arbeit, danach musste Leahcim in die Schule und spät abends angekommen fiel er vor Erschöpfung ins Bett. Am Wochenende hatte er Lernkreise oder Schule und in den Ferien lernte er ebenfalls. Für ihn war das Lernen nicht einfach, da ihm für dieses Studium viele Grundkenntnisse fehlten. Die Mitschüler hatten in der Regel mindestens Realschule oder Abitur, Leahcim hatte nichts von beiden. Doch sein Ehrgeiz und seine Beharrlichkeit trugen Früchte, denn erstaunlicherweise begriff er schnell und schloss die Prüfung gut ab.

Das zweite Kind meldete sich genau in der Zeit der Abschlussprüfung. Da die Tochter so problemlos auf die Welt gekommen war, wollten beide bei diesem Kind eine ambulante Entbindung. Sie wollten gerade ins Bett gehen, als Elena meinte, es könnte heute losgehen. Schnell ergriff Leahcim die Initiative und telefonierte mit seinen Schwiegereltern, die sich sofort bereit erklärten, die Enkeltochter zu sich zu nehmen. Sie fuhren zu den Schwiegereltern, um das Kind abzugeben, und machten sich weiter auf den Weg zur Klinik, die eine gute halbe Stunde entfernt war. Die Hebamme untersuchte seine Frau und meinte, der Muttermund sei schon offen, sie sollten besser dortbleiben.

Nach einer Stunde Klinikaufenthalt entschlossen sie sich, auf eigenes Risiko nach Hause zu fahren, denn Elena meinte, es wäre noch nicht so weit. Leahcim hatte am Anfang Sorge, das Falsche zu tun, doch vertraute er seiner Frau mehr, denn er sagte zu sich, sie spüre am besten, wann es losgehen würde. Zu Hause angekommen, schliefen beide seelenruhig bis um vier Uhr morgens. Elena weckte Leahcim und sagte: „Jetzt geht es los." Er fuhr so langsam, wie er konnte. Angekommen in der Klinik, wurde Elena sofort untersucht und während der Untersuchung kam schon der wunderbare Sohn.

Der betreuende Arzt kam gleich, nachdem das Kind geboren wurde, und verbreitete eine unglaubliche Hektik. Schnell legte er den kleinen Erdenbürger auf einen kleinen Tisch und fing an, dem zarten Säugling einen Schlauch durch den Mund zu führen. Sehr hektisch schob er den Schlauch immer wieder rauf und runter.

Durch die schnelle Geburt hatte sein liebreizendes Kind zu viel Fruchtwasser geschluckt und drohte dadurch zu ertrinken. Es war für Leahcim wie ein Schock, denn er wusste nicht, was das bedeutete, Leahcim hatte Angst um seinen Sohn. Der Arzt tat ein Zusätzliches, um die Angst noch mehr auszubreiten, durch sein hektisches Verhalten. Der dadurch entstandene Stress fiel auch sofort auf ihren gemeinsamen Sohn nieder, der später „spastisches Asthma" bekam. Ob hier ein Zusammenhang besteht, ist nicht nachweisbar, aber Leahcim war felsenfest davon überzeugt, dass durch diese Situation – Schlauch rein und hektisch wieder raus – die Krankheit sich gebildet haben könnte. Denn diese Krankheit hatte die gleichen Symptome wie das Ereignis mit dem Schlauch – bei beiden bekommt man keine Luft. Allerdings musste der Arzt schnell handeln, um ein Leben zu retten, denn er hat die Lungen, die getränkt waren mit Schleim und Fruchtwasser, befreit.

Total fertig mit der Welt, fuhren die drei am nächsten Tag nach Hause.

Durch die Tatsache, dass die junge Familie ein zweites Kind hatte, begann das Windeln wechseln von vorne, sie fühlten sich wie im Hamsterrad.

An manchen Tagen war Leahcim so erschöpft, dass er mit seinen Kindern früh ins Bett ging und es passierte ihm des Öfteren, dass er dann beim Vorlesen einschlief. Er bereute keine einzige Stunde mit seinen Kindern, aber er bereute die Stunden, in denen er nicht mit ihnen zusammen sein konnte.

Am Anfang konnte Leahcim seine tiefe Liebe zur Tochter niemand weiterem schenken, er war erschrocken über diese Unfähigkeit. Doch allmählich entwickelte er auch eine tiefe Verbundenheit, bestückt mit Liebe, zu seinem Sohn. Er war ein prächtiger, schöner Junge, aber wer würde das von seinen Kindern nicht sagen. Er glich seiner Tochter überhaupt nicht, sein Bedürfnis nach Nähe war weniger ausgeprägt und sein Wille, Dinge selbst zu machen, war außerordentlich ausgebaut.

Leahcim verspürte eines Tages ein tiefes Bedürfnis, seinem Sohn einen Liebesbrief zu schreiben, wenige Minuten später saß er am Schreibtisch und fing an: Dieser Liebesbrief wurde im Lauf der Zeit geschrieben und beinhaltet auch Situationen, die erst später dazu kamen.

„Du warst mein erster Sohn und ich war mächtig stolz auf dich. Jedem zeigte ich dein Bild, als du zur Welt kamst. Endlich konnte ich die Dinge mit dir tun, die ich mir so sehr selbst mit meinem Vater gewünscht hatte. Streiche spielen, kämpfen und von Mann zu Mann reden.

An eine Situation kann ich mich noch genau erinnern, du warst im Kindergarten und die Leiterin vom Kindergarten rief uns, deine Mama und mich, ins Büro. Sie sprach ganz aufgeregt über dich. Sie sagte: „Haben Sie dem Kind das Lesen beigebracht?" Wir waren überrascht, denn bis dato wussten wir nicht, dass du schon lesen kannst. Wir verneinten die Frage und ließen uns erklären, wie sie darauf kam, dass du lesen kannst. Daraufhin sagte die Leiterin: „Ihr Kind hat uns von einem Aufdruck einer Wasserflasche vorgelesen, wir dachten, dass Ihr Kind den Aufdruck auswendig gelernt hätte. Daraufhin testeten wir ihn und ließen ihn nochmals etwas vorlesen. Auch dieses konnte er lesen." Wir konnten der Leiterin nicht sagen, wie du lesen gelernt hast, aber wir waren mächtig stolz auf dich.

Deine Intelligenz konntest du auch nochmals in der Schule beim „Probeunterricht für das Gymnasium" unter Beweis stellen, denn dort warst du das zentrale Gespräch der Lehrer. Du hattest als Bester die Probe abgelegt. Ich glaube an dich und deine Stärken, und bin froh, dass du bei uns bist.

Einmal ist dir etwas Schmerzhaftes passiert, weil ich nicht aufgepasst habe. Wir waren zusammen in einem Wildpark, ich hatte mal wieder eine verrückte Idee, ich wollte mit dir und deinem viel jüngeren Bruder „Blinde Kuh" spielen. Ich nahm jeden von euch an die Hand und sagte: „Macht die Augen zu." Dann führte ich euch mit geschlossenen Augen durch den Wald, ihr habt so viel Freude gehabt und ständig aus vollem Herzen gelacht. Ich steigerte meine Geschwindigkeit und ihr hattet immer noch Vertrauen, denn eure Augen waren geschlossen. Und dann passierte es, der Abstand zwischen den Bäumen war auf einmal so eng, dass ich als ersten deinen Bruder vor lies. Da du aber ein hohes Tempo hattest und gar nicht an einen Stillstand dachtest, knalltest du mit voller Wucht gegen den Baum.

Du blutetest so heftig, dass dein komplettes T-Shirt davon voll war. Ganz schnell fuhren wir ins Krankenhaus und du hast dieses mit fünf Stichen verlassen. Ich möchte mich dafür entschuldigen, dass ich das große Vertrauen, das du mir gabst, verspielte.

Oft habe ich mit dir geschimpft, da dein enormer Widerstand eine unglaubliche Stärke aufwies. Ich konnte damit nicht umgehen, weil ich selbst diesen Widerstand nicht hatte. Das Leben spiegelt unsere Schwächen, diese Spiegelung hast du mir gegeben. Denn ich habe zu oft Ja gesagt, aus Angst abgelehnt zu werden. Danke, dass du mir zeigtest, dass es auch noch ein Nein gibt.

Du bist sehr freundlich und zuvorkommend zu anderen Menschen. Diese Offenheit gehört zu deiner Persönlichkeit.

Als ich mit dir, du warst gerade erst 13 Jahre, alleine in London war, um eine Vater-und-Sohn-Zeit zu genießen, zeigtest du mir, wie sehr du auf eigenen Füssen stehen kannst. Die ganze Koordination mit den öffentlichen Verkehrsmitteln wurde von dir in die Hand genommen. Ich brauchte mich um nichts kümmern und bin dir einfach nur hinterhergelaufen. Ich war unglaublich stolz auf dich. Du bist ein Mensch, der sein Herz am richtigen Fleck hat und ich weiß, du wirst deinen Weg im Leben gehen. Ich liebe dich und wünsche dir Ruhe und Geduld, denn diese Tugenden musste auch ich erst erlernen.

Die Zeit verging mit der immer größer werdenden Familie, Leahcim wollte sein Erlerntes an beruflicher Kompetenz als

IHK-Prüfer einsetzen. Viele Male wurde Leahcim geprüft, jetzt hatte er den Entschluss gefasst, auf der anderen Seite in der Prüfung zu sitzen. Er meldete sich als Prüfer für Speditionskaufleute und einige Monate später zusätzlich als Prüfer für Verkehrsfachwirte an.

Es war ein erhabenes Gefühl, auf der anderen Seite zu sitzen. Er als Prüfer hatte es ja leicht, denn die Antworten auf die gestellten Fragen lagen vor ihm. Leahcim spürte die Ängstlichkeit und Unsicherheit in den Augen der Prüflinge. Mit aller Macht versuchte er, die Prüflinge bestehen zu lassen. Er wollte keinen durchfallen lassen, leider passierte es aber dann doch. Ein Prüfling kam zur bevorstehenden mündlichen Prüfung und konnte überhaupt nichts beantworten. Schweren Herzens musste Leahcim diesen Prüfling durchfallen lassen.

Der Prüfling konnte aus der Situation lernen, dass nichts zu tun die falsche Lösung ist, denn Anstrengungen, um Erfolg zu haben, sind in unserem Leben unumgänglich.

An einem schneereichen Prüfungstag kam eine Frau zwei Stunden später. Sie war ganz aufgelöst und musste durchgehend weinen. Sie fragte den Prüfungsausschuss, ob sie durchgefallen sei? Nein, antwortete der Prüfungsleiter und beruhigte sie und sagte zu ihr, dass wir sie in der Mittagspause prüfen würde. Voll Freude stimmte sie zu und über Mittag wurde die Prüfung durchgezogen. Diese Frau hat mit einer guten Zwei die Prüfung bestanden und war den Prüfern so dankbar. Der Prüfungsausschuss hatte nur noch zehn Minuten für das Mittagessen, aber keiner der Prüfer war verärgert über die stark verkürzte Pause. Alle freuten sich, etwas Gutes getan zu haben. Auch hier spürte Leahcim wieder, wie gut es ist, Menschlichkeit walten zu lasen.

Die Zeit verging und Leahcim hatte eine neue Liebe gefunden, eine Liebe zu dem neurolinguistischen Programmieren, kurz „NLP" genannt. Er entschloss sich, eine entsprechende

Ausbildung in dieser Fertigkeit zu erwerben. Es dauerte nicht lange und er hatte einen Anbieter gefunden, er schaute sich auch unter dessen Homepage im Internet folgenden Text an.

„NLP ist eine Sammlung von Kommunikationstechniken und Methoden zur Veränderung psychischer Abläufe im Menschen. Viele Menschen, die beruflich –zum Beispiel als Verkäufer– mit Kommunikation zu tun haben, lernten die Technik.

Einer der führenden Entwickler des NLP war Robert Dilts. Er beschrieb NLP als ein Verhaltensmodell und ein System klar definierter Befähigungen und Techniken. NLP wird beschrieben als die Struktur der subjektiven Erfahrung. NLP untersucht die Muster oder die Programmierung, die durch die Interaktion zwischen dem Gehirn (Neuro), der Sprache (Linguistik) und dem Körper kreiert wird, die sowohl erfolgreiches als auch erfolgloses Verhalten produzieren können."

Das hörte sich sehr spannend an und Leahcim begann eine Ausbildung.

Die Schüler trafen sich an einem Donnerstag zur ersten Ausbildungsreihe in einem Sporthotel. In keinem bisher erlebten Kurs hat Leahcim unter den fünfundzwanzig Kursteilnehmer so viele Männer angetroffen. Er dachte, nur alleine die Bezeichnung „neurolinguistische Programmierung" ließe die Männer schon aufhorchen, denn hier waren sie in ihrem analytischen Himmel. Doch das Werkzeug NLP ging auch an die Gefühle, und damit rechnete niemand der Anwesenden.

Leahcims Trainingspartner war ein sehr großer, breitschultriger Mann, seine Stimme war tief und mit einer vollen Resonanz ausgestattet. Wer diesen Mann zu sehen bekam, stellte sich sogleich einen Fels in der Brandung vor. Leahcims Aufgabe war, diesen Mann über eine Timeline zu führen. Sie stellten sich eine imaginäre Linie am Boden vor. Ein Punkt auf dieser Linie repräsentierte die Gegenwart, eine Richtung die

Vergangenheit, die andere die Zukunft. Das Abschreiten dieser Linie bzw. das Denken an bestimmte Orte auf dieser Linie entsprach einem assoziierten, beziehungsweise dissoziierten Erleben vergangener bzw. zukünftiger Ereignisse.

An einer Tafel in diesem Raum stand: „Die Timeline ist ein effizientes Instrument, um zeitliche Erfahrungen systematisch zu nützen. Durch die erlebte Assoziation oder Dissoziation (oft in schnellem Wechsel) werden Ressourcen gefunden und diese dann gezielt zeitlich verschoben.“

Leahcim konnte nur bestätigen, was er gerade las, denn dieser Bär von Mann kam in seine Vergangenheit und sah sich als kleinen vierjährigen Jungen wieder. Auf einmal fing dieser Mann bitterlich an zu weinen, Leahcim war kurz perplex. Denn mit allem hatte er gerechnet, nur nicht, dass dieser Mann anfing zu weinen. Leahcim hatte die Fähigkeit, ihn durch die Timeline zu führen und aus seiner Traurigkeit zu befreien. Die dann freigewordenen Ressourcen konnte er tatsächlich für ein anderes Thema benutzen.

Dieses Erlebnis war sehr einschneidend für Leahcim, da es ihm zeigte, dass jeder Mensch egal wie groß oder klein Schmerzen zugefügt bekommen hat und dass es eine Technik gibt, die gerade bei Männern sehr wirksam ist. Viele Männer erlauben sich nicht, die eigenen Gefühle auszuleben, weil sie Angst haben, als Versager dazustehen. Leahcim war wie besessen von der Technik und buchte einen Kurs nach dem anderen. Anschließend bereitete er ein Konzept vor und hielt in seiner Wohnung wöchentliche Übungsabende und überdies hinaus veranstaltete er NLP Kurse. Durch diese Technik konnte Leahcim sehr viel eigene Motivation mobilisieren, da er nur auf seine Veränderungen der Submodalitäten achten brauchte.

Submodalitäten sind die Untereinheiten unserer fünf Sinne. Eine Veränderung von Submodalitäten bewirkt eine Veränderung unserer Emotionen. Das bedeutet, dass ein gewisser Zustand wie Traurigkeit durch Veränderung der Submodalitäten geschwächt wird. Wenn wir z.b. traurig über ein damaliges Ereignis sind und wir bei der Traurigkeit ein großes Bild von dieser damaligen Situation bekommen, so verändern wir mittels Vorstellungskraft das Bild (in dem Fall mit dem visuellen Sinn, einer unserer fünf Sinne) dadurch, dass wir das Bild kleiner machen oder/und in Schwarzweiß erscheinen lassen oder rückwärts laufen lassen. Für diese kreative Veränderung gibt es keine Grenzen. Hauptsache, das Gefühl der Situation wirkt sich nicht mehr so blockierend auf das Leben aus.

Leahcim unterhielt sich leider immer seltener mit seinem Stein und verlor ein wenig die Aufgabe in seinem Leben, den Stein und dessen Wahrheit zu suchen.

In dieser Zeit lernte er einen weiteren Weggefährten kennen. Claude war ein sehr fröhlicher, aufgeschlossener Mensch, er steckte Leahcim durch seine positive Art regelrecht an. Oft gingen sie zusammen spazieren und unterhielten sich über Gott und die Welt. Durch seine motivierende Art, das Leben anders zu betrachten, half er Leahcim ein Stück seines Weges zu gehen. Hier hatte Leahcim festgestellt, wie wichtig es ist, die richtigen Freunde zu haben. Freundschaft ist ein Geben und Nehmen und mit Claude konnte er sich sehr gut austauschen. Durch Claude lernte Leahcim, sich anzunehmen, so wie er ist, denn er spiegelte ihm seine Fähigkeiten und unterstützte ihn in seinen Talenten. Da Claude mehr intellektuell war und die praktische Seite Handwerk nicht so gut verstand, konnte Leahcim ihm diese Fähigkeit näherbringen.

Wahre Freundschaften erfährt man in der Not, und diese Situation hatten sie oft zusammen erlebt. Beide hatten sich gegenseitig zugehört und mitgefühlt, denn jeder im Leben fällt mal in ein Tief, in dem Freunde sehr stützend und hilfreich sind. Am schönsten ist es, wenn Geheimnisse offen gesagt werden können, ohne Angst haben zu müssen, dass diese ausgeplaudert werden. Bei Claude hatte Leahcim niemals Angst, etwas Falsches oder Geheimes zu sagen, denn er verstand ihn und akzeptierte ihn so, wie er war und dachte.

Die Zeit verging und es formte sich am Himmel eine dunkle Wolke. An einem Wochenende am Anfang des Jahres, beschloss Leahcim, mit seinen zwei Kindern eine Tour zu seinem Bruder zu unternehmen. Sein Bruder wohnte in einer Gegend, in welcher Fasching richtig schön gefeiert wurde. Leahcim liebte Fasching und wollte seinen Kindern zeigen, wie schön Fasching sein kann.

Seine Frau wollte trotz seiner Überredungskünste nicht mitkommen. Sie beabsichtigte, die freie Zeit zu nutzen, um bei ihnen zuhause einen Frühjahrsputz zu machen und außerdem wollte sie die Ruhe ohne Kinder genießen. Leahcim verstand ihre Argumentation, trotzdem hätte er sie gerne dabeigehabt.

Seine Kinder waren schon ganz aufgeregt und freuten sich auf das spannende Faschingsfest. Schnell packten sie das Auto voll und fuhren singend Richtung Abenteuer über die Autobahn. Ohne Stau oder sonstige Verkehrsbehinderungen gelangten sie ans Ziel. Sein Bruder mit seiner Frau und Kind freuten sich auf die Verwandtschaft, sie wurden dementsprechend herzlich empfangen. Noch nicht ganz zur Tür reingekommen, schmiedeten sie alle schon Pläne für die nächsten drei Tage. Sie waren glücklich und machten sich es gerade gemütlich, als Leahcims Frau anrief.

Als erstes verstand er sie nicht, denn sie nuschelte in einem weinerlichen Ton. Leahcim spürte, es war was Schreckliches geschehen und fragte mit einer sehr einfühlsamen Stimme: „Was ist denn passiert?" Sie weinte daraufhin noch viel intensiver und sagte immer wieder „Du musst kommen! Ich wollte dich überraschen!"

Leahcim konnte sich überhaupt keinen Reim auf diese Aussage machen und war sehr verwirrt. „Was meinst du mit – ich muss kommen?"

„Es ist was Schreckliches passiert und ich wollte dich sehr überraschen." Jetzt sprach sie ein bisschen verständlicher, aber dennoch wusste Leahcim nicht, was dies zu bedeuten hatte. „Sag mir, was los ist!", sagte er in einem bestimmenden Ton, da Leahcim glaubte, sie durch diesen Tonfall wieder zur Vernunft zu bringen. Seine Strategie sollte recht behalten, denn nun erzählte sie ihm Folgendes:

„Vor drei Stunden, gleich nachdem du losgefahren bist, bekam ich Blutungen. Ich dachte mir nichts dabei und ging meiner Arbeit weiter nach. Doch als nach einer Stunde die Blutungen immer noch nicht aufgehört haben, bekam ich es mit der Angst zu tun." Plötzlich fiel sie in einen Weinkrampf und hörte erst nach mehrmaligem gutem Zureden damit auf. Es fiel ihr schwer, weiter zu sprechen, er wusste, sie brauchte ihn, um ihren Schmerz zu ertragen. „Soll ich kommen?", fragte Leahcim. „Ja." Abermals weinte sie bitterlich, als sie ihm antwortete.

Leahcim beendete das Gespräch, indem er sagte: „Ich pack die Koffer zusammen und fahre los." Schnell gab er seinen Bruder die Anweisung, ihm beim Packen zu helfen. Der Bruder verstand den Ernst der Lage und fragte nicht viel und half Leahcim.

Innerhalb von wenigen Minuten war alles fertig und sie fuhren los. Interessanterweise fragten die Kinder nichts und ließen einfach geschehen.

Kinder sind so sensible Wesen und spüren dramatische Situationen recht schnell.

Ungeduldig und voller Sorge fuhren sie nach Hause, im Auto sprachen sie kaum, sie schwiegen und wussten, es kommt noch was Schreckliches.

Angekommen zu Hause empfing ihn seine verzweifelte und

trauernde Frau. Die Kinder gingen ohne ein Wort in ihr Spielzimmer.

In seinen Armen ließ sie sich fallen und weinte jämmerlich. Sie vergoss Tränen von tiefem, unheilbarem Schmerz. Leahcim drängte sie nicht und ließ sie in ihrem Schmerz, damit er erhört wird. Denn eines wusste er: Schmerz braucht Raum und Zeit, damit er gehen kann. Nachdem eine Zeit der Trauer vergangen war, fragte Leahcim, ob er die Kinder nicht zu ihren Eltern bringen sollte und sie nickte. Innerhalb von Sekunden hatte er die Eltern angerufen, die sich bereit erklärten, die Kinder abzuholen.

Nach nicht einmal 5 Minuten standen die Eltern vor der Tür und luden die Kinder ins Auto und fuhren gleich los. Jetzt waren sie alleine und Leahcim wagte zu fragen, was passiert sei. Sie atmete tief durch und begann zu erzählen: „Ich wollte dich nach dem Wochenende überraschen. Ich hatte vor, uns ein schönes Abendessen mit Kerzenschein zu gestalten und dir von der Neuigkeit …" Abermals verfiel sie in einen Weinkrampf und beruhigte sich erst, nachdem Leahcim sie in seinen Armen festhielt.

„Was für eine Neuigkeit wolltest du mir sagen?", flüsterte Leahcim ihr ins Ohr. „Ich habe noch immer Blutungen und der Arzt sagt, ich muss sofort ins Krankenhaus." Ich war schockiert, denn immer noch hatte ich keine Ahnung, um was es ging. „Was hast du denn?" Und endlich sagte sie ihm:

„Ich wollte dich mit unserem dritten Kind überraschen, aber jetzt haben wir es verloren", und sie schilderte Leahcim ihre Odyssee.

„Ich ging nach der Blutung zu meinem Frauenarzt, dieser stellte fest, dass das Kind nicht mehr lebt und sich ablöste. Um einer Komplikation vorzubeugen, muss ich ins Krankenhaus, dort werde ich dann ausgeschabt. Es reicht, wenn ich heute Abend ins Krankenhaus gehe", sagte seine Frau zu ihm und Leahcims Herz zog sich vor Schmerz zusammen. Er war Vater eines Kindes, das er niemals sehen würde.

„In welchem Monat bist du?", fragte Leahcim sie und abermals hatte er mit einer Nadel in ihr Herz gestochen. Sie sprach kein Wort und musste sich durchringen, Leahcim eine Antwort zu geben. „Ich war im sechsten Monat schwanger." Leahcim konnte das Gesagte nicht glauben, im sechsten Monat schwanger und er hatte nichts bemerkt. Das Kind war sechs Monate alt und verabschiedete sich von ihnen, ohne die Möglichkeit zu haben, eingreifen zu können.

Sie fuhren ins Krankenhaus und ließen die Prozedur geschehen. Für seine Frau war dies einer der schrecklichsten Tage im Leben, denn sie verlor ein Kind, das sie einige Monate unterm Herz getragen hatte. Auch wenn das Kind noch nicht geboren war, spürte sie seine Lebenspräsenz.

Leahcim und Elena brauchten viel Zeit, diesen Tod einigermaßen zu verkraften, wobei Leahcim glaubte, dass es keine Möglichkeit gäbe, jemals darüber hinweg zu kommen.

Beide wollten ein weiteres Kind und haben sich entschlossen, trotz der vorherigen Dramatik, eines zu zeugen. Es dauerte nicht lange und seine Frau verkündete ihm die frohe Botschaft bei einem romantischen Essen. Beide waren stolz, aber nicht übervorsichtig, da sie wussten, dass dies einen Nachteil für ihren neuen Erdenbürger darstellen würde. Durch die leichten Geburten ihrer beiden ersten Kinder beschlossen sie, bei diesem Kind eine Hausgeburt zu planen. Trotz der vielen gutgemeinten Ratschläge, ihr Kind in einer Klinik auf die Welt zu bringen, setzten sie sich durch und waren überzeugt, dass eine Hausgeburt eine natürliche und richtige Entscheidung sei.

Der Tag rückte näher und die Spannung stieg ins Unermessliche. Durch die hervorragende Intuition seiner Frau brachten sie die beiden Kinder rechtzeitig zu den Schwiegereltern, denn der Tag der Geburt war gekommen. Die Wehen setzten immer stärker ein und Leahcim informierte die Hebamme. Kurze Zeit später stand sie vor der Tür mit einem Lächeln im Gesicht.

„Wenn alle Menschen so eine Freundlichkeit ausstrahlen würden, bräuchten wir uns um unsere Welt nicht zu sorgen", dachte Leahcim sich, als er die Hebamme begrüßte.

Zu Beginn tranken alle noch gemütlich einen Tee, bevor die Untersuchungen vonstattengingen. Alle medizinischen Werte waren in Ordnung, bis auf die Tatsache, dass das Kind ein Sterngucker war, denn sein Körper hatte sich Richtung Himmel gedreht. Die Eltern waren besorgt und stellten sich auf eine lange Geburt ein, doch die Hebamme meinte: „Wir können versuchen, das Kind zu drehen." „Aber natürlich!", stimmten beide dem Vorschlag zu. Daraufhin machte die Hebamme sich an die Arbeit. Der Geburtsraum war das Schlafzimmer und der Geburtsplatz das Ehebett. Durch lauter Nervosität riss Leahcim die Vorhangschiene aus der Verankerung und brachte durch eine unvorsichtige Bewegung das Ehebett zum Einsturz, mitten in den Wehen. Alle mussten über das Ereignis lachen und Leahcim glaubte, auch ihr Kind im Mutterleib. Wie durch ein Wunder drehte es sich in die richtige Geburtslage und kam völlig entspannt auf die Erde.

Es war kein anstrengender Geburtstag, sondern eine entspannte Begegnung mit dem frischgeborenen Kind. Noch nie im Leben hatte Leahcim so ein ruhiges und völlig losgelöstes Kind in seinen Armen gehalten. Seine Freude war groß über ein weiteres Geschenk, das sofort Platz in seinem Herzen fand. Immer wieder würde Leahcim sich für eine Hausgeburt entscheiden, da die Geburt ohne jeglichen Stress geschah. Irgendwie ist man dem Kind schon von Anfang an näher, denn gleich nach der Geburt hatte er sein Kind auf seinem nackten Oberkörper für zwei Stunden ruhen lassen. Es grenzt jedes Mal an ein Wunder, welches Geschenk beide durch Kinder bekommen haben.

Leahcim hörte im Inneren seinem Stein zu, der Folgendes über das Baby sagte:

Baby

Umringt von einem Schleier aus Liebe und Anmut,
liegst du in meinen Armen – oh Kind, das tut so gut!

Die Händchen so spielerisch und unsagbar klein,
ich halt sie ganz fest und spür die mollige Wärme von
Sonnenschein.

Ich könnte dich drücken, jede Minute an meiner Brust,
die Liebe von mir zu dir ist größer als ein Kuss.

Und dennoch ist mir tagtäglich bewusst,
irgendwann erreicht dich das Gefühl der Wanderlust.

Ich gebe dir Freiheit, so viel du nur brauchst,
doch verlange ich von dir, dass du auf deine eigenen
Grenzen schaust.

Leahcim spürte so viel Glück in sich und schrieb zwei Tage nach dem Gesagten für seinen Jüngsten einen Liebesbrief, den er, wie bei den anderen Liebesbriefen an seine Kinder, mit der Zeit vervollständigte.

„Du kamst zum Schluss in unsere Familie und ich hatte das Gefühl, dich schickt ein Engel. Deine sonnige Art und dein hohes Potenzial an sozialer Kompetenz haben mich in den Bann gezogen.

Du warst ein Künstler in Worte bilden, einmal hattest du etwas besonders Schönes gesehen und sagtest: „Schau mal Papi, wie wunderprächtig." Berührungen wie Umarmen oder auf die Schulter nehmen liebtest du. Jeder Person hattest du deine Offenheit geschenkt und deswegen lieben dich so viele Menschen. Du hast die Menschen so genommen, wie sie sind, ohne Bewertung.

Dein Mitgefühl hat mich manchmal traurig gemacht, da ich sah, dass du zu viel Last von anderen tragen wolltest. Du wolltest immer eine Harmonie zwischen uns als Eltern und zwischen deinen Geschwistern. Um dies zu erreichen, hast du oft deine Interessen nach hinten gestellt.

Kannst du dich noch erinnern, wie wir gemeinsam nach Dublin gefahren sind? Es war eine Vater-Sohn-Reise. Ich wollte nur mit dir alleine irgendwo übers Wochenende sein. Das Abenteuer fing gleich mit der Fahrt zum Flughafen an, denn wir fuhren mit der Bahn zu einem ausgelagerten kleinen Militärflughafen. Dort sollten wir die Flugtickets vorlegen, aber ich hatte nur die Rechnung und hatte übersehen, dass das Ticket vorher ausgedruckt werden musste. Als Strafe mussten wir fast so viel zahlen, wie das Ticket kostete. Ich ärgerte mich über die Machenschaften der Fluggesellschaft, aber am meisten ärgerte ich mich über meine Dummheit.

Du warst sehr aufgeregt, da du das erste Mal in einem Passagierflugzeug gesessen bist. Der Flug dauerte nur wenige Stunden und schon waren wir in Irland. Die Zeit mit dir alleine in Irland haben wir beide richtig genossen. Ich wollte Sehenswürdigkeiten anschauen und du wolltest Kaufhäuser besuchen. Schnell einigten wir uns auf deine Intension. So viele Klamotten, die du mit mir anprobiert hast, und so viel Spaß, den wir dabei empfanden, haben wir so nie mehr gehabt. Deine Augen strahlten bei jeder neuen Hose, Socken oder Hemd, die du anprobiertest.

Hier merkte ich, wie wichtig es ist, einfach nur gemeinsam füreinander da zu sein. Uns fehlte keine Kirche oder Museum, wir hatten uns und das genügte. Ich möchte mich bei dir bedanken, dass du mein Leben auf so wunderbare Weise bereichert hast.

194

Nach der wunderbaren Geburtsreise des jüngsten Sohnes, begann wieder der Alltag, die Zeit ging wie im Flug vorbei. Durch die Anforderungen der großen Familie blieb Leahcim kaum mehr Zeit, um über sich selbst zu reflektieren. Er entfernte sich aus seiner Mitte, langsam und unbewusst.

Um sich wieder selbst zu finden, beschloss Leahcim, mit seiner Frau und den Kindern zusammen Urlaub zu machen. Dieser Entschluss, einfach mal so eben Urlaub zu machen, fiel beiden gar nicht so leicht. Insbesondere der Faktor Geld machte ihnen Sorgen, denn durch die hohen Kosten, die logischerweise bei solch einer großen Familie anfallen, mussten sie ein geeignetes Plätzchen suchen, das den wirtschaftlichen Anforderungen entsprach.

Wir durch ein Wunder fand Leahcim eine Anzeige über einen italienischen Platz in Gargano. Dieser Platz versprach Ruhe, Sicherheit für die Kinder und einen überaus attraktiven Preis. Die ganze Familie machte sich auf den Weg und fuhr mit Spannung dorthin. Die weite Anreise von 1100 km war im vollgestopften Auto nicht einfach, dennoch freute sie sich auf einen schönen erholsamen Urlaub. Die letzten Kilometer bis zur Anlage waren sehr abenteuerlich, da sie keinerlei Beschilderung zum Urlaubsplatz hatten. Es war stockfinster und zwei Uhr in der Früh, dadurch konnten sie auch niemanden nach dem Weg fragen. Als sie nach mehrmaligem Vorbeifahren die Anlage entdeckt hatten, fuhren sie direkt zur Rezeption.

Leahcim staunte sehr, dass er so freundlich um diese Uhrzeit begrüßt und direkt in das gebuchte Ferienhaus begleitet worden ist. Erschöpft von der Fahrt, bettete Elena die Kinder ins Schlafzimmer. Leahcim räumte das Auto aus und wenige Minuten später schliefen alle. Nach nicht einmal 5 Stunden Schlaf weckten die Kinder die Eltern auf, um die Welt am Meer zu erforschen. Es war ein wunderschöner Anblick für alle, nachdem sie ihre Wohnungstür öffneten. Die

Sonne strahlte durch die ganze Anlage, als wollte sie sagen: „Schaut mal, welche Schönheit euch erwartet." Schnurstracks mussten sie mit ihren Kindern zum Strand, um das Meer zu erleben.

Dort fanden sie eine eigene kleine Bucht mit einem sehr flachen Sandstrand. Links der Bucht schloss sich ein Pinienwald an und auf der rechten Seite war Sandstrand. Es war nur diese Anlage zu sehen, ringsherum war endloser Ackerbau. Die Erwartungen an diesen Platz waren weit über den Schilderungen erfüllt worden, sie fühlten sich richtig wohl.

Zwei Wochen waren sie fast alleine auf diesem kleinen Platz und die Zeit ging wie im Fluge vorbei. Oft hatten sie das Gefühl, die Zeit geht viel zu schnell vorbei, wenn sie sich wohl fühlen, und dies war definitiv oft so.

Leahcim konnte sich gar nicht mehr beruhigen, so begeistert war er von diesem Platz und vereinbarte einen Deal mit dem Besitzer Fabio. Leahcim sagte zu Fabio: „Wenn du uns einen guten Preis für kinderreiche Familien gibst, komme ich mit Freunden." Fabio stimmte zu und gab ihm seine Konditionen.

Jetzt war Leahcim am Zug und machte in seinem Freundeskreis mächtig Werbung. Zuerst waren es acht Familien, die an diesem wunderbaren Ort zusammen Urlaub machten. Im darauffolgenden Jahr waren es bereits vierzehn Familien. Leahcim steigerte die Anzahl der Familien von Jahr zu Jahr und am Schluss waren fünfundzwanzig Familien mit über hundert Personen dabei. Bisher ist Leahcim jedes Jahr dort gewesen, einige seiner Freunde begleiteten ihn die ganze Zeit.

Diese Erfahrung, Menschen zusammen zu bringen, um gemeinsam etwas zu unternehmen, ist eine herzliche Erfahrung. In dieser Zeit hat Leahcim so wunderbare Menschen kennenlernen dürfen. Er hat dadurch viele intensive Gespräche führen können und in die Herzen der Anderen schauen dürfen. Gerade im Urlaub ist der Mensch bereiter, seine wahre Identität zu offenbaren, da der Stress und die Hektik im Urlaub schwinden.

Ein guter Freund sagte Leahcim einmal: „Dieser Ort ist ein besonderer Ort, denn er spendet Kraft, es ist mein Kraftplatz." Leahcim glaubte auch, dass er recht mit der Aussage hatte, denn der Ort war wahrhaftig ein Platz zum Kraft schöpfen. Oft ging Leahcim in den nahegelegten Pinienwald, um an seinem persönlichen Kraftplatz aufzutanken. Von diesem Platz aus konnte er das türkisblaue Meer von oben betrachten, denn der Wald befand sich auf einer Anhöhe von über zwanzig Metern. Manchmal kam es Leahcim so vor, als ob er ein Indianer wäre, der auf einem Felsvorsprung über seine Landschaft wachte. Leahcim konnte sich in dieser geschützten Gegend fallen lassen. Manchmal sang er irgendwelche Urtöne, so laut wie er nur konnte, denn die Meereswellen und der Wald nahmen teil an seinem Singen.

Jedes Jahr bildeten sich Kurse, die die einzelnen Urlauber anboten. Sie hatten zum Beispiel Yoga, Qi-Gong, Italienisch-Sprachkurs, Meditation. Die Familien waren bereit zu geben und bekamen. Wieder einmal ein Beweis dafür, dass der Mensch am glücklichsten ist, wenn er geben und nehmen darf. Trotz der vielen unterschiedlichen Menschen gab es nie einen Streit oder sonstige unangenehme Situationen. Leahcim glaubte, das lag daran, dass die Menschen, die mitkamen, aus dem eigenen Freundeskreis rekrutiert worden sind. Und da sie ähnliche Interessen hatten, passte auch die Konstellation. Was ihm besonders auffiel, war die Tatsache, dass die Kinder einen schnellen Kontakt zu anderen Kindern fanden und die Eltern dann Freiraum hatten, um miteinander wieder die Beziehung aufblühen zu lassen, denn sie hatten plötzlich wieder füreinander Zeit. Ein kostbares Geschenk, das intuitiv auch angenommen wurde. Ein Vater sagte Leahcim: „Ich bin jetzt zwei Wochen hier, aber so eine Erholung hatte ich noch nie. Meine Kinder sind in den beiden Wochen nur zum Essen gekommen und ich hatte Zeit, mit meiner Frau lange Strand-spaziergänge zu machen, um mich mitzuteilen." Solche Aussagen machten Leahcim freudig, denn diese bestätigten sein Gefühl, das Richtige getan zu haben.

Zuhause wieder glücklich und zufrieden angekommen, trafen sie ihre Freunde zum gemeinsamen Frühstücken, Achim und seine Frau Doris. Achim hatte die gleiche körperliche Beschaffenheit wie Leahcim. Er war groß, muskulös und dem Sport sehr zugewandt, aber im Innersten war er sehr sensibel.

Menschen, die eine große körperliche Präsenz haben, werden von vielen Mitmenschen als unverwüstlich eingeschätzt. Das stimmt leider nicht immer, denn auch solche großen Menschen haben eine gewisse „Zerbrechlichkeit". Leahcim hat immer gedacht, – zeig ja keine Schwäche – ich bin ja so groß und stark. Diese Denkweise hatte er sich jahr-zehntelang antrainiert und somit nach außen immer den Starken gespielt.

Aber im Innern war Leahcim verletzt und schwach. Oft wollte er herausschreien: „Verdammt noch mal, ich bin zwar groß vom Körper her, aber meine Gefühle schmerzen genauso, da es für Seelenschmerzen keinen Körper braucht."

Es kam auch schon mal vor, dass Leahcim auf kleinere Personen (insbesondere kleine Frauen) neidisch war, da es bei diesen Menschen normal war, wenn sie ihren Gefühlen freien Lauf ließen. Sie durften nach außen hin ihre momentane Schwäche zeigen.

Achim und Leahcim waren körperlich starke Menschen, doch sie mussten lernen, ihren Gefühlen die Chance zu geben, sich zu offenbaren. Es war schön, Freunde zu haben und gemeinschaftlich etwas zu unternehmen. Der Morgen ging schnell vorbei und Achim und Doris verabschiedenden sich. In den Augen von Achim sah Leahcim eine gewisse Traurig-keit, er hatte das Gefühl, dass dies mit der Beziehung zu Doris zu tun hatte. Irgendwie lebten sie sich auseinander – die zärtlichen Blicke, die freundlichen Worte, die sanften Berührungen fehlten.

Leahcim überlegte sich, ob auch er sich in seiner Beziehung entfernte. Durch seinen Stein hatte Leahcim vieles gelernt, insbesondere, sich langsam seinen Gefühlen anzunähern und diese auch frei zuzulassen. Seine Gefühle waren offen, offen genug um zu erkennen, dass seine Beziehung zu seiner Frau verblasste, nicht aus mangelnder Liebe, sondern aus mangelnden Gesprächen.

Sich bewusst Zeit im Alltag füreinander zu nehmen, hatten beide im Laufe der Jahre verlernt. Schmetterlinge im Bauch, schlaflose Nächte, all die wunderbaren Gefühle wichen dem Alltag. Oft dachte Leahcim sich, verliebt sein ist der pure Sinnesrausch, doch momentan spüre ich nichts vom Rausch. Ein Rausch, der einem zur Glückseligkeit verhilft, dem das Herz nicht nur eine Tür öffnet, sondern ihn mit einer Doppeltür empfängt.

Elena und Leahcim unterhielten sich über diese Wandlung und wollten nicht zulassen, dass die damalige Anfangs-euphorie der Liebe sich langsam verabschiedete. Sie brauchten Raum und Zeit, um sich füreinander Nähe zu geben, denn Intimität bleibt nicht automatisch von selbst erhalten, aber von selbst geht sie verloren, wenn man nichts macht.

Zuerst dachten sie an einem gemeinsamen Urlaub – nur sie beide – aber dann sagte Elena: „Ich kann meine Kinder nicht alleine lassen, auch nicht für eine Woche." Elena brachte es einfach nicht übers Herz, die gemeinsamen Kinder für mehr als drei Tage alleine zu lassen. Die ganzen Jahre hatten sie kein einziges Mal Urlaub ohne ihre Kinder gemacht, sie waren immer zusammen wie Batterien in der Fernbedienung.

Sie hatten beide auch kein Verlangen, sich eine Auszeit füreinander einzuräumen. Nein, es lag nicht an ihren ständigen Begegnungen, dass sie ihrer überdrüssig wären. Leahcim liebte es immer noch, in der Nähe von Elena zu sein, aber das Knistern war nicht mehr so präsent. Beiden fehlte es an zarten Gesten und kleinen Zuwendungen, die sie aufgrund ihrer Alltagsbeschäftigung nicht mehr eingebaut hatten.

Sie wollten miteinander reden und fanden keine Zeit, da die Kinder ihren Tribut verlangten. Sie wollten ihre glückliche Ehe unbeschadet durch dieses Tal manövrieren.

Leahcim ging zu Elena, nahm ihre Hand und sagte zu ihr: „Ich möchte dich nicht verlieren und ich weiß um deine viele Arbeit und die fehlende Zeit für uns. Die Kinder sind noch klein und wir müssen beide zurückstecken und zwar gleichviel. Ich merkte oft, die Zeit ist für unser gemeinsames Miteinander nicht da. Wir können innerhalb der alltäglichen Dinge uns keinen Freiraum schaffen."

Leahcim machte eine Pause, um Elenas Reaktion abzuwarten. Denn er wollte sichergehen, dass sie ihn versteht. Durch ein würdevolles Lächeln gab sie ihm zu verstehen – ich weiß, was du meinst – sie schauten sich in die Augen und Leahcim begann seine Lösung zu schildern.

„Was wäre, wenn wir einmal in der Woche am Abend einen gemeinsamen Tag auswählen. Einen Tag, nur für uns, um spazieren zu gehen oder um Essen zu gehen, oder ins Kino oder irgendetwas anderes zusammen zu erleben?" Elena reagierte mit einem strahlenden Blick, als ob er ihr direkt das Herz gestreichelt hätte. „Ja, lass uns das machen", flüsterte Elena Leahcim ins Ohr. Und schon waren die beiden mit einem Kalender auf dem Schoß dabei, einen gemeinsamen Tag nur für sich zu ermitteln.

Eigentlich dachten Leahcim und Elena, so ein Tag sei schnell gefunden, doch wie staunten sie, als alle Tage bis auf einen einzigen belegt waren. Beide einigten sich auf den Dienstag als ihren Beziehungstag, sie schworen sich, diesen

Tag als heilig zu betrachten. Seitdem haben sie diesen Tag konsequent für sich genommen und stellten mit der Zeit fest, dass dies die beste Lösung für ihr Auseinanderdriften war. Das war auch wichtig, da ein neuer Abschnitt in Leahcims Leben auftauchte. Sie hatten gelesen, dass in ihrer Gemeinde eine „Hausbau-Ausschreibung für kinderreiche Familien" stattfindet. Die Gemeinde verkaufte sehr günstig kleine Grundstücke an einheimische Familien mit Kindern. Pro Lebensjahr Wohnen in der Gemeinde und pro Kind gab es Punkte. Elena war in dieser Gemeinde geboren und sie hatten drei Kinder. Die Chancen, eines der acht Grundstücke zu bekommen, standen äußerst gut. Sie entschlossen sich, bei diesem Preisausschreiben mitzumachen. Doch wie erstaunt und gleichzeitig losgelöst war Leahcim, dass sie auf Platz zweiundzwanzig gelandet waren. Losgelöst war Leahcim deswegen, weil er überhaupt keine finanzielle Planung für einen Hausbau hatte und er vor dieser enormen finanziellen Belastung Angst hatte. Erstaunt war er, weil es in ihrem Bekanntenkreis Familien gab, die einen wesentlich besseren Platz erreicht hatten als sie selbst, obwohl diese Familien nur zwei Kinder hatten und weniger an Jahren in der Gemeinde wohnten.

Aus reiner Neugierde rief Leahcim in der Gemeinde an und wollte die erreichte Punktzahl mit dem Verantwortlichen durchsprechen. Schnell stellte der Sachbearbeiter fest, dass Leahcim neunzehn Jahre fehlten. Die Gemeinde hatte einen Fehler gemacht und dies hatte der Sachbearbeiter, zur Leahcims Verwunderung, auch gleich zugegeben.

Leahcim erhielt ein neues Schreiben und nun standen sie auf Platz zwei. Jetzt hatten sie die Chance zu bauen und Leahcim ging es überhaupt nicht gut damit. Eine so große finanzielle Belastung mit drei Kindern konnte er sich nicht vorstellen, andererseits reizte ihn der Gedanke enorm, ein eigenes Haus zu haben, und dieses auch noch nach seinen

Wünschen zu bauen. Sie überlegten hin und her, wie es möglich wäre, die zwanzig Prozent Eigenkapital aufzubringen, die sie für die Finanzierung benötigten.

Leahcim durchstöberte alle persönlichen Akten und wurde fündig. Freudestrahlend erzählte er seiner Frau, dass sie fünf Lebensversicherungen hatten, die einen erheblichen Teil der notwendigen zwanzig Prozent darstellten. Ein weiterer Teil war durch Eigenleistung möglich, denn durch Leahcims erlernten Maurerberuf, konnte er glaubhaft seine Eigenleistung darstellen. Beide gingen zur Bank und bekamen einen Kredit für den ersehnten Hausbau. Das Schicksal meinte es gut mit ihnen und hatte Leahcim die Handwerksausbildung nicht umsonst auf den Weg gegeben.

Er baute und investierte eine unglaubliche Menge an Zeit und Kraft, um die Kosten so gering wie möglich zu halten. Er achtete darauf, dass trotz aller Umstände eine für die Familie schöne Behausung entstand. Sie richteten sich nach dem Prinzip Feng Shui und bauten entsprechend der Lehre. Leider konnten sie nicht alle ihre Vorstellungen verwirklichen, da die behördliche Bauabteilung ihnen vorschrieb, wie sie bauen mussten.

Der schönste Augenblick war, als die gesamte Familie das Garagendach mit Holzbrettern vernagelte und anschließend die Dachziegel verlegte. Sie waren alle gemeinsam auf dem Dach und stellten ihre Doppelgarage her. Leahcim freute sich über diesen Zusammenhalt in der Familie und er war stolz auf jeden Einzelnen und dazu gehörte auch sein Jüngster, der gerade mal sieben Jahre war.

Sie zogen in diesem Wohngebiet als erste ein und die Arbeit hörte nicht auf, denn Leahcim war wie besessen und wollte es allen so schön wie möglich gestalten. Nach Feierabend in seiner stressigen Firma arbeitete er bis spät in die Nacht am Haus. Seine damalige Chefin, die selten ins Büro kam, fragte ihn, ob er im Urlaub gewesen war, da Leahcim so braun war.

„Nein, ich war nicht im Urlaub, ich arbeitete in der Sonne für unser Glück", antwortete er, nicht ganz ohne Stolz auf die Frage seiner Chefin.

Sein Körper wurde stark und muskulös, aber leider entwickelte sich auch sein Stresspegel in ungeahnte Höhen. Er hörte nicht auf die Warnsignale seines Körpers und seiner Seele, sondern machte einfach weiter.

Eines Tages sprach Leahcim mit Bekannten über Marathonläufe und er fing Feuer, das wollte er schon immer machen. Sein Körper war gut trainiert und der Hausbau ging langsam zu Ende. Ohne sich eine Auszeit zu können, fing er mit dem Lauftraining an.

Leahcim lief vor seiner inneren Ruhe davon. Sein Körper sehnte sich nach einem „Stopp", doch sein Verstand lachte darüber. Das Laufen an sich war eine Wohltat und ließ ihn entspannen, doch das extreme Lauftraining für einen Marathon war kontraproduktiv für seinen Körper. Leahcim hatte nur ein halbes Jahr Zeit vom Trainingszustand „0" bis zum Marathonlauf gehabt. Oft hatte er Schmerzen im Schienbein und musste sein Training aussetzen, oder einfach durch die Schmerzen gehen. Das halbe Jahr ging schnell vorbei, er hatte seinen ersten Marathon erfolgreich absolviert, danach hatte er sofort mit dem Training aufgehört.

Er ging zum Arzt, da er Herzschmerzen verspürte. Er wusste intuitiv, dass der sofortige Trainingsstopp seinem Körper geschadet hatte. Der Arzt untersuchte ihn und stellte fest, dass sein Puls extrem langsam war. Er fragte Leahcim, ob er irgendwie Leistungssport mache und Leahcim erzählte ihn von seinem Marathonlauf. „Wie bescheuert war ich nur, einfach das Training aufzuhören", dachte sich Leahcim.

„Ja haben Sie nach dem Marathon abtrainiert?", fragte der Arzt ihn. Leahcim verneinte und spürte abermals, wie er seinen Körper ruinierte.

Leahcim hat sich fälschlicherweise körperlich von einer

Minute auf die andere ausgeruht, und fing sofort ein nicht körperliches Projekt an.

Er wollte eine weitere Bestätigung, diesmal von seiner Intelligenz, denn er fühlte sich immer noch nicht angekommen, insbesondere in dem, was er als Beruf darstellen wollte. Sein letzter und auch heimlicher Berufswunsch war der Abschluss eines Betriebswirtes über die Industrie- und Handelskammer. Leahcim wollte die für ihn höchste Stufe seiner Ausbildungsleiter erklimmen.

Dieser Beruf wurde erst, vor nicht einmal zehn Jahren, für die in Deutschland lebenden Menschen konzipiert, die einen weiteren nicht universitären Studiengang in Erwägung ziehen wollten. Für all die Personen, die es wissen wollten, aber durch ihre berufliche Situation keine Möglichkeit hatten, sich weiterzubilden, denn dieses Studium war berufsbegleitend.

Wieder so eine Mammutaufgabe, für die viel Urlaub und Freizeit geopfert werden musste. Doch Leahcim wollte unbedingt dieses Zertifikat und suchte nach einem Bildungsträger, der die Ausbildung in einer kürzeren Zeit als zwei Jahre Abendkurs anbot. Er hatte Glück und fand einen Bildungsträger, der diese Ausbildung in nur einem Jahr anbot. Glücklich und zufrieden begann Leahcim die für ihn letzte Reise zu einer weiteren Qualifikation. Der Anfang dieser Ausbildung lief ohne größere Schwierigkeiten ab und Leahcim glaubte, das gehe bis zum Ende genauso, doch die Realität hatte ihn schnell eingeholt. Denn die schweren Fächer kamen am Ende und forderten ihren Tribut.

Zu dieser Zeit hatte er oft an seiner Entscheidung gezweifelt und sagte sich ständig: „Warum tust du dir das an?"

Leahcim hatte überhaupt keine beruflichen Gründe, eine höhere Qualifizierung anzustreben. Es war nur sein Ego, das es wissen wollte, er wollte sich selber beweisen, dass in ihm mehr steckte als nur das, was er momentan verkörperte.

Leahcim spürte, dass in ihm diese Wertschätzung der Berufsausbildung durch andere Menschen noch nicht erfüllt war. Er war der Meinung, durch ein weiteres Zertifikat würde sein Leben besser und der Arbeitsmarkt nähme ihn mit Handkuss. Durch die verkürzte Schulzeit hatte er alle Prüfungsfächer, die sich normalerweise auf zwei Jahre erstrecken, in einem absolviert.

Das bedeutete lernen am Wochenende, lernen am Abend, lernen in der Urlaubszeit. Leahcim nahm seinen ganzen Jahresurlaub, und darüber hinaus auch noch die Hälfte an Urlaub vom folgenden Jahr im Voraus. Er musste in seiner Arbeit als Führungsinstanz präsent sein und seinen „Mann stehen", sowie zusätzlich diese enorme Belastung an Schule bewältigen, außerdem noch eine große Familie umsorgen und die kleinen Dinge am Haus zu Ende bringen.

Die Zeit der Abschlussprüfung rückte immer näher und er merkte, dass diese Belastung an seine Grenzen ging.

Auch hier machte er die Augen zu und ging durch, ohne seine innere Stimme hören zu wollen, die Leahcim ermahnte und sagte: „Leahcim, mach langsam, du entfernst dich von deiner Mitte." Er hörte einfach weg und bereitete sich damit eine weitere Schnittwunde in seinem Leben. Eine Schnittwunde, die irgendwann gepflegt und somit geheilt werden wollte.

Leahcim hatte die Geschichte über Damos von seiner Nachbarin Frau Disse in der Kindheit gehört und auch den Text danach auf einer Leinwand fixiert, der wie folgt lautete:

Ausbrennen – Aufmerksamkeit – Gelassenheit.

Wie lange möchtest du den Weg der Erschöpfung gehen?
Wie lange unterdrückst du deine emotionalen und
körperlichen Schmerzen?
Irgendwann brennst du – aus!
Achte auf deine Signale!
Achte auf deine innere Stimme!
Achte auf dich!
Nimm den Weg zur Gelassenheit und l e b e .

Doch Leahcim war wie in einem Hamsterrad gefangen und ich frage mich, wie oft brauchte Leahcim einen anderen Menschen, der ihm eins auf den Deckel haut, bis er endlich aufwacht?

Wie durch eines seiner vielen Wunder, die Leahcim im Laufe des Lebens erfahren durfte, hatte er die Prüfung abgelegt und bestanden. Er war glücklich und befand sich im Drittel der Prüfungsteilnehmer, die ihren Erfolg feierten. Er hatte zwar grottenschlechte Noten, aber bestanden. Die Freude war groß, denn dies war für ihn die bisher anstrengendste Prüfung, die er in seinem Leben abschloss. Doch durch diesen Entschluss, diese Prüfung zu machen, wurde er geheilt von der Überzeugung „Ich habe eine minderwertige Berufsausbildung und kann mich nicht auf Augenhöhe mit Akademikern unterhalten." Wie stark doch der Schmerz der Wertlosigkeit in einem wirkt, um solche Gedanken zu haben. Leahcim musste sich beweisen, genauso wertvoll zu sein wie andere.

Er hatte den größten Fehler gemacht, den ein Mensch machen kann, sich mit anderen zu vergleichen.

Leahcim legte sich in die Natur nahe an einem Fluss und lauschte, da auf einmal sprach sein Stein wie so oft durch die innere Stimme Folgendes:

„Ein Vergleich hält den Anforderungen des Betrachters niemals stand, denn es gibt immer „Bessere" in einem bestimmten Bereich. Wir haben verlernt, die Ganzheit und dessen Talente zu sehen, wir reduzieren und vergleichen uns nur auf Teilbereiche und glauben dann, wir sind nichts wert. Doch erst die Vielfalt eines Menschen macht seine Wertigkeit aus.

Leahcim, du hast zwar eine Prüfung bestanden, doch gelernt hast du erst aus der Erfahrung und den strömenden Gedanken, die sich durch diese Situation entwickelten. Nichts ist umsonst im Leben und jeder Weg geht in die richtige Richtung, denn die richtige Richtung kann sich manchmal als falsche Richtung verkleiden."

Leahcim schlief ausgelaugt und zufrieden auf seiner Liege ein, umhüllt von den warmen Sonnenstrahlen, und träumte in Gedichtform:

Traum des Tänzers

Ich träumte von einem Schritt in die richtige Richtung,
doch sah ich keinen Punkt, keinen Fels, keine Lichtung.

Ich irrte und fand nur ein schwaches Bild vor
meinen Augen,
gleich kam mir der Gedanke, das kann nicht
für mich taugen.

Die Seele brannte vor Sehnsucht nach meinem Traum,
doch mein Glaube machte jede Hoffnung zu Schaum.

Jahre vergingen, ich hielt den Schmerz nicht mehr aus,
doch ich traute mich nicht aus dem Zustand
der Feigheit heraus.

Ein Schritt nur in die richtige Richtung und
das Licht beginnt,
mein Verhalten ändern und ich beweg mich wie
ein freies Kind.

Keine Facetten, keine Täuschung, kein Schatten,
einfach zu sein wie ich bin,
vorwärtszulaufen, mit meinem Traum in der Seele,
und ein Lächeln im Herzen.

Keine gedanklichen Schritte in Folge, einfach nach
dem Rhythmus geh'n,
im Takt der Lebensmusik.

Den Boden unter meinen Füßen zu spüren.
– ganz sinnlich –
Das ist das Leben.
– nein halt –
Das bin ja ich.

Nach diesem Traum wollte Leahcim erst einmal innehalten und nichts mehr tun, die Wochen vergingen, er war nun ein Betriebswirt, aber er hatte kein Interesse mehr an dieser Bezeichnung, es war für ihn nicht mehr wichtig. Er musste seine berufliche Bezeichnung nicht mehr nach außen tragen.

Eine weitere wichtige Erkenntnis war für ihn, dass die Menschen nicht über ihren Beruf definiert werden sollten, denn ein Beruf kann zwar die Neigung erkennen lassen, aber nicht die wahre Göttlichkeit, die in jedem von uns steckt. Leahcim meinte damit, dass zum Beispiel ein Arzt nicht besser im Wesen ist als ein ungelernter Hilfsarbeiter. Der Arzt ist zwar intellektuell besser ausgestattet, aber menschlich kann er ein Idiot sein. Und die Menschlichkeit ist die Größe des Menschen, nicht der Verstand. Was nützen uns intellektuelle Informationen von einem gutmeinenden Freund, wenn ein geliebter Mensch verstorben ist, hier benötigen wir Trost, Liebe und Empathie, die nur über ein warmes Herz gegeben werden kann.

Irgendetwas war in Leahcim befreit und er fühlte sich unbeschwert. Mittlerweile zog er es vor, mit seinem Stein über solche Veränderungen zu sprechen, er merkte, dass dies ein Vorteil für ihn war.

„Hallo Stein, ich möchte mit dir reden", sprach Leahcim drauf los. „Wer sagt, dass ich mit dir reden möchte?", schallte es von oben herab. Leahcim schaute der Stimme nach und entdeckte den erdachten Stein in seiner Hirngegend. Er wippte mit den Gehirnwellen hin und her und man könnte vermuten, dass er in einer gemütlichen Hängematte lag. „Was willst du von mir?", sprach der Stein in einer relaxten Weise. Leahcim fing sofort an zu reden und sagte ihm, dass er das Interesse an seiner abgeschlossenen Ausbildung verloren hätte.

„Mir ist es nicht mehr wichtig, Betriebswirt zu sein, und ich weiß nicht, warum das so ist?", sagte er gleichgültig dem Stein. „Ja, endlich hast du verstanden!", rief der Stein und fing an, Leahcim sehr langsam zu erklären, warum das so ist. „Als erstes hattest du eine unstillbare Sehnsucht nach Anerkennung, du fühltest dich nicht gleichwertig unter anderen. Das trieb dich auf die Schulbank, denn du wolltest mehr darstellen. Das hast du ja auch Zug um Zug erreicht. Deine Sehnsucht wurde immer mehr gestillt. Doch was passiert, wenn die letzte Stufe der Sehnsucht erreicht wird?"

Der Stein schwieg und Leahcim auch. „Soll ich dir die Antwort geben?", lachte der Stein und schloss gleich mit dem Satz: „Mache ich aber nicht, denn du musst es selber verstehen."

Leahcim wusste, dass es wieder an ihm hängen blieb. Da er ja solche Situationen schon einige Male mitgemacht hatte, versuchte er jetzt, seinen Stein genau zu betrachten, ob sich Veränderungen gebildet hatten.

Leahcim musste nicht lange suchen, denn aus dem Stein kam ein helles weißes Licht, das sich am Firmament auflöste. Doch dieses Licht war anders als die anderen Lichter, die er unmittelbar vor sich sah. Dieses Licht hatte einen weißen Strahl, der wie Sprühnebel aussah. „Das ist der Strahl der Auflösung!", überraschte ihn der Stein mit seiner Erklärung.

„Wenn du eine Situation im Leben durchgestanden hast, dann ist der Strahl bereit sich aufzulösen."

Wie ein Blitz durchzuckte es seinen Körper und Leahcim verstand und schrie es glücklich dem Stein entgegen.

„In meinem Fall war es die Sehnsucht nach mehr Ausbildung!"

„Jawohl, du hast es erkannt. " Leahcim wurde rot, denn er hatte mit so einer Aussage nicht gerechnet. Und der Stein sprach weiter:

„Wenn du wüsstest, was für einen enormen Schatz du in dir trägst, wäre das Leben für dich spielerisch. Deswegen möchte ich dir nochmals ans Herz legen, spreche mit mir, wenn du eine Frage oder eine Sorge hast. " „Aber selbstverständlich", sagte Leahcim demütig und verabschiedete sich vom Stein.

Leahcim war beflügelt und ahnte nicht, dass es bald zu einem „Absturz" kommen würde.

Die Zeit verging und er war eingetaucht in einer unglaublich stressigen Arbeit.

Das Unternehmen hatte mehrere Firmen, in einer der Firmen war Leahcim als Prokurist tätig. Diese Firma baute er betriebswirtschaftlich und organisatorisch auf. Durch sein Wissen in der EDV und seine Affinität zur Organisation, konnte er die komplette Firma in einen positiven Verlauf bringen. Mit negativem Umsatzergebnis und fehlendem Arbeits- und Umweltschutz startend, brachte Leahcim diese Firma schließlich zu einem hervorragenden ersten Platz, sie war schließlich mit nahezu fünfzehn Prozent Rendite die gewinnträchtigste Firma der Familie.

Durch eine ständig wachsende negative Spannung in der „Mutterfirma" entschloss sich die Familie, einen Unternehmensberater zu holen.

Der Unternehmensberater sichtete alle Unternehmen und stellte schnell fest, dass eine radikale Veränderung sofort vonstattengehen musste. Durch Spannungen in der Spedition, des Prokuristen und dem Inhaber, wurde hier als erstes eine Trennung vorgenommen.

Danach wurden im operativen Bereich Mitarbeiter entlassen.

Dies machte Leahcim zum geeigneten Kandidaten der Mutterfirma, er wurde von der Familie als Interim-Geschäftsführer eingesetzt.

Anschließend wurde Leahcim zum Gespräch in einer Anwaltskanzlei eingeladen und man stellte ihm in Aussicht, für den gesamten Betrieb als Geschäftsführer tätig zu sein. Leider wusste der vorherige Gesamtgeschäftsführer, der auch Mitinhaber einiger Unternehmen war, nichts von dieser Empfehlung. Beide mussten sich mit dieser überraschenden Empfehlung auseinandersetzen. Leahcim spürte, dass dies dem Inhaber nicht recht war, doch wollte er nichts gegen die Empfehlung sagen.

Der Inhaber sprach:

„Glauben Sie mir, das geht nicht gut, denn die Mitarbeiter sind zu schlecht, um Erfolg zu haben." Leahcim musste sich entscheiden und hat dies auch getan, doch wusste er innerlich, dass sie keinen Erfolg haben würden, da der positive Zuspruch des Inhabers ihm irgendwie fehlte.

Leahcim hatte nicht auf sein Herz gehört und glaubte, der Verstand werde das regeln.

Leahcim verließ seine gutdotierte und sichere Arbeitsstelle als Prokurist und ging in das „Netz zur Hölle" als Gesamtgeschäftsführer.

Als „frischer" Geschäftsführer hatte er die Verantwortung für seine Mitarbeiter, in der Firma war ein enormer Wechsel von qualifizierten Mitarbeitern, die neuen Mitarbeiter konnten in der Kürze das erforderliche Fachwissen nicht aufbauen und es kam zu hohen Qualitätsverlusten.

Hier verstand Leahcim das erste Mal die Aussage: „Eine gute Leistung ist nur mit einem guten Team möglich." Ohne den Respekt, Achtung und Motivation der Mitarbeiter ist keine positive nachhaltige Veränderung erzielbar.

Leahcim wollte all die Eigenschaften einsetzen, doch hatte er nicht den zeitlichen Rahmen. Einen Betrieb, der sich seit mehreren Jahren in negativen Zahlen befindet, kann man nicht innerhalb von vier Monaten auf Kurs bringen.

Er spürte auch als Chef, dass ihm Grenzen gesetzt sind, denn er hatte zu wenig Einfluss auf die notwendigen Finanzen, um investieren zu können.

Zwar hatte die Familie des Unternehmens Vermögen, aber eine Bereitschaft, für zwei Jahre Geld zu investieren, bestand nicht. Aus der Sicht der Familie verständlich, denn wenn die Familie mehrere Jahre in einem Unternehmen draufgezahlt hatte, ohne einen Erfolg zu haben, hätte wahrscheinlich auch Leahcim genauso gehandelt.

Dennoch glaubte Leahcim, dass die Firma positiv aus diesem Morast gekommen wäre, wenn die Inhaberfamilie aus vollem Herzen daran geglaubt hätte.

Sein Körper rebellierte und er übersah bewusst alle Zeichen. Natürlich hat alles schon viel früher angefangen, durch Hausbau, Marathon, Betriebswirt, doch damals erkannte Leahcim die Zeichen, die ihn immer wieder offenbart wurden, nicht oder nicht tief genug. Es könnte natürlich auch sein, dass er die Zeichen nicht sehen wollte. Auch hat er seinen Stein diesbezüglich nicht befragt.

Er ging wie ein Blinder durchs Leben, hörte weder auf seinen Körper, noch auf seine nahen Mitmenschen oder auf Zeichen und Symbole, die tagtäglich auf ihn einströmten. Eine Innenschau mit seinem Stein vermied er, da er innerlich spürte, dass etwas unglaublich Schmerzhaftes sich anbahnte. Leahcim war zu feige und wollte nicht sehen. Viele Monate blieb er in dieser unangenehmen, schmerzhaften Haltung. Immer wieder dachte er: „Es geht vorbei", doch seine Seele hörte nicht auf, ihm Zeichen zu schicken, die sich bei

Leahcim irgendwann als körperlichen Schmerz zeigten. Er war im Hamsterrad der Karriere gefangen und wollte dieses Abenteuer durchhalten.

Unglaublich, wenn man bedenkt, wie viele Weisheiten Leahcim schon über seinen Stein erlangen durfte. Er hätte seinem Innersten mehr vertrauen müssen, war aber zu ehrgeizig in seiner Aufgabe als Geschäftsführer. Und dann passierte es, an einem schönen sonnigen Tag fuhr Leahcim zu einem Meeting nach Ludwigshafen, die Tage zuvor waren mit ereignisreichen Themen bestückt gewesen. Oft dachte er, „jetzt kann ich nicht mehr" und dennoch ging Leahcim über die Grenze der gesunden Belastbarkeit. Der vorangeschrittene Tag hatte keine besonderen Vorkommnisse, am Ende des Meetings gegen 15:00 Uhr fuhr er Richtung München über die Autobahn. In der Firma entwickelte sich eine für ihn unangenehme und momentan unlösbare Situation. Aufgrund der Tatsache, dass die Firma kurz vor der Insolvenz stand, blieb Leahcim zum Handeln keine Zeit mehr und da sein Personal nicht in die dafür von ihm geschaffene Struktur passte, entpuppte sich sein Weg als eine bald explodierende Bombe. Während der Autofahrt bekam Leahcim einen Anruf von einem seiner Mitarbeiter.

Dieser Anruf war eine schlechte Nachricht über einen Qualitätsmangel, sowie eine anhaftende Schadenssumme von fast 50.000 €. Schmerz durchströmte Leahcims Körper; eine Lokalisation der Schmerzen in seinem Körper konnte er nicht genau ausmachen, denn sein ganzer Körper brannte vor Kummer. Er war ein elendes Bündel aus Schmerz und Leid, durchtränkt von Traurigkeit und Hilflosigkeit. Immer wieder dachte er über die verfahrene Situation nach, machte sich Vorwürfe und fühlte sich wertlos. Er als Geschäftsführer hatte versagt, immer wieder hörte er sich sagen:

„Als Geschäftsführer hast du niemanden, der mit dir deine Sorgen durchgeht, du bist alleine, ohne Schutz."

Leahcim hatte nicht einmal die Inhaber auf seiner Seite, da sie den Mitarbeitern nicht mehr vertrauten.

Leahcim fand, dass die Mitarbeiter den Glauben an sich verloren hatten, vielleicht hatten sie nur zu wenig Akzeptanz durch die Inhaber bekommen. Leahcim kannte die Inhaberfamilie und wusste, dass diese Menschen keine schlechten Menschen sind, sie hatten einfach nur Angst um ihr Vermögen.

Leahcim begriff, dass eine fehlende Wertschätzung zu qualitativen Verlusten führt.

In seiner vorherigen Firma hielt Leahcim es für wichtig, ein Betriebsfest zu veranstalten oder ein gemeinsames Weihnachtsfest, um die Mitarbeiter in der sozialen Kompetenz zu stärken, damit auch ein Wir-Gefühl entstehen kann.

Er wollte so viel als Gesamtgeschäftsführer verändern und hatte keine Chance. Leahcim erkannte die Gefährlichkeit und die Unbeweglichkeit. Was sollte er machen? Ohne Geld konnte er keinen Neuaufbau kreieren.

Zuhause angekommen, taumelte er auf die im Wohnzimmer einladende Couch und versank in einem nie dagewesenen Zustand der Hoffnungslosigkeit. Plötzlich spürte er starke Schmerzen in seiner Brustgegend, die Leahcim fortwährend nicht beachtete. Sein Gesicht wurde blass und seine Mimik verriet Fürchterliches.

Leahcim wollte nicht ins Krankenhaus, was wiederum typisch und töricht von ihm war. Abwehren und herunterspielen – ist ja nicht so schlimm … Dank seiner intuitiven und wunderbaren Frau, die ihn zwang, auf der Stelle mit ihr ins Krankenhaus zu fahren, gab er seine Haltung auf. Im Krankenhaus (Notfallstation) angekommen, untersuchten sie ihn sofort.

Ein Arzt verabreichte ihm Nitroglyzerin unter die Zungenspitze, die Schmerzen lösten sich sofort auf. Leahcim war erleichtert, der Arzt fragte ihn, wie es ihm jetzt gehe. Er sagte, viel besser und dachte daran, nach Hause zu gehen. Doch da sagte ihm der Arzt, er müsse auf die Intensivstation.

Der Schock saß tief und Leahcim fragte den Arzt: „Warum? Mir geht es doch viel besser nach diesem Medikament." Daraufhin antwortete der Arzt: „Ich habe ihnen ein Nitropräparat gegeben, das sind zuverlässige Medikamente zur Behandlung eines Herzinfarktes. Die Engstellen im Herzkranzgefäß werden durch diese Substanzen erweitert und verbessern ihre Durchblutung. Folge: Ihr Herz wird entlastet, so dass das Engegefühl in der Brust nachlässt.

Da es bei Ihnen einen akuten Verdacht auf einen Herzinfarkt gibt, kann ich Sie nicht nach Hause gehen lassen." Das saß, Leahcim war wie gelähmt und konnte die momentane Situation nicht begreifen. Der Schmerz der Traurigkeit wühlte in seinem Körper und wollte ihm durch seine Augen Erleichterung schaffen, doch er war nicht fähig zu weinen. Leahcim hatte seinem Körper verboten, sich eine Erleichterung über Tränen zu verschaffen, weil er seiner Seele so fern war.

Leahcim hatte sich von seiner Mitte im innersten Zentrum hinausgeschleudert in die für ihn gefühlte Unbarmherzigkeit der Außenwelt. Angst und Versagen dominierten sein Leben. Mut und Hoffnung lösten sich auf, wie ein nasser Schwamm in der Sonne, zurück blieb nur noch ein ausgetrocknetes, poröses Etwas.

Er wurde sofort in ein Krankenbett gelegt und auf die Intensivstation gefahren. Dort angekommen und angeschlossen an die vielen technischen Apparate, sah er sein Leben in den letzten Atemzügen. Rings um sein Bett lagen sie, die wirklich schweren Fälle, jeder einzelne ein Schicksal und ein Kampf ums Überleben. Schmerzvolle Geräusche prallten an seine Ohren, die sein Mitgefühl und seine Angst vor einem schmerzvollen Tod verstärkten. Er kam sich vor wie ein Kind, übervoll mit Emotionen, das aufgefangen und beschützt werden möchte, aber nichts von all dem bekommt.

In diesem Augenblick wurde es Leahcim bewusst, dass das Leben zerbrechlich ist, zerbrechlich wie eine Weihnachtskugel, die auf einen Steinboden fällt und in 1000 Stücke zerbricht.

Am nächsten Morgen waren die Schmerzen trotz Schmerzmittel immer noch anwesend. Leahcim kam es so vor, als wenn die Schmerzen zu ihm sagen würden: *„Jetzt sind wir dran und wir zwingen dich, auf die Zeichen in deinem Leben zu hören."*

Doch wie konnte er die Zeichen erkennen? Ist nicht ein Zeichen etwas, das sich unaufhörlich durch Symbole, Emotionen oder Mitmenschen zeigt? Zeichen sind im weitesten Sinn alles, was für etwas anderes steht; was als "zuvor Erkanntes zur Erkenntnis meiner selbst führt."

Leahcim überließ seinen Körper dem Krankenhaus und dessen Personal. Sämtliche lebensbejahende Gefühle flossen den Berg der Resignation hinab. Es gab kein Entrinnen, er war gefesselt in dem Glauben an seine Unfähigkeit, jemals wieder gesund zu werden. Ein Jammertal von ungeahntem Ausmaß durchströmte jede Zelle seines Körpers und war auf das Schlimmste gefasst.

„Die Bereitschaft und deren Absicht zu sterben, hat mörderische Erfolge, denke daran, du bist der Schöpfer deiner selbst!", tönte es in seinem Kopf.

Seine Familie besuchte ihn; vorsichtig und behutsam sprach seine Frau ihn an. Leahcim sah in ihre Augen und entdeckte darin Kummer und Stärke. Sein jüngster Sohn kam zu ihm ganz nah, streichelte ihn und sah ihn mit seinen unschuldigen Augen zart an.

In Leahcim wuchs ein Gefühl der Verantwortung, ganz klein, doch von Atemzug zu Atemzug wurde dieses Gefühl stärker. Sein Körper bekam Leben eingehaucht durch die zarten, liebevollen Wellen, die aus den Augen seines Kindes kamen. Leahcim schämte sich deswegen.

Seine Zeit war noch nicht gekommen, seine Gedanken formten neue lebensbejahende Impulse, doch die Versagensangst begleitete ihn weiterhin.

Dieser Tag war für Leahcim ein Tag des Selbstmitleids und Selbstaufgabe im dunklen Tunnel, bis ein Zeichen den Tunnel erleuchtete. Und dieses Zeichen war sein jüngster Sohn.

Wie konnte er nur die Verantwortung für sein Lebenswerk „Familie" so achtlos durch egoistische Verhaltensweisen an den Rand des Ruins führen?

Der Weg des Dienens führt über den göttlichen Weg der Demut. „Ab jetzt werde ich für mich gut sorgen und mich den neuen Veränderungen stellen", schoss es Leahcim durch den Kopf.

Am darauffolgenden Tag wurden weitere medizinische Untersuchungen sowie ein Belastungs-EKG durchgeführt. Leahcim fühlte sich zunehmend wohler, aber leider immer noch geschwächt. Die Kardiologin empfahl ihm, einen Herzkatheter legen zu lassen, dem stimmte Leahcim zu. Am nächsten Tag sollte gleich in der Früh ein Herzkatheter gelegt werden, deswegen bekam Leahcim auch an diesem Abend nichts mehr zu essen und zu trinken. Er wurde auf diesen Eingriff vorbereitet. Doch wie staunte er, als die Morgenschwester ihm einen halben Liter „Glucose-Saft" gab und ihn aufforderte, es zu trinken.

Er wusste, dass Glucose ein wichtiger Energielieferant des Körpers ist, das Gehirn, die roten Blutkörperchen und das Nierenmark sind zur Energiegewinnung auf Glucose angewiesen.

Leahcim wollte verweigern und wies auf seinen Termin zum Herzkatheter legen hin, doch die Schwester sagte: „Das kann nicht sein, da in der Patientenakte nichts von einem Termin steht." Leahcim antwortete darauf: „Das kann nicht sein, da ich ja dieses Formular zur Einwilligung unterschrieben habe." Daraufhin erwähnte sie: „Dann wird der

Termin wegen einem evtl. Notfall verschoben worden sein." Leahcim könne ihr ruhig vertrauen, denn sie wisse schon was sie tue …

Leahcim trank den halben Liter Saft, sein Herzschlag beschleunigte sich und sein Puls schoss in die Höhe, da er einen extremen Energieschub bekam. Leahcim konnte nicht einmal das ausgetrunkene Glas schnell genug abstellen, schon kam eine andere Schwester zu ihm ans Bett und sagte: „Jetzt aber flott, wir müssen dringend zum Herzkatheder legen."

Auf dem Weg durch die Gänge des Krankenhauses, stopfte die Schwester ihn eine Beruhigungstablette in den Mund. Wasser zum Trinken bekam er nicht.

Wenn Leahcim mehr Mut und Vertrauen in seiner eigene Entscheidungskraft gehabt hätte, wäre sein Leben nicht so fremdbestimmt gewesen.

Leahcim spürte, dass sein Herz raste, es hatte Angst vorm Unbekannten. Abermals wies er eine Ärztin des Krankenhauses daraufhin, dass er zuvor einen Belastungstest im Hinblick auf Blutzucker verabreicht bekommen habe, die Ärztin meinte daraufhin: „nicht so schlimm, der Saft wirke ja noch nicht". Trotz seiner Äußerungen – sein Herz schlage wesentlich schneller als zuvor und Leahcim fühle diese Energie in sich – beachtete die Ärztin sein Anliegen nicht.

Ja, dachte Leahcim sich, das Ohr ist zu, wenn der Verstand gewinnen möchte, doch ist der Verstand klüger als das Ohr?

Die Ärztin erklärte Leahcim kurz, was es bedeutet, einen Herzkatheter zu legen:

„Die Herzkatheter-Untersuchung ist eine minimalinvasive medizinische Untersuchung des Herzens über einen Katheter, der über venöse oder arterielle Adern der Ellenbeuge, der Leiste, oder über das Handgelenk eingeführt wird."

Leahcim wollte über die Leiste den Katheter gelegt haben, und äußerte der Ärztin den Wunsch und diese legte sofort los.

Durch ein vorheriges Wegrasieren der Schamhaare wurde ihm seine Nacktheit bewusst. Leahcim bemerkte, dass er allen Widrigkeiten und den daraus resultierenden Ergebnissen ausgeliefert war. Kein Einschreiten möglich – geknebelt und unfähig zu handeln.

Durch sanftes Einführen der Schläuche in der Leiste war er geöffnet, Fremdes konnte in ihn eindringen. Ihm wurde daraufhin klar, wie verletzlich er doch war.

Wenn der Schutz fällt, kommen die Ängste hoch, die noch nicht bearbeitet wurden und begraben den Mut.

Ein Schlauch, der seinen Weg zum Herzen über die inneren Blutgefäße geht, ist eine wunderbare technische Erfindung, doch wenn das Herz anfängt zu stolpern und der Schlauch sich im Herzen befindet, ist er wie ein Dorn, der langsam und schmerzvoll in deinen Augäpfeln eine Furche zieht.

Leahcim fing an, Panik zu bekommen, noch nie im Leben hatte er eine Panikattacke gehabt. Immer wieder dachte er, das sei Einbildung und nicht so schlimm. Doch jetzt beim eigenen Körper spürte er einen unglaublichen Drang, diesen Katheter einfach rauszureißen. Leahcim durchströmte ein Schauer, Angstschweiß lief aus seinem ganzen Körper. Er richtete sich auf. Zusätzliche Schwestern, die anscheinend aus dem Nichts kamen, hielten ihn fest und gaben ihm Beruhigungsmittel. Er spürte den Tod in sich und vergaß das Leben. Langsam wirkte die Spritze und Leahcim entspannte sich; dass Leben kam wieder, doch es schmeckte anders als zuvor.

Leahcim lag im Krankenbett, dämmrig und doch irgendwie wach. Er erinnerte sich an einen Text über die Einteilung des Lebens, den er vor langer Zeit in einem Buch über Aristoteles gelesen hatte:

Aristoteles unterschied grob drei verschiedene Stufen von Leben, die er nach ihrem Seelenvermögen hierarchisch anordnete: Auf der untersten Stufe steht das allein durch Ernährung und Fortpflanzung bestimmte Leben der Pflanzen, darauf folgt das zusätzlich durch Sinneswahrnehmung und Fortbewegung bestimmte Leben der Tiere, auf der obersten Stufe das darüber hinaus durch Denken bestimmte Leben der Menschen.

Leahcim war der Meinung, dass Tiere in gewissen Situationen auch denken können. Und wer sagt, dass Pflanzen nicht auch denken können! Wer gibt die Gewissheit? Niemand, denn wir können es nicht wissen. Letztendlich ist das menschliche Leben eine Wahrnehmung durch uns selbst, durch das Denken können wir feststellen, aber durch das Fühlen können wir erfahren.

Leahcim erinnerte sich an eine heiße Herdplatte, die er damals als Kleinkind neugierig beobachtete. Durch Denken konnte er die Temperatur analysieren evtl. das Ausmaß der Brandwunde beschreiben. Aber durch Berühren konnte er sofort die unglaubliche Kraft, die aus dieser Herdplatte kam, erleben und den daraus entstandenen tiefen Schmerz an der Handfläche spüren. Über sein Gefühl hat er eine schmerzliche Erfahrung erlitten. Und all die Vorsichtsmaßnahmen dienen unserem Schutz, damit unser Leben weiter bestehen kann.

Leahcim war dem Tod begegnet und alles wurde ab diesem Zeitpunkt anders. Gleich nach dem Krankenhaus telefonierte er mit seinem Chef und bat ihn „um ein Vier-Augen-Gespräch", denn er merkte, dass der Weg, den er eingeschlagen hatte, der falsche war.

Der Tag des Gesprächs rückte näher und sein Mut rückte in die Ferne. Beide trafen sich an einen bewölkten Dienstagmorgen am Stadtrand von München in einem italienischen Café. Unbehagen lag in der Luft und er wollte fliehen, doch es gab keinen Weg zurück, Leahcim musste den beschwerlichen Weg der Entscheidung gehen, um frei zu werden. Denn was nützt ihm ein monatliches Gehalt, wenn seine Seele Trauer trägt und offensichtlich auch sein Körper droht, daran zu sterben? Tief im Inneren wusste Leahcim genau, was richtig ist, doch er hatte das Vertrauen zu sich wieder verloren.

„Stell dir vor, du stehst in einem dunklen Raum, alle Türen und Fenster sind verschlossen, kein Licht dringt ein. In der linken Hand trägst du den Stein des Vertrauens, er gibt dir Kraft und Mut und nimmt die Angst. Durch ein ungeschicktes Verhalten stolperst du und verlierst den Stein aus deiner Hand. Plötzlich steigen Ängste in dir auf, du bist blockiert, die Kraft schwindet in dir. Verzweiflung kommt auf und du fühlst dich alleingelassen. Du denkst, du hättest dein Vertrauen verloren, weil du es nicht siehst und weil du es nicht mehr in deiner Hand hältst, doch das stimmt nicht. In deinem Raum auf dem Boden liegt der Stein des Vertrauens. Dir fehlt lediglich das Licht im Raum, um zu erkennen. Öffne die Tür und Licht wird eindringen“, sagte Leahcim, um sich selbst Mut zuzusprechen.

In diesem Gespräch mit dem Arbeitgeber vertrat Leahcim seine Meinung und er wusste, dass dadurch sein Arbeitsplatz verloren ginge. Auf der Rückfahrt nach Hause musste Leahcim weinen, denn nun hatte er keine Sicherheit mehr.

Es ist schon paradox, wenn der Verstand meint zu wissen, wie wichtig die Arbeitsstelle für einen selber ist, denn sie ermöglicht Leahcim, sein Haus abzubezahlen sowie seine Frau und seine drei Kinder zu versorgen, doch Leahcims Seele sagte ganz eindringlich: „Geh, sonst bist du bald tot!“

Er konnte auf dem Rückweg nicht glauben, was er gesagt hatte: „Ich werde nicht mehr als Geschäftsführer tätig sein, suchen Sie sich einen Anderen oder verkaufen Sie die Firma.“ Der Inhaber entschied sich für den Verkauf, und Leahcim hatte sich selbst wegrationalisiert, er stand nach 32 Jahren Arbeit vor der Arbeitslosigkeit.

Angekommen zu Hause, machte Leahcim einen sehr langen Spaziergang und ruhte sich anschließend an einem See aus. Er war immer noch fix und fertig, aber er spürte in sich eine

Erleichterung. Leahcim ging der Erleichterung nach und traf seinen Stein an seiner Schulter. „Schön dich zu sehen", sagte sein Stein halb schwebend über seiner Schulter. „Es ist schon eigenartig, wie von einer auf die andere Sekunde das Leben sich verändert – oder?", fragte der Stein Leahcim, und ohne eine Antwort abzuwarten, erzählte er weiter. „Weißt du eigentlich, dass du solch eine schwerwiegende Entscheidung noch nie getroffen hast? Bisher hattest du dich immer nur gegen deinen Körper entschieden. Selten machtest du Pause, wenn dein Körper vor Schmerz geschrien hatte, ständig gingst du über deine körperlichen Grenzen. Du hast selten auf dich gehört und wenn ich sage selten, dann meine ich das auch so. Und ich bin felsenfest davon überzeugt, dass du es auch weißt. Mit der Entscheidung, die Firma zu verlassen, hast du dich das erste Mal für deinen Körper eingesetzt und glaube mir, dies wird er dir danken. Für so einen Schritt braucht man Mut, den du jahrzehntelang nicht hattest."

Leahcim erwiderte: „Das war doch nicht so schlimm, ich habe es einfach gemacht."

Wie ein Donner brüllte der Stein Leahcim an: „Steh jetzt endlich zu dir und mach nicht die großen Wunder in dir zu kleinen unbedeutenden Kreaturen. Du warst mutig zu deinem Körper und du warst mutig zu dir."

Leahcim verstand nicht, was sein Stein ihm sagen wollte, auch war er ängstlich wegen der dominanten Stimme, die aus ihm klang. Das mit seinem Körper stimmte, aber mutig mit ihm selbst, mit dieser Aussage konnte Leahcim nichts anfangen.

Den Stein fragen, dass traute Leahcim sich nicht und so schwieg er. Eine Stille erfüllte den Raum, bis der Stein weitersprach: „Du hattest den Mut, einen anderen noch unbekannten Weg einzuschlagen. Du wusstest von der Tragik, die auf deine Familie und dich zukommt. Du warst mutig, eine große unbekannte Last aufzunehmen, ohne den Ausgang zu wissen. Du warst dir das erste Mal nahe, denn du tatest das, was dein Herz verlangte. Schau deinen Stein an und erkenne die Schönheit in dir."

Leahcim betrachtete seinen Stein und sah die leuchtenden Strahlen, die vom Stein ausgingen, und zu seiner Freude sah er eine weitere Stelle am Stein. Diese Stelle war ohne Beschichtung und dort strahlte eine orangene Farbe direkt in sein Herz. Leahcim blieb eine Weile unbewegt mit seinem Stein am Ufer des Sees. Der Stein verabschiedete sich und Leahcim machte die Augen auf und sah, wie die Sonne im Abendrot langsam unterging. Danach wusste er, was zu tun war.

Er meldete sich wenige Tage später bei der Agentur für Arbeit arbeitsuchend, obwohl er noch gute zwei Monate in dieser Firma arbeiten musste. Es war ein eigenartiges Gefühl, in dieses Gebäude hinein zu gehen. Leahcim spürte die Verzweiflung und Traurigkeit der arbeitsuchenden Menschen. Eine Gruppe von Menschen und er, benutzten den großen Aufzug zum dritten Stock, um sich dort arbeitssuchend zu melden. An der Körperhaltung sah man die anrückende geglaubte „Wertlosigkeit" einiger Mitstreiter, denn ihr Körper war gebeugt von der Last, die die Zukunft ihnen bringen könnte. Es war eine Stimmung wie auf einer Beerdigung.

Leahcim selbst hat sich fehl am Platz gefühlt. Vor wenigen Monaten korrespondierte er noch mit der Arbeitsagentur, um Mitarbeiter zu werben. Leahcim nahm Gespräche mit den Bewerbern auf und verhandelte Zuschüsse mit dem Amt. Und nun war er selber einer von ihnen, auf der Suche nach einer neuen Chance.

Er wurde wie ein Hund bei der Aufnahme im Tierheim katalogisiert, es fehlte nur noch das Passbild. Anschließend musste er in einem großen Vorraum warten, bis Leahcim von einer ihm unbekannten Person aufgerufen wurde. Er konnte nicht einmal auf die Toilette gehen, da er nicht wusste, wann er gerufen wird. Nach 30 Minuten wurde Leahcim zum

Gespräch zitiert in ein sehr unpersönliches Großraumbüro, das viele Schreibtische mit den dazugehörigen Sichtschutzwänden hatte. Leahcim nahm auf einem unbequemen Stuhl Platz, die Sachbearbeiterin saß seitlich gegenüber, sie hatten überhaupt keinen Blickkontakt. Es wurden nur sachliche Daten abgefragt, keinerlei Kommunikation des Mitgefühls oder Interesse entwickelte sich. Bei der Sachbearbeiterin saß ein Auszubildender im ersten Ausbildungsjahr, der teilnahmslos das Gespräch mitverfolgte.

Es war für Leahcim eine Situation, als wenn einer ihn nackt auszieht und ihn in ein vollbesetztes Fußballstadion stellt. Leahcim musste seinen Verdienst sowie weitere intime Dinge erklären und dabei war immer der Auszubildende. Es wurde nicht gefragt, ob ihn das recht wäre, dass ein Auszubildender dieses Gespräch mit anhören durfte. Die Sachbearbeiterin machte nur ihre Arbeit und Leahcim wollte sie auch nicht verurteilen, aber in dieser Situation wäre ein jedes Wort des Mitgefühls und Achtsamkeit stärkend für ihn gewesen. Beim Verabschieden bedankte er sich für die Unfreundlichkeit, ja er war wütend auf diese Person und wollte sich rächen, war zwar dumm, aber es streichelte sein Ego.

Am selben Tag ging er zu seiner Arbeitsstelle. Die für ihn neue Arbeitsaufgabe des Firmenverkaufs hielt ihn emotional stabil, da er keine Zeit hatte, in sich hineinzuschauen. Doch als die Zeit der Innenbetrachtung immer näher rückte, da seine „Dienste" nicht mehr gebraucht wurden, spürte er den schmerzhaften Berg der Nichtbetrachtung.

Am Tag der ersten Arbeitslosigkeit explodierte der Berg. Ein Wasserfall aus Tränen strömte aus ihm, er war ohne es zu wissen im Prozess der Heilung.

Leahcim war dabei, alles zu verlieren. Plötzlich stand er da und fühlte sich wertlos, alle Dinge wie Ausbildung und Berufserfahrung wurden von ihm als geringwertig oder sogar als besonders schlecht empfunden. Keinen weiteren Schritt in seiner bisherigen Tätigkeit, er kehrte seinen erworbenen Erfahrungen den Rücken zu. Wendete sich ab und blieb in einem von ihm geschaffenen düsteren Raum ohne Zukunft.

Manchmal ist es gut, Abstand zu gewinnen, um aus einer anderen Perspektive die Dinge zu betrachten, doch Leahcim wollte nicht nur Abstand gewinnen, sondern er wollte auch sein ganzes bisheriges Leben in Frage stellen. Tagelang lief er wie ein Häufchen Elend herum, er versank in Selbstmitleid und machte es seiner Familie nicht gerade leicht. Natürlich redete er sich immer ein, dass er eine weitere Chance habe, im Leben etwas Neues zu tun, doch die Worte trafen nicht auf sein Herz, sondern kreisten um den Verstand. Ihm wurde allmählich klar, dass er nur durch die Berührung mit dem Herzen die Schmerzen lösen kann.

Tagelang meditierte er, um sich in der Stille zu spüren, seine Mühe wurde belohnt und er begann zu heilen. Er heilte sich in Seele und Körper und spürte die unglaubliche Kraft, die dann erscheint, wenn der Weg zum Herzen geöffnet wird.

Zwei Monate später hatte er einen Termin bei einem Kardiologen, dieser untersuchte Leahcim ein weiteres Mal und stellte zum Erstaunen aller fest, dass seine Herzwandverdickung faktisch nicht mehr da war.

Leahcim konnte es nicht glauben und führte einen inneren Dialog:

„War ich einem inneren Wunder begegnet? Konnte ich mich unbewusst selbst heilen?"

Irgendwie hatte er das Bedürfnis, auf seinem Laptop im Internet nachzusehen, was eigentlich Wunder bedeutet.

Ein Wunder (griechisch thauma) bezeichnet man umgangssprachlich als ein Ereignis, dessen Zustandekommen man sich nicht erklären kann, so dass es Verwunderung und Erstaunen auslöst. Es bezeichnet demnach allgemein etwas „Erstaunliches" und „Außergewöhnliches" (griech. thaumasion).[3]

3   Quelle https://de.wikipedia.org/wiki/Wunder

Und genau dieses hatte Leahcim durch seinen eigenen Körper erfahren. Doch was hatte er dazu beigetragen? Wie kam es zu dieser Heilung an seinem Herzen? Die einzige Erkenntnis war, dass er Vertrauen in seine Selbstheilung hatte. War das alles, was Leahcim machen musste? Nur Vertrauen in seinen Körper zu haben? Ist das Leben wirklich so einfach?

Leahcim schaute zurück in seine Vergangenheit und bemerkte, wie oft er ohne irgendwelche Medikamente unglaublich schnell von alleine gesund geworden war. Eigentlich war er in den letzten dreißig Jahren kaum krank gewesen, abgesehen von einigen Verletzungen durch Unfälle, die er durch mangelnde Achtsamkeit selbst hervorgerufen hatte, wie Bänderrisse und sonstige Wunden.

Bei Infekten hatte er nur einen Tag im Bett gelegen, danach wurde er sehr schnell wieder gesund. Leahcim spürte auch die körperliche schnelle Genesung, das heißt, die Selbstheilungsimpulse durchfluteten seine Zellen und deren Zwischenräume.

„Ja, genau genauso ist es, und ich sage dir noch etwas", sprach sein Stein, der anscheinend aus dem Nichts in sein Gedankenreich kam.

„Ist das nicht ein Geschenk zu wissen, dass du nicht zum Krankwerden neigst, du hast eine gute Konstitution und großes Vertrauen in die menschlichen Selbstheilungskräfte. Wusstest du, dass die Dinge zwischen den Räumen die wahren Kräfte bergen? Ein Musikstück ohne die Leerräume zwischen den Tönen ergibt keinen Rhythmus. Oder denke an die „nichtexistierende Leere" im Inneren eines Kruges, die erst das Krug-Sein möglich macht. Auch die Schritte, die du täglich machst, und die Leerräume dazwischen bilden den Weg. Ich glaube, Leahcim, wenn dein Vertrauen zu allen Dingen so stark wäre, wie die in deine Selbstheilung, dann wärest du erlöst."

Zuhause angekommen machte Leahcim einen Spaziergang

in den nahegelegenen Wald, die Luft war für Oktober sehr warm und die Stille war außergewöhnlich und mystisch. Er spazierte, ohne zu denken, der untergehenden Sonne entgegen, als sich plötzlich ein Vibrieren durch seinen ganzen Körper zeigte. Es war wie eine Aufladung, eine Tankstelle für menschliche Energie. Er blickte auf den Waldboden und sah den Weg fließen, wie ein sanfter Bach unter den Füßen. Leahcim konnte nicht glauben, was momentan mit ihm geschah, er drehte sich um, aber auch dort floss der Weg von ihm weg. Er schaute den Weg entlang, soweit sein Auge schauen konnte – es floss! Wie war dies möglich?

Leahcim hatte keine Angst vor dem, was dort passierte, dennoch konnte er es nicht mit dem Verstand begreifen. Er ließ es geschehen und war im Sein. Leahcim spürte die unglaubliche Energie, die sich Schritt für Schritt in seinem Körper ausbreitete. Genau in diesem Augenblick wurde ihm bewusst, dass es eine Energie gibt, die grenzenlos war. Leahcim konnte sie zwar nicht sehen, aber deutlich spüren. Er vernahm eine Stimme die ihm sagte:

„Wenn du den Zugang zu dir selbst öffnest, erkennst du, dass es noch weit Größeres gibt, als du es dir vorstellen kannst."

Wie sollte Leahcim mit diesem Wissen umgehen? Viele würden ihn für verrückt erklären oder mit ihm gar nichts zu tun haben wollen. Mein Gott, dachte Leahcim: „Jetzt habe ich einen betriebswirtschaftlichen beruflichen Werdegang und nun diese absolut nicht analytische Erfahrung, also ein komplettes Kontrastprogramm. Dies nenne ich eine erlebte Polarität."

Zwei Welten, die für Leahcim nicht konträrer sein konnten. Von René Descartes stammte das berühmte Diktum „cogito ergo sum" („ich denke, also bin ich"). Dies kann Leahcim für sich nicht empfinden. Es ist vielmehr das Dictum „sentio ergo sum" („ich spüre, also bin ich"). Denn nur durch Gespürtes konnte Leahcim erfahren.

„Denken ist ein Werkzeug, um mit Materie umzugehen, sie

zu formen und zu gestalten, spüren ist ein Werkzeug, um uns im Leben zu erkennen", sprach sein Stein zu ihm.

Leahcims Leben hatte zum Ziel, die Erkenntnis des Inneren zu erlangen, das Seelenleben zu erkunden. Als die Abendsonne in einer warmen, orangefarbenen Stimmung eintauchte, so als ob die Zeit für einen Augenblick stillstehen würde, kehrten Ruhe und Leere in Leahcims Körper ein, er nahm nur noch seinen Atem wahr.

Leahcim bekam ein kurzes Glücksgefühl, denn er erkannte, dass durch die Stille sich seine Tore zum Inneren öffneten. Jetzt hatte er den Schlüssel gefunden.

Zuhause angekommen, setzte Leahcim sich an den PC, um im Internet einige Möglichkeiten für „Stille" zu finden. Es wurden angeboten: Klosteraufenthalte, Berghütten, Jakobsweg beschreiten und vieles mehr. Was ihn aber besonders wunderte, war die Tatsache, dass unglaublich viele Menschen die Stille suchten. Bei verschiedenen Telefonaten in unterschiedlichen Klöstern wurde ihm gesagt, dass er nur noch auf eine Warteliste kommen könne, da die Plätze schon besetzt seien. Doch Leahcim wollte jetzt seine Stille erleben. Nach diesem tiefen Erlebnis in der Abendsonne formte sich regelrecht eine steigende Sehnsucht nach Stille. Er hatte Glück, denn wie durch „Zufall" stieß Leahcim auf einen Meditationskurs (Zazenkai und Winter-Sesshin) in einem Zen-Haus. Er wusste überhaupt nicht, was der Kurs bedeutet und informierte sich übers Internet und las folgenden Artikel:

„Zazen ist das japanische Wort für Sitzmeditation, dies ist die wichtigste Übung im Zen-Buddhismus. Die Meditationstechnik soll Körper und Geist zur Ruhe bringen und den Boden für mystische Erfahrungen bereiten".

Für Leahcim war dies alles neu und er freute sich auf Ruhe, er las weiter im Text: „Sesshin ist eine Periode unterschiedlicher Länge mit konzentrierter Zen-Meditation. Hier wird noch intensiver Zazen praktiziert. Das Programm eines

Sesshins ist gekennzeichnet durch häufige und ggf. längere Meditationsperioden. Je nach Ausrichtung werden die Mahlzeiten ebenfalls in der Zazen-Haltung während eines Sesshin eingenommen. Längere Sitz-Perioden werden häufig durch Kinhin (Gehmeditation) unterbrochen. Das praktizierte Schweigen dient der Konzentration und Nicht-Ablenkung".[4]

Leahcim war begeistert und meldete sich für einen zehn Tage andauernden Intensiv-Kurs an. Einen Tag bevor der Kurs startete, rief ihn der Kursleiter an und sagte, dass der Intensiv-Kurs von zehn Tagen nicht stattfände, da die Betriebskosten für das Einheizen des Zendo (bezeichnet das Hauptquartier oder die Übungshalle) bei weitem die Einnahmen übersteige, deswegen könne der Kurs nur für drei Tage stattfinden. Da Leahcim als einziger auf dieser Liste stand, und eine Dame, die ein Tag später dazukam, diesen Kurs besuchte, hatte Leahcim natürlich vollstes Verständnis gehabt. Allerdings war er sehr traurig, da er wirklich eine lange Zeit in der Stille sein wollte. Sein körperloser Stein, mit dem er immer wieder Dialoge führte, sprach zu ihm:

„Oft gehen die Wünsche in eine andere Richtung und wir sind verärgert oder traurig, manchmal sogar zornig, doch dann stellt es sich im Nachhinein heraus, dass dies genau der richtige Weg war. Unser Verstand ist nicht der, der alles weiß, sondern die Seele (oder unser Göttliches) und diese führt uns dann auch auf den richtigen Weg."

Gegen Abend fuhr ihn sein Sohn zum Seminarhaus und die Reise begann. Leahcim war der absolute Neuling, nichts, aber auch gar nichts wusste er. Sämtliche traditionelle Rituale durchlebte er das erste Mal. Leahcim wurde sehr freundlich von dem Priester Daikan empfangen, er bereitete ein Abendessen vor und sie aßen auch sehr bald Reis mit Gemüse. Der erste Tag war nur zum Ankommen und Einrichten

4 Quelle: https://de.wikipedia.org/wiki/Sesshin

vorgesehen. Am nächsten Tag wurde Leahcim um 05:00 Uhr in der Früh durch einen Gong geweckt. Sämtliche Quellen der Außenwelt wurden abgestellt. Kein Laptop, kein Radio, kein Fernsehen, keine Uhr. Leahcim war dem Rhythmus des ZEN untergeordnet. Gleich nach dem Erwachen sind beide zum Meditieren gegangen. Sie saßen mit geöffneten Augen in diesem wunderschönen Zendo, der lichtdurchflutet eine unglaubliche Ruhe ausstrahlte.

Hier war Leahcim nun und konnte sich fallen lassen, ohne an irgendetwas denken zu müssen. Einfach geschehen lassen. Die herrlichen Holzbalken, die dem Raum als Stützen dienten, strahlten Reinheit und Festigkeit aus. Der Boden war über eine Fußbodenheizung gewärmt. Leahcim hatte das Gefühl, ihm fehle an nichts. Stundenlang, nur im Sitzen da zu sein, war auf einer Seite sehr angenehm, doch sein Körper hielt die Unbeweglichkeit nicht aus. Am zweiten Tag schmerzten seine Schultern und der Nacken, er bekam Kopfschmerzen.

Am Ende des zweiten Tages (die Meditation ging von 05:00h bis 22:00h oder länger) erkundete Leahcim, trotz der pochenden Schmerzen in Kopf, das Seminarhaus. Da er noch alleine war, schaute er sich alle Schlafmöglichkeiten an, und stellte fest, dass sein Zwei-Bett-Zimmer ein Luxus war. Am schlimmsten war das Bettlager ganz unterm Dach, in diesem beengten Raum wollte er niemals freiwillig sein. Unter diesem Dach konnte er nicht einmal aufrecht gehen, da der Kniestock sehr niedrig war und außerdem waren dort fünf Betten unter der Dachschräge positioniert – wie furchtbar! Was für ein Glück er doch hatte mit seinem kuschligen Zimmer, in dem auch noch ein Waschbecken angesiedelt war. Die tägliche Meditation war der erste Schritt zur Stille, durch die strengen Rituale – nichts denken, Augen auf, gerade Kopf- und Körperhaltung, bei der Ausatmung zählen und wenn man bei zehn angelangt ist, wieder von vorne beginnen, hatte Leahcim wirklich Kraft geschöpft, aber für sich leider keine tiefe Erkenntnis gewonnen. Am letzten Tag waren die Kreuzschmerzen zwar ein bisschen besser, aber zehn Tage nur so zu sitzen, wie es ja ursprünglich hatte sein sollen, hätte er nicht geschafft. Der Tag neigte sich dem Ende zu, sein wunderbarer Sohn stand vor der Tür und holte ihn ab. Was für eine unglaubliche Dankbarkeit durch seine Seele strömte, als er seinen Sohn sah.

Menschen, die dir helfen, sind ein wunderbares Geschenk und Leahcim war so froh, seinen Sohn zu haben.

Zuhause angekommen ging er gleich in die Badewanne, um seinen Muskelschmerz am Rücken zu bearbeiten. Eine knappe halbe Stunde später rief seine Cousine Diane an und sprach auf den Anrufbeantworter: „Bitte rufe mich zurück."

Nicht mehr als diese vier Worte „Bitte rufe mich zurück" vernahm Leahcim als er in der Badewanne saß, er wusste, was geschah, sprang aus der Badewanne und rief zurück.

Tiefe Traurigkeit durchzog die Stimme seines Gegenübers, sie sagte: Tante Inge ist heute gestorben! Endlose Ruhe … Leahcim fragte, ob er sich noch von seiner Tante verabschieden könne. Sie sagte: „Ja das wäre wunderbar, denn heute Nacht ist sie aufgebahrt im Raum der Stille auf der Palliativ-Station im Krankenhaus.

Ohne große Worte zog er sich was Warmes an und wollte losfahren, da sagte seine Frau, sie komme mit. Leahcim hatte nichts dagegen und freute sich, dass sie auch Anteil an seiner Familie nahm. Zu seiner Überraschung wollte sein Ältester auch mit, was Leahcim sehr freute. In seinem Alter – neunzehn Jahre – hätte er sich niemals getraut, freiwillig einen Toten anzuschauen. Leahcim war so stolz auf seinen Sohn und die Liebe zu ihm wuchs ein weiteres Mal.

Auf der Station angekommen, meldeten sie sich bei einer Stationsschwester; sie gab ihnen zu verstehen, kurz im Gang zu warten. Daraufhin verschwand die Stationsschwester in eines der Zimmer, plötzlich kam sie kurz aufschreiend aus dem Zimmer. Leahcim und Sabine überlegten, was wohl geschehen war und gleich darauf bekamen sie die Antwort: Eine andere Schwester war im Zimmer gewesen und hatte wohl diese erschreckt.

Beide mussten aus Erleichterung lachen, dies tat trotz der Tragik gut. Und Leahcim meinte: „Ja, so war sie meine Tante, immer ein Späßchen auf den Lippen. "

Es ist schon bemerkenswert, wie die Wege im Leben verlaufen, zuvor war Leahcim noch bestürzt, dass der Kurs nur drei anstatt zehn Tage dauert. Dann machte er die Entdeckung, dass zehn Tage für seinen Körper gar nicht möglich gewesen wären und zu guter Letzt war es wunderbar, denn nur aufgrund dessen konnte er sich bei seiner lieben Tante persönlich verabschieden und hatte auch die Gelegenheit, mit auf die Beerdigung zu gehen.

Leahcim trat in das Zimmer ein, links vor dem Raum waren ein Blumenstrauß und eine brennende Kerze. Da er nicht gewusst hatte, dass sich dort schon eine Kerze befand, hatte er eine eigene mitgenommen, die er neben dem Blumenstrauß anzündete.

Licht zu spenden, für den Übergang, ist für die losgelöste Seele eine Hilfe zur Orientierung und Leahcim erinnerte sich an einen Text in der Bibel.

„Da redete Jesus abermals zu ihnen und sprach: Ich bin das Licht der Welt; wer mir nachfolgt, der wird nicht wandeln in der Finsternis, sondern wird das Licht des Lebens haben. "

Oft sind Texte in unterschiedlichen Religionen wichtig, um zu verstehen, dachte er sich und schob den schweren Sessel, der sich an der anderen Wand befand, zur rechten Seite ans Bett. Seine Frau und sein Sohn standen im Zimmer vorm Türeingang und nahmen teil, um sich zu verabschieden. Leahcim schaute seine Tante an, nichts bewegte sich, kein Atem, nur Leere. Dennoch hatte er das Gefühl, sie sei noch nicht aufgestiegen, er lauschte, hörte aber keinen Ton – nichts – unendlich nichts. Sein Sohn ging nach wenigen

Minuten aus dem Zimmer, was für ein starker Mensch, dachte er bei sich.

Leahcim fiel es nicht leicht, sich mit dem Tod auseinanderzusetzen, aber durch die Auseinandersetzung hatte er die Möglichkeit, sein Leben zu reflektieren. Denn wenn er den Tod nicht als Bedingung annahm, konnte er das wunderbare Leben nicht schätzen.

Wie ist es mit dem Sinn des Lebens? Und wie ist es mit dem Tod? Was ist der Sinn des Todes?

Leahcim fand keine Antwort, er schaute seiner Tante ins Gesicht und es gab keine Reaktion, keinen interaktiven Austausch, nur noch „Sein" in höchster Vollendung. Befreit von allem Irdischen, losgelöst von diesem Körper, der ihr in den letzten Jahren viel Schmerz zugefügt hatte. Leahcim freute sich für sie, denn nun stand sie am Tor und wurde von Liebenden empfangen und war gleichzeitig bereit, die noch Lebenden mit Liebe, wenn auch ihnen ihre Stunde geschlagen hatte, abzuholen.

Leahcims Leben wurde mit dem Aspekt der STILLE überschwemmt. Stille auf der Intensivstation, Stille im Wald, Stille beim ZEN, Stille hier im „Raum der Stille".

Er genoss den Abschied von seiner Tante, weil er sich das erste Mal in solch eine Situation reinfallen lassen konnte, ohne dass der emotionale Schmerz der Traurigkeit über seinen Körper Macht gewann. Leahcim war innerlich sehr stark und mitfühlend, denn tiefe Ruhe überströmte sein Leben.

„Schön, dass ich dich kennenlernen durfte, auch wenn es nur wenige Jahre waren. Du hast mich inspiriert und mir deine wunderbare Familie geschenkt. Danke." Leahcim ging mit seiner Frau und seinem Sohn zum Auto, um nach Hause zu fahren.

Es war schon eigenartig, dass in den letzten vier Jahren, immer um die Weihnachtszeit, Freunde oder Bekannte von

Leahcim gestorben waren. Ein Jahr zuvor hatte er sogar sein Geburtstagsfest abgesagt, da zwei Tage später eine Beerdigung von einer guten Freundin stattgefunden hatte. Immer wieder begegnete ihn der Tod an seinem Geburtstag, und er reflektiere den Tod, um das Leben zu genießen.

„Wann bin ich dran?", schoss es Leahcim in den Kopf, als er zu Hause war. Er beschloss, mit seinem Stein Kontakt aufzunehmen, um diese Frage zu klären. In Sekundenschnelle lief er in sein Schlafzimmer und machte es sich im Bett bequem.

Leahcim atmete tief ein, wartete auf ein Gefühl, folgte diesem Gefühl in seinem Körper und suchte den Stein. Jetzt befand sich der Stein zum allerersten Mal außerhalb des Körpers, mitten auf seinem Bauchnabel. Leahcim staunte nicht schlecht und fragte den Stein, warum er draußen sei, der Stein antwortete: „Weil du frei bist." Wieder einmal gab der Stein Leahcim ein Rätsel auf und wieder einmal verstand Leahcim ihn nicht. „Was soll das bedeuten „weil du frei bist"?, fragte Leahcim ihn direkt, ohne irgendwelche Umwege zu nehmen. „Du willst es jetzt aber wissen", lachte der Stein und begann zu erklären: „Wie du bereits gemerkt hast, bin ich dein Stein, mit dem du alles besprechen kannst, ich bin auch der Stein der Strahlen und kann in vielen schönen Farben leuchten. Zudem habe ich dir gezeigt, welch wunderbare Verknüpfungen es mit anderen Steinen gibt. Nun erlebst Du einen ganz anderen Aspekt von mir, denn ich bin nicht nur in deinem Körper, sondern auch außerhalb. Ach, bevor ich es vergesse, auf deinem Bauchnabel liegt es sich sehr bequem, nur hätte ich gerne eine Decke, denn mich friert es." Leahcim musste daraufhin so sehr lachen, dass der Stein auf dem Bauch auf und nieder flog. „Jetzt reicht es mir, sonst wird mir noch schlecht", sagte der Stein in einem kichernden Tonfall.

„Es tut so gut, hin und wieder zu lachen, gerade wenn man einen lieben Menschen verloren hat und diese Schwere in sich trägt", dachte Leahcim.

„Okay, jetzt werde ich dir die Antwort auf deine Frage geben. Du glaubtest, dass ich nur in deinem Körper zu finden sei und du glaubtest, dass ich fest mit diesem Körper verbunden bin. Und ich kann dir sagen, alles, was du glaubtest, ist falsch, ist eine Illusion.

Ich bin mir dir verbunden, aber nicht mit deinem Körper, das bedeutet, ich bin frei und kann hingehen, wohin ich will. Ist das nicht eine schöne Aussicht?", der Stein zwinkerte Leahcim lausbubenhaft zu. Leahcim überlegte, ob auch er so frei sein könne wie der Stein, merkte aber, dass ihn eine unsichtbare Hand festhielt und an seinem „Frei sein" hinderte. Der Stein bemerkte Leahcims aufkommende Bekümmerung und sagte liebevoll:

„Auch für dich wird der Tag kommen, an dem du frei agieren kannst. Jetzt musst du noch eine Weile warten und die vielen Geschenke an Erfahrungen annehmen und durch die bedingungslose Annahme wirst du frei werden."

Das waren ja schöne Aussichten für seine Zukunft, doch war er nicht ganz glücklich darüber. Leahcim wollte sofort frei sein und das Leben im Zustand der Loslösung erleben. „Halt, mein Lieber", sagte der Stein in einem etwas raueren Ton zu ihm. „Du verstehst mich jetzt ein wenig falsch. Ich meine mit dem Zustand des Freiseins nicht den Zustand nach dem Tod oder den Übergang zwischen Leben und Tod. Darüber reden wir später. Was ich meine, ist die Freiheit zu entscheiden, wohin du gehen möchtest oder was du tun möchtest in deinem jetzigen Leben. Die Ketten, die du dir selbst durch deine Glaubenssätze auferlegt hast, diese Ketten zu sprengen ist deine Aufgabe. Du hast doch bestimmt schon oft den Satz gehört „Du kannst es schaffen" oder in der Kinderserie „Bob der Baumeister" wird auch immer wieder

Bob gefragt: „Können wir das schaffen? Jo, das schaffen wir",
dröhnt dann die ganze Bautruppe."

Leahcim war zwar kein Fan dieser Serie, aber der Leitsatz
beinhaltete für ihn eine große Wahrheit.

Langsam begriff Leahcim, was sein Stein ihm sagen wollte,
er erkannte, dass er nur frei sein kann, wenn er sich selbst
vertraute. Sogleich fiel ihm der wunderbare, schöne, grüne
Strahl ein, der sich aus dem Stein nach oben verbreitet hatte.
Sofort schaute er seinen Stein an, ob die Farbe noch zu sehen
war, aber er sah nur gedämpftes grünes Licht. Generell schien
es ihm so, als seien die anderen Farben auch blasser
geworden. Erschreckt darüber fragte er den Stein, ob er jetzt
alles verlieren würde? Aber der Stein verneinte und sagte,
alles sei nur Wandlung. Schon wieder ein Rätsel. Leahcim
wollte nicht mehr näher darauf eingehen, weil er seine
ursprüngliche Frage noch gar nicht gestellt hatte und ihm war
es so wichtig, eine Antwort darauf zu bekommen. Leahcim
schaute den Stein mit einem ernsten Gesicht an und sprach in
einer sterbenstraurigen Tonlage.

„Wann bin ich dran?" Stille, keine Antwort für Minuten,
dann sagte der Stein in einem gleichen ernsten sterbenstraurigen Ton „Wenn du eine Nummer gezogen hast."
Leahcim verstand überhaupt nichts und sah auch
entsprechend wie ein Fragezeichen aus. „Muss man eine
Nummer ziehen?", fragte er naiv. „Natürlich, um deinen
Todestag im Leben feiern zu können!" Und auf einmal lachte
der Stein so arg, dass er nur noch auf Leahcims Bauchnabel
herum purzelte. Durch die imaginäre Reibung an seinem
Bauch spürte Leahcim ein Kitzeln und musste zwangsläufig
mitlachen. Aber es war kein Lachen aus dem Herzen, sondern
nur aufgrund eines körperlichen Reizes.

Leahcim bemerkte, dass er ein bisschen beleidigt war, so
eine Antwort vom Stein auf so ein wichtiges Thema zu
bekommen. Anscheinend hatte sein Stein einen Clown

verschluckt. „Mach dich nur lustig über mich!", schrie er seinen Stein an. „Entschuldigung, aber es war halt ein wenig lustig und warum sollten wir dann nicht lachen. Den Tod als ewige Trauer zu erleben, bedeutet, unser Leben nicht mehr zu leben.

Glaubst du, es wäre gut, wenn du deinen Todestag erfahren würdest? Du wirst dann gehen, wenn deine Erfüllung auf Erden gekommen ist. Das kann nach wenigen Sekunden sein oder erst nach hundert Jahren. „Und wenn ich durch eine Krankheit meine Zeit des Todes mitgeteilt bekomme, wie soll ich mich dann verhalten?"

Leahcim wusste selbst nicht, warum er das gefragt hatte, er dachte bei sich, dass dies mit seiner Tante zu tun haben musste. Denn sie hatte gewusst, dass sie bald an den Folgen von Krebs sterben würde. Der Stein antwortete ihm mit einer einfühlsamen Stimme:

„Verhalte dich wie zu Lebzeiten, aber gehe ins Hier und Jetzt. Vermeide die Vergangenheit oder die Zukunft – lebe aus der Sekunde, aus deiner Lebenssekunde."

Leahcim war beeindruckt, all diese neuen Erkenntnisse zu hören, und dachte an eine wunderbare neue Zeit, die vor ihm lag, als der Stein ihm sagte: „Denke nur nicht, du hast eine ruhige Zeit, denn du befindest dich gerade im Wandel. Deine selbst gebaute Schachtelwelt wird zusammenstürzen und du wirst Leid erfahren, sehr viel Leid. Dieses Leid ist notwendig, um noch tiefer zu verstehen, deine Gespräche mit mir werden für kurze Zeit in Vergessenheit geraten, damit deine innere Reinigung beginnen kann. Ein Schleier wird sich über deine bisherigen Erkenntnisse legen, du wirst kurz auf Null gestellt, ihr sagt auch dazu Reset."

Leahcim traute seinen Ohren nicht. „Schon wieder Leid? Ich mag nicht mehr!", schrie er aus voller Brust. Den Stein rührte das gar nicht und er sagte: „Dein Leben wird jetzt sehr spannend werden und zum Abschied möchte ich, dass du ein

Gedicht für dich über die Krankheit „Krebs" schreibst. Leahcim wollte noch nicht das Gespräch beenden und flehte den Stein an, ihm doch noch eine Minute zu schenken, doch der Stein sagte: „Für heute ist Schluss." Ein klein wenig beleidigt holte Leahcim sich Block und Stift aus der Schublade und schrieb seine Ansicht über Krebs in dem folgenden Gedicht auf.

Offenbarung

Es gibt kein Wort über diesen tiefen Schmerz,
doch glaube, auch im Tal schlägt noch das Herz.

Gehe in deinen Schmerz ganz tief hinein,
spüre die Kraft und bedenke, sie ist dein.

Jedes Gefühl, tut es auch noch so weh,
gehört zu deinem Leben – es ist dein Weg.

Krankheit verlangt Stärke, die nicht jeder hat,
du hast sie bekommen, du hast die Macht.

Glaube nicht an Andere, glaube an dich,
spüre im Herzen und sieh das Licht.

Du brauchst keinen, der neben dir steht und leidet,
Mitgefühl und Begleitung ist die Art, in der du weidest.

Leben heißt leben, auch in den dunkelsten Stunden,
allein nur mit dieser Einstellung kommst du
über die Runden.

In dir brennt ein silbriges, helles, großes Licht,
doch vergiss auch den Schatten nicht.

Der Schatten spendet uns Kühle, weg vom grellen Licht,
und bewahrt uns vor einem Sonnenstich.

Schau hinein in dich, spüre den Schmerz – du lebst,
ist das nicht Grund genug, sich zu bewegen – drum geh.

Geh in dein Leben und fühle dich,
dann siehst du den Tunnel und am Ende das Licht.

Du bist so wichtig, egal was kommen mag,
spüre dich innig und genieße auch Freude
den ganzen Tag.

Wenn du krank bist, musst du nicht leiden und trauern,
du darfst auch Glück zulassen und wenn du willst
auch andere bedauern.

Gebe und nehme zu jeder erdenklichen Stunde,
denk nicht an gestern und heile die Wunde.

Die Tage danach vergingen schnell, jedoch ohne nennenswerte Ereignisse. Leahcim bemerkte, dass die Zeit der inneren
Reinigung noch nicht stattgefunden hatte. In ihm lag ein sehr
großes Bedürfnis, das gestillt werden wollte. Oft hatte er ein
Bild, indem er in einer Gefängniszelle an den Gitterstäben
rüttelte und schrie: Lasst mich raus!!

Seine Gefühle wollten erhört werden, er spürte eine
innerliche Präsenz, die Millimeter vor dem Ausbruch stand,
es war ein Gefühl der Beklemmung, eingesperrt zu sein und
nicht das leben zu dürfen, was oder wer man ist. Er war
gefangen in seinem Körper und Geist, aber er wollte frei sein
wie ein Vogel im Himmel.

Dieses Gefühl zu erleben, das einem ständig sagt: „Du bist was Besonderes, lebe jetzt endlich diesen Teil!"

Wieso hat Leahcim sich nicht getraut? Was hielt ihn von seinem Traum ab? Wieso meinte Leahcim, er sei schlechter als die anderen? Wieso verglich er sich mit anderen Menschen? Viele unnütze Fragen, die dennoch sein Leben bestimmten, kamen immer stärker ans Tageslicht. Leahcim dachte, er sei schon so weit mit seinem Wissen und verstehe Vieles. In der Innenschau bemerkte er, dass er gar nichts wusste. Und hier meinte er nicht die intellektuelle Wissenschaft mit ihrem hochtrabenden Wortschatz, nein, er meinte damit die Unfähigkeit, das universelle Wissen anzuzapfen über seine Herzensbereitschaft, offen und bereit zu sein mit dem, was sich im Herzen entwickelt oder zeigt. Diesem Spüren nachzugehen, ohne es zu bewerten. Denn nur über das Herz konnte er wahres Wissen erlangen. Leahcim bemerkte, eine noch tiefere Öffnung zum Herzen hin war notwendiger denn je.

Zunehmend fühlte Leahcim sich schlechter, ihm kam es so vor, als ob er eine riesengroße Wissenslücke in sich trage. Irgendetwas in ihm verlangte mehr und drängte Leahcim zum Handeln. Nichts war mehr so, wie er es für sich gebaut hatte. Er wollte Karriere machen, er hatte so viele Ausbildungsberufe absolviert und jetzt schien ihm die Ausbildung nichts mehr wert zu sein. Er wollte seiner Familie etwas Materielles bieten, ein Haus, keine Sorgen wegen Geld, all das war für ihn nicht mehr bindend. Seine Zukunft schien rosig, doch hatte er kein Interesse mehr daran, was sie ihm bringen würde.

Alles, wofür er gekämpft hatte, stellte er infrage. Das totale Durcheinander in seiner Psyche schleuderte ihn zu Boden. All das, für was er gekämpft hatte, schien auf einmal wie ein Kartenhaus zusammenzubrechen. Seine innere Unausgeglichenheit zeigte sich auch im Gespräch seiner Familie. Seine Frau sagte, er sei unausstehlich und die Gespräche mit ihm seien ätzend.

Nun stand Leahcim da, alles verloren und nichts erkannt. Kurz vor Weihnachten rief ihn Doris, eine liebe Freundin, an und fragte ihn, ob er nicht Lust hätte auf einen Enlightenment-Kurs vom 26.12. bis 01.01. „Was ist das?", fragte er stirnrunzelnd.

„Ich glaube, dass dies ein wunderbarer Kurs für dich wäre", und Doris klärte ihn auf:

„Enlightenment Intensive ist ein Kurs, der den Menschen, die sich selbst suchen und die Wahrheit über sich wissen wollen, eine ausgesprochen wirksame Methode bietet. Hier wird ganz einfach gefragt: Sag mir, wer bist du?"

Leahcim wusste nicht, ob dies ein Kurs für seine jetzige Situation war. Eigentlich hatte er genug von den Kursen, außerdem war er arbeitslos und hatte kein Geld mehr übrig. Am nächsten Tag rief Doris ihn wieder an und sagte: „Ich habe eine Idee, du hast doch in den nächsten Tagen Geburtstag, warum lässt du dir diesen Kurs nicht zum Teil schenken?" Aufmerksam hörte er zu und war gar nicht abgeneigt von dieser Idee. Zwei Stunden später rief er bei der Kursleiterin an, um sich zu erkundigen, was dort so alles geboten wird. Denn bei seinem ZEN-Aufenthalt im Tannenhof hatte ein Prospekt auf dem Tisch gelegen über genau diesen Kurs. War dies wieder ein Zeichen? Nanna, die Kursleiterin, erklärte Leahcim die Methode folgendermaßen:

„Diese Methode kommt uns westlichen Suchern sehr entgegen, unabhängig davon, ob wir Erfahrung in Meditation haben oder nicht. Dies liegt an der einzigartigen Verbindung von Kontemplation (Innenansicht) und Kommunikation.

Die Arbeit mit wechselnden Partnern bietet die Möglichkeit, alles auszusprechen, was in der Kontemplation auftaucht. So kann man leicht weiter und tiefer gehen. Die Offenheit wächst durch den urteilsfreien Kontakt ganz natürlich und führt unweigerlich zu einer intensiven Reinigung unseres Bewusstseins von Vorstellungen darüber, wer wir sind.

Dadurch bereiten wir uns auf eine direkte Erfahrung von Wahrheit vor. Diese Erleuchtungs-Erfahrung geschieht in einem Moment totaler Loslösung von unseren Vorstellungen, Sinneseindrücken, Gedanken und Bedingtheiten von Raum und Zeit. In diesem Eins-Sein steht nichts mehr zwischen uns und dem, wie die Dinge sind. Es ist wie ein Heimkommen".

Leahcim war überwältigt, keine Minute zögerte er mehr und meldete sich gleich an.

An seinem Geburtstag kamen viele Freunde, und halfen ihm den Kurs zu finanzieren, so dass er keine weitere Zuzahlung aus eigener Tasche leisten musste. Berührt und mit großer Dankbarkeit sprach er zu all seinen Gästen: „Vielen Dank an euch alle und aus der Tiefe meiner Seele liebe ich euch alle." Er hatte noch nie vor so vielen Leuten gesagt, dass er sie liebe, doch bemerkte er in den Blicken der Anwesenden, dass sie die Liebesbekundung genossen hatten.

Er spürte die Verbundenheit und die „Einswerdung", die sich in jedem Augenblick des Lebens befindet. Einfach nur die Augen des Herzens öffnen und die Verschmelzung genießen. Wie herrlich doch das Leben sein kann! Der Abend ging lang und er freute sich, dass seine Freunde bei ihm waren.

Oft überlegte er, warum sehen wir uns nur bei Anlässen wie Geburtstagen? Freunde, die unmittelbar in seiner Nachbarschaft lebten, sah er erst an seinem Geburtstag. Freunde sind so ein wichtiges Gut, sie halfen ihm zu reflektieren, bei ihnen konnte er so sein, wie er ist. Zumindest, so wie es für seinen momentanen Zustand möglich war.

Ja, Leahcim sehnte sich nach Menschen, die seine „Richtung" mitgingen. Er fühlte sich wohl und zufrieden, wenn er nicht alleine war. Mit alleine meinte er nicht, mal für sich alleine zu sein. Es war einfach himmlisch, sich mit Mitmenschen auszutauschen durch Worte, durch Blicke oder einfach nur durch ein Lächeln. Und genau das meinte Leahcim, wenn er über „nicht alleine" sprach.

Leahcim erinnerte sich an den rumänischen Jungen Razavan Suculiuc, der sich 2006 erhängte, weil ihn seine Mutter allein in Rumänien zurückgelassen hatte, er war erst zehn Jahre alt. Was für einen Schmerz der Einsamkeit hatte dieser Junge erlitten.

Leahcim dachte, dass Freunde auch unmittelbar auf die Gesundheit einwirken können. Durch deren Einfluss, so scheint es, kann das Immunsystem durch das soziale Miteinander das eigene Bewusstsein für einen selbst stärken, man fühlt sich dadurch „gesundheitlich" besser. Freundschaft bedeutet, den Menschen so anzunehmen, wie er ist, ohne Wenn und Aber.

Wie merkwürdig doch das Leben ist, morgens zur Arbeit gehen, am Abend nach Hause kommen. Müde und überfrachtet mit Dingen des Tages ins Bett reinfallen. Und dann wieder das gleiche Spiel. Bis zum Wochenende, dort findet man endlich Zeit für Freunde, es sei denn, die Familie fordert auch ihren Anspruch auf die kostbare Zeit. Wo bleibt da die Zeit durchzuatmen und sich auf die schönen Dinge im Leben zu konzentrieren?

Leahcim hatte in seinem Leben nur wenige Augenblicke der Freude in seinem Beruf erleben dürfen. Es war aber auch nicht so, dass er mit Bauchschmerzen in die Arbeit ging. Es war eher ein neutrales Gefühl. Er ging in die Arbeit, um Geld zu verdienen – Punkt. Doch sein Herz berührte die Arbeit nicht, es war sein Verstand und die dahinterstehende Angst, die ihn „auf Kurs" hielt.

Als Leahcim arbeitslos wurde und dieses auch seinen Freunden mitteilte, waren die ersten Worte „du Armer" (oder „um Gottes willen") und im gleichen Atemzug kam heraus „Aber du wirst was Neues finden!". Leahcim fragte sich daraufhin:

„Warum bin ich arm, wenn ich keine Arbeitsstelle habe?" Wenn er erwiderte, dass er ab jetzt einen Job möchte, der sein

Herz berührt, sah Leahcim die Sehnsucht und Tränen in manchen Augen und spürte, dass auch sie nicht mit dem Herzen in der Arbeit waren. Die offenen Blicke und das Verständnis, das ihm zuteilwurde, bestätigten seinen lang gehegten Verdacht. Viele leben nur, um zu arbeiten.

Eine gute Freundin, Petra, erzählte ihm, dass sie auch nicht mehr in ihrer Firma arbeiten möchte. Ihre familiäre Situation ließ eigentlich keine Veränderung zu, da sie Alleinverdienerin mit einer zehnjährigen Tochter war. Jeden Tag das gleiche Spiel, aufstehen, Tochter wecken, Frühstück machen, zusammen essen, sich selbst anziehen, Schulsachen – Brotzeit etc., gehetzt zum Busbahnhof mit der Tochter rennen, selber in die Arbeit fahren. Angekommen im Büro, Tätigkeiten verrichten, die keinen Spaß mehr machten.

Warum muss ein Mensch lebenslang in seiner einmal erlernten Tätigkeit verharren? Sind wir nicht alle im Leben dafür geschaffen, dass wir wachsen und lernen, um uns dann wieder weiter entwickeln können?

Nach der Geburtstagsfeier fuhren Petra und Leahcim mit der Bahn nach München. Beim Umstieg in eine andere Bahn nutzten sie die Gelegenheit und tranken zusammen einen Kaffee im nahegelegenen Untergeschoss. Dort angekommen, unterhielten sie sich philosophisch weiter. Petra sprach über ihre Arbeit und deren Entwicklung und Leahcim bewunderte sie, weil sie den Mut aufgebracht hatte, auf ihr Herz zu hören und dieses öffnete, dadurch spürte sie, was sie wollte. Trotz mahnender Einwände durch andere Mitmenschen hatte sie ihre Arbeitsstelle gekündigt und würde ihren vorbestimmten Weg gehen. Und Leahcim konnte sie so gut verstehen, da auch er einen inneren Prozess spürte, der für ihn einen anderen beruflichen Weg darstellte.

Leahcim hatte dieses innere Gefühl, dass er auf die Welt gekommen sei, um etwas ganz Besonderes zu machen. Er wollte den Menschen mitteilen, dass die eigentliche Aufgabe in unserem Leben darin bestünde, uns selbst kennenzulernen und dieses Wissen dann wieder weiterzugeben. Durch seinen einschränkenden Glauben, er sei nichts Besonderes und seine Gedanken seien nur Spinnereien, hatte Leahcim sich selbst kleingehalten. Er war froh, dass sich innerlich eine Unruhe Raum verschafft hatte, die ihn zwang, auf sich zu hören.

Er kannte nur zu oft das Gefühl, etwas Besonderes zu sein aber es nicht zulassen zu wollen? Leahcim dachte sich, viele Menschen haben auch so ein Gefühl und erspüren für einen kurzen Augenblick ihre wahre Bestimmung auf Erden. Aber warum hindern sie sich daran, das zu tun, was sie immer schon wollten?

Leider hatte er für sich noch keine genauen Impulse bekommen, in welchem beruflichen Bereich er seine Stärken präsentieren könne, aber er war zuversichtlich, dass dieser Impuls irgendwann kommen würde, evtl. sogar schon auf seinem Enlightenment-Intensive-Kurs. Durch Freunde lernte er täglich, besser auf sein Innerstes zu vertrauen, durch Freunde lernte er, der zu sein, der er wirklich ist – ohne Masken. Er spürte die ehrliche Aufmerksamkeit in sich selbst und hatte wie durch Zauberhand vor seinen Augen ein Gedicht, das er, ohne zu zögern, aufschrieb:

*„Ich bin ein Teil von uns, tief verwoben in unserer
großen Welt.*

*Ich zeige meine Verletzlichkeit – ohne jemals verletzt
zu werden.*

Ich zeige meine Schönheit – ohne eitel zu werden.

Ich zeige meine Kraft – ohne Kraft haben zu müssen.

Ich zeige meine Nacktheit – ohne mich zu schämen.

Ich zeige meinen Stolz – ohne überheblich zu sein.

Ich zeige mein wahres Wesen – ohne Maske.

Ich bin der, der ich bin – im Sein – ohne etwas!"

In der Nacht vor dem Enlightenment-Intensive-Kurs hatte er
ruhig und tief geschlafen, er erwachte voller Tatendrang und
natürlich mit erwartungsvoller Spannung, was der Kurs ihm
bieten wird. Grund für seinen Tatendrang war die Wieder-
begegnung mit seinem Stein. Er erschien ihm im Traum und
sagte zu Leahcim:

„Du wirst dich an jede Begegnung mit mir ab jetzt wieder
erinnern." Sofort zogen sämtliche Begegnungen und
Erlebnisse wie ein Film vor sein geistiges Auge. Als Leahcim
die letzte Begegnung abspielen sah, fragte er sogleich:
„Warum habe ich ein Reset bekommen?" „Ganz einfach",
antwortete der Stein. „Weil du sonst nicht weitergegangen
wärst." So ein Quatsch, natürlich wäre ich weitergegangen.
Gerade jetzt, da ich auf dem Höhepunkt meiner Erkenntnisse
bin, will ich doch wissen, wie es weitergeht, dachte Leahcim
bei sich.

„Das ist typisch für den menschlichen Verstand zu glauben, alles Wissen ab jetzt gespeichert zu haben. Leahcim, ich habe dich geschützt, damit du weiterkommst in deinem Prozess. Wenn ich dir kein Reset verabreicht hätte, würdest du keine Wandlung erfahren können. Du würdest auf dein vermeintliches Wissen aufbauen und die Zeichen nicht sehen. Du wärest in einer Illusion von Sicherheit eingebettet. Du hättest geglaubt, angekommen zu sein und deine Suche nach dem Stein wäre versandet. Um frei für Neues zu sein, musste ich dich leeren, du solltest den Drang verspüren, mich zu suchen, und du wirst mir auch sehr intensiv in diesem Kurs begegnen."

Gegen Abend kamen Doris und Leahcim sowie zwei andere Kursteilnehmer, denen Leahcim eine Mitfahrgelegenheit bot, im Seminarhaus an. Das Haus, in dem Leahcim zuvor seinen ZEN-Kurs absolviert hatte. Eine überaus freundliche Dame begrüßte die Kursteilnehmer vor der Eingangstür, und führte sie zu den Schlafplätzen. Leahcim konnte es nicht glauben, aber er wurde genau in das Zimmer unterm Dach geführt, indem er überhaupt nicht sein wollte. Das war das hinterste letzte Bett, er hatte den weitesten Weg. Was sollte ihm dieses Ereignis sagen? War das womöglich ein schlechtes oder gar böses Omen für die darauffolgenden Tage? Es schien so, als ob der für ihn schlimmste Schlafplatz sagen würde: „Nimm mich als Herausforderung an!"

Leahcim suchte in unterschiedlichen Zimmern nach einer anderen Schlafgelegenheit, aber es offenbarte sich ihm kein anderes kuschliges Bett. Er musste mit dem auskommen, was ihm zugeteilt wurde, es sei denn, er entschied sich, zu gehen. Wollte er das? Nein, dachte er sich, ein Schlafplatz kann doch sein Leben nicht bestimmen, er ist der, der über sein Leben entscheidet und nur er kann sich darüber aufregen oder es als Herausforderung sehen. Leahcim bezog sein Bett, Ruhe kehrte ein und vertrieb seine Verärgerung.

Es waren insgesamt 15 Teilnehmer, davon 6 Männer, was

Leahcim erstaunte. Oft sind in solchen Kursen, in denen es um Gefühle und Innenansicht geht, mehr Frauen vertreten. Die Frauen haben einen viel besseren und einen wesentlich natürlicheren Zugang zu sich selbst als die Männer. Oft hatte er die Frauen beneidet, die den Männern so leicht und einfach zeigen konnten, sich an ihre eigenen Empfindlichkeiten zu erinnern. Aufgrund dieser Tatsache interessierte sich Leahcim noch mehr für die bestehende Reise ins Innere.

Alle „Reisende" versammelten sich in einem großen Aufenthaltsraum, der früher, wie es Leahcim schien, aus zwei kleinen Räumen bestanden hatte. Er dachte bei sich, dass sie die letzten Kursteilnehmer waren, denn die anderen saßen schon am Tisch und tranken lautlos einen angebotenen Tee. Sie stellten sich kurz nacheinander mit ihrem Vornamen vor, dann kehrte wieder Ruhe ein.

Nach zehn Minuten kam die Kursleiterin in einem leicht gestressten Zustand. Sie stellte sich kurz vor. Leahcim war beeindruckt und zugleich schockiert, diese Frau war eine sehr große, feste Erscheinung mit rötlichen Haaren im reiferen Alter. Leahcim musste zugeben, dass diese Erscheinung ihm ein bisschen Angst machte, denn er erwartete eine zierliche ältere Frau und nun hatte er, wie mit seinem Schlafplatz, eine weitere Begebenheit zu akzeptieren.

Erst zum Beginn der ersten Partnerarbeit stellte sich heraus, dass diese Frau ein Geschenk des Himmels war und er so etwas noch nicht erlebt hatte. Sie war ein Engel ohne Flügel, damit wir nicht getäuscht werden durch das Äußere, um unsere Teile von Göttlichkeit durch ihre Hilfe zu erfahren.

In der Runde sprach sie zu den Teilnehmern: „Ich habe heute mit meinem Fahrzeug kein Glück gehabt, es sprang einfach nicht an und aufgrund dessen bin ich zu spät." Das war also der Grund des gestressten Eindrucks, den sie Leahcim vermittelt hatte. Sie schaute in die Runde, blieb bei Leahcim mit ihrem durchdringenden Blick stehen und fragte ihn:

„Wer bist du?" Leahcim wollte gerade sagen: „Wenn ich das wüsste", hielt es aber nicht für angebracht, in der Ernsthaftigkeit einen Spaß zu machen, er sagte ihr daher seinen Namen – mehr nicht. Kurze Zeit später gingen alle Kursteilnehmer zusammen mit der Kursleiterin in den wunderschönen und für Leahcim kraftvollen ZEN-Raum. Die Kursteilnehmer versammelten sich im Kreis und lauschten voller Spannung dem Vortrag der Erzählerin.

Immer wieder, im Laufe der Tage, erzählte sie den Teilnehmern Erlebnisse aus ihrem reichen Erfahrungsschatz als Therapeutin und Begleiterin, aber auch als Lernende bei unterschiedlichen Koryphäen, die sie in ihrem Leben traf.

Eine Geschichte beeindruckte Leahcim besonders. Sie erzählte von einem Mann, der ein sehr sportlicher Typ war, bis zu dem Augenblick, als er seine Beine bei einem Unfall verlor. Er konnte ab diesem Zeitpunkt seinen geliebten Sport nicht mehr ausüben. Selbstredend, dass er sämtliche emotionalen Zustände durchlebte, bis zu jenem wunderbaren Zeitpunkt.

Der Arzt, der ihn in seinem Schicksal begleitete, ließ ihn einige Monate vorher ein Bild zeichnen. Auf diesem Bild befand sich eine große dunkle Vase, die ebenso große Sprünge aufwies. Der Arzt hatte die Angewohnheit, das Bild vorher an die Wand zu hängen, wenn ein Patient zu ihm kam. Er dachte sich, dies hat einen reflektierenden therapeutischen Ansatz für die Situation, indem sich der Patient befand.

Als der junge Patient in den Behandlungsraum kam, sah er schon die eigenartige Veränderung, die nicht nur in den Augen, sondern in seiner ganzen Gestalt sich bemerkbar machte. Der junge Mann rollte mit seinem Rollstuhl direkt zum Bild und malte mit einem gelben Stift, der sich unterhalb des Bildes befand, die Sprünge in der Vase aus.

Daraufhin setzte er sich und erklärte, ohne zu fragen, dem Arzt, was er erlebt hatte.

„Heute Nacht habe ich eine tiefe Erfahrung machen dürfen, mir wurde bewusst, dass durch meine Sprünge in der Vase mehr Licht in mein Innerstes eindringen kann. Wäre die Vase", und damit meinte er natürlich sich selber, „ohne Sprünge, hätte ich nie so stark in mein Innerstes geschaut und dadurch nicht erkannt, dass eine Behinderung zwar störend sein kann, aber keine Entscheidung fürs Leben ist.

Denn eine Behinderung stellt nicht das dar, was wir wirklich sind, sondern nur einen körperlichen Unterschied gegenüber der Menschenmasse."

Nachdem Leahcim diese rührende Geschichte gehört hatte, dachte er zugleich an die Geschichte mit Tris wegen der Behinderung und an eine andere Geschichte, die sich auch um eine gesprungene Vase drehte. Leahcim fragte die Kursleiterin, ob er die Geschichte erzählen dürfe, nach einem freundlichen Nicken begann er zu erzählen.

„Eine Frau holte jeden Tag frühmorgens unten am Fluss Wasser, denn in dieser Gegend gab es noch keine Zivilisation und somit auch kein fließend Wasser. Die Frau war schon sehr alt und hatte es nicht leicht, diesen beschwerlichen Weg zu gehen.

Der gesprungenen Vase ging es gar nicht gut, denn sie spürte ihre Unvollkommenheit und sie schämte sich, da die alte Frau jedes Mal nur die Hälfte der ursprünglich gefüllten Wassermenge ins Haus brachte. Sie schämte sich und wollte nicht mehr als Vase dienen und sprach zu der alten Frau:

„Bitte werfe mich in den Müll, denn für dich bin ich nicht nützlich. Ich mache dir nur Arbeit und du hast nur die Hälfte des Wassers in mir, nimm eine neue Vase."

Die Frau aber fragte die Vase: „Schau mal auf den Boden, was siehst du da?" „Ich sehe auf meiner Seite wunderschöne Blumen, aber was soll das, dies hat doch nichts mit mir zu tun." „Doch", sprach die Frau: „Du hast mir die Blumen geschenkt, denn dadurch, dass du ein Sprung hast, konntest du den Boden mit Wasser begießen und das Resultat sind die prächtigen bunten Blumen, die mir das Herz öffnen und dadurch mir das Schleppen von Wasser erleichtern. Du bist mir so nützlich und ich möchte keine heile Vase haben, denn sonst würden die Blumen verdorren."

Daraufhin musste die Vase weinen, aber nicht vor Selbstmitleid, sondern vor Freude, denn sie erkannte durch die Worte der Frau wie nützlich sie trotz der Sprünge war.

Leahcim ergänzte: „Wir meinen, wegen irgendwelchen Schwächen nicht wertvoll zu sein, doch das stimmt nicht. Unser Wert ist immer da, doch manchmal auf einer Ebene, die nicht gleich erkannt wird."

Nanna stimmte zu und die Teilnehmer gingen ihrer Arbeit der Selbstfindung wieder nach.

Der Abend neigte sich seinem Ende zu, die Kursteilnehmer gingen mit folgender Aufgabe ins Bett: Sie mussten ihre Frage: „Sag mir, wer du bist" mit ins Reich der Träume nehmen.

Der Jäger

In dieser Nacht träumte Leahcim von einem Jungen, der mit einem kleinen Rucksack bepackt fröhlich über eine Bauernwiese lief, der Tag war erst angebrochen und Tau bedeckte die Wiese und machte seine Schuhe nass. Er bog gerade auf einen schmalen Weg ab, der hinauf zum Berg führte. Als der Junge einem Jäger mit Hund begegnete, fragte er wie durch einen inneren Zwang den Jäger, ohne an irgendetwas zu denken: „Sag mir, wer ich bin!“ Der Jäger hatte erst einmal nicht verstehen wollen, was der Junge fragte und fragte das Kind: „Was sagtest du?“ „Ich sagte: „Sag mir, wer ich bin.“

Daraufhin antwortete der Jäger: „Wie soll ich wissen, wer du bist? Diese Antwort musst du dir selber geben.“ Kopfschüttelnd ging der Jäger mit seinem Hund des Weges.

Lange schaute der Junge den Jäger hinterher, bis er nur noch einen Punkt am Horizont wahrnahm. Unzufrieden mit der Antwort fing der Junge an, den Berg aufzusteigen. Das Wetter war für eine Bergtour ideal, denn keine Wolke befand sich am Himmel und die Aussicht an der Bergspitze versprach eine weite klare Sicht. Nach einer Stunde kam er an einem tobenden Wasserfall an und suchte sich einen schönen Platz nahe am Wasserfall aus. Es war herrlich, diesem tobenden und gleichklingenden Geräusch zu lauschen. Völlig entspannt und doch angetrieben von der Frage: „Sag mir, wer du bist?“ suchte er eine Antwort.

Immer öfters stellte er sich laut die Frage: „Wer bin ich?“ Er merkte es nicht einmal, als er begann, die Frage hinaus zu schreien. Er schreite den Wasserfall an und brach in Tränen aus, denn er verzweifelte an seiner Frage, da er keine Antwort bekam. Und er dachte sich, wie soll ich wissen, wer ich bin, wenn ich von niemand eine Antwort bekomme? Voller Wut nahm er sein Gepäck unachtsam auf, und verschüttete den Inhalt des Rucksackes in einer flachen Wasserpfütze.

„Na toll,“ sagte er zu sich und stopfte den feuchten Inhalt in den Rucksack und machte sich weiter auf den Weg nach oben. Ich weiß, wer ich bin, sprach er sicher zu sich, ich bin ein Junge. Da auf einmal vernahm er eine Stimme, die in einem warmen, herzlichen Ton sagte:

„Ich fragte nicht, welches Geschlecht du hast, sondern wer du bist.“ Verwirrt über diese Antwort konterte der Junge. „Ich bin 13 Jahre alt. „Ich habe nicht gefragt, wie alt du bist, sondern wer du bist.“ Leicht gereizt sagte der Junge daraufhin: „Ich bin der Sohn von meinem Vater, der Schreiner ist.“ „Ich habe nicht gefragt, wessen Sohn du bist, sondern wer du bist.“ Völlig verzweifelt und nahe an einem Nervenzusammenbruch antwortete der Junge. „Ich bin Leahcim“. Die Stimme war immer noch ruhig und warm und sagte: „Ich habe nicht gefragt, wie du heißt, sondern wer du bist.“

Jetzt konnte der Junge nicht mehr und fing an, um sich zu schlagen. Er schlug Löcher in die Luft, um die Stimme zu vertreiben, denn er hatte keine Antwort auf seine Frage. Nach einer Weile setzte sich der Junge vor Erschöpfung auf den Boden und vernahm nur noch dumpfe Geräusche in seiner Umgebung. „Du kannst die Frage nicht im Außen finden“, beruhigte ihn die Stimme. „Hast du nicht gemerkt, dass alle Antworten, die du mir gegeben hattest, nach außen gerichtet waren?“ „Das verstehe ich nicht“, murmelte der Junge, als er sich wieder beruhigt hatte.

„Deine einzige Möglichkeit zu erfahren, wer du wirklich bist, kann nur von innen heraus geschehen, dies meinte auch schon zu Anfang der Jäger, als er sagte: Wie soll ich wissen, wer du bist? Diese Frage musst du dir selber stellen. Kein

Mensch weiß, wer du bist, nur du alleine hast Zugang zu dir im Innersten und dort wirst du erkennen, wer du bist."

Leahcim wachte an diesem Morgen zufrieden auf und freute sich schon auf die weitere Arbeit, um zu erfahren, wer er ist. Die Teilnehmer versammelten sich im ZEN-Raum und fingen an mit den Dyaden. Eine Partnerarbeit dauert 40 Minuten, zwei Teilnehmer sitzen sich gegenüber. Ein Teilnehmer gibt die Anweisung „Sag, mir, wer du bist", danach hört er nur noch für 5 Minuten zu. Ohne jegliche Bewertung, weder verbal noch nonverbal. Der andere Teilnehmer berichtet, danach wird gewechselt.

Gleich am Anfang der ersten Dyade war einer der Teilnehmer so extrem laut, dass sich die anderen Teilnehmer kaum konzentrieren konnten. Dieser Teilnehmer steigerte seine Lautstärke und fing dann an, jämmerlich zu weinen. Ein Schock für einen Frischling wie Leahcim. Er dachte sich: Mein Gott, wie stellt der sich an, kann der keine Rücksicht auf die anderen Teilnehmer nehmen? Diese zu Beginn negative Bewertung von Leahcim kippte nach der vierten Dyade vollkommen und erwies sich als völlig falsch.

Um mutig zu sein, bedarf es das Beispiel eines Mutigeren und dies war der Teilnehmer.

Er ging über seine gedachten Grenzen der Lautstärke und ließ seinen Schmerz einfach fließen. Dies sollte für Leahcim das größte Geschenk werden, denn er hatte dadurch den Mut, auch seine Themen mit hundertprozentiger Absicht zu ergründen und die dann daraus entstehenden Gefühle fließen zu lassen.

Nanna kam zu Leahcims Dyade und lauschte seiner Kontemplation. Er war gerade im Prozess mit seinem Vater und kam über diesen Weg zum Thema Kinderheim. Leahcim spürte eine erdrückende Kraft in sich. Eine Kraft, die gesehen werden wollte, doch er hatte keinen Zugang gefunden.

Nanna sagte zu Leahcim: „Vielleicht will einer dich schützen, damit du den Schmerz nicht noch mal erleben musst." Leahcim dachte bei sich: „Das ist mir jetzt egal, ich will dahin schauen, auch ohne Schutz." Er war bereit, sich der Sache zu stellen.

Gerade in diesem Augenblick der Öffnung läutete die Glocke für die gemeinschaftliche Mittagspause. Er blieb im Raum alleine sitzen, da er für sich spürte, da möchte sich irgendetwas zeigen. Als Erstes kam nur ein Gefühl von Schwermut, dann wechselte das Gefühl und ihn überfiel eine tiefe Traurigkeit, er musste weinen. Er weinte und befreite die Traurigkeit von ihren Tränen. Kurz danach kam die Welle des Schreckens über ihn. Wie in einem Schnelldurchlauf bekam er sämtliche Bilder seiner Erniedrigung, Folterung und Missbrauchs wie im Zeitraffer zu sehen.

Leahcim war überrascht, denn mit der Heftigkeit hatte er nicht gerechnet. Sein Körper krümmte sich vor Schmerz, er hatte unsagbare innere Schmerzen. Er atmete stoßmäßig, um den Schmerz raus zu pusten, was ihm nicht gelang. Der Schmerz wölbte sich auf und durchbrach regelrecht seinen Körper. Leahcim musste unvorstellbar viel und schmerzhaft weinen.

Dann erschien ihn ein dramatisches Bild vor Augen, er sah ein kleines Kind versteckt hinter einer Mauer, das nur mit dem Kopf rausschaute. Dieses Gesicht wird Leahcim sein ganzes Leben lang nicht mehr vergessen. Das Kind schaute ihn mit solch einem schmerzverzerrtem Gesichtsausdruck an, und genau in diesem Augenblick hat Leahcim die kompletten Schmerzen des Kindes gespürt. Er brach zusammen und weinte so extrem, dass er zum Luftholen kaum noch die Gelegenheit fand.

Noch nie im Leben hatte er solche Schmerzen, noch nie im Leben hatte er dort hingeschaut.

Das Kind fing an, mit ihm zu sprechen, und sagte: „Warum hast du mir nicht geholfen? Ich war so alleine und keiner hat mich gesehen."

Leahcim fühlte eine unsagbare Schuld in sich und er erkannte die ganze Wahrheit und Tragik, die sich im Kinderheim ereignet hatte, und die Problematik, nicht hinschauen zu wollen.

Leahcim sprach mit dem inneren Kind und sagte: „Es tut mir leid." er streckte seinen Arm aus und das Kind erwiderte die Geste und umfasste seine Hand. Behutsam zog er das Kind zu sich und umarmte es liebevoll. Das Kind drückte sich ganz eng an seinen Körper und fing leise an zu weinen. Leahcim sagte nichts und überlies den Schmerz seinen Weg über das innere Kind. Er schaukelte mit seinem Kind sachte hin und her und sagte: „Ab jetzt werde ich immer bei dir sein." Das Kind schaute ihn an, seine Augen leuchteten und Zufriedenheit durchströmte seinen Körper.

Die Pause war schon zehn Minuten vorbei und alle Teilnehmer kamen zurück von der Pause, setzten sich hin und lauschten seinen Weinkrämpfen.

In dem Augenblick seines Schmerzes wünschte er sich Hilfe von außen, doch jetzt war er froh, dass er sich von innen alleine eigenverantwortlich führen konnte.

Danach fühlte Leahcim sich wie ein schwerer Kartoffelsack, der auf dem Boden liegt, seine Hände schüttelten sich, als wenn sie alle schlechte Energie (aus der Vergangenheit) aus seinem Körper herausleiten wollten.

Plötzlich erlebte er Stille, Bilder zogen vor seinem inneren Auge vorbei. Er sah einen Fluss, der sämtliche Schmerzen seines Vaters mitnahm. Interessanterweise lösten sich auch die Schmerzen über den Heimaufenthalt, die zwar zeitlich später einzuordnen waren, aber aufgrund des Themas Leahcim Schmerzen zubereiteten.

Leahcim fühlte sich innerlich frei und wie durch Zauberhand … kam ein herrliches, intensiv leuchtendes Lila von oben seitlich herab und sickerte in Leahcims Seele und Körper ein. Der Farbstrahl brachte ihm seine Würde zurück. Er war wie benommen und fühlte inneren Frieden. Vor seinem geistigen Auge sah er die lila Kleidung der hohen geistlichen Würdenträger der Christenheit. Leahcim erkannte die Bedeutung und Symbolik der Farbe: Würde. Würde, die ihm in seiner Kindheit gestohlen worden war, hatte nun wieder Zugang zu seinem Herzen gefunden, hatte ihn weiter vervollständigt.

Nach dieser extremen Situation brauchte sein Körper Ruhe, um das Erlebte zu integrieren, und er beschloss, eine Dyade ausfallen zu lassen. Am Abend ging er sofort ins Bett und nahm Kontakt mit seinem Stein auf, da er unbedingt sehen wollte, ob sich eine weitere Veränderung vollzogen hatte.

„Komm schnell, das musst du sehen!", sagte der Stein aufgeregt. So kannte Leahcim den Stein gar nicht, bisher hatte der Stein seine Gefühle gut im Griff gehabt. „Was ist denn so Dringendes?", fragte er offen und ganz ruhig. „Mach die Augen auf und schau mich an, schnell!", befahl er auf eine Art, die Leahcim fremd war. Wie ein Zinnsoldat gehorchte er seinen Anweisungen, schnell blickte er zum Stein.

Leahcim war verzaubert, denn er erkannte eine neue Farbe, die aus dem Stein erstrahlte. Ihm kam der Einfall, dass dieser Stein ausschaute wie ein „Schweizer Käse", überall Löcher, aus denen unterschiedliche Farben strahlten. Diese neue Farbe war wirklich sehr schön und entsprach der Farbe, die er auch in seinem Erlebnis gesehen hatte.

„Lila steht nicht nur für Würde, sondern auch für Spiritualität", hörte er den Stein etwas zornig sagen. „Warum hast Du nicht gleich geschaut?" „Habe ich doch", erwiderte Leahcim in einem scharfen Ton, denn er fühlte sich ungerecht behandelt. „Du hast überhaupt nicht gleich geschaut und deswegen hast du es nicht gesehen." Protestierend sagte Leahcim: „Ich habe es gesehen und sehe es immer noch. Und wenn du mir nicht glaubst, dann sage ich dir, was ich sehe." Voller Entrüstung schilderte er den sichtbaren lilafarbenen Strahl. Als Leahcim fertig war, lehnte er sich siegessicher zurück und wartete auf seine Entschuldigung. „Du hast es nicht gesehen und das ist ein unglaubliches Übel. Du hast es nicht gesehen", wiederholte er abermals mit einem enttäuschten Unterton. „Was hätte ich denn sehen können?", fragte er erstaunt. „Du hättest – mein Gott wie schade", er hatte sichtlich Schwierigkeiten, Leahcim zu schildern, was er sehen hätte sollen.

Nach einiger Zeit sagte er einfach: „Dann musst du eben noch warten, bist du es sehen kannst."

Nach dieser erfolglosen Erklärung hatte Leahcim keine Lust mehr, mit seinem Stein zu sprechen, und schlief im Bett ein.

Gut und erholt ausgeschlafen frühstückten alle Teilnehmer zusammen und sie begannen ein neues Abenteuer in ihren Dyaden. Zuvor erzählte Nanna noch eine wunderbare Geschichte. Und Leahcim glaubte, dies tat sie deswegen, weil manche Teilnehmer unruhig wurden, da bei ihnen noch nichts passiert war. Sie wollte die Teilnehmer ermutigen, weiter zu üben und den Kopf nicht in den Sand zu stecken.

Immer wieder bewunderte Leahcim diese Frau, die eine Feinfühligkeit für jeden Teilnehmer aufbaute und ihn da abholte, wo er sich gerade befand. Sie hatte immer die richtigen Worte zur richtigen Zeit. Sie löste Blockaden nur durch eine einzige Geste oder durch ein Wort. Immer wieder stellte Leahcim fest, dass sie die unterschiedlichen emotionalen „Ausbrüche" souverän im Griff hatte. Wenn die Anwesenden ihren inneren Zustand beschreiben sollten, verstand sie auf Anhieb, was damit gemeint war.

Doch nun zur Geschichte

„Der Mann,
der Gott besuchte":

Es war einmal ein Mann, der wollte zu seinem Gott. Er ging einen Waldweg entlang, und als er an einer Schlucht vorbeilief, erkannte ein Fakir den Mann und fragte ihn:

„Wo gehst du hin?" Der Mann antwortete: „Ich gehe zu Gott, um ihn etwas zu fragen." Daraufhin bat der Fakir ihn: „Wenn du da bist, frage ihn doch bitte, wie viele Karma ich noch hierbleiben muss." Dies hörte ein benachbarter Mann, der ständig im Kreise fröhlich und laut tanzte. „Bitte frage auch, wie lange ich noch hiebleiben kann?" Der Mann nickte und ging seines Weges. Drei Tage später kam der Mann wieder an die Stelle, wo auch schon geduldig der Fakir auf ihn wartete. „Sag mir, was hat er gesagt?" „Er sagte, du hast noch sieben Leben vor dir." Als der Fakir dies hörte, wurde er wütend und schrie böse Worte in den Himmel.

Auch wollte der tanzende Mann wissen, wie lange er noch hierbleiben durfte. Der Mann sagte „So viel Karma wie Blätter an deinem Baum sind." „Oh wie schön", sagte der tanzende Mann und hüpfte um den großen Laubbaum. Da auf einmal kam eine Windböe auf und blies alle Blätter vom Baum.

Als Nanna die Geschichte zu Ende erzählt hatte, waren viele Teilnehmer tief berührt. Die Geschichte wurde nicht analysiert oder thematisiert, sie bedeutete für jeden etwas anderes und jeder nahm seine Erkenntnis daraus mit in die Dyaden.

Leahcim bemerkte eine deutliche innere Ruhe, die sich von Dyade zu Dyade steigerte und plötzlich hatte er sich in einem weißen Raum befunden. In diesem Raum gab es nichts, er war seelenruhig. Die Wände waren rund und formten sich zu einem Rohr zusammen. Es gab auch kein Licht, außer dem milchigen, weißen Licht, das durch die Wand schien. Der Fußboden war schwarz und die Decke war offen und es schien ihm, als ob die Decke ins Unendliche ragte. Beim Hochschauen sah er nur Licht.

Dieser Raum war nicht real, aber er war ein Platz des Friedens. Noch nie vernahm Leahcim so eine Stille wie an diesem Ort, es kam ihm so vor, als ob die Ohren und die Gedanken abgestellt worden seien. Es gab keine äußeren Stimmen, aber auch keine inneren Stimmen. Leahcim spürte die Kraft, die aus dem Platz hervorging und sich direkt mit ihm verband. Er versuchte bewusst in der darauffolgenden Pause alle Geräusche, die er hörte, zu sammeln. Also bewusst sein Gehirn mit Geräuschen zu überfrachten.

Nach der Pause, in einer der Dyaden, wollte er den absoluten Ruheraum wieder aufsuchen und es gelang ihm ohne Probleme. Leahcim war glücklich über dieses Geschenk, da er lernte, sich einen Ruheraum zu kreieren. Ständig ging er aus dem Raum hinaus, dann wieder hinein. Es gelang ihn immer wieder und bereitete ihm ordentlich viel Spaß. Als Leahcim gerade mal wieder im Raum der Ruhe war, sah er auf dem schwarzen Fußboden ein braunschwarzes Etwas. Leahcim war neugierig und wollte es aufheben, doch es schwebte in Richtung Decke davon. Er war irgendwie traurig, weil er glaubte, es zu kennen, aber ihm nicht einfiel, was es sei.

Da Leahcim gelernt hatte, den Gefühlen nachzuspüren, tat er dies mit seiner momentanen Traurigkeit. Sofort kam das braunschwarze Etwas zurück und legte sich auf den Boden. Er ging näher zu diesem Gegenstand und erkannte seinen Stein, unberührt und ungeschliffen. Kein Licht strahlte aus ihm heraus, er sah aus wie ein toter Gegenstand. Leahcim traute sich nicht, ihn anzusprechen. Er wollte abwarten und sehen, was geschah. Um ihn herum war Stille. Stille, die er so noch nicht erlebt hatte. Eine noch größere Stille, die nach der Stille kam. Leahcim fühlte sich geborgen und aufgehoben, er sah sich auf seinem eigenen Totenbett liegen und fühlte den tiefen Frieden in sich, als er ging.

Jetzt begriff er auch den Satz, der während eines Gottesdienstes oder einer Beerdigung gesagt wurde: „Friede sei mit dir und mit deinem Geiste." Denn nur durch das Gefühl „Friede zu haben" konnte er gehen.

Zu Lebzeiten bedeutete das, unerledigte Dinge zu klären, damit der Geist Ruhe finden kann. „Wie wahr, wie wahr", flüsterte der Stein. Trotz des Flüstertons kam es Leahcim auf einmal extrem laut vor und er erschrak. Der Stein sagte zugleich: „Ich habe mich im Raum geirrt und vergaß, ohne Ton zu sprechen. In diesem Raum der Stille empfindet man jedes Geräusch um ein Vielfaches lauter. Ich entschuldige mich bei dir, denn ich vergaß das Wunder der Stille in dem Raum."

Der Stein hatte sich bei Leahcim entschuldigt, dass er das noch erleben durfte! Sein Herz fing an zu lächeln, denn Leahcim spürte die Unvollkommenheit in unserem Leben, bei jedem von uns.

„Wieso siehst du aus wie am Anfang unserer Begegnung?", fragte Leahcim fröhlich ohne Ton. „Ich möchte dir deine Veränderung im Raum der Stille zeigen, denn im Raum der Stille hast du die Möglichkeit, dein Leben neutral zu sehen. Du bist ein Beobachter, ohne eine Wertung abzugeben. Du lässt geschehen und nimmst es so an, wie es gelaufen ist – egal wie."

Kopfschüttelnd erwiderte Leahcim: „Ich kann doch mein Leben nicht einfach so laufen lassen, ich muss doch etwas ändern." „Ja, du kannst ändern, aber nur im Hier und Jetzt. Das Geschehene ist vorbei und genau dieses sollst du so laufen lassen, wie es passierte. Du kannst es nicht verändern, es ist nun mal gelaufen."

Leahcim begriff und schaute sein bisheriges Leben aus der Vogelperspektive an. Es war ein eigenartiges Gefühl, das eigene Leben ohne die dahinterstehenden Gefühle zu erleben. Er hatte in diesem Augenblick keine emotionale Verbindung zu den Ereignissen und dadurch auch keine Blockade. Leahcim konnte alles machen und alles erreichen, nichts war wirklich schwer. Sogar der Stein, der bekanntlich Gewicht hat, war auf einmal schwebend vor ihm. Leahcim sah die Farben und die Verbindungen zu anderen Steinen und er hatte das Gefühl, der Göttlichkeit ziemlich nahe zu sein.

Der Stein schwebte ganz nah vor Leahcims Augen und fragte ihn: „Weißt du jetzt, warum der Mensch die Stille sucht?" Und wie er das wusste! Durch die Stille kommen wir der Göttlichkeit näher, deswegen meditieren so viele Menschen, da sie erkannt haben, die Wahrheit in sich selbst finden zu können. Vor seinen Augen formten sich Buchstaben und diese Buchstaben formten sich zu Wörtern und diese Wörter formten sich zu einem Gedicht.

Wahrheitswind

Um meine Nase herum wehen leise Winde,
sie flüstern mir ins Ohr – wir sind die,
die die Wahrheit finden.

Aus meinen Gedanken schwirren Kinderereignisse
empor,
Bilder und Sprachen, als ich mich im Kindsein verlor.
Freiheit, die ich jetzt nicht mehr so leicht erreichen kann,
all die Gefühle und Geschichten ziehen mich
in den Bann.

Früher –so war ich– doch jetzt bin ich's nicht,
damals da sah ich das emporkommende Licht.

Die Spiele mit meinen Freunden waren
so unsagbar wahr,
wir lachten und tobten, bis der Abend war da.

Raufereien und Schwüre kannten bei uns kein Ende,
doch dann kam die Wende.

Ich wusste nichts mehr von mir als „ICH",
in meiner eingeschränkten Sicht.

Ich schrie es weit mit meiner Angst hinaus,
wer bin ich? Wer mag mich? Und wo ist
mein steinernes Haus?

So oft ich auch schrie in meinem gefangenen Panzer,
kein Mensch hörte mein Leid als verkleideter Tänzer.

So vergingen die Jahre mit vielen Wunden daher,
ich spürte die Schnitte der Verstümmelung nicht mehr.

Der Satz „Die Zeit heilt alle Wunden" ist
nicht ganz echt,
die Wunden werden über die Jahre hin verdeckt.

Doch als ich selbst Kinder bekam, erinnerte ich
mich zurück,
ich erinnerte mich an das unbeschwerte Glück.
Ich sah auch die Lücken schwarz wie die Nacht,
die muss ich lösen, seitdem habe ich mich
an die Arbeit gemacht.

Viele Jahre habe ich gebraucht, um zu verstehen,
ich muss mein Leben nochmals ansehen.

Mit anderen Augen und klaren Gedanken,
sonst wirft mich mein Gefühl immer wieder
in die alten Schranken.

Doch wie kann ich dies machen,
mit all den emotionalen Sachen.

Ich brauche Abstand zu mir und mein erstarrtes Gefühl,
damit ich klar und sicher fühl.

Ich erfrage von nun an alles mit offenen Herzen,
denn nur das was richtig ist, verursacht keine Schmerzen.

Jetzt kann ich auch lachen und mich freuen wie ein Kind,
denn ich spüre in mir den Wahrheitswind.

Durch diese Berührung war Leahcim nicht mehr fähig, anderen Gedanken nachzugehen, er wollte sich ausruhen. Gott sei Dank war es schon Abend, so konnte er ins Bett gehen.

Leahcim schlief ausgezeichnet und war in der Früh am Morgen richtig gut ausgeschlafen. Sein seelisches Wohlbefinden stärkte sich von Tag zu Tag. Durch die wunderbare Betreuung mit gutem Essen und die organisatorische Planung von Zeitabläufen konnte er sich wirklich nur auf das Wesentliche konzentrieren und das war die Fragestellung „Sag mir, wer du bist?" Während des gemeinsamen Frühstücks hatten sie zu schweigen, und jeder Teilnehmer wusste, was sie für eine Aufgabe erwartete. Die ersten zwei Dyaden verliefen ohne nennenswerte Ereignisse, doch gegen Mittag entwickelte sich ein Ausnahmezustand.

Leahcim befand sich im Raum der Stille, der immer mehr zu seinem Lieblingsraum wurde, dort verweilte er einige Zeit in Frieden. Auf einmal kribbelte es in seinen Handflächen, dieses Pulsieren wurde immer stärker. Es kam ihm so vor, als ob die Strahlung gebündelt aus den Handflächen nach oben strömte. Er zweifelte an seinem Verstand und versuchte, den Zustand rational zu ergründen. Leahcim bemerkte aber gleich, dass dies keinen Erfolg hatte, denn solche Dinge passieren immer auf einer nicht rationalen Ebene.

Der Zustand des „Energiebündels", wich nicht zur Seite, auch dann nicht, als er den Gedanken auf etwas Banales richtete. Leahcim wollte bewusst den Zustand sprengen, indem er sich das Einmaleins vorrechnete. Doch er verlor und war überrascht, den Zustand auch dann zu spüren, wenn er in die Außenwelt ging, und dies ohne meditative Übungen. Der Zustand veränderte die Richtung und er spürte, dass die vorherige Strahlung aus der Handinnenfläche nun auch vom Handrücken aus durchfloss. Es war so, als ob seine Hände transparent wären.

Dieser Zustand bereitete sich nun auch über seinen Armen und dem Oberkörper aus. Es durchflutete ihn und er spürte sich, als wäre er wie Luft.

Dann ging der Zustand auf seinen restlichen Körper über, und er bemerkte, dass sein Körper dabei war, sich aufzulösen. Auf einmal kam Leahcim sich vor wie eine Luftblase und diese Luftblase ging in ein plötzlich aufkommendes Licht über.

Es war ein Licht, das mit Worten nicht fassbar war. In diesem Licht ging er als Luftblase und löste sich, nein, verschmolz in dem Licht.

Leahcim war nicht mehr als Person existent, er war in einer Einheit integriert, ohne ein eigenes ICH zu haben. Glückseligkeit durchströmte seine Seele, denn einen Körper hatte er nicht mehr. Es fühlte sich an, wie ein Trancezustand in einer göttlichen Welt.

Ganz benommen von diesem Zustand, machte er eine längere Pause und ging nach draußen, um einen Spaziergang zu tätigen. Leahcim konnte diesen Zustand nicht mit seinem normalen Verstand verarbeiten, auch halfen ihm seine Sinne nicht, da dies außerhalb der sinnlichen, irdischen Welt lag

Sein Stein mischte sich, während Leahcim sich immer wieder sagte „Was war das?", liebevoll ein.

„Du hast etwas erlebt, das nicht jedem zuteilwird. Du hast die letzte Stufe deines Daseins auf Erden erleben dürfen. Es war ein Ausblick, auf das, was kommen wird und auf das, was jeder Mensch irgendwann in den zahlreichen Leben auf Erden erfahren darf. Es ist das Ende oder die Auflösung im Allmächtigen oder die Abarbeitung der vielen Karma.

Ihr Menschen seid schlau und wisst schon so viel, dies sieht man auch in euren Religionen. Schau in die Bücher der großen Religionen und du wirst die Wahrheit bei allen erkennen."

Komisch, dachte Leahcim bei sich, wie wundersam der Stein mit ihm sprach. Er kam ihn vor wie ein Prediger. „Ich bin auch ein Prediger", antwortete der Stein, „doch wohne ich keiner eurer Religionen bei. Trotzdem ist es wichtig, einen Glauben zu haben, um Kraft und Vertrauen zu schöpfen, deswegen benutzt ihr eure institutionalisierte Religion. Aber glaubt nur an euren inneren Kern (Stein), denn der ist das Tor zur Erlösung."

Nachdenklich überquerte Leahcim einen kleinen Waldbach und stellte sich vor, wie sein Stein sich auflöste.

„Keine schlechte Idee!", sagte der imaginäre Stein laut und Leahcim musste aufpassen, dass er nicht in den gerade eben überquerten Bach vor Schreck hineinstürzte. „Geh doch mal den Stein suchen und schaue, welchen Zustand er hat", befahl er Leahcim auf zärtliche Art.

Was sollte mir jetzt noch passieren? Und außerdem war es mir selbst ein Anliegen zu sehen, was mit meinem Stein passierte, dachte sich Leahcim. Er wendete seine Technik an und fand den Stein überall in seinem Körper. „Was ist denn das?", brüllte Leahcim. „Das ist das holografische Gedächtnis, in jeder deiner Zellen, ich habe mich für kurze Zeit –rein demonstrativ– (und Leahcim glaubte ein gefühltes Grinsen zu vernehmen, als der Stein dies sagte) aufgelöst.

Jeder Stein hatte einen reinen weißen Strahl, der sich mit dem allumfassenden Licht verband. Ich war viele, und doch eins, ich löste mich auf und war trotzdem überall. Du wirst diesen Zustand mit deinem begrenzten Verstand nicht verstehen können. Nehme einfach wahr und lasst dir Zeit, bis du dieses verdaut hast."

Der Stein hatte recht, denn Leahcim begriff nicht, was das alles zu bedeuten hatte, doch nahm er seine letzten Worte ernst und wartete auf den Zeitpunkt des Verdauens. Es stellte sich heraus, dass Leahcim tatsächlich viele Monate benötigte, um das zu „Verdauende" zu begreifen.

Unbeholfen, tollpatschig und verwirrt, suchte er den Übungsraum auf, um die letzten Dyaden durchzuführen. Er bemerkte, dass er keine weiteren Erkenntnisse mehr verarbeiten konnte, und blieb in seinem Zustand der Auflösung, auch wenn dies nur noch ein Zehntel des Zustandes aufwies, war der Zustand trotzdem noch enorm.

Wie jeden Abend fiel auch er diese Nacht in eine entspannte Atmosphäre. Er wachte erholt auf und ging fast schwebend zu seinen Dyaden. Nanna eröffnete den Tag mit einer Kundalini Meditation. Diese Meditation besteht aus vier Stufen von jeweils fünfzehn Minuten, also insgesamt eine Stunde. Die Stufen gliedern sich in Schütteln des Körpers, Tanzen, Meditation und Stille.

Nanna erklärte den Teilnehmern die Wirkung in etwa so: „Diese Meditation soll zuerst zu einer erhöhten Durchblutung und Herzfrequenz durch das Schütteln führen. Danach zu niedrigerem Blutdruck, niedrigerer Herzfrequenz, Muskelentspannung sowie verstärkten Alpha- und Theta-Gehirnwellen, all dies führt zu gesteigerter Aufmerksamkeit. Durch die schüttelnden Bewegungen wird die Kraft der Kundalini aktiviert. Diese Kraft wird dem Basis- oder Wurzel-Chakra zugeordnet."

Alle im Raum waren erst zögerlich, im Klang der Musik sich auszuschütteln.

Leahcim kam sich vor wie ein Hund, der aus dem See geschwommen kommt und sich dann durch enormes Schütteln trocknet. Der Unterschied lag darin, dass alle Teilnehmer fünfzehn Minuten sich schütteln mussten, der Hund lediglich eine Minute. Trotz der körperlichen Anstrengung befreite die Schütteltechnik irgendetwas in ihm. Er bekam Spaß am Schütteln und tobte sich aus wie ein Geistesgestörter.

Wenn diese Situation jemand gefilmt und ins Internet gestellt hätte, wäre er wahrscheinlich ins Irrenhaus eingeliefert worden. Nach der ersten Stufe durften alle tanzen und genau dort geschah das Wunderbare.

Wie Leahcim in seiner harmonischen Schwingung, die Tanzbewegungen geschehen ließ, hatte er in seiner rechten Hand ein imaginäres Kind. Das Kind tanzte mit ihm zusammen, beruhigend und absolut harmonisch. Es war ein erfüllendes Gefühl. Nach wenigen Minuten hatte er auf einmal seinen verstorbenen Vater in der linken Hand. Sie tanzten zu dritt und es war herrlich, die Verbindung zu spüren. Zu seinem Erstaunen war auf einmal an der Seite seines Vaters sein Großvater und dessen Vater mit angehängt. Sie tanzten einen wunderbaren Verbindungstanz und steigerten sich in der Intensität.

Jetzt durchströmte ihn eine undefinierbare „Männerenergie", dieser Energie hatte etwas von Stärke und Halt.

Leahcim schaute seinem Vater in die Augen und ging mit seinem Blick bis zu seinen Urgroßvätern. Die ganze Vaterlinie hatte er durch diesen Tanz wahrgenommen, jetzt drehte er sich zur rechten Seite und sah dem Kind in die Augen.

Es durchzuckte ihn, denn er erkannte sein inneres Kind, das aber nicht als Stein sichtbar war. Die Freude war grenzenlos und Leahcim blickte nach rechts in die Augen des Kindes, nahm die aufsteigende Berührung wahr und bewegte seinen Arm zu einer Welle. Dann sah er seine Väter auf der linken Seite, und machte die gleiche Bewegung wie mit seinem Kind. Es war wie eine La-Ola-Welle, sie lachten, und steigerten den Tanz ins Unermessliche. Leahcim hat das Glück gehabt, eine reine Vaterlinie zu erleben, die an Glückseligkeit ihresgleichen sucht. Selbstverständlich ist eine reine Mutterwelle ebenso gehaltvoll, doch hatte diese für Leahcim keinen Bedarf vorgesehen.

Er hatte das Gefühl von „Eins-Sein".

In der dritten Stufe der Kundalini war die Meditation dran. Hier konnte er die innere Dankbarkeit für dieses Ereignis spüren, denn noch verbunden mit seiner Ahnenlinie, sah er ein Licht ganz weit oben und spürte die Göttlichkeit. Leahcim verneigte sich vor dem „Licht" und spürte eine unendliche

Liebe. Gestärkt durch diese wunderbare Meditation hatte er gleich ein weiteres Erlebnis.

Leahcim befand sich in einem leeren Raum und sah sich als Körper dort sitzen, er sah auf der linken Seite den Verstand als fest verklebter Teil des Körpers. In seinen Armen hielt er sein inneres Kind. Leahcim blickte aus einer beobachtenden Position, die einzelnen Geschehnisse an.

Der Körper hatte anscheinend Ängste und Wutausbrüche, doch all die Gefühle verletzten ihn als Seele nicht. Sein Körper war getrennt von ihm, er nahm sich als Seele wahr und spürte die Verantwortung für seinen Körper. Sein Körper schaute ihn direkt in die Augen und vereinigte sich mit ihm.

Leahcim war sich nun bewusst, dass der Körper verletzlich war, aber nicht die Seele. Die Seele war tatsächlich unberührbar und konnte nicht verletzt werden. Das ist auch der Grund, warum der „Mensch" vollkommen ist, und auch immer schon war.

Leahcim hatte eine weitere Entdeckung gemacht, er konnte seine Seele fragen, wenn er nicht mehr über den Körper oder den Verstand weiterkommen würde.

In diesem Zustand des Glücks flüsterte sein imaginärer Stein ihm zu:

Der Körper/inneres Kind und/oder der Verstand bilden das „Ich" und das Bewusstsein bildet die Seele.

Auch dieser Tag ging schnell vorbei und der letzte Tag, an dem die Teilnehmer das allererste Mal außerhalb der Übung persönliche Dinge besprechen konnten, rückte näher. Alle wurden diesmal eine Stunde später geweckt und durften das erste Mal „Guten Morgen" sagen, sie durften sich auch nach dem Befinden des Einzelnen erkundigen. In der Frühstückspause redeten sie auf einmal, erst bedacht und dann immer schneller und lauter, es war wirklich ungewohnt und unangenehm für Leahcim. Gerade er, der den Raum der Stille besucht hatte, konnte die Laute schwer ertragen.

Nach dem Frühstück gingen sie in den gemeinsamen Übungsraum und führten eine Schlussübung durch. Sie hatten unterschiedliche Fragen bekommen, und sollten diese Fragen mit einem Partner bearbeiten, damit sie das Gewonnene in ihr Leben integrieren konnten. Das Gegenüber stellte folgende Frage und schrieb die Antwort auf. Leahcim war mit Hans zusammen, der geduldig seine Antworten auf ein Blatt notierte.

„Sag mir, was du als Wahrheit aus diesem Kurs mitgenommen hast?" Sofort fiel ihm die letzte Erfahrung ein und Leahcim sagte: „Dass das „ICH" lenken darf, doch mein Bewusstsein beobachtet und wenn ich es bitte, schreitet es auch ein." Die nächste Frage lautete:

„Sag mir, was die Wahrheit daraus für dich bedeutet?" Es fiel ihm nicht leicht, sofort eine Bedeutung des Erlebten zu generieren, nach einigen Minuten sagte Leahcim: „Ich bin frei in meinen Entscheidungen, werde aber nicht fallengelassen, wenn es mal danebengeht." Hier stellte Leahcim fest, dass er immer einen Begleiter hatte, den man auch Geistführer, Geisthelfer, persönlicher Engel nennen könnte. Diesen wunderbaren Begleiter hatte er an seiner Seite, der ihm in schwierigen Lebenssituationen half. Durch seine Entdeckung der Seele hatte Leahcim für kommende Krisen Vertrauen aufgebaut. Hans schrieb alles in einer für ihn leserlichen Schrift geduldig auf und fragte Leahcim:

„Sag mir, was du mit dieser Wahrheit anfangen wirst?" Was konnte er mit dieser Erfahrung anfangen? Irgendwie hatte Leahcim ein großes Vertrauen in das Leben und sagte: „Mit dieser Wahrheit habe ich keine Beschränkungen für mich, ich bin der Steuermann in meinem Leben." Hans nickte, als wollte er sagen: Recht hast du! Die letzte Frage war eine Frage, um immer wieder diese Wahrheit zu verankern, und lautete:

„Sag mir, welchen Anker du für diese Wahrheit setzt? Denn

das Ziel bei dieser Übung war, sich zu erinnern." Da Leahcim seinen Stein gefunden hatte, und wusste, wo er mit der Seele Kontakt aufnehmen konnte, sagte er spontan: „Ich gehe in meinen innerlichen Ruheraum und lass die Energie kommen (weiße runde Säule – schwarzer Boden)."

Nach dieser Fragestellung wechselten die beiden und Leahcim stellte Hans die Fragen und schrieb sie auf.

Danach war Leahcim wieder dran und Hans stellte ihm die gleiche Frage wie am Anfang nochmals:

„Sag mir, was du als Wahrheit aus diesem Kurs mitgenommen hast?" Leahcim stellte fest, dass wir als Menschen immer wieder Masken aufsetzen, um das zu sein, was wir nicht sind. Er antwortete: „Jeder Mensch hat eine Maske auf." Auch hier nickte Hans, als wolle er Leahcim sagen – ja, das stimmt. Hans stellte die nächste dazugehörige Frage:

„Sag mir, was die Wahrheit daraus für dich bedeutet?" Wie durch einen Geistesblitz sagte Leahcim: „Es gibt keine Wahrheit!", denn wenn ein Mensch eine Maske trägt, ist er nicht wahr.

„Und sag mir, was du mit dieser Wahrheit anfangen wirst?" Leahcim überlegte auch hier nicht lange, denn es gab nur eine Antwort auf dieser Situation. „Versuchen, hinter die Maske zu schauen", gab er als Antwort.

„Sag mir, welchen Anker du für diese Wahrheit setzt, damit du dich erinnerst?" „Natürlich in die Augen der Anderen schauen", sagte Leahcim mit einer Bestimmtheit, dass es dem Hans fast vom Stuhl haute. Ein weiterer Wechsel mit Hans und schon wieder stellte er Leahcim die gleichen Fragen:

„Sag mir, was du als Wahrheit aus diesem Kurs mitgenommen hast?" Es fiel Leahcim gar nicht so schwer, Wahrheiten aus diesem Kurs zu finden, denn er hatte eine Menge erfahren, und antwortete: „Die Menschen so zu nehmen wie sie sind." Und fügte hinzu: „Einfach akzeptieren, keine hintergründigen Absichtsgedanken hegen, und ohne Wertung." Leahcims Herz lachte, denn er spürte die tiefe Wahrheit in diesem Satz. Er verweilte einige Minuten, um das Gesagte wirken zu lassen. Hans wartete wieder geduldig und stellte dann die nächste Frage:

„Sag mir, was die Wahrheit daraus für dich bedeutet?" Die Wahrheit daraus kann nur die Vielfältigkeit eines jeden Menschen sein und er antwortete auch dementsprechend: „Dass er in seiner Vielfältigkeit sein darf."

Leahcim hatte über den Kurs gelernt, dass jeder der Teilnehmer einzigartig ist. Eine unglaubliche Palette von Vielfältigkeit erspürte und hörte er in den einzelnen Dyaden. Ihm war klar, dass alles Tun auf der Erde seiner eigenen Existenz und der wahren Göttlichkeit dient. Leahcim hatte bemerkt, dass wenn er den Menschen so lässt, wie er ist, entsteht Vertrauen und über das Vertrauen verliert der Mensch die Angst vor Wertlosigkeit oder andere negative Gedanken und daraus entstehende Gefühle. Das Gegenüber wird zum Sein, ist offen und strahlt Liebe aus. Und dies wiederum ist die Essenz des Lebens. Eine weitere Seite dieser Wahrheit ist, die eigene Annahme zuzulassen, und so sein zu dürfen wie man ist, ohne Maske.

Seine Ausführungen wurden immer länger und gaben ihm die Reflexion über seine Wahrheiten wieder.

„Und was wirst du mit der Wahrheit anfangen?", fragte Hans mit neugierigen Augen. Leahcim sagte: „Es müssen keine Veränderungen stattfinden – einfach nur annehmen reicht. Ich werde diese Wahrheit mit meinem Leben verflechten und ich weiß, dass dies mehr als eine Aufgabe ist, sie wird mich oft an den Rand oder sogar bei einigen Situationen darüber hinausbringen. Ich werde Fehler machen und diese dann bereuen, aber ich werde die Wahrheit immer wieder abrufen, bis sie ein Bestandteil meiner selbst geworden ist. Ich werde mich auf unsere Einheit besinnen und mir bewusst machen, dass das Gegenüber meine Unzulänglichkeiten widerspiegelt. So, und nun zu nächsten Frage", sagte Leahcim lachend und Hans stellte ihm diese auch gleich:

„Sag mir, welchen Anker du für diese Wahrheit setzt, damit du dich erinnerst?" „Wenn ich das „Tun" des Gegenübers erlebe", schoss es aus ihm raus. Und Leahcim erklärte, warum er genau diesen Anker gewählt hatte: „Weil ich davon überzeugt bin, dass wenn ich das Tun bei Anderen oder bei mir erlebe, ich kein Recht haben darf, dort einzuschreiten, da ich ja das Tun erst erleben möchte."

Eine letzte Runde der Fragen und er war froh, dass dann Schluss war, denn zu viel fragen verwirrte Leahcim. Hans wirkte auch schon müde und stellte die letzte Wahrheitsfrage:

„Sag mir, was du als Wahrheit aus diesem Kurs mitgenommen hast?" Ohne zu warten, sagte Leahcim: „Der Austausch" und begründete auch diese Wahrheit: „Wir tauschen uns ständig durch interaktives Miteinander aus. Die Sinne sind oft die Botschafter. Doch auch Blicke können mir was sagen. Worte können mir ein Gefühl geben wie Freude oder Anklage. Ich kann meine Ohren benutzen, um nichts oder falsch zu hören. Austausch findet im Ganzen statt und je achtsamer und aufmerksamer ich zuhöre, ohne Signale zu senden, bin ich offen für einen ehrlichen Austausch." Leahcim stellte sich mittlerweile selber die nächste Frage:

„Sag mir, was die Wahrheit daraus für dich bedeutet?" und antwortete, ohne abzuwarten.

Hans sagte: „Moment, ich muss das Gesagte erst einmal aufschreiben." Mit Leahcim ging die Euphorie durch und dennoch, er zügelte sich und antwortete, nachdem Hans seine vorherige Antwort aufgeschrieben hatte.

„Zu erfahren vom Anderen. Ein Geben und Nehmen." Denn ein Austausch findet nicht nur im Handel mit Waren und Dienstleistungen statt, sondern auch mit den Lebewesen auf unserer Erde. Und genau diesen Austausch meinte

Leahcim. Durch das Anwenden von Dyaden, hatte er festgestellt, wie viel jeder Einzelne der Teilnehmer ihm gegeben hat. Leahcim hat in die tiefsten Winkel des Gegenübers hineinschauen dürfen. Die Augen des Gegenübers waren für Leahcim das Tor zu dessen Herzen. Gedanken, die sonst nur beim Gegenüber eingeschlossen waren, offenbarten sich. Ehrlichkeit war anstelle der tausend Masken vorgerückt. Nichts war so wahr, wie das Hier im Jetzt. Durch jeden Satz, Blick oder Reaktion des Gegenübers erkannte Leahcim seine eigene kleine Welt. Oft lag diese kleine Welt im Dunklen, weil niemand da war. Die Menschen gaben ihm so viel und er durfte auch so viel geben.

Der Austausch durch Geben und Nehmen findet nur bei einer hundertprozentigen Absicht, offen sein zu wollen, statt. Die weitere Frage:

„Sag mir, was du mit dieser Wahrheit anfangen wirst?", stellte Hans monoton. Leahcim sagte: „Zu lernen", und überlegte, was das bedeutet. Denn er kann nur über Dinge lernen, wenn er bereit ist, diese auch mitzuteilen. Durch das Zuhören erreichen wir ein nie dagewesenes Verständnis für den Anderen. Durch dieses Verständnis ist es uns ermöglicht, selbst daraus zu lernen, auch wenn es nicht das eigene Thema ist. Leahcim erinnerte sich, dass ein Teilnehmer zu ihm sagte, dass er keinen Zugang zu seinem eigenen Gefühl hätte. Dies war für Leahcim zunächst unverständlich, da er diesen Zugang zu seinem Gefühl schnell erreichen konnte. Doch dann merkte Leahcim, wie wunderbar diese Erkenntnis für ihn war, denn nun wusste er, dass es manchen Menschen schwerfiel, ins Gefühl zu kommen, obwohl die Bereitschaft dafür da war. Für Leahcim bedeutet dies, mehr Geduld aufzubringen und warten, bis die Schleusen des Gefühls sich beim Gegenüber öffnen, und natürlich bei ihm selbst. Jetzt war Countdown, denn Hans stellte Leahcim die letzte Frage:

„Sag mir, welchen Anker du für diese Wahrheit setzt, damit du dich erinnerst?" Leahcim fiel nur ein Körperteil als Anker ein und er sagte: „Der Blick ins Auge", denn er hatte den gleichen Anker wie für die Wahrheit „Jeder Mensch hat eine Maske auf" gewählt, weil Leahcim in den Augen nicht nur die Wahrheit erkannte. Der Austausch findet für Leahcim im Augenblick statt, also wenn er mit dieser Person redet und sie anschaut. Hier wurde Leahcim bewusst, dass wir Menschen zusammengekommen sind, um uns auszutauschen.

Es war ein schöner Abschlusstag, der Vormittag ging schnell zu Ende und Leahcim freute sich auf seine Familie.

Sein Sohn kam pünktlich und Leahcim freute sich abermals über seine Verlässlichkeit. Er verabschiedete sich von den Kursteilnehmern und stieg glücklich ins Auto ein. Er kam sich vor wie ein Außerirdischer, denn nach so einer sechstägigen Schweigezeit findet man in der anderen schnelllebigen Welt keinen Raum mehr. Die Autos rasten und drängelten auf der Autobahn, die Lautstärke ringsherum war unerträglich. Die ganzen Autofahrer um sie herum strahlten eine Hektik aus, die seinen Blutdruck leicht erhöhte.

Daheim angekommen, bei seiner Familie, musste Leahcim sich erst wieder einleben. TV, Laptop, Kindergeschrei, all dies bedeutete erstmal Stress, aber auf der anderen Seite hatte Leahcim sich so gut erholen können, dass er mit diesen Unannehmlichkeiten gut zurechtkam.

Es war eine unangenehme Überflutung durch all die Medien, jegliche Geräuschquelle versuchte Leahcim irgendwie abzuschalten. Er war so offen für Geräusche und Bewegungen und musste erst einmal lernen, diese wieder zu filtern. Die ersten paar Tage wollte er nicht mit anderen Menschen in Verbindung treten, außer mit seiner Familie. Leahcim brauchte Zeit, um sich langsam im Prozess der Gesellschaft zu integrieren. Er hatte durch diese Erfahrung eine andere

Einstellung zum Thema „Ruhe und Stille" bekommen. Denn jetzt verstand er, wie wichtig es war, sich Ruhe und Stille zu gönnen und wie sehr er den Geräuschen, ohne es zu bemerken, ausgesetzt ist.

Bei einer morgendlichen Meditation bekam er einen Besuch von seinem Stein.

„Schön, die Stille – oder?" Eine Weile war es still, bis der Stein wieder sprach: „Wenn du in deinem Leben eine wirklich gute Tat vollbringen möchtest, dann führe einen Ruhetag bei dir ein." Leahcim lachte und sagte: „Wie in der Kirche, als Gott den Sonntag als Ruhetag eingeführt hat. Wie soll ich einen Ruhetag in dieser hektischen Welt einführen können?" „Indem du es einfach tust und dich nicht davon abbringen lässt. Außerdem ist der Ruhetag kein schlechtes Verhalten, Ruhetag bedeutet Ruhe im Tag. Hast du Ruhe im Tag?" „Nein, natürlich nicht", explodierte Leahcim. „Wie sollte ich Ruhe bekommen, wenn überall nur Krach ist? Früher war es besser, denn da gab es noch keine Computer, Gameboys, Laptops, Playstations, heute brauchen wir einen Schutzmantel, um diese Dinge abwehren zu können. Ich bin kein Zauberer, um diesen Lärm einfach stumm schalten zu können. Wie soll ich denn deiner Meinung nach damit umgehen?"

„Weißt du, dass du gerade meine Annahme für die Notwendigkeit eines Ruhetags bestätigt hast? Du merkst selber, dass die Geräusche von überall kommen und ein Ausschalten faktisch nicht mehr möglich ist. Deswegen ist es so wichtig, eine Zone der Ruhe zu installieren, sonst geht dein gewonnener Zugang zu dir selbst mit der Zeit wieder verloren.

Als Erstes nimmst du dir vor, jeden Tag wenige Minuten zu ruhen, das kann über eine Meditation geschehen, die du im Augenblick gerade machst. Oder du gehst einfach spazieren.

Der nächste Schritt wäre, einmal im Monat einen Tag der Stille einführen. An diesem Tag bist du bereit, nicht zu sprechen und nichts anzuhören, auch keine entspannende

Musik. Ich möchte auch, dass du mit deiner Familie diese Übung durchführst. Durch diese leichte Übung gelingt dir der Zugang zu dir selbst schneller und intensiver. Mensch, überleg mal, du hast dann die Chance, immer mit mir zu quatschen, ist dies keine herrliche Zukunft?"

Lächelnd wartete sein Stein auf eine Reaktion von Leahcim. Irgendwie wusste Leahcim, wie gut es ihm tun würde, einen Ruhetag einzuführen und überlegte sich, warum Gott einen Ruhetag eingeführt hatte. Damals gab es noch keine elektronischen Geräte und der Lärm war nicht in dem Maße vorhanden, wie wir ihn jetzt erleben, trotzdem war ein Ruhetag vonnöten. Früher gab es mehr und längere Arbeitszeiten und aus dieser Situation heraus war ein Ruhetag wichtig, um die Familie erleben zu dürfen. Heute ist ein Ruhetag wegen des Lärms, wegen der Hektik und auch wegen dem damit verbundenen Stress noch viel wichtiger. „Richtig!" bestätigte der Stein und verschwand genauso schnell, wie er gekommen war.

Leahcim machte sich zur Aufgabe, einen Tag im Monat für einen Tag zu schweigen und einmal am Tag für fünf Minuten innezuhalten. Als er am fünften Tag nach dem Enlightenment-Intensive-Kurs aufwachte, hatte er von einer Dyade, die Leahcim mit Hans durchgeführt hatte, geträumt.

Immer wieder fragte ihn Hans: Sag mir, wer du bist? Leahcim antwortete daraufhin, momentan spüre ich dies … Oder das … Diese Fragestellung ging den ganzen Traum lang, immer wieder die gleiche intensive Frage: Sag mir, wer du bist?

Interessant war, dass das Gesicht und die Intensität von Hans so plastisch und wirklich vor seinen Augen waren. Den ganzen Morgen hallte die Stimme in ihm nach: Sag mir, wer du bist?

Die Kontemplation und Kommunikation brachen immer noch nicht ab, obwohl er aufwachte und mit seiner Frau frühstückte. Wunderbar, dachte Leahcim sich, denn in den letzten paar Tagen fühlte er zwar in sich eine unglaubliche Veränderung, aber gleichzeitig spürte er auch, dass der Alltag mit seinen vielen Ablenkungen sich Einzug in sein Dasein verschaffen wollte.

Wie ein Blitz durchzuckte ihn folgende Erfahrung am Mittagstisch, während er mit seiner Familie am Tisch saß und seine Frau ihm gerade Suppe schöpfen wollte.

Leahcim sah den Schöpflöffel und erkannte gleichzeitig den Schöpfer in ihm. Er nahm Bezug zu diesem Suppenschöpfer und sich, der mit einer Zielgenauigkeit die gewählte Suppe aus dem Topf schöpfte.

Und Leahcim dachte dabei, auch er ist sein eigener Schöpfer, der gezielt das Leben aus dem „unendlichen Lebenstopf" schöpft. Das Leben besteht auch aus unterschiedlichen Suppen, mal ist es bekömmlich und ein anderes Mal nicht. Oft schöpfen wir zu viel und werden dann erschöpft, doch manchmal schöpfen wir zu wenig und werden zu hungrig. Es kann auch vorkommen, dass die Suppe versalzen oder zu scharf ist. Wir haben dann die Wahl, diese Suppe stehen zu lassen oder weiter zu essen.

Leider wählen wir zu oft den Weg des Weiteressens und erkennen nicht, dass uns dies schlecht bekommt. Wenn wir aus dem Lebenstopf schöpfen, sollten wir auch vorsichtig mit dem Schöpfer umgehen, denn es könnte durchaus sein, dass wir etwas von der kostbaren Suppe verschütten. Und wenn unser Leben durch Unachtsamkeit verschüttet wird, ist es durchaus möglich, dass wir andere Lebewesen auch verschütten und dadurch verletzen.

Viele Erkenntnisse durch Erinnerung an diesen Kurs, offenbaren sich in den kommenden Wochen und Monaten.

Wenige Wochen nach dem Kurs war seine Frau dabei, irgendwelche Blätter zu kopieren. Leahcim sagte zu ihr: "Warum kopierst du nicht an unserem anderen Kopierer die

Blätter?" Sie sagte: „Lass mich doch, ich kann doch die Blätter kopieren, wo ich will." Leahcim schmunzelte und dachte bei sich: Genau in dieser Zeit nach dem Kurs, kam prompt die Aufforderung *Lass mich doch!*

Unser Leben wird ständig von einem höheren Selbst überprüft, und es stellt die Frage: Hast du verstanden und bist du bereit, dieses auch in dein Leben zu integrieren?

Ja, Leahcim war bereit. Er verließ das Zimmer, da er sich daran erinnerte, dass heute seine Nichte Geburtstag hatte. Leahcim führte ein Telefonat mit seiner Nichte, ging in sein Büro und war wieder für sich alleine. Höchstwahrscheinlich hätte er wie so oft den Geburtstag seiner Nichte vergessen. Doch durch sein beherztes Annehmen seiner Wahrheit hatte er mehreren Menschen Freude geschenkt. Seine Frau, die er so ließ, wie sie war, seiner Nichte, die sich gefreut hat, dass er sie nicht vergessen hatte und seinem Bruder, der froh war, mit ihm reden zu können. Wenn er jetzt dies alles reflektierte, hatte er von all den Menschen, die jetzt gerade eben in diesem Geflecht beteiligt waren, den Zustand der Freude miterleben dürfen. Was für ein Geschenk – das ist der Weg des wahren Lebens.

Leahcim genoss das Leben und spürte die Liebe, die in jeder seiner Zelle aufblühte und zum gigantischen Blumenmeer erstrahlte. Immer wieder stellte er fest, dass seine Liebe der Mittelpunkt seines Selbst ist.

Tief in seinem Bauch spürte er ein Gefühl, er spürte Freude und Traurigkeit in einem. Leahcim war zum Weinen zumute – und tat dies auch. Was für ein wunderbares Gefühl herrscht in mir, dachte er bei sich. Ein Gefühl, dass er nicht fassen konnte. Eine Komposition, die beides in ihm verkörperte, Freude und Traurigkeit. Wie war es möglich, Freude, Traurigkeit und Liebe gleichzeitig zu spüren?

Wenn Leahcim doch seine Liebe mit seiner Hand anlangen

könnte, dann würde er die Liebe be-greifen. Doch seine Liebe lässt sich nicht mit den Händen greifen, seine Liebe lässt sich nur durch sein Innerstes erfassen und dazu benötigte er seine Brust, Bauch und natürlich sein Herz.

Seine Liebe kann er niemandem einfach so geben, er kann sie nur aus seinem Innersten ausströmen lassen und hoffen, dass der Geliebte sie aufmerksam entgegennimmt. Und gleichzeitig ist es für ihn unmöglich, von jemanden Liebe zu nehmen, denn Liebe kann er nicht nehmen, er kann sie nur in sich spüren und zulassen.

Ihm war bewusst, dass es keinen Menschen gibt, der ihm Liebe aktiv geben kann, doch kann jeder für jeden Liebe empfinden, und wenn Leahcim diese Liebe erwidert, so ist er im Gefühl grenzenloser Liebe.

Deswegen konnte Leahcim keine Liebe begreifen, denn Liebe ist ein Zustand, den er nicht fassen kann – unsagbar, grenzenlos und wunderbar. Liebe in sich spürte Leahcim am stärksten, wenn er mit seinen Geliebten nicht zusammen war.

Deswegen fragte er sich: „Ist meine Liebe eng verbunden mit dem Gefühl der Einsamkeit? Wird mir erst in meiner Einsamkeit die Sehnsucht meiner Liebe gewahr? Bedeutet der Zustand der Einsamkeit, dass ich meiner Gefühle gewahr werde? Ist es deswegen wichtig, in die Ruhe zu kommen oder in Ruhe gelassen zu werden, um tief in meiner Seele meine Gefühle für mich und andere zu erkennen?"

Liebe ist kein einzelnes Gefühl, sondern das Zusammenspiel vieler Gefühle in einem passenden Moment.

Gerade als Leahcim dieses dachte, war es ihm klar geworden, wie wichtig es ist, seine Liebe unendlich zu verströmen an die, die er liebt, so lange, wie sie noch bei ihm sind und später auch noch darüber hinaus. Denn wenn er erst mal alleine ist und einer seiner Lieben nicht mehr bei ihm weilt, ist es zu spät. Leahcim dachte an seine Frau und die Kinder und hörte sich nur diesen einen besonderen Satz sagen:

„Ich liebe euch, weil mein Herz nach euch ruft."

Durch die Bearbeitung seiner Vergangenheit war Leahcim innerlich frei und gelöst.

Er wollte nun seinen Stein fragen, wie es mit ihm beruflich weitergehe. Eines wusste er auf jeden Fall, dass er seine vorherige berufliche Ausübung nicht mehr anstreben wollte.

Durch die innere Reinigung spürte er einen Wandel, der sich ihm aber noch nicht so klar zeigte. Leahcim war gestärkt und voll Tatendrang, doch ohne sichtbares Ziel. Oft unterhielt er sich mit seiner Frau und immer wieder gab sie ihm Denkanstöße, die Leahcim zu schätzen wusste.

Einmal stand sie an seiner Seite mitten im Wohnzimmer. Sie kam aus dem Nichts und er hatte das Gefühl, sie schickte ein Engel. Elena sagte zu ihm: „Du weißt, dass dein Stein die Antwort in sich trägt." Leahcim nickte und wusste, was zu tun war. An einem ruhigen Platz, in ihrem gemeinsamen Schlafraum, setzte er sich und nahm Kontakt zu seinem Stein auf. Er spürte ihn unter seinem Herzen. Der Stein sah aus wie eine Seifenblase, die im Licht schimmert, und er schwebte auch so.

„Du willst wissen, wie dein Weg weitergeht?", sagte er augenzwinkernd. „Stell dir mal die Frage: Was wird sein, wenn ich in den Himmel komme und Gott mich fragt: Warum wurdest du nicht, was nur du werden konntest? Wäre das nicht schrecklich?"

Leahcim neigte seinen Kopf gen Boden und stammelte undeutlich: „Oh ja, das wäre schrecklich." „Siehst du, es berührt dich, weil jeder Mensch seine Wahrheit in sich trägt und traurig wird, wenn man ihn darauf anspricht. Deine Wahrheit ist, das zu werden, was du bist und nur du werden kannst. Sei authentisch und lebe dein Leben, jetzt!"

Das waren große Worte, die sein Stein ihm mitteilte, doch hatte Leahcim keine Ahnung, wie er sein Potenzial verwirklichen konnte. Leahcim war zwar bereit für etwas Neues, doch wie sollte er den Weg gehen? Sein Stein schaute ihn lange eindringlich, fast zu eindringlich an und sagte:

„Wenn du, ab deinem Anfangslebenspunkt, aufrichtig mit dir selber bist, und auch bis auf die Fundamente gewillt bist, die Wahrheit liebevoll zu öffnen, dann hast du die Kraft, alles Verdrängte nach und nach ins Licht des Bewusstseins zu holen und durch die Liebe deines Herzens das Verdrängte zu erlösen.

Du bist den Weg gegangen und hattest eine aufregende Klärungszeit, jetzt ist der Zeitpunkt gekommen, das zu tun, was deine Bestimmung ist."

Leahcim hatte das Gefühl, vor lauter Freude an die Decke springen zu wollen, denn auf diesen Tag hatte er viele Jahrzehnte gewartet. Wenn sein Stein ihm die Wahrheit über das Leben und die Wege, die er beschreiten konnte, mitteilte, dann wäre er endlich in seiner wahren Mitte angekommen.

„Jetzt bleib mal auf dem Teppich und lausche gut", ermahnte ihn sein Stein und fing mit den ersten Erklärungen, die sein Leben bereichern sollten, an.

„Den ersten Schritt hast du vor langer Zeit getan, du hast auf dein Herz gehört und Schlimmeres dadurch vermieden." Leahcim schaute den Stein an und wusste nicht genau, was er mit dem „ersten Schritt" meinte. Viele Situationen im Leben hatte er mit seinem Herzen entschieden und keine kam ihm bedrohlich vor. „Wie weit muss ich in meinem Leben zurück?", fragte er sich, um eine zeitliche Eingrenzung der Situation zu finden.

„Du musst zum Anfang, denn der Anfang ist der erste Weg, den du in diesem Leben gegangen bist." Wie durch eine Glaswand blickend, wusste Leahcim daraufhin, was der Stein meinte. Es war der Punkt in seinem Leben, wo er dem Stein das erste Mal begegnet war. Das heißt, eigentlich ist er ihm gar nicht begegnet, aber er hörte von seiner Existenz. Und Leahcim fiel das Gespräch ein:

„Höre gut zu, was ich dir jetzt zu sagen habe, denn dies ist die wichtigste Aufgabe in deinem Leben, es ist deine einzig wahre Aufgabe: Suche in dir den Stein."

Voller Stolz präsentierte Leahcim seinem Stein die gelöste Aufgabe. „Gut gemacht! Und ich merke, du bist mit deinem Herzen dabei. Durch diese Erinnerung, die du mit deinem Herzen wiedergefunden hast, bist du mit mir in Kontakt getreten und dieses Band zwischen uns beiden war und ist dein Begleiter in deinem Leben. Hättest du keinen Kontakt mit mir am Anfang gehabt, hätte dein Weg in eine Katastrophe geführt. Ich begleitete dich Tag und Nacht jede Stunde, Minute und Sekunde und habe dir dein Leben so schön gestaltet, wie es mir möglich war.

Jeder Mensch nimmt Kontakt zu seinem Seelendiamant im Anfangsstadium auf, doch leider verblassen die Erinnerungen, und der Stein gerät in Vergessenheit. Durch dieses Vergessen gehen die Menschen oft den falschen Weg und verlieren sich im Außen. Doch jetzt genug philosophiert, nun werden wir zusammen in einer ständigen Kommunikation dein weiteres Leben positiv einrichten.

Du brauchst als Erstes ein Konzept, um allen interessierten Menschen zu zeigen, wie eine Veränderung möglich ist."

Leahcim war verwirrt, denn eine Trainingsarbeit hatte nicht auf seinem Wunschplan gestanden. Er protestierte lautstark und sagte: „Jetzt habe ich so viel in meine Ausbildung gesteckt und soll meinen erlernten Beruf aufgeben!"

„Wer spricht denn von aufgeben? Du sollst dein Wissen aus all den Jahren als leitender Angestellter mit deinem Wissen als privater Mensch verbinden. Mit deinem Wissen und deiner Erfahrung aus deinem wertvollen Leben, kannst du vielen Menschen eine Hilfe sein. Warum hattest du vor fast zwanzig Jahren eine Personal-Coach-Ausbildung oder Erziehungs-kurse absolviert?"

Wegen Leahcims Fragezeichen-Gesicht antwortete der Stein

ihm unverzüglich. „Du hast für den Weg schon vorher deine Prüfungen absolviert, aber die Zeit war noch nicht reif. Jetzt bist du reif und hab Vertrauen, dass du es schaffst."

Leahcim hatte Vertrauen, das zu schaffen, aber er hatte auch Angst, nicht genügend Geld damit zu verdienen. Schließlich musste er für seine Familie sorgen und auch das Haus musste noch abbezahlt werden. Und dann einfach in eine Selbstständigkeit zu gehen, ohne finanziellen Background, machte ihm Angst.

Unverzüglich sagte der Stein in einem herrischen Ton: „Angst lähmt dein Tun, spüre sofort in die Angst hinein." „Wie meinst du das?" „Gehe in das Gefühl „Angst", wo befindet die Angst sich?" Leahcim spürte in seinen Körper und ging dem Gefühl der Angst nach. Die Angst befand sich zwischen seiner Brust und dem Hals und machte die Atmung beengend und schwer. Er fühlte sich auf einer Seite sehr stark, was die Vergangenheit anging, aber für die Zukunft konnte er nicht Stärke aufbauen.

„Deine Gedanken sind von der Vergangenheit geprägt. In der Vergangenheit hattest du keine Stärke für eine Selbstständigkeit aufgebaut. Durch deine Arbeit mit der Vergangenheit konntest du die Vergangenheit emotional stabilisieren. Jetzt bist du bereit, einen neuen Weg zu gehen, benutzt aber die schwächenden Gedanken aus der Vergangenheit", erklärte der Stein. „Wie soll ich denn die Gedanken loswerden?", fragte Leahcim erzürnt.

Ich werde dir eine kleine Geschichte über Josef erzählen:

Josef

„Gott hatte eine Begegnung mit einem Menschen namens Josef, der sich im Nahtod befand. Als Gott Josef willkommen hieß, sagte dieser: „Muss ich jetzt schon sterben?" Gott wusste, dass Josef viele unerledigte Dinge im Leben noch zu meistern hatte, aber er wusste auch, dass Josef kein klares Ziel vor Augen hatte. Und so sprach er zu Josef:

„Dein Tod wird dich in diesem Leben erlösen, doch die unerledigten Dinge in deinem Leben wirst du als unerledigt auf dein Lebenskonto buchen." Josef erschrak und sprach unruhig, ohne seinen Verstand einzuschalten:

„Ich wollte doch noch so viel erleben, ich wollte immer meinem Herzen folgen, aber ich hatte keine Chance. Ich wollte wirklich die Dinge in meinem Leben in Ordnung bringen, doch du hast mir jetzt das Leben genommen und nun bleibt mir keine Zeit, meiner Bestimmung zu folgen."

Für eine Zeitlang kehrte Stille ein und die Luft war von Schwermut gefüllt. Gott gab Josef den Raum, um das Gesagte zu reflektieren, und sprach sanft zu Josef:

„Ich werde dir jetzt sagen, warum du zu mir gekommen bist. Du bist durch einen schweren Unfall zu mir gelangt, aber nur, um mit mir ein Gespräch zu führen, denn dein Tod ist noch nicht geplant. Ich will, dass du verstehst, wie wichtig es ist, das Leben in seiner Bestimmung zu leben. Wenn du kurz vor dem Tod stehst, sind deine göttlichen Kanäle so weit offen, dass du deine Bestimmung klar erkennen kannst. Du siehst die Wahrhaftigkeit und verlierst die Oberflächlichkeit."

Als Gott aufhörte zu sprechen, sah Josef seine Bestimmung

und musste erbarmungslos weinen. „Warum habe ich diese Wege nicht gesehen?" „Weil du kein Vertrauen zu dir hattest. Oft kam dir der Gedanke, dieses oder jenes machen zu wollen, aber jedes Mal hast du einen Rückzieher gemacht, obwohl alles, was du dafür benötigst, in dir steckte.

Gott nahm Josef in den Arm und sprach weiter: „Ich werde dich auf die Erde zurückschicken und möchte, dass du folgende Aufgabe mit auf den Weg nimmst: Denke an drei Bestimmungen, die in deinem Herzen noch unerfüllt sind, und dann denke an drei Bestimmungen, die du erfüllt hast." Durch einen Ruck wurde Josef wieder von den Ärzten ins Leben gerufen. Er wachte auf und erfüllte die Aufgabe, die Gott ihm gestellt hatte, mit großem Eifer."

Der Stein wartete, bis Leahcim das Gesagte verinnerlicht hatte, dann sprach er weiter: „Ich möchte mit dir den gleichen Weg gehen, um deine Bestimmung zu finden. Also schreibe auf, welche drei Bestimmungen du schon erfüllt hast?" Leahcim fragte: „Warum fangen wir nicht mit den drei Bestimmungen an, die ich noch nicht erfüllt habe?" „Weil dieser Weg der stärkende Weg ist, denn erst einmal brauche ich stärkende Ressourcen, um deine unerledigten zu meistern. Warum sollte der Schatz in dir nicht verwendet werden?", sagte der Stein aufmunternd.

Schon wieder hatte er recht mit seiner Einschätzung und Leahcim machte sich gleich auf den Weg zu überlegen, welche der Bestimmungen er schon erfüllt hatte. „Überlege nicht, sondern lass es ungefiltert strömen", ermahnte ihn der Stein. Ohne zu überlegen, sagte Leahcim:

„Erstens ‚Beziehung zu meiner Frau und den Kindern'. Zweitens ‚Zugang zu meinen Gefühlen'. Und drittens ‚kreative Fantasie'. Viertens …" „Stopp", sagte der Stein, „wir wollen nur drei Bestimmungen, nicht mehr, sonst verlieren wir den Überblick. " Schade – dachte Leahcim bei sich, gerade jetzt, wo es so sprudelte und er die positiven Schwingungen so schön erspüren konnte.

„Ich weiß, dass du noch mehr Bestimmungen benennen kannst, aber wir wollen eine Balance erarbeiten. Das bedeutet, du arbeitest drei erledigte Bestimmungen heraus und stellst diese den drei unerledigten gegenüber." Leahcim verstand das nicht. „Es ist doch besser, viele erledigte zu wenigen unerledigten zu stellen", sagte er dem Stein in einem barschen Ton.

„Nein, so ist es nicht. Überlege doch mal, wenn viele Erledigte auf einen Unerledigten lasten, dann ist der Ansporn für den Unerledigten nicht vorhanden. Im umgekehrten Fall sind viele gegenüber einem demotivierend, denn du reflektierst das, was du am besten kannst, und das wäre in dem Fall viel Unerledigtes. Ein Ausgleich überfordert und unterfordert dich nicht."

Jetzt verstand Leahcim und bereitete sich auf die vermutlich nächste Aufgabe vor, drei unerledigte Bestimmungen zu finden. „Pause!", rief der Stein. und lies ihn einfach stehen. Als ob der Stein extra diese Situation herbeigeführt hat, schoss es Leahcim durch den Kopf. „Bevor wir gleich weitermachen, möchte ich dir nochmals sagen, dass deine aus der Vergangenheit stammenden Gedanken dich in deiner Bestimmung blockieren.

Die enorme positive Aufarbeitung deiner Vergangenheit ist im Groben beendet, aber die blockierenden Gedanken brauchen Zeit, um sich aufzulösen. Deswegen ist es wichtig, so schnell wie möglich auf die bevorstehende Frage zu antworten. Und die Frage, die langersehnte Frage, lautet:

Welche drei Bestimmungen möchtest du im Jetzt erledigen? "

Ihm lief es eiskalt den Rücken herunter, obwohl Leahcim

wusste, dass der Stein die Frage stellen würde, war es jetzt ein anderes Gefühl, damit umzugehen. Leahcim musste offenbaren ohne Gedanken, ohne Filterung, ohne Beschönigung.

Es fiel ihm viel schwerer als die vorherige Frage zu beantworten. Irgendwie war Leahcim gelähmt und konnte keines seiner Glieder bewegen. Eine Frage, die ihn mehr als alle anderen Fragen in eine Angst hintrieb. Er wollte authentisch sein und traute sich nicht, sein Innerstes preiszugeben, er hatte Angst, seine Fähigkeit anzunehmen. Es war, als ob ein Arzt bei Leahcim feststellen würde, dass er eine überaus gute Sehfähigkeit hätte, aber er diese Aussage nicht annahm und weiterhin eine Brille trüge.

Leahcim wollte nicht annehmen, dass er eine bestimmte Fähigkeit habe und diese auch ausleben dürfe. Er erinnerte sich an damals, als er als kleiner Junge eine Suppe aß, seine Schwester beobachtete ihn. Leahcim hob das Beste für sich zum Schluss auf und freute sich schon auf das Finale. Gerade als er das Beste essen wollte, kam seine Schwester mit ihrem Löffel und klaute es ihm vom Teller. Leahcim hatte geschuftet und sich auf die königliche Speise gefreut und dann so ein Ausgang, er war verbittert und wünschte tatsächlich seiner Schwester, dass das Stück ihr im Halse stecken bliebe und sie jämmerlich daran sterben würde. Leahcim war gerade Mal zwölf Jahre und seine Schwester schon fünfzehn Jahre. Sie war körperlich ihm überlegen und er hasste sie dafür.

Komisch, dachte Leahcim, solche Vergleiche sind für seine Aufgabe perfekt, denn er erkannte, dass die gestellte Aufgabe eine Verbindung zu seiner damaligen Situation aufwies. Damals hatte ich das Beste nicht gleich essen wollen und hatte gewartet, bis es zu spät war. Seine unerledigten Bestimmungen haben den gleichen Weg. Sie waren das Beste und er hatte sie nicht gelebt oder, im Bild von damals zu bleiben, ‚gegessen‘.

Warum sollte er seine Stärken zurückhalten, sie sind doch

eine Bereicherung für alle Menschen, denen er begegnet und die bereit sind, sich dafür zu interessieren.

Leahcim spürte in sein Herz hinein und es schmerzte, denn alle unerledigten Bestimmungen wollten gelebt werden. Leahcim schloss seine Augen, um dem Gefühl näher zu sein. „Nicht die Augen schließen!", hörte er seinen Stein sagen. „Warum nicht?", fragte Leahcim.

„Wenn du in der Gegenwart bist, ist eine Öffnung der Augen hilfreich, gehst du in die Vergangenheit, dann schließe die Augen."

„Alles was hilfreich für mich ist, nehme ich gerne an", sagte Leahcim zu seinem Stein, um Zeit zu gewinnen, da eine genaue Betrachtung ein unangenehmes Gefühl in ihm bewirkte. Dennoch wusste er, dass wenn er wirklich Erfolg haben möchte, ihm keine andere Möglichkeit blieb, als dort hinzuschauen.

Leahcim nahm allen Mut zusammen und schaute in seine imaginäre Kiste „für Unerledigtes". Ganz oben lagen die drei großen neuen Herausforderungen. Erstens: Sein Leben aufzuschreiben und den Menschen seine Erkenntnisse mitzuteilen. Zweitens: den Menschen Mut für ihr Leben geben. Drittens: Lehren. Nun war es draußen und es fühlte sich wunderbar an.

Leahcim hatte gesagt, was er schon immer hatte machen wollen. Seine Bestimmung war ohne Filterung und Wertung aus der Kiste rausgesprungen. „Und jetzt?", sprach er zum Stein. „Jetzt werden wir diese Dinge bearbeiten, damit die Kraft fließen kann." Wie toll – endlich ging es in die richtige Richtung und Leahcim spürte auch die Richtigkeit der Entscheidung in sich. Wie spannend doch das Leben sein kann! „Der nächste Schritt ist leicht und dennoch hat er eine Schwere. Du musst das Gesagte zu einhundert Prozent annehmen, damit du ins Tun gehen kannst", sagte aufmunternd der recht fröhliche Stein. „Du stellst dir bestimmt die Frage, wie dies zu machen ist?" Wieder einmal hatte der Stein Leahcims Gedanken vorweggenommen und beantwortete auch gleich die Frage.

„Das Annehmen erreichst du nur, wenn keine Blockaden auf deinem Vertrauen lasten, drum stelle dir vor, wie sich dein Tun in der Zukunft anfühlt. Denke an eine Situation, in der du anfängst, mit Freude und Begeisterung einfach draufloszuschreiben. Bringe dich in einen Zustand, in dem du bereits dein Buch fertig geschrieben hast. Wie fühlt es sich an?"

Das war der Startschuss zum Träumen und Leahcim malte sich eine blühende Zukunft als Schriftsteller aus. Er träumte, dass er einen Bestseller nach dem anderen schrieb. Leahcim träumte, wie die Menschen erfüllt und zufrieden aus seinen Büchern lernen konnten. Er sah die übernommenen Weisheiten, die sich in den Augen der Leser widerspiegelten. Er gab Autogrammstunden und trat in Fernsehshows auf. Die Menschen forderten Leahcim auf, noch mehr Bücher mit einer tiefen Weisheit zu schreiben. Er sah die Heilung, die manchen Menschen aufgrund der Weisheiten zuteilwürde. Die Leser konnten durch sein Buch ihre eigene Vergangenheit bearbeiten. Leahcim fühlte sich in seiner Mitte, ohne irgendetwas dazuzufügen. Die Menschen stellten Fragen zu seinem Leben und wollten auch den Weg über den Stein gehen. Sie wünschten sich eine Befreiung ihrer eigenen Blockaden und schrieben ihm massenweise E-Mails oder Briefe. Leahcim war ein gefragter Mann und kam sich vor wie ‚Superman'. Sein Leben hatte eine Wende genommen, denn er liebte seine Arbeit und konnte stundenlang über seine Ansichten schreiben, ohne sich dabei schlecht zu fühlen. Er erlaubte sich Freude zu jeder Zeit an jedem Ort. Leahcim sah sich in einem Café sitzen und gemütlich über seinen PC gebeugt, eine Geschichte schreibend. Er befand sich in einem Zug und schrieb zwischen den anwesenden Fahrgästen Gedichte. Auf einem Hochseedampfer entwickelte er verschiedene Lebenstechniken. Sein Geist wollte überhaupt nicht aufhören, weiterzuträumen, bis sein Stein zu ihm sagte:

„Jetzt hast du das wahre Leben für einen Augenblick genießen können. Du bist in einem hohen Energielevel und ich möchte, dass du mich anschaust. Und zwar sofort, ohne Umwege."

Leahcim gehorchte und sah das für ihn schönste Bild in seinem Innern. Ein in allen Farben schimmernden Diamanten. Er hatte einen Schliff, den Leahcim bisher noch niemals gesehen hatte. Leahcim fühlte sich wohl und glücklich. Er spürte, dass er angekommen war in seiner ureigenen Bestimmung für sein Leben. Er war zuhause, an dem Ort, wo er schon immer war und nach dem Tod auch wieder hinginge. Der Stein strahlte durch jede Pore seiner Oberfläche und sendete Botschaften der Liebe und Erfüllung.

„Du bist ein Diamant und jetzt werde ich dir ein Gedicht widmen", sprach der Stein und fing an:

Diamant

Tief in uns liegt ein Diamant im Rohzustand!
Er sieht von außen aus wie ein gewöhnlicher Stein,
doch glaube mir, der Mantel ist nur Schein.

Ich berühre ihn und hebe ihn aus der Tiefe meiner Seele,
ich habe den Mut, fühle die Kraft und wähle.

Ich habe die Wahl, die Verantwortung für meinen
Zustand zu benennen,
oder niemals den eigenen inneren Reichtum zu erkennen.

Dieser Stein im Ruhezustand ist mein Diamant,
und wenn ich ihn beachte, schenkt er mir Dank.

Ich pflege ihn, schleife ihn und er wird glänzen durch
meinen ganzen Körper,
die funkelnde Pracht wird stärker sein als
tausend Wörter.

Nur der Glanz von innen heraus füllt mein Lebenshaus,
ich habe den Mut und vertraue mir und nehme den Stein
endlich auf.

Ich bin so groß, stark und mächtig, das alles hat die
Oberschicht verdeckt,
ich löse die Schicht und zeig, was in mir steckt.

Ich höre gut zu, nicht von außen, sondern von innen,
denn nur so kann ich mein ursprüngliches Leben
zurückgewinnen.

*Ich kann nicht heller scheinen als die Sonne bei Tag,
aber ich kann meine menschliche Wärme geben, die die
Sonne niemals hat.*

*Ich kann nicht größer sein als ein Berg in den Alpen,
aber ich kann meine menschliche Größe und Würde
erlangen und die lass ich dann walten.*

*Ich kann die Tiefe des Universums nicht begreifen,
aber ich kann meine Tiefe für einen geliebten Menschen
fühlen und die lass ich dann reifen.*

Welche schönen Verse, gespickt mit unendlicher Weisheit …
Leahcim war berührt und sah ab diesem Augenblick das
Leben von einer anderen Seite. Er hatte seinen Traum als
Schriftsteller zu leben, und wollte diesen Gedanken für immer
in seiner Seele verankern. Er vertraute seiner Bestimmung,
ohne zu werten, ob er überhaupt in der Lage sein würde, es
zu schaffen. Leahcim lebte für einen Augenblick in der Fülle
seines Traums und spürte die unendlich verbundene Kraft
seiner Bestimmung. Er hatte bisher nur einen Traum in seiner
Bestimmung erlebt, und war so gesättigt, dass er eine weitere
Bestimmung nicht mehr verfolgen wollte.

„He, he was ist denn los? Gibst Du gleich nach einem
Traum deine weitere Aufgabe auf? Ohne neugierig zu sein,
welche wundersame Wandlung dir noch bevorsteht?"

„Ja, ich weiß, aber ich bin so glücklich und möchte erst
meine Erfahrung sacken lassen. Und außerdem bin ich nicht
mehr gewillt, mit Hektik durchs Leben zu rennen", sprach
Leahcim zum Stein und vereinbarte einen weiteren Termin zur
Klärung der fehlenden zwei „unerledigten Bestimmungen" für
den heutigen Abend.

„Eines möchte ich dir noch bis heute Abend auf den Weg
geben", unterbrach ihn der Stein und erzählte drauf los: „Als

Du deine Energie aus der Hand gespürt hattest, war das ein Zeichen für deine Begabung, Dinge mit der Hand zu tun. Du dachtest an eine Begabung wie Handauflegen oder sonstige körperliche Berührungen. Tatsache ist aber, dass du durch dein Schreiben eine Heilung bewirkst. Die Energie kommt aus der Hand und fließt direkt auf die Tastatur des PCs. In diesem Moment schreibst du aus deinem eigenen Höheren Selbst heraus, wie in einer tiefen Schreib-Trance."

Leahcim war platt und dachte sich: Deswegen kommt mir der zuvor geschriebene Text als nicht aus meinem rationalen Geist entstandenen Text hervor, denn wenn ich den Text danach lese, ist er mir fremd. Ich denke mir dann – hast wirklich du das geschrieben?"

Stille kehrte wieder ein, und der Stein nutzte die Stille, um nur da zu sein. Nach mehreren Atemzügen sagte er: „Wir sind alle eine Einheit, du hattest dies zu Beginn deines Lebens erfahren und diese Wahrheit folgt dir dein ganzes Leben. Jetzt ist dein Zeitpunkt gekommen, die „Einheit oder All sein" über das Medium „Schreiben" anzuzapfen. Denn unser ganzes Leben beruht auf dieser Wahrheit, sie begleitet uns bei allem, was wir tun und führt uns an unserem Tode wieder zusammen. Aber nun machen wir tatsächlich Schluss und sehen uns bald wieder."

Wie in einer sternenklaren Nacht kam aus dem Nichts ein leuchtender Funke, der eine Sternschnuppe ankündigte. Leahcim sah die Leuchtkraft und dachte sich: Ja, ich bin einer Sternschnuppe in meinem Innersten begegnet, ich hatte ein kurzes Aufleuchten und erahnte die unbeschreibliche Schöpfung unseres Daseins. Ich kam aus meiner Kontemplation zurück, aber nicht mehr auf einen gewohnten Lebensplatz, sondern mir eröffnete sich eine neue, größere Dimension.

Leahcim vermochte es nicht zu fassen, dass eine einzige Annahme seiner inneren Bestimmung eine so kraftvolle Wirkung erzielen konnte. Seine Stimmung war sehr elektrisierend und er konnte es kaum abwarten, die weiteren unerledigten Bestimmungen am Abend zu bearbeiten.

Aber wie das Leben so spielt, sollte es anders kommen, als man denkt. Am Abend hatten seine Frau und er ihren gemeinsamen Date-Tag. Da genau auf diesem Tag auch der Valentinstag fiel, wollte Leahcim etwas ganz Besonderes für den gemeinsamen Abend erleben. Er hatte einen Informationsabend über Seelenpartner gebucht. Beide fuhren eine halbe Stunde mit dem Auto zu diesem Vortrag, der Vortrag fand in einer kleinen Bücherei statt. Schnell fanden sie die Bücherei, leider mussten sie noch eine gute Dreiviertelstunde auf den Vortrag warten. Elena und Leahcim nutzten diese Zeit und gingen in der ihnen unbekannten Umgebung spazieren. Diese ungeplanten Spaziergänge waren immer wieder ein Segen für ihre gemeinsame Verbindung, denn durch diese gewonnene Zeit konnten sie ihre Sorgen einander mitteilen, und brauchten nicht auf einen passenden Moment warten.

Die Zeit ging schnell vorbei und der Informationsabend begann. Leahcim war neugierig, welche Erkenntnisse es zu diesem Thema gab und ob er einen Seelenpartner an seiner Seite hatte. Die Dame, die den Vortrag hielt, bestätigte seinen Glauben, dass sie Seelenpartner sind. Insbesondere an dieser Stelle, als die Dame sagte: „Wenn wir unseren Seelenpartner in diesem Leben finden, dann werden wir alles andere um uns herum vergessen. Wir sind nur noch auf diese einzige Person fixiert und werden alles andere aufgeben. Unser Seelenpartner wird die gleichen oder ähnlichen Interessen haben, wir werden gemeinsam in unserer kompletten Vielfältigkeit den Lebensweg gehen. Wir werden den Partner so lassen wie er ist, ohne eine Veränderung erzwingen zu wollen."

Wow – genau so leben wir", dachte Leahcim sich und schaute Elena direkt in die Augen und er spürte, Elena dachte genauso.

Nach dem Vortrag gingen beide in eine nahegelegene

Pizzeria und genossen ihren Abend zu zweit, der ihnen heilig war. Es wurde sehr spät und Leahcim überkam eine unglaubliche Müdigkeit, als er zurück nach Hause in seinem Schlafzimmer ankam. Eine innere Kommunikation mit seinem Stein war faktisch unmöglich geworden, denn er schlief sofort tief und fest ein. Anscheinend waren der vorangegangene Prozess und der anschließende Date-Abend von so großer Bedeutung, dass eine weitere Bearbeitung seiner Bestimmungen keinen Platz mehr hatte. Leahcim wachte, obwohl er nur wenige Stunden Schlaf hatte, sehr erholt und mit einer Erinnerung an seinen Traum auf.

Wachsen

In diesem Traum befand er sich auf einer Insel, umgeben von Wasser, soweit das Auge reicht. Auf der Insel war eine rege Vegetation, man konnte buchstäblich von jedem Baum eine Frucht essen. Klare Quellen und wunderschöne Wasserfälle rundeten das paradiesische Umfeld ab. Friedvoll und mit Liebe übersät spürte sein Körper den Zustand der Vollkommenheit. Er sah sich in einer Hängematte liegen und sang Liebesballaden aus voller zärtlicher Brust.

Leahcim hielt einen Stein in der rechten Hand und warf ihn im Gleichklang der Melodie immer wieder hoch und fing ihn fortwährend auf. Es fehlte ihm an nichts; er war einfach nur da und konnte genießen. „Schön, diesen Zustand zu spüren", sagte sein imaginärer Stein, als er ihn nach oben warf. Ja – dachte Leahcim bei sich, es ist alles so wie im Schwebezustand, als wenn die Erdanziehungskraft außer Kraft gesetzt worden wäre. „Das ist eine weitere Art, die Loslösung zu spüren, die Loslösung von deinem Unerledigten. Ich möchte mit dir einen kleinen Spaziergang hier auf der Insel machen", sagte der glasklare Stein und Leahcim fühlte eine Art Schmunzeln im Raum.

Eigentlich wollte Leahcim den gemütlichen Zustand nicht unterbrechen, aber auf der anderen Seite wusste er, wie viel er in solchen Momenten durch seinen Stein erfahren durfte. Deswegen tauschte Leahcim die Gemütlichkeit mit Ungewissheit, und sagte zum Stein: „Ich bin bereit, lass uns auf Erkundungsreise gehen." „Aber gerne doch", sagte er und wie durch Zauberhand verwandelte sich der Stein in einen Körper, der zu hundert Prozent Leahcims Abbild darstellte.

„Warum siehst du so aus wie ich?" Leahcim schaute dem Zwillingskörper direkt in die Augen. „Weil ich du bin und du bist ich!" Mit offenem Mund schaute Leahcim sein Spiegelbild an und verstand überhaupt nichts mehr, dies bemerkte sein Gegenüber und sprach weiter, um seine Verwirrtheit zu brechen. „Der innere Stein symbolisiert für dich deine Seele oder das Tiefe von Gott gegebene in dir. Andere Menschen haben andere Symbole wie zum Beispiel eine Kugel oder ein goldenes Ei und so weiter. Deine Seele offenbarte sich bei dir als Stein, weil du damit was anfangen kannst. Ein Rohdiamant, der geschliffen wird, wird zu einem leuchteten Diamanten und ein Diamant ist etwas sehr Wertvolles. Durch diese Bildersprache erkennst du Zusammenhänge.

Doch bin ich in Wirklichkeit deine Seele und da ich auch emotional verbunden bin mit deinem Körper, wollte ich dir zeigen, dass wir beide ein und dasselbe sind. Ich möchte dir zeigen, dass „Wir" wertvoll sind und auf der gleichen Höhe stehen. Du bist nicht nur Körper oder Verstand, du bist mehr, du bist aus der göttlichen Substanz, wie jeder Mensch aus der göttlichen Substanz ist, weil auch wir alle Menschen zusammen eins sind. Du brauchst dich nicht verstecken wie ein ängstlicher Hase in seiner Behausung.

Du bist gestern einen Schritt gegangen, der deine wahre berufliche Bestimmung aufzeigte. Ich möchte dir eine Stelle hier auf der Insel zeigen, die dir verdeutlicht, was mit dir geschehen ist." Er ging auf gleicher Höhe mit ihm zu einem Bachlauf, beide liefen einige Zeit dort entlang. Leahcim vernahm eine kontinuierliche Steigerung der Fließgeschwindigkeit und bald war aus dem gemütlichen Bach eine reißende Strömung geworden. Hier blieben beide stehen, der Stein verlangte von ihm eine Überquerung auf die andere Seite. Er konnte nicht glauben, was sein „Zwilligsbruder" von *ihm verlangte und fragte den Stein, ob er ihn umbringen wolle. „Glaubst du das denn?", fragte er Leahcim mit einem besorgten Blick. Er musste nicht lange überlegen und entschuldigte sich für seine vorlaute Aussage. Nun schaute er in den Bach und sah einige Gesteinsbrocken, die aus dem Wasser herausragten, doch der Abstand von Flussstein zu Flussstein war zu weit auseinander, um den Bach ohne weiteres zu überqueren. „Hier kann ich nicht hinüber, wir müssen eine andere Stelle suchen", schrie Leahcim im Getöse der wilden Strömung dem „Zwillingsbruder" entgegen. Er nickte und machte eine Handbewegung Richtung bachabwärts. Hier war eine Überquerung möglich, da die Flusssteine nicht so weit auseinander lagen. Ohne zu fragen, sprang er sportlich über die Flusssteine und war im Nu auf der anderen Seite. „Und wie war es für dich?", fragte der Stein. Er antwortete mit einem fröhlichen Lächeln: „Sehr einfach."*

„Wusstest du, dass es für dich gestern noch nicht möglich gewesen wäre, diese Überquerung zu meistern?" Ungläubig sah Leahcim sein „Spiegelbild" an und sagte: „Das glaube ich nicht, denn es war ein Kinderspiel für mich." „Ich werde jetzt die Zeit um zwei Tage zurücksetzen – mehr nicht." Er holte einen tiefen Atemzug und sagte: „Wir bewegten uns keinen Zentimeter von unserem Platz."

Einen kleinen Augenblick später donnerte es und der eben noch helle Sonnentag verwandelte sich für einen Augenblick in eine absolute Dunkelheit. Nach dieser Dunkelheit wurde es wieder hell, Leahcim schaute auf den Bach und sah die herausragenden Steine, die sich anscheinend weiter auseinander lagen. Die Entfernung konnte nicht mehr mit seinem Körper überquert werden. „Was ist passiert?" Sein Gegenüber erwartete seine Frage, und begann er, Leahcim die Situation zu erklären.

„Die Entfernung der Steine zueinander an diesem Platz ist

gleichgeblieben, das, was sich verändert hat, bist du. Du bist gewachsen und konntest mit deinem längeren Körper den Bach mühelos überqueren. Wie du bestimmt festgestellt hast, ist der Bach sehr lang und du kannst im oberen Lauf noch keine Überquerung bewerkstelligen, doch in deinem Leben wirst du weiterwachsen und eines Tages wirst du auch den oberen Lauf mühelos überqueren können." Und wie durch einen Zauberspruch befand Leahcim sich wieder in seiner Zeit, dem heutigen Tag und stellte fest, dass ihm ein Überqueren des Baches keine Probleme mehr bereitete.

„Steine im Weg oder Mauern wird es in deinem Leben immer geben, doch wenn du gewachsen bist, fällt dir das Übersteigen nicht mehr schwer. Und wenn du an einen Flussstein gelangst, der sich hinderlich auf deinem Weg befindet, dann balle deine Hände nicht zu Fäusten vor lauter Frust, sondern löse die Fäuste, damit du mit deinen offenen Händen den Stein verschieben kannst."

Leahcim verstand und war zufrieden mit seiner Erklärung und wollte nur noch wissen, warum sie auf dieser Insel waren.

„Weil das deinen Platz im Paradies darstellt, hier kannst du wirken und mit deinen gemachten Erfahrungen dein Leben auf Erden zum Paradies werden lassen. Denn durch das Erlebte hier hast du einen Spiegel zum realen Leben erzeugt."

Das war seine Geschichte und er begriff, dass eine weitere Erkenntnis durch seinen Traum realisiert worden war. „Der Mensch ist ein Wunderwerk und wir nutzen nur einen kleinen Teil von uns." – wie schade, dachte Leahcim und bereitete sich auf seine weitere Aufgabe vor, die er im Anschluss nach seinem Frühstück erledigen wollte. Er nahm Kontakt mit seinem inneren Diamanten auf und fand ihn nahe beim Herzen.

„Suche deine Kiste, damit du deinen Prozess emotional aufnimmst." Seine Kiste fand er sofort und es befanden sich oben drauf seine zu bearbeitenden Bestimmungen. „Den Menschen Mut in ihrem Leben geben. Und zu Lehren." Leahcim ließ die Bestimmungen in sich wirken und war auch bereit, zu hundert Prozent das Gesagte anzunehmen, ohne Filterung und Wertung. „Gut gelernt", zwinkerte imaginär sein Stein ihm zu und sagte: „Jetzt werden wir diese Dinge bearbeiten, um die Kraft fließen zu lassen." Leahcim spürte dort hinein, um ins Tun zu kommen. Er brauchte Vertrauen zu sich, damit Blockaden verschwinden, und stellte sich vor, wie seine Zukunft aussehen könnte. Leahcim wollte drauflosschreiben, doch es ging nichts, er konnte keine einzige Zeile schreiben. Verzweifelt fragte er nach innen gewendet, seinen Stein:

„Warum fließt nichts?" „Du solltest deine Frage anders stellen, die folgendermaßen lauten kann: Was wäre, wenn ich …? Durch diese Frage löst du deine Blockade auf, denn hier agierst du in einer sogenannten Vogelperspektive." Leahcim lauschte den Worten und hatte wieder eine Erinnerung an NLP, denn hier hatte er genau diese Situation unterrichtet.

Wie merkwürdig doch das Leben ist, viele Dinge kannte er bereits, aber wenn dann eine Situation entstand, die ihn emotional forderte, vergaß er seine eigene Technik. Dankbar für den Hinweis begann er seine Aufgabe, und konnte wie ein Wasserfall alle Zukunftsaussichten auf ein Blatt Papier schreiben.

Als Erstes bemerkte er, dass beide Bestimmungen irgendwie zusammengehörten, deswegen entschloss er sich auch für eine Zusammenbetrachtung. Leahcim sah sich in einem Raum, in dem er vielen Menschen seine Erfahrung mitteilte. Sie übten die von ihm entwickelten Techniken, um ihre wahre Größe in sich zu erspüren. Leahcim fühlte sich wohl, denn er konnte die Blockaden und Begrenzungen eines jeden Teilnehmers zusammen mit ihnen auflösen.

Die Menschen gingen gestärkt und voller Tatendrang aus seinem Kurs. Dieser Kurs war kein Motivationskurs, sondern ein Veränderungskurs des Vertrauens, denn die Menschen vertrauten sich und schöpften aus dieser Erkenntnis Motivation, um etwas zu verändern. Leahcim war neu geboren, um Menschen zu dienen und sie zu lehren, und es fühlte sich prächtig an. Er befand sich in seiner eigenen Mitte oder im Herzen seines Selbst. Als er sich so sah, bemerkte er, dass alles von ihm Ausgeübte hundertprozentig stimmig war und grenzenlos aus ihm floss. Leahcim brauchte nicht mehr denken, es kam einfach aus ihm heraus und hatte eine große Wahrhaftigkeit, es schien so, als ob er den Verstand umging und direkt mit dem Herzen sprach.

In diesem Zustand der Grenzenlosigkeit ist das Paradies beheimatet und Leahcim fühlte sich als ein Teil davon. „Nun komm wieder zurück und spüre," sprach der Stein im Flüsterton zu ihm.

Er wollte nicht zurück, denn er hatte Blut geleckt, und spürte das erste Mal im Leben, was wirklich seine berufliche Richtung war. „Komm jetzt zurück", sprach abermals sein Innerstes in einem strengeren aber trotzdem geflüsterten Ton. Leahcim gehorchte und beamte sich in die Realität zurück. Er dachte, seine positive Stimmung über das vorher Erlebte könne er mitnehmen, doch wie staunte er, als sein emotionaler Zustand keinen Schritt nach vorne ging. Er befragte seinen Stein über seine Entdeckung und die anhaftende Enttäuschung, doch er sagte nur „habe Geduld" und verabschiedete sich von ihm. Typisch, jetzt stand er wieder da, wie schon so oft, mit dem Gefühl, ohne einen größeren Schritt gegangen zu sein. Er spürte, dass das Ziel so nah lag, aber trotzdem so unerreichbar schien.

Leahcim quälten Gedanken und er wurde von Stunde zu

Stunde trauriger, er hatte das Gefühl, als wenn er einer schweren Depression entgegenschwimme. In ihm veränderte sich der Glaube an seine großartige Person, er sah sich plötzlich als unfähig und klein. Dieses Gefühl hatte er schon des Öfteren im Leben gehabt, es war ihm bekannt und gehörte zu ihm. Aber er wollte es ablegen und als Vergangenheit in seinem Lebenslauf verbuchen.

Am nächsten Tag wachte er ohne Freude auf. Er beschloss, einen großen Spaziergang durch seinen geliebten Wald zu machen. Es war sehr kalt und die Straßen waren mit ordentlich viel Schnee bedeckt, dieses machte einen einfachen Spaziergang zu einer körperlichen Herausforderung. Nach gut einer Stunde durchzuckte ihn wieder ein Energiestoß, der mittlerweile zu seinem Leben gehörte. Er vernahm eine Stimme, die zu ihm sagte:

„Faste vierzig Tage, damit du gestärkt wirst."

Er musste sich sofort auf den Boden knien, so überwältigend war die Situation für ihn. Leahcim bedankte sich und fing an zu weinen, da er erkannte, dass jederzeit eine Hilfe für ihn da war. Die Hilfe, aus seinem Innersten kommend, hatte begonnen, sich in ihm zu manifestieren, erkannte er und stand ehrfurchtsvoll aus seiner knienden Haltung auf. Leahcim hatte das Gefühl, Gott sprach direkt zu ihm und er war gewillt, diese göttliche Anordnung ohne Wenn und Aber zu befolgen. Auf dem Rückweg überlegte er, welchen Sinn und Zweck diese Anordnung für ihn haben könnte, dabei fiel ihm auf, dass in jeder Religion Fastenzeiten üblich waren. Jesus fastete vierzig Tage in der Wüste, um Kraft und Erkenntnisse zu gewinnen. Die Muslime haben den Ramadan als Fastenzeit, auch Buddhisten kennen das Fasten, das betrifft aber mehr die Mönche. Warum sollte auch Leahcim das nicht tun, die großen Gelehrten praktizieren es vor und es kann ja nicht schaden. Es machte auch Sinn in Bezug auf seine Wandlung, die er seit seinem Geburtstag so intensiv erlebte.

Leahcim ist kurz vor Weihnachten geboren, die Feierlichkeiten zur Geburt von Jesus von Nazareth werden als Weihnachtsfest zelebriert. Leahcim hat die Rauhnächte dazu benutzt, um seine Sinnfrage „Wer bin ich?" zu erforschen. Er befand sich eine Woche vor Aschermittwoch. Leahcim glaubte, dass die Zeit nicht besser sein könnte, da Jesus um diese Zeit seine große Fastenzeit begann und es nicht schaden konnte, diese Jahreszeit im Gedenken an Ihn zu nutzen. Es passte alles so gut zusammen, dass eine Abkehr von diesem Thema nicht diskutabel war.

Voller Überzeugung ging er zu seiner Frau und sagte ihr: „Ich werde ab Aschermittwoch vierzig Tage fasten!" Er erzählte ihr sein Erlebnis und hoffte auf ihre Zustimmung. Doch sie sagte: „Nein, das kann ich nicht mittragen. Erstens würdest du deinen Körper schädigen, da dein körperlicher Zustand nicht stabil genug ist, und zweitens schaffe ich es kräftemäßig nicht mehr, dich zu begleiten."

Leahcim war wütend und enttäuscht und glaubte nicht, was er aus ihrem Munde gehört hatte. Er, der eine göttliche Information bekommen hatte, wurde von seiner Frau nicht ernst genommen und stand nun alleine da. Nach einigen unfeinen Wortwechseln trat Leahcim den Rückzug an und verkroch sich wie eine beleidigte Leberwurst in sein Bett. Er hatte keine Ahnung, was er jetzt machen sollte, seine Ehe stand auf dem Spiel. Er musste sich zwischen Gott und seiner Ehe entscheiden.

Hattest Du jemals so eine Entscheidung zu treffen, dachte er bei sich und schlief ein und träumte von einer Begegnung mit Gott, der Folgendes zu ihm sprach:

„Glaubst du wirklich, dass du dich zwischen deiner Frau und mir entscheiden musst?" „Ja", ertönte es voller Überzeugung aus Leahcim heraus, sein Schmerz löste einen herzzerreißenden Weinanfall aus. Er kam sich so klein und empfindlich vor, noch nie hatte er in den letzten Monaten so viel weinen müssen. Es schien so, als ob die letzten Monate, die des Weinens waren, er weinte über seine Vergangenheit Ozeane voll Wasser und glaubte, nach seiner Betrachtung der Vergangenheit, diese bewältigt zu haben. Er freute sich auf seine Zukunft, doch auch diese war schwer zu formen, denn die Ziele, die er hatte, waren blockiert durch seine Ängste aus der Vergangenheit. Leahcim traute sich nichts zu, obwohl er theoretisch wusste, dass dies falsch war.

„Du musst deine Gedanken transformieren und das geht nicht von heute auf morgen, du benötigst Zeit", sprach Gott zu ihm. „Aber du forderst mich heraus und erwartest von mir eine vierzigtägige Fastenzeit und meine Frau möchte mit mir diesen Weg nicht gehen. Wie soll ich mich verhalten?" Leer und aufgebracht schaute Leahcim Gott in die Augen und erwartete eine erlösende Antwort. Doch Gott antwortete nicht gleich, sondern spielte melodische Klänge, die auf sein Gemüt beruhigend wirkten. Es dauerte viele Minuten bis Gott sagte: „Du sollst meiner Anordnung folgen und der deiner Frau." Leahcim verwirrte die Aussage und er fragte verzweifelt: „Wie soll ich denn das machen?" Die Klänge, die Leahcim beruhigt hatten, kamen wieder aus dem Nichts und wirkten auf ihn beruhigend ein, denn die Antwort von Gott hatte seine Ruhe aus dem Gleichgewicht gebracht.

Abermals nach einer längeren Stille sprach Gott zu ihm: „Deine Frau ist der ergänzende Bereich in deinem Leben, ohne diese Vereinigung würdest du deinen Weg in solch einer Stärke nicht gehen können. Nicht umsonst gab ich dir das Zeichen, zum Vortragskurs „Seelenpartner" mit deiner Frau zu gehen. Ständig wirst Du Informationen von mir erhalten, um deinen Prozess zu unterstützen. Ich habe bewusst deine Seelenpartnerin mit dir zusammengeführt. Deine Frau ist sehr stark und ihr Wachstum wird enorm bis zu ihrem Lebensende sein. Ihr habt euch gefunden, damit ihr beide miteinander wachsen könnt. Du wirst deinen Bestimmungsweg gehen, aber deine Frau wird einen anderen Weg des Wachstums gehen. Dennoch werdet ihr, in einer nicht so fernen Zeit, euch an einer Weggabelung treffen und den letzten Weg Hand in Hand zusammen gehen."

Leahcim protestierte und sagte: „Wir gehen jetzt schon zusammen." Gott antwortete: „Natürlich geht ihr jetzt schon gemeinsam den Lebensweg. Aber der Bestimmungsweg ist der Weg, den jeder Mensch erst einmal alleine gehen sollte, dazu seid ihr bestimmt. Doch einen Bestimmungsweg gemeinsam zu gehen ist eher selten und auch erst im hohen Alter möglich. Dies tritt dann in Kraft, wenn du deinen Seelenpartner triffst und ihr beide gereift an Lebenserfahrung seid. Dann ist der Seelenpartner in der Lage, deinen Bestimmungsweg mit dir gemeinsam zu gehen. Ein Seelenpartner ist der direkte Abgleich von dir, man könnte auch sagen, er ist dein Zwilling."

Jetzt wurde Leahcim erst klar, welche Verbindung Elena mit ihm hatte und warum sie sich so gut verstanden. Umso mehr schmerzte es Leahcim, seine Aufgabe mit dem Fasten durchzusetzen.

„Sei nicht besorgt wegen deinem Fasten, denn du hast etwas falsch verstanden. Dein Fasten sollte in deinen Gedanken stattfinden, du sollst nicht körperlich fasten, sondern geistig." „Wie soll ich denn das machen?", unterbrach er Gott und Gott sagte: „Fange ab Aschermittwoch an, keinen ängstlichen, blockierenden, feindseligen oder belastenden Gedanken mehr zu haben. Denke nicht negativ, sondern positiv. Zähle ab diesem Tag alle deine negativen Gedanken und führe eine Liste über deine Erkenntnis." „Bedeutet dies, dass ich nicht vierzig Tage ohne Nahrung auskommen muss?" „Ja, so ist es. Wichtig ist auch, dass du unbedingt ehrlich zu dir sein musst." Seltsam, dachte Leahcim bei sich, in einem Gespräch mit Gott habe ich eine Lösung gefunden und nur durch meine wunderbare Frau bin ich auf den richtigen Weg gekommen.

Es hätte Leahcim überhaupt nichts genützt, eine körperliche Fastenzeit einzulegen, er verstand, dass ein inneres Fasten weitaus mehr bewirken konnte. Durch diese Art des Fastens war er in der Lage, eine positive Kehrtwendung herbeizuführen, um dadurch ins Tun zu kommen.

„Wenn du diese Fastenart befolgst, gehst du einen ähnlichen Weg wie manche große Heilige auf dieser Welt, denn deine Gedanken formen deine Realität. Wenn deine Gedanken positiv ausgerichtet sind, und da meine ich nicht, einfach nur positiv über eine Sache zu reden. Deine positive Ausrichtung sollte bis in die Wurzeln der Ursache greifen, dann gelangst du auch zu deiner Fülle. Und deine Fülle wird dir das Vertrauen in dich selbst geben."

„Soll ich jetzt alles andere beiseitelegen und nur noch diesen positiv ausgerichteten Weg gehen?", fragte Leahcim besorgt.

„Nein – erarbeite weiter deine Bestimmung und du wirst mit der Zeit merken, wie deine Kraft zu einer überdimensionalen Reife sich formt. Durch dein Fasten wirst du erkennen, wie dein Glaubenssystem dich geformt hat und du wirst feststellen, wie genau dieses Glaubenssystem dich verändern wird." Und Gott sprach weiter: „Ich möchte ein Teil meiner Göttlichkeit, die in euch allen wohnt, von innen nach außen bringen. Damit auch andere Menschen sehen, dass Teile meiner innewohnenden Göttlichkeit in jedem von euch existieren können.

Leahcim freute sich über die Erkenntnisse, gleichzeitig hatte er Sorge, diese Erlebnisse seinen Mitmenschen zugänglich zu machen. Er traute sich nicht, offen zu sagen, dass er im Traum eine Begegnung mit Gott gehabt hatte. Wie würden die Menschen auf ihn reagieren und wie konnte er all diese Erlebnisse in einer Form bringen, damit er verstanden würde?

Leahcim ging es durch den Kopf: Was wäre, wenn einige Erlebnisse nicht stimmig oder in sich unlogisch erscheinen, werde ich dann vom Zuhörer zerrissen?

„Oh, oh, jetzt sind sie wieder da, die unglaublich negativen Gedanken, das ist der Grund, weswegen du eine innere Betrachtung deines Verstandes machen musst. Denn du wirst nicht weiterkommen, wenn deine begrenzenden Gedanken dich festhalten. Du hast deinen Stein als Partner dein Leben lang gehabt, er zeigte dir punktuell deine wahre Größe. Dieser Stein bin ich und auch Du. Du bist ein Teil göttlicher Schöpfung, weil ich es auch bin. Wir alle sind göttlichen Ursprungs, wir wurden erschaffen durch Gottes Wille, wir tragen die Essenz in uns und es liegt an uns aus diesem Reichtum zu schöpfen. Denn es bedeutet Überfluss in allem, glaub endlich an dich."

Gott schaute Leahcim zärtlich an und verwandelte sich in einen Diamanten, der unter seinem Herzen lag. Leahcim wusste nach diesem Gespräch, dass es seine weiteren Schritte sein werden.

Gleich am nächsten Tag sprach er mit seiner Frau und bemerkte jetzt erst, wie schockiert sie über seinen Plan des Fastens war. Elena hatte einen inneren Schmerz in sich gespürt, den sie schon einmal vor vierundzwanzig Jahren hatte, während des Unfalls als Hochschwangere.

Leahcim dachte an Gott, als er sagte, dass sie beide in einem großen Wachstumsprozess sind und gemeinsam ihren Bestimmungsweg gehen werden. Er freute sich auf die Zukunft und die dunklen Wolken klärten sich allmählich auf. Leahcim konzentrierte sich auf sein Vorhaben, das in zwei Tagen beginnen sollte.

Vierzig Tage ohne einen negativen Gedanken – das sollte konkret geplant werden.

Er überlegte Gestaltungsformen, um diese Aufgabe zu dokumentieren. Er wollte authentisch seinen Prozess dokumentieren, um festzustellen, dass sein Geist wirklich sein Schöpfer ist. Es war nicht nur ein positives Denken vonnöten, sondern auch eine dahinterstehende wissenschaftliche Arbeit.

Eine Arbeit, die, so glaubte er, bisher anscheinend kein Mensch vollzogen hat. Über fast alles wurde eine Forschung betrieben, aber über die positiven Gedanken und deren Auswirkung in einem Zeitraum von vierzig Tagen gab es nichts im Internet zu finden. Natürlich könnte eine Studie über andere Wege existieren, denn das Internet ist nicht immer Maß aller Dinge. Selbstverständlich gab es Anleitungen und Literatur über positives Denken, aber es gab keine Aufzeichnung von vierzig Tagen mit nachfolgender Veränderung. Leahcim war sein eigener Selbstversuch und er war sehr neugierig auf das Ergebnis, denn wenn er wirklich eine Veränderung durch sein Denken verursachen konnte, stand die Welt ihm offen.

Durch diese Methode hatte er auch die Möglichkeit, in seiner Innenbetrachtung zu verweilen, denn er spürte und erfuhr, dass Teile an göttlicher Energie tatsächlich in einem selbst vorhanden sind. Der erste Tag begann mit einem positiven Aufwachen, die ganze Nacht über sinnierte er über die Art und Weise, wie er die mentale Fastenzeit erreichen könnte. Eine Überlegung war, eine tägliche Meditation von zehn Minuten einzuführen; eine weitere Maßnahme war eine tägliche sportliche Aktivität in seinen Tagesablauf zu integrieren. Die Gedanken sollten über eine Dokumentation direkt aufgenommen werden. Natürlich konnte er nicht alle Gedanken aufnehmen, sondern nur diese, die momentan für ihn relevant waren. Leahcim fühlte eine leichte Über-forderung und beschloss, seinen Stein um Hilfe zu bitten, damit er ihn den Weg vorzeichnete, wie er diese Heraus-forderung meistern konnte.

Durch seine ständige Kommunikation mit seinem Stein, oder seiner innewohnenden göttlichen Präsenz, konnte er alsbald einen Kontakt herstellen. Der Stein war sehr ruhig unter seinem Herzen gelegen und machte keine Anstalten, auf seinen Zuruf zu reagieren. „Hallo Stein, ich brauche deine

Hilfe", schrie er ein wenig lauter, ohne jedoch die Ernsthaftigkeit zu verlieren.

„Eigentlich habe ich jetzt Pause, aber wenn du mich so freundlich bittest, werde ich meine Pause unterbrechen. Du möchtest einen Weg finden, wie du die Herausforderung meistern kannst und ich sage dir, die hättest du nicht nötig, denn dein Wissen ist bereits in dir, aber dein Vertrauen darin ist noch wackelig auf den Beinen." Leahcim nickte und fühlte sich wieder ertappt.

„Ja", sagte er verlegen und fragte direkt den Stein, was er tun sollte, um die vierzig Tage gewinnbringend durchzuhalten.

„Wenn Dein Wille stark ist, wird der Erfolg nicht fehlen. Die erste Aktion für diesen Tag ist, genau zuzuhören, was dein Verstand dir sagt. Solltest du einige negative Gedanken haben, so wandle diese in positive Gedanken um. Merke dir die Themen und schreibe am Abend oder am nächsten Tag die wichtigsten negativen Gedanken sowie deren Wandlung auf."

„Wie genau soll ich dies machen?" Der Stein überlegte nicht lange und gab Leahcim ein Beispiel: „Wenn du einen Gedanken hast wie –ich traue mich nicht, etwas vor dieser Gruppe zu sagen– dann wandle den Gedanken um in: Ich bin von Fülle umgeben und es wird mir eine Freude bereiten, mein Wissen anderen mitzuteilen. Wenn dieser Gedanke dann für dich heute wichtig war, dann schreibe genau diese Aktion auf.

1. Fastentag
Negativ: Ich traue mich nicht, vor einer Gruppe zu sprechen.
Positiv: Ich bin von Fülle umgeben und es wird mir eine Freude bereiten, mein Wissen anderen mitzuteilen.

Sollten sich noch mehr Gedanken an diesem ersten Tag angesammelt haben, dann schreibe auch diese auf.

Schreibe auch deinen mentalen Zustand an diesem Tag auf,

oder noch besser, nehme eine Skala von 1 bis 10, wobei die eins für schlecht steht und die zehn für hervorragend. Schreibe nur die Zahl an diesem Tag auf, mehr nicht.

Wenn Du Veränderungen in deinem unmittelbaren Wirkungskreis bemerkst, so schreibe dieses auch auf."

Leahcim wusste nicht genau, was der Stein ihm damit sagen wollte und bat um ein Beispiel. „Nichts leichter als das", sagte der Stein fröhlich und begann zu referieren. „Wenn deine Mitmenschen dich auf eine positive Veränderung, die mit deiner Person zusammenhängt, ansprechen, dann schreibe diese Reflexion unter dem Tag auf. Wenn bei dir ein positives Ereignis oder auch ein negatives Ereignis stattfindet, so liste dies ebenfalls auf. Als nächsten Schritt achte auf eine sportliche und meditative Haltung und führe auch hierzu eine Liste. Hierbei ist es egal, wie du dich sportlich betätigst oder welche Art von Meditation du ausübst.

Um dir jetzt eine Vorstellung von einem kompletten aufgeschriebenen Tag zu geben, schreibe folgendes auf:

1. Fastentag
Subjektive Punkteskala: 8
Sport: zwanzig Minuten Joggen im Wald
Meditation: fünfzehn Minuten Traumreise
Gedanke negativ: Ich traue mich nicht, vor einer Gruppe zu sprechen.

Umwandlung des Gedankens ins Positive: Ich bin von Fülle umgeben und es wird mir eine Freude bereiten, mein Wissen anderen mitzuteilen.

Positive Reaktion durch Andere (muss nicht täglich sein): Klaus sagte zu mir, dass ich in letzter Zeit sehr fröhlich wirke.

Ereignis (muss nicht täglich sein): Heute habe ich eine Absage auf eine Bewerbung bekommen.

„Du verlangst ganz schön viel von mir! Und ich weiß nicht,

ob ich diese vierzig Tage aushalten werde", sprach Leahcim zum Stein.

„Das fängt ja schon sehr positiv an, aber glaube mir, der Aufwand lohnt sich, denn deine innere Veränderung wird dir Türen und Tore öffnen. Du bist dabei, eine Gehirnwäsche zu praktizieren, aber diese Gehirnwäsche ist etwas unglaublich Positives. Dein Gehirn wird gereinigt von deiner negativen Schmutzschicht, diese Reinigung kann man nicht in drei Tagen erreichen, sondern dazu benötigst du viele Tage, um den Glauben an Teilen von Göttlichkeit zu manifestieren.

Denke daran: Du bist ein zarter Baum, der seine jungen Wurzeln ins steinige Erdreich verankert, und wenn deine Wurzeln wachsen dürfen, werden sie in nicht allzu langer Zeit Vertrauen zu sich selbst aufbauen. Deine Wurzeln werden gespeist von deinem positiven Glauben an dich selbst."

Leahcim wusste, sein Stein hatte recht und er erkannte, dass seine weitere Entwicklung nur durch diese Reinigung möglich war. Gleichzeitig dachte er auch an seine momentane berufliche Situation und wollte auf keinen Fall vierzig Tage warten, um danach eine Arbeitsstelle zu suchen.

„Kann ich trotzdem mit meiner angefangenen unerledigten Bestimmung weitermachen?" Sein Stein sagte, fast schon entrüstet: „Natürlich! – du musst weitermachen, denn du benötigst die Balance zwischen der spirituellen und realen Welt. Bearbeite deine Bestimmung zu Ende und folge den Zeichen, die sich dir in den vierzig Tagen offenbaren. Schreibe auch weiterhin Bewerbungen und denke stets positiv, denn das ist dein Ziel. Durch das positive Denken schenkst du deinen Mitmenschen Freude und Hoffnung, du bewirkst dadurch eine Veränderung zum Guten in unserer Welt.

Gedanken sind aus Energie und positive Energie stabilisiert den Wandel in unserer Welt. Negative Gedanken werden instabile Reaktionen hervorrufen.

Hast du schon einmal erlebt, wie eine Gruppe sich von

einer Sekunde auf die andere, von einer positiven zu einer negativen Stimmung gedreht hat? Gedanken sind mächtig und erlauben dir, alles zu erreichen, leider auch negative Ziele." Leahcim wusste, was zu tun war und begann, sich gedanklich positiv zu stimulieren. Jeder Gedanke, der einen negativen Einschlag aufwies, löste er durch positive Affirmationen auf. Er merkte innerlich, wie gut es tut, nur positiv zu denken, andererseits hatte er Angst, auf irgendwelchen rosaroten Wolken zu schweben.

2. Tag

Heute Morgen hatte Leahcim als erstes eine Brunnenmeditation, angeleitet durch seine Frau, vollzogen. Danach hatte er einen einstündigen Waldlauf gemacht. Er nahm unbewusst mit seinem Stein Kontakt auf. Der imaginäre Stein lag in seiner Speiseröhre unterhalb vom Brustbein. Der Stein sagte zu ihm, dass er bei jedem neuen Atemzug eine winzige Schicht seines verdeckten Vertrauens wegpoliere. Wenn die komplette Schicht aufgelöst sei, dann würde sich sein Vertrauen in seinem Körper ausbreiten können. Jede einzelne Zelle ist dann mit Vertrauen erfüllt. Interessant, dachte Leahcim bei sich, denn um ein Selbstbewusstsein zu erreichen, muss erst das bedingungslose Vertrauen in einem vorhanden sein.

Nach seinem Waldlauf fühlte er sich voller Tatendrang und versuchte, eine neue Perspektive für seinen momentanen beruflichen Weg zu finden. Er bemerkte, dass auch eine Arbeit mit Menschen in der Berufsausbildung ihm Freude bereiten würde. Dies könnte eine Dozententätigkeit in der Erwachsenenbildung genauso sein, wie eine Stelle als Ausbilder in einem Betrieb. Seine Bestimmung ist, Wissen zu vermitteln und Menschen zu helfen, dieses Wissen aufzunehmen. Leahcim war glücklich, da er eine weitere Perspektive für seine Zukunft entdeckt hatte.

Sechs Tage gefastet und immer noch keine großartige Veränderung, Leahcim saß im Eiscafé und fand keine Antwort, er spürte eine Verschlechterung seiner Gemütslage. „Was mache ich falsch? Ich nehme mir etwas vor und es will einfach nicht so klappen, wie ich es mir vorstelle", dachte er bei sich.

Merkwürdig war auch sein Tagtraum, der kurz bevor er seinen Cappuccino trank, emporkam.

Parallelwelt

Leahcim befand sich auf einer Tribüne, unter ihm jubelten tausende von Menschen. Der Jubel galt ihm, er fühlte sich verlegen, denn er konnte den Jubel der Menge nicht annehmen. Sein Körper blieb wie versteinert auf den Brettern der Kunst stehen. Auf einmal schrie eine zierliche Frau:

„Danke für deine Weisheiten, dadurch konnte ich für mich viel erkennen."

Sie schaute Leahcim direkt an und erwartete eine Antwort, doch er konnte sich nicht erinnern, was er zuvor gesagt oder gemacht hatte. Leahcim hatte einen absoluten Filmriss, es war so, als ob er zuvor in einer anderen Welt untergetaucht sei. „Was passiert mit mir?", fragte Leahcim, ohne die Zuschauer zu beachten, seinen Stein.

„Du befindest dich in einer Parallelwelt, deine innere Weisheit ist bereit und deine Gedanken (im Außen) sind noch nicht so weit. Du hattest zuvor den Zuschauern über deine tiefe Weisheit erzählt und diese Erzählung begeisterte, deswegen der Jubel", antwortete der Stein Leahcim direkt ins Ohr. „Aber warum bekomme ich das nicht mit? „Weil du noch nicht an dich glaubst, du bist noch nicht bereit, deine inneren Fähigkeiten in der realen Welt zu integrieren. In der inneren Welt bist du bereits ein Star." Bedeutet dies, dass wir in zwei unterschiedlichen Welten leben? Ungläubig schaute er den Stein an und war wieder einmal verwirrt. Wie konnte er behaupten, dass wir in zwei Welten leben! In einer Welt zu leben, ist schon eine enorme Herausforderung, doch in einer weiteren Welt zu leben, ist für seinen Verstand undenkbar.

Langsam setzte Leahcim sich auf dem Boden der Tribüne und spürte die Schallwellen der noch immer applaudierenden Menschenmenge. Die zierliche Frau kam aus der Menge heraus, direkt zu Leahcim auf die Bühne und setzte sich neben ihm. Er wusste nicht, wie er sich verhalten sollte, und fühlte sich sichtlich unwohl.

„Was ist los mit dir?", fragte sie in einem zärtlichen Ton. Ohne die Frau anzuschauen, sagte Leahcim: „Ich hab mich verloren in einer unwirklichen Welt!"

Das Publikum hörte auf zu applaudieren und schauten die beiden von allen Seiten an. Leahcim spürte den inneren Druck, der sich in ihm breitmachte, den Druck zu versagen. Denn er wusste, dass jedes Wort, welches er jetzt sagen würde, analysiert und gewertet wird. Es war so still, dass ein Schmetterling mit seinem Flügelschlag hörbar wurde.

Er richtete seinen Blick in die Menge und erkannte in den Blicken der Menschen eine Mixtur von Liebe und Hass, Gewalt und Freude. Ein älterer Mann von ungefähr 75 Jahren fesselte Leahcim mit seinem Blick so sehr, dass er einige Sekunden benötigte, um von seiner Präsenz wegzukommen. Irgendetwas sagte ihm aber, dass er nochmals Kontakt zu ihm aufnehmen sollte. Sein Blick hatte eine unsichtbare Kraft, die Leahcim eine weitere Erkenntnis mitteilen wollte.

Er hatte aber keine Lust mehr, weitere Erkenntnisse aufzusaugen, denn er glaubte, dass seine emotionale Stimmung nicht stark genug war, um weitere neue Erkenntnisse zu verarbeiten. Deswegen beschloss er, über seinen inneren Impuls hinwegzusehen und nicht bei dem Mann stehen zu bleiben. Das Publikum war immer noch sehr still und wartete auf weitere Ereignisse, die anscheinend über seine Person zu realisieren waren. Leahcim war der Mittelpunkt und der Akteur in seiner Parallelwelt.

„Jetzt erzähle endlich was los ist mit dir, oder traust du dich nicht?", hörte Leahcim eine Stimme aus dem Publikum

zynisch heraufschreien. Er suchte den Körper zu dieser Stimme und sah ihn auch gleich. Es war ein großgewachsener, schlanker, fast schon dürrer Mann, der ihn mit einem überlegenen Blick grinsend anschaute. Leahcim kannte das Gefühl, so klein und mickrig gegenüber einem anderen zu wirken. Er war wie gefangen in seinen blockierenden Gedanken und konnte kein Wort zu dem Mann sagen. Sein Herz raste in Affengeschwindigkeit ins Kellergeschoss und versteckte sich wie eine feige Katze vor einer Maus.

Was passiert mit mir? Wieso habe ich Angst vor diesem Publikum bzw. vor diesem Mann? Gerade eben noch wurde ich wie ein Held gefeiert und jetzt bin ich am Abgrund meines Vertrauens, dachte er bei sich. Zweifel über seine Fähigkeiten durchströmten Leahcims Körper und Verstand, er neigte sein Haupt Richtung Boden, damit ihn keiner in diesem jämmerlichen Zustand erblicken konnte. Wie dumm von ihm zu glauben, niemand könnte ihn sehen, wo doch tausende von Menschen ihn sahen.

„Schau dir diesen Feigling an!", sagte abermals der dürre Mann und zeigte mit dem Finger auf Leahcim. Jetzt konnte er keine weiteren Angriffe ertragen, geschwächt und ohne Glauben an seine inneren Fähigkeiten, wollte er gebückt die Bretter der Welt verlassen. Siegessicher schaute der „Dürre" Leahcim an und feierte seinen gedachten Erfolg mit einem überheblichen Blick. Leahcim kam der Dürre vor wie eine Giraffe, die über die anderen Köpfe hinwegschaute und nur sich selbst als wirklich guten Menschen anerkannte. Er fing laut an zu lachen und forderte die Frau, die neben Leahcim saß, auf, mit Leahcim zusammen die Bühne zu verlassen. Wie ein Feldmarschall fing er an, Befehle über die Menschenköpfe hinweg zu äußern. Er schrie:

„Hau endlich ab, du Versager!" Die Menschenmenge war immer noch still und man sah in ihren Gesichtern eine Mischung aus peinlicher Berührung und Schadenfreude.

Allerdings hatte Leahcim auch das Gefühl, dass diese Menschenmenge eine Sensation erleben wollte, sie wollten erleben, wie er mit dieser Situation umgehe. Vor seinem Einbruch hatte er anscheinend wirklich gute Beiträge dem Publikum erzählen können, dies merkte er, als die zierliche Frau neben ihm saß und absoluten Respekt in seine Person offerierte. Leahcim wagte einen Blick zu seiner rechten Seite, um sich nochmals die Gewissheit zu holen, dass sie ein respektvolles Wesen ist. Ihre Augen spiegelten sein Innerstes wider, es war eine Mischung aus Angst und Stärke.

„Hau ab!", wiederholte der Dürre seine Anweisung und machte keinen Hehl daraus, dass er Leahcim nicht leiden konnte. Noch war Leahcim auf der Bühne, doch ein Bein von ihm wollte sich in Bewegung Richtung Ausgang setzen. Der Dürre drückte die Anwesenden beiseite und kam immer näher, seine Augen bekamen einen hasserfüllten Ausdruck. Vor ihm fiel eine Frau zu Boden, er kannte keine Rücksicht und stieg mit seinen schweren Stiefeln auf die am Boden liegende Frauenhand. Die Stille wurde jetzt durch einen unangenehm lauten Schrei gestört, das Publikum raunte und Ungeduld machte sich nun breit. Die Frau konnte sich nicht mehr mit ihrer Hand abstützen, um aufzustehen, zu sehr waren die Schmerzen zu spüren. Eine kleine Gruppe bildete sich an dem Unglücksort, aber keiner der Anwesenden stellte den Dürren zur Rede.

Leahcim war so hilflos in dieser Situation, jeder der Anwesenden hoffte, dass Leahcim ein kluges Wort sagen würde oder der Frau zu Hilfe kommen würde. Er glaubte, es hätte auch dem Publikum genügt, wenn er eine Wachperson zur Unglücksstelle gerufen hätte. Doch Leahcim machte nichts, gelähmt und feige war er, und er spürte die große Enttäuschung, die er in die Augen des Publikums projiziert hatte. Neben der am Boden liegenden Frau stand ein kleiner

Junge, der ohne zu zögern dem Dürren mit einem schwungvollen Fußkick gegen sein Schienbein trat.

Der Blick des Jungen strahlte Mut und Entschlossenheit aus, auch als der Dürre sich mit einer geballten Faust Richtung Junge bewegte. Keinen Zentimeter wich der Junge zur Seite, als die Faust ihn mitten ins Gesicht traf. Schwankend und benommen fiel er zu Boden, direkt neben seine Mutter. Schock, Abscheu und Angst mischten sich in der umliegenden Menschenmasse. Blut strömte aus der Nase des Jungen, doch er weinte keine Träne und versuchte, seine Mutter zu schützen. Der Dürre lachte und wollte geradewegs mit seinem Fuß den zwei „Erledigten" ins Gesicht treten, als auf einmal der alte Mann, der Leahcim so durchdringend angeschaut hatte, neben dem Dürren stand.

Wie aus dem Nichts kam er aus der Menschenmenge und forderte den viel größeren und jüngeren Mann zum Duell. Er unterbrach den Tritt, den der Dürre mit seinem Fuß aufbaute, um die Wehrlosen zu attackieren. Mit einem gekonnten Seitenhieb zwang der Alte den Dürren zu Boden.

„Lass die beiden und verschwinde", ertönte es vom Alten. Jetzt war das Publikum nicht mehr zu halten und sie schrien in einem Rhythmus: „Mach ihn fertig, die Sau." Doch der Alte achtete nicht auf die Befehle und reichte der am Boden liegenden Frau die Hand, um sie wieder in eine würdige Lage zu versetzen. Der kleine Junge brauchte keine Hilfe zum Aufstehen, denn er fühlte sich stark, stark genug, um seinen Mut mit Würde zu spüren. Der Dürre bewegte sich nicht und lag auf dem Boden wie ein gefallener Soldat.

Leahcim verneigte sich vor diesem mutigen alten Mann und verlor dabei die ihn plagende Unsicherheit. Von Null auf Hundert spürte er, dass seine Kraft zurückkam. Plötzlich konnte er wieder sprechen und bedankte sich bei diesem Mann, der ihm den Mut zeigte. Doch der Alte winkte ab und sagte: „Bedanke dich bei diesem Jungen, denn er hat mehr

Mut bewiesen als alle anderen. Er ist der wahre Held und durch diesen Jungen habe ich Mut gefasst. Wir sind in einer Welt, in der jeder von anderen lernen kann, egal wie groß oder klein er ist."

Der Alte streckte auch dem Dürren die Hand entgegen, um ihm das Aufstehen leichter zu machen. Das Publikum war wieder ruhig und beobachtete jede einzelne Bewegung, die von Leahcim und den Geschädigten ausging. Alle warteten auf eine saubere Lösung der Situation. Doch der Alte nahm den Dürren nicht in Gewahrsam, um ihn anschließend der Polizei zu überführen. Nein, er verließ gemeinsam mit dem Dürren den Platz in einer anderen Richtung als zu der Polizeistation, und jeder im Publikum fragte sich: Warum half er dem gemeinen Dürren?

Auch Leahcim stellte sich die Frage und sein Stein antwortete. „Der Alte hilft den Menschen, die schwach und hilflos in ihrem Charakter sind. Er wird mit ihm sprechen und wird ihm neue Wege der Gewaltlosigkeit aufzeichnen. Denn wenn wir solche Menschen in ihrem Aktionismus lassen, werden sie sich nicht ändern. Wir müssen einschreiten, um Grenzen zu setzen. Und in einer Polizeistation würde dieser Mann keine Veränderung erfahren, er würde sogar noch brutaler werden, weil er keine Erkenntnisse dort finden wird. Der Alte kann in die Gedanken der Menschen schauen und kennt die Anforderungen zur Heilung."

Das machte Sinn und Leahcim fragte den Stein, ob er diese Erkenntnis dem vorliegenden Publikum mitteilen sollte. „Aber natürlich, denn das ist dein Weg. Und außerdem warten die Leute auf dich." Jetzt bemerkte Leahcim auch, dass das Publikum die volle Konzentration auf ihn richtete, in der Erwartung, dass er etwas zu sagen habe. Leahcim nahm das Mikrofon und sprach ganz fest und sicher folgende Worte:

„Danke für den Mut", dabei schaute er dem Jungen direkt ins Gesicht. „Du hast mir gezeigt, was Mut ist." Der Junge lächelte und schmiegte sich an seine Mutter an. „Danke auch an alle, die mir Zeit gegeben haben, um mich in den letzten Minuten zu finden. Für kurze Zeit war ich nicht mehr ich selbst. Das habt ihr bestimmt gemerkt – oder?", sprach er und schaute in die Gesichter des Publikums.

Viele der Anwesenden nickten und bestätigten seine Einschätzung. „Ich verlor für kurze Zeit mein Selbstvertrauen, weil ich mich von meiner gefühlten innewohnenden Göttlichkeit entfernte. Ich habe zwei Welten, in denen ich lebe. Einmal die Äußere Welt, dort bekomme ich Informationen, die oft mit Illusionen gefärbt sind. Das bedeutet, dass die Informationen nicht immer real und wahrhaftig sind. Meine zweite Welt ist die innere Welt, dort ist meine Wahrhaftigkeit ohne Täuschung. Ich habe vorhin meine innere Welt verlassen und deswegen konnte ich nicht mehr so sein, wie ich wirklich bin. Ich war geschwächt und hatte Angst. Durch den Vorfall von eben ist mir bewusst geworden, dass jeder von uns eine unglaubliche innere Stärke hat und wirklich alles bewältigen kann. Oft brauchen wir eine äußere mutige Handlung eines anderen, um selber mutig zu werden. Wir brauchen einander."

Das Publikum nickte noch viel eifriger und Leahcim wusste, er befand sich in seiner Mitte. Die junge Frau neben Leahcim umarmte ihn und ging freudestrahlend zu ihren Freunden oder Verwandten, um die Erkenntnisse gemeinschaftlich zu teilen. Leahcim erkannte, dass diese Frau ihn trösten wollte, und war dankbar für die grenzenlose Liebe, die sie ihm entgegenbrachte. Er fühlte sich langsam, auch in der äußeren Welt, als Star. Denn er begriff, dass er jegliche Information, die von außen kommt, in seine innere Welt integrieren kann, um zu lernen, aber die größte Kraft befindet sich im Innern und diese Kraft dürfen wir leben. Wichtig dabei ist nur, dass der Kontakt mit der inneren Welt nicht unterbrochen wird. Denn wenn eine falsche äußere Information wie zum Beispiel – du bist blöd – von außen kommt, *aber keine innere Verbindung mit dem göttlichen Vertrauen besteht, dann wird eine Schwächung zustande kommen.*

Ein freundliches „Hallo" weckte Leahcim aus seinem Tagtraum, seine liebe Frau gesellte sich zu ihm, um mit ihm gemeinsam einen Cappuccino in der Eisdiele zu trinken.

Aufgeregt erzählte er ihr von seinem Tagtraum und wartete auf ihre Einschätzung zu dem Traum. Sie schwieg eine Zeitlang, schaute ihm tief in den Augen, nahm seine Hand in die ihrige und sagte:

„Du hast so viel zu geben und vertraust deiner inneren Stärke immer noch nicht. Solange du solche Tagträume hast, solange bist du auch nicht stabil in deinem Vertrauen. Denn die Tagträume fordern dich heraus, damit du endlich deine Stärke annimmst. Dein Innerstes kämpft um das Gefühl von tiefer, allumfassender Liebe und will gelebt werden. Durch deine harte Arbeit an dir selbst hast du den Stein ins Rollen gebracht und jetzt möchte der Stein weitergehen, um seine Bestimmung zu realisieren. Du bist im Fluss, ist das nicht wunderbar?"

Ist dir eigentlich aufgefallen, dass die einzelnen Figuren in deinem Tagtraum für etwas stehen.

Der Dürre: verkörpert alte Gefühle der Wertlosigkeit des Selbsthasses und den daraus resultierenden Groll auf sich und die Welt.

Die Mutter: symbolisiert ein hohes Maß an Eigenliebe und Wohlwollen, wird aber handlungsunfähig gemacht durch die Aggression der Selbstverachtung und geht dabei zu Boden.

Der wunderbare Knabe in deinem Traum, dass durch ein

aufkeimendes zartes Pflänzchen Mut seine Welt erlebt, und das noch erstarken und wachsen wird um später die Eigenliebe besser schützen kann.

Der alte Mann, mit seiner enormen Entschlossenheit, den Dürren zu wandeln seine Verachtung auf sich und die Welt los zu werden.

Er soll nicht separiert werden, nicht in den Knast oder der Polizei ausgeliefert werden.

Er soll befähigt werden, sich in das Ganze, in die Seele zu integrieren.

Und dann kommt noch *das Publikum, die Bühne:* hier sehe ich die Angst vor dem exponiert sein. Die große, alte Frage der Seele: Bin ich liebenswert, bin ich wirklich der Liebe wert?

Was muss ich den anderen „geben oder bringen" um von ihnen geliebt zu werden?

Ruhe kehrte für wenige Sekunden in das Gesagte ein, Elena gab Leahcim einen Kuss auf den Mund und lächelte ihn aus vollem Herzen an. Er war berührt und stolz, so eine weise Frau an seiner Seite zu haben und er verliebte sich erneut in das Wesen, das Gott ihn geschenkt hat.

Leahcim fühlte sich nach diesem Gespräch wieder stabiler und versuchte seine positiv ausgerichteten Gedanken weiter auszubauen. Und wie das Schicksal es wollte, hatte er gleich eine Gelegenheit, sein Vorhaben auf die Probe zu stellen.

Als beide die Eisdiele verließen und gemeinsam nach Hause fuhren, erwartete Leahcim von seinem Sohn mehr Hilfe im Haushalt. Doch er lag faul auf der Coach und schaute Fernsehen, mitten am Tag. Leahcim war erzürnt und stellte ihn zur Rede, doch er reagierte nicht darauf.

Manchmal dachte er bei sich, dass der Junge die Fähigkeit besaß, sein Hirnareal für „Aufgaben erledigen" einfach abschalten zu können, ohne ein schlechtes Gewissen zu haben. Seine eigene Erziehung lief anders, er musste immer gehorchen. Dieses Muster wollte Leahcim auf seine Kinder übertragen, doch er bemerkte, dass dies nicht ging. Seine Erwartungen sind seine Erwartungen und seine Gedanken – ob positiv oder negativ – sind auch seine Gedanken. Leahcim ist sein eigener Herr im Haus und er ist derjenige, der sich emotional verletzt. Kein anderer Mensch kann ihn verletzen oder in eine Stimmungslage bringen, nur er selbst ist dazu fähig.

Er war zuvor erzürnt und wollte so richtig loslegen und seinen Sohn zur Schnecke machen, Leahcim wollte seine negativen Aggressionen auf einen Schwächeren transferieren. Er wollte seine Unfähigkeit, ein Gespräch klar und ruhig zu führen, auf eine unangenehme Art und Weise durchboxen.

Er fragte sich selber: Kennst du das, wenn du losbrüllst, um deiner angestauten Wut Freiraum zu verschaffen, auf Kosten eines anderen? Wie dumm und bescheuert wir doch sind, ein liebes Wort funktioniert doch auch, manchmal sogar viel effektiver. Er hielt inne und machte sich bewusst, wie schnell negative Gedanken Oberhand gewinnen können, er hatte auf die Pausetaste der Fernbedienung gedrückt und sah nur noch das stehende Bild.

Sein Sohn saß auf der Coach und wartete auf weitere Beschimpfungen, doch es kam nichts. Es war still, still, um Leahcims Gedanken in die richtige Bahn zu lenken. Still, um keine Verletzungen mehr zu fabrizieren. Still, um beiden genug Raum zu geben, um achtsam miteinander umzugehen. Still, um dem Anderen eine Chance zu geben, damit er sich äußern kann. Still, um zu erkennen, dass Dinge nicht so wichtig sind, wie sie uns glauben machen wollen. Still, um wahrzunehmen, dass das Gegenüber ein Teil von einem selbst ist. Still, um zu erkennen, dass auch er auch Teile von

Göttlichkeit in sich trägt. Still, um zu spüren, dass Leahcim ihn liebte, trotz geglaubter „Fehler".

Leahcim wendete seine von Natur aus gegebene positive Gedankenform an. Er sagte zu seinem Sohn: „Ich fühle mich wütend, weil ich das Chaos nicht erwartet habe. Ich dachte, du hilfst uns und finde das Verhalten, faul auf der Couch zu sitzen, nicht schön."

Sein Sohn schaute ihn mit großen Augen an und Leahcim spürte, wie sein Sohn einen dicken Kloß, der sich anscheinend in seinem Hals befand, herunterschluckte und sagte: „Ich bin gerade erst von der Schule gekommen, denn wir hatten Extrastunden am Nachmittag belegen müssen."

Scham durchzuckte Leahcims Körper, und der Junge fuhr fort: „Heute haben wir so intensive Schulfächer gehabt, dass ich mich erst einmal ausruhen wollte und deswegen habe ich zur Entspannung den Fernseher eingeschaltet." Ohne dass Leahcim etwas sagen musste, schaltete er den Fernseher aus und begann, das Geschirr aus dem Geschirrspüler auszuräumen. Vater und Sohn spürten eine andere Qualität der Kommunikation, eine Art, die Respekt und Würde offenbart. Wie durch Zauberhand verschwand seine Wut und Liebe trat an deren Stelle. Wie leicht das Leben und die Kommunikation sein können, wenn wir mit Respekt und Liebe einander begegnen!

Leahcim dachte an seinen Stein und erinnerte sich, wie er einmal Folgendes über die Aufmerksamkeit gesagt hatte:

Aufmerksamkeit

Ich stehe hier und zeig mich dir!
Wie viel Aufmerksamkeit wohnt in dir?
Siehst du mein wahres Sein ohne Etwas?
Siehst du den Kern, der ich wirklich bin?
Und wenn du tief ergründest, was kommt
nach der Tiefe?
Bist du dir sicher, dass, was du siehst – auch wirklich ist?
Wie viel interpretierst du rein?
Wie frei kann dein Denken sein?
Aufmerksamkeit braucht Zeit!

Am Abend hatten seine Frau und Leahcim einen weiteren gemeinsamen Termin, sie besuchten wieder eine Buchlesung in der gleichen Buchhandlung. Er freute sich auf diese Begegnung, denn er hatte vor mehreren Jahren ein Buch von dieser Autorin gelesen und war regelrecht verliebt in die Weisheit, die in diesem Buch stand.

Der Vortrag fing pünktlich an, doch wie erschrak er, als die Autorin aus ihrem neuen Werk zu erzählen begann. Nicht der Inhalt hatte ihn irritiert, dieser war wie das zuvor geschriebene Buch voll Weisheit bestückt.

Nein – er erschrak, als er sie hörte und als Leahcim ihr Gesicht sah. Ihr Gesicht sah für ihr Alter wunderschön aus, aber die unnatürlichen Muskelbewegungen an ihrer Oberlippe und an den Wangen verunsicherten ihn. Leahcim fragte seine Frau, ob dies nur eine Einbildung seinerseits sei, doch sie stimmte seinem Eindruck zu und sagte: „Die Frau ist geliftet, deswegen kann sie die Oberlippe nicht mehr bewegen."

Leahcim war noch mehr geschockt, denn diese Frau erzählte von Natürlichkeit und den wichtigen Dingen, die im Inneren liegen. Es kam ihn vor, als wäre sie eine Scheinheilige, die zu den Kindern sagt „Rauchen ist schädlich" und zieht gleichzeitig genussvoll an ihrer Zigarette.

Er hatte dies überhaupt nicht erwartet und war von seinem eigenen gemachten Bild von ihr enttäuscht. Oft hatte er wunderbare Bücher gelesen und stellte sich dann vor, wie weit diese Menschen sind und jetzt erkannte er, dass auch hier gelogen wird. Was ist die Wahrheit? Gibt es überhaupt Menschen, die wahrhaftig sind? Gibt es Bücher, die hundert Prozent aus Wahrheit bestehen? Wie ist es, wenn er ein Buch schreibt, besteht dieses aus hundert Prozent Wahrheit? Ein ganzer Sack voller Fragen durchströmte sein Hirn und er erinnerte sich an die Zen-Buddhisten, die sagten: Alles ist Illusion!

Noch während des Vortrags nahm er Kontakt mit seinem Stein auf, um die brennenden Fragen zu lösen.

„Du willst wissen, was die Wahrheit ist und ich sage dir gleich, die Wahrheit kennt viele Gesichter. Es gibt keine eindeutige Wahrheit, genauso wenig wie es eine eindeutige Schönheit gibt. Es liegt immer in den Augen des Betrachters und in seiner Vielfalt der Erfahrungen, die er gemacht hat."

„Ich verstehe nicht, was du mir sagen möchtest! Könntest du dich vielleicht ein wenig einfacher ausdrücken, denn zum Philosophieren habe ich keine Lust", sagte Leahcim zum Stein und erwartete eine für ihn verständlichere Erklärung.

Der Stein grinste und fing an zu leuchten, einige Sekunden später hörte das Leuchten auf und abermals einige Sekunden später fing das Leuchten wieder an. „Was soll das?", fragte Leahcim genervt. „Ich zeige dir nur, was die Wahrheit ist. Und die Wahrheit ist, dass ich einmal geleuchtet habe und ein anderes Mal nicht – stimmt's?"

Der Stein schaute Leahcim an, als erwartete er sofort eine Antwort von ihm, doch er wollte keine Antwort geben. Natürlich hatte er das Leuchten wahrgenommen, aber warum sollte er auf so eine einfache Frage antworten.

„Denkst du, die Frage ist unangemessen? Da muss ich dich leider enttäuschen, denn die einfachen Fragen beinhalten die tieferen Wahrheiten. Du hast zwei Wahrheiten gesehen, einmal das Leuchten und einmal das Nicht-Leuchten. Aber in Wirklichkeit gab es nur eine Wahrheit, denn ich leuchtete die ganze Zeit, nur habe ich das Leuchten kurzzeitig verdeckt. So wie bei der Sonne, wenn die Wolken die Sonnenstrahlen verdecken oder in der Nacht, wenn die Sonne auf der anderen Seite der Erde ihre Kraft entfaltet. Die Sonne scheint immer, doch unsere Wahrnehmung gaukelt uns etwas anderes vor.

Eine absolute Wahrheit ist, dass in deinem Innersten das Leuchten ständig und immerzu da ist. Vertraue auf deine Leuchtkraft, auch wenn sie mal nicht sichtbar ist."

Leahcim war berührt, denn allzu oft glaubte er, seine Kräfte würden schwinden, wenn die Außenwelt ihn in seinen Händen festhält. Aber das stimmte nicht, denn seine Stärke ist immer abrufbereit, er musste es nur zulassen und an sich glauben.

Ohne sich von seinem Stein zu verabschieden, konzentrierte er sich wieder auf den Vortrag. Er empfand die inhaltlichen Aussagen für wahr und verabschiedete sich von der Bewertung, nur weil die Dame keine Natürlichkeit lebt, müssten die von ihr beschriebenen Wahrheiten nicht stimmig sein. Irgendwann wird auch diese Dame erkennen, dass die Wahrheit nur im Inneren zu finden ist und dass die äußere erzwungene jugendliche Erscheinung zweitrangig ist.

Die Tage vergingen und bereiteten Leahcim eine Unzufriedenheit. Deswegen beschloss er am nächsten Tag mit folgender Entscheidung in den Tag zu gehen. Er werde keine Notizen zu seinen Fastentagen machen, die Excel-Tabelle wird sterben! – Diese Entscheidung fiel ihm leicht, denn er hatte einen für sich unangenehmen Druck aufgebaut.

Leahcim wollte alles richtig machen und verkrampfte sich in den Situationen, die er aufschreiben wollte und hatte anschließend keine Zeit, ordentliche, positive Gedanken zu formen. Er war gefangen in der vergangenen Situation, die er unbedingt aufschreiben wollte, doch der Tag war noch jung und es konnte noch so viel passieren.

Aber Leahcim hatte kein Augenmerk für die Gegenwart, denn er belastete sich mit der Vergangenheit. Er erinnerte sich an den letzten Tag und ihm fiel die Situation in der Frühe ein, dort hatte er ein negatives Ereignis erfahren, dies schleppte Leahcim den ganzen Tag mit sich herum, um es dann ordentlich in seiner Excel-Tabelle zu notieren, doch durch dieses Verhalten versäumte er, die Gegenwart zu achten. Um eine „Genehmigung" für sein Vorhaben zu erhalten, nahm er Kontakt mit seinem Stein auf. Der Stein befand sich nahe am Herzen und leuchtete wie ein Vollmond bei klarem Himmel. „Hör ruhig auf zu notieren!", lächelte der Stein Leahcim zu und zwinkerte wie ein Lausbub mit dem rechten Auge. Leahcim fühlte sich irgendwie bestätigt, aber auch wie ein Verlierer und fragte: „Wie soll ich jetzt meine wissen-schaftliche Arbeit darstellen?" Der Stein beruhigte ihn durch seine angenehme warme Stimme.

„Du brauchst kein schlechtes Gewissen zu haben, denn im menschlichen Leben werden Veränderungen begrüßt. Das Leben an sich ist in ständiger Veränderung, die Daten, die du aufgeschrieben hast, waren wichtig. Jetzt behindert die Tätig-keit deine Gegenwart und du hast es gemerkt – wie wunderbar!" Der Stein lächelte bis zu seinen Ohrläppchen und holte zur nächsten Offenbarung aus. „Du wirst weicher und empfänglicher und spürst Dinge, die nicht mehr von Wichtigkeit sind. Es ist eine Stärke, die in dir wohnt, die dich zum Aufgeben anleitet.

Aufgeben im richtigen Moment bedeutet, die Stärke zu haben, über seine Situation Bescheid zu wissen.

Du hast bisher alles im Leben beendet, du hast genug Durchhaltevermögen bewiesen und du bist dabei, deinen

Körper und Geist in eine Harmonie einzuschwingen. Du spürst, wenn Dinge nicht mehr passen und hast die Kraft, dies mit deinem Herzen zu entscheiden."

Leahcim fühlte sich erleichtert. Sein ganzes Leben hatte er „Abschlüsse" zu Ende gebracht, auch dann, wenn er spürte, dass dies nicht gut für ihn war. Leahcim hatte an seinem Glaubenssystem „Wenn du etwas anfängst, musst du es zu Ende bringen" gehaftet. Das mag wohl in vielen Bereichen gepasst haben, aber nicht in allen Bereichen. Jetzt hatte er das erste Mal eine eigenständige Entscheidung getroffen, mitten im Prozess aufzuhören. Ein komisches Gefühl war das, aber es machte Leahcim glücklich. Er glaubte, das lag daran, weil er spürte, dass er sein Glaubenssystem steuern konnte. Sein Glaubenssystem bekam keine absolute Wahrheit mehr.

„Wie soll ich jetzt weitermachen?", fragte Leahcim nochmals seinen Stein. „Nichts leichter als das!", übertönte der Stein die Stille, die in der Luft lag. „Deine Aufgabe ist einfach, merke dir die negativen Gedanken und gehe in deinen Seelenkern. Dort erkennst du die Wahrheit und mit dieser Wahrheit gehe wieder nach außen." Dieses Mal verstand Leahcim und wiederholte das Gesagte mit seinen eigenen Worten. Er sprach laut, um die Wahrheit auch über seine Ohren aufzunehmen.

„Also, wenn ich einen schlechten Gedanken habe wie zum Beispiel –ich bin für eine Führungsposition nicht geeignet– dann werde ich mit diesem Gedanken in mein Innerstes gehen. Dort erkenne ich meine Wahrheit, die lautet: – ich bin vollkommen und darf mir alles zutrauen – Diese Erkenntnis löst meine zuvor gedachten negativen Gedanken auf, dann gehe ich in die Außenwelt, nehme die stärkenden Gedanken mit, die dann lauten: Ich bin genau jetzt an dieser Arbeitsstelle der richtige Mann mit vollkommenen Führungsqualitäten."

Leahcim atmete tief durch und spürte eine innere Kraft und Festigkeit in sich. Wow – dachte er bei sich, es funktioniert wirklich. „Du hast es wirklich verinnerlicht. Die Reise wird heute beginnen." Und wie durch eine Schere wurde die Kommunikation mit seinem Stein unterbrochen.

Gerade in diesem Augenblick erhielt er eine E-Mail, er öffnete den Ordner und traute seinen Augen nicht. Es wurde ihm mitgeteilt, dass er zu einem Vorstellungsgespräch als Betriebsleiter eingeladen wurde. Bisher hatte Leahcim noch kein einziges Vorstellungsgespräch erhalten, aber genau nach diesem Ereignis, als er sich frei und gestärkt fühlte, bekam er eine Einladung. Und das Merkwürdige war, dass er sich überhaupt nicht erinnerte, dass er für diese Arbeitsstelle eine Bewerbung geschrieben hatte.

Leahcim freute sich, denn er spürte, dass irgendetwas in ihm zu fließen begann. Ohne irgendwelche Verkrampfungen ging er zwei Tage später zu diesem Gespräch. Leahcim war derjenige, der das Gespräch führte. Ein neutraler Beobachter hätte gemeint, dass er derjenige wäre, der einen neuen Mitarbeiter suchte.

Vor ihm saßen zwei Männer, beide in leitender Stellung, einer an der ersten Stelle der Hierarchie, der andere an zweiter Stelle, Leahcim sollte die dritte Stelle der Hierarchie einnehmen. Er fühlte sich weitaus überlegener und spielte mit der Situation, ohne einen der Anwesenden zu schädigen. Leahcim fühlte sich als Führungskraft unglaublich stark, so ein Gefühl des absoluten Vertrauens in sein Tun hatte er noch nie erlebt. Er dachte, dieses Gefühl hatte er nur deswegen, weil er genau die Technik der Innenschau anwendete. Es funktionierte und Leahcim konnte nun mit Gewissheit sagen, dass es tatsächlich möglich ist, Berge zu versetzen. Der Tag ging schnell vorbei und er freute sich auf sein Bett, denn das Bewerbungsgespräch löste in ihm eine angenehme Müdigkeit aus. Rings um ihn war es still und seine Gedanken kreisten um die Frage:

Was geschieht, wenn ich schlafe? Wo befindet sich mein

Geist? Gibt es noch andere Dimensionen außerhalb seines momentanen Lebens? Viele Fragen, die er nicht beantworten konnte und die dennoch für ihn sehr wichtig waren. Leahcim war offen für außergewöhnliche Fragen, die den menschlichen „normalen" Horizont weit überschritten. Sein Stein war sofort zur Stelle und fing ein Gespräch an, ohne dass Leahcim irgendwelche Fragen vorher stellen musste. Er sprach:

„Wir leben in unterschiedlichen Dimensionen. Das Schreiben eines Buches entsteht in der momentanen jetzigen Dimension – in deinem gerade gelebten Leben auf Erden. Eine weitere Dimension ist die, in der du schläfst, denn dann wandert dein Geist (oder Seele) in einer anderen körperlosen Dimension. Diese Dimension ist das Reich des Allumfassenden."

Leahcims machte große Augen, als er diese Information vernahm und fragte: „Ist das der Grund, warum wir uns an unsere Träume erinnern sollen?" „Ja, so ist es, Träume geben dir einen Einblick vom Allumfassenden oder sie teilen uns Ereignisse sowie Lösungen mit. Schließlich tauchen wir in einer weitaus höheren Ebene ein und kosten von der Weisheit des Lebens. Nicht umsonst geben wir bei wichtigen Entscheidungen den Rat „schlaf erst eine Nacht darüber".

Viele Menschen glauben, ein Traum ist die Verarbeitung des zuvor Erlebten, doch das stimmt nur zum Teil. Viele Ereignisse, die wir zuvor am Tag erlebt haben, sind mit Fragen behaftet. Und diese Fragen werden im Traum vom Allumfassenden beantwortet, aber nicht verarbeitet." Leahcim verstand und unterbrach seinen Stein, da er sein neuerworbenes Wissen gleich mitteilen wollte. Mit ruhiger Stimme sprach Leahcim:

„Wir haben das Glück, in zwei Welten zu leben, und wenn wir träumen, können wir die ungelösten Fragen beantworten, durch die Kraft des gemeinsamen Wissens."

Leahcim nahm einen tiefen Atemzug, um das Erlernte ganz bei sich zu verankern, denn ab dem heutigen Zeitpunkt würden die Träume eine andere Priorität in seinem Leben erhalten. Er nahm sich vor, seine Träume genauso wahrzunehmen wie seinen Wachzustand, um noch mehr über sich und das Allumfassende zu erfahren. „Gut erkannt", sprach der Stein und animierte ihm zum Einschlafen.

Er träumte an diesem Abend von zwei unterschiedlichen Dimensionen. Immer wieder wachte er auf und tauchte wieder ab. Es war so, als ob er an zwei unterschiedlichen Seminaren teilnahm. Der Inhalt war nicht entscheidend, sondern die Möglichkeit, bewusst hin und her zu wechseln. Leahcim hatte tatsächlich zwei Leben in dieser Nacht gelebt.

Der größte Unterschied in diesen zwei Dimensionen bestand darin, dass er bei einem begrenzt war und bei dem anderen nicht. Ihm war bewusst, dass es einen Tod nicht gab, sondern nur eine begrenzte, körpergebundene Lebensstufe und ein freies, allumfassendes, ewiges Leben. Sein Leben und seine Erlebnisse machten immer mehr Sinn.

Leahcim träumte damals von einem Molekül, das sich in einem schwarzen Rahmen befand und in die Unendlichkeit eindrang. Ihm wurde klar, dass dies die allumfassende Dimension war. All seine Erlebnisse kamen von dort und offenbarten sich im Hier und Jetzt. Er suchte in der Ferne und übersah das Nahe.

Doch nur im Nahen liegt die Wahrheit, je näher desto wahrer. Sein Stein ist seine Nähe und durch ihn bekam er die Wahrheit mitgeteilt. Seine Gedanken sind nah, sein Körper ist nah, seine Seele ist nah und Gott ist nah, weil Gott „NAH" ist. Zeitlich und räumlich bei ihm in aller Ewigkeit.

Leahcim wird noch sehr viel über seinen Stein erfahren und freute sich auf die Abenteuer in seinem Leben, die er gewählt hatte. Gleichzeitig war er froh darüber, nicht zu wissen, welche Abenteuer noch kommen werden, denn das Wissen darüber würde ihm die Lernphasen für das wahre Leben nehmen.

Jeglicher Schicksalsschlag trägt eine selbstbestimmte Erfahrung in sich. Er wird niemals alleine sein. Seine Wahrheit liegt ganz nah in ihm. Die Liebe ist das höchste Gut. Jetzt konnte sich Leahcim gemütlich nach hinten lehnen, um das einzige Leben im „Hier und Jetzt" zu genießen.

Er dachte an seine Familie und schrieb auf einen kleinen Block Papier folgende Worte:

Ich möchte euch aufschreiben, welchen Weg ich gegangen bin, was ich spürte und wie ich dachte. Ich möchte nicht, dass ihr einmal das Gefühl habt, nichts von mir gewusst zu haben. Ich möchte mich jetzt schon entschuldigen für die Dinge im Leben, bei denen ich nicht achtsam war und die bei euch womöglich ungewollte Narben hinterlassen haben. Ich bin zwar euer Vater, doch bin ich wie ihr auch als Kind geboren und durfte mein Leben so gestalten, wie es mir möglich war. Durch unangenehme Erfahrungen, die ich später verstehen lernte, konnte ich wachsen, doch durch Verhaltensmuster, die ich nicht gleich erkannte, habe ich mir und auch anderen Schmerz zugefügt und dafür bitte ich um Verzeihung. Das größte Geschenk in meinem Leben war die Begegnung mit eurer Mutter, denn durch sie spürte ich Liebe und durch die Liebe der körperlichen Vereinigung seid ihr entstanden. Ich habe euch gewollt und wurde ein zweites Mal reichlich beschenkt. Durch euer Dasein auf Erden habe ich gelernt, das Leben anders zu betrachten und spürte, dass Liebe grenzenlos ist. Danke, meine wunderbaren Kinder und danke, meine allerliebste Frau.